MIRA®

Der Preis dieses Bandes versteht sich einschließlich
der gesetzlichen Mehrwertsteuer.

Umwelthinweis:
Dieses Buch wurde auf chlor- und säurefreiem Papier gedruckt.

Sharon Page

Feuer der Lust

Erotischer Roman

Aus dem Amerikanischen von
Ira Severin

MIRA®

MIRA® TASCHENBUCH
Band 35033
1. Auflage: Oktober 2010

MIRA® TASCHENBÜCHER
erscheinen in der Cora Verlag GmbH & Co. KG,
Valentinskamp 24, 20350 Hamburg

Deutsche Erstveröffentlichung

Titel der nordamerikanischen Originalausgabe:
Hot Silk

erschienen bei: Kensington Books
Published by arrangement with
KENSINGTON PUBLISHING CORP., New York, NY, USA
Dieses Werk wurde vermittelt durch die
Literarische Agentur Thomas Schlück GmbH, 30827 Garbsen.

Konzeption/Reihengestaltung: fredebold&partner gmbh, Köln
Umschlaggestaltung: pecher und soiron, Köln
Redaktion: Bettina Steinhage
Titelabbildung: pecher und soiron, Köln
Satz: Buch-Werkstatt GmbH, Bad Aibling
Druck und Bindearbeiten: CPI – Ebner & Spiegel, Ulm
Printed in Germany
Dieses Buch wurde auf FSC-zertifiziertem Papier gedruckt.
ISBN 978-3-89941-780-7

www.mira-taschenbuch.de

Für meine Eltern

1. KAPITEL

Vor Beginn der Londoner Saison, März 1818

„Du hast die Wahl, Liebste. Ich will dich – das weißt du. Triff mich heute Abend auf der Galerie. Trage kein Kleid, sondern etwas, das man leicht ausziehen kann …"

Grace Hamilton wusste, dass der Vorschlag Lord Wesleys sie hätte schockieren sollen. Und natürlich hätte sie ihn auf der Stelle ablehnen müssen. Aber sie bemühte sich schon eine ganze Woche lang, stark, gut und anständig zu sein, sie konnte einfach nicht länger widerstehen.

„Ich weiß nicht, Mylord", flüsterte sie. Er stand hinter ihr, abseits der heißen, funkelnden Kronleuchter und der herumwirbelnden Tänzer, in einer dunklen Ecke des Ballsaals von Callingsworth, dem Stammsitz des Marquess of Rydermere. Es handelte sich um das Schloss von Lord Wesley, einen Ort, an dem sie sich nicht hätte aufhalten dürfen.

Grace drückte sich in der Nähe der dunklen Türen zur Galerie herum. Sie trug ein geliehenes Kleid und zitterte bei dem Gedanken, dass jeder die Betrügerin in ihr erkennen musste, die sie war.

Seine Lordschaft legte ihr sachte beide Hände um die Taille, sodass sie sich in der Mitte trafen. Eigentlich hatte sie jetzt noch keine Berührung von ihm erwartet, und der unvermittelte Körperkontakt ließ ihren Atem stocken. „Ich werde auf dich warten", murmelte er mit besitzergreifendem Unterton. „Wenn du um Mitternacht nicht da bist, werde ich gezwungen sein, die Schmerzen meines gebrochenen Herzens woanders zu lindern."

Wie viele der anwesenden Damen hätten seinem Vorschlag sofort zugestimmt? Er musste nur mit den Fingern schnippen, und unzählige Frauen würden ihn um einen

Kuss anbetteln und freudig seiner Einladung zur Sünde folgen. Dutzende von Frauen in diesem Ballsaal wollten ihn heiraten; ihre berechnenden Blicke galten dem Preis, den es zu gewinnen gab – den Titel der Marchioness of Rydermere.

Dieses Haus wimmelte von entzückenden Damen bester Herkunft, aber Lord Wesley hatte sie ausgewählt, hatte *sie* seit dem Moment ihrer Ankunft verfolgt. Vom ersten Augenblick an war sie verzaubert gewesen, als er sich über ihre Hand gebeugt und auf dem dünnen Stoff ihres Musselinhandschuhs mit seinen Lippen einen magischen Tanz auf ihren Fingern vollführt hatte. Und jeder seiner Blicke in ihre Richtung zeigte ihr durch sein Feuer und seine Intensität, dass er den Zauber zwischen ihnen ganz genauso empfand wie sie.

Oder täuschte sie sich? Was wusste sie schließlich über verliebte Männer?

„Mitternacht. Um Mitternacht", neckte sie ihn und täuschte ein Selbstbewusstsein vor, das sie nicht besaß, „dann werden Sie wissen, ob ich komme oder nicht."

Sein Atem kitzelte sie am Hals, eine heiße Liebkosung. „Raffiniertes Frauenzimmer. Ich werde da sein." Er trat noch näher an sie heran, verließ den Schatten in der Nähe der Wand, um seinen Körper an ihren zu pressen. Sie erstarrten beide und schmolzen dahin, während sich ein harter Stab gegen ihr seidenbedecktes Hinterteil drängte.

„Ich kann es kaum erwarten, diesen üppigen, eleganten Hintern zu packen …" Leise stöhnend rieb er seine Erektion an ihren Rundungen und brachte ihr Herz zum Rasen. „Das, meine goldene Nymphe, ist alles ganz allein für dich."

Und dann war er plötzlich fort.

Grace klappte ihren Fächer auf und bewegte ihn so heftig durch die Luft, dass die dünne Seide von den Stäben riss. Noch nie zuvor hatte ein Mann so etwas mit ihr getan. War so verwegen gewesen. So grob, direkt und lüstern …

„Was hat der Schurke, der sich mein Bruder nennt, zu dir gesagt? Oh, Grace, du wirst doch nicht in Ohnmacht fallen, oder? Dein Gesicht ist knallrot."

Als Lady Prudence in ihrer abgeschiedenen Ecke neben ihr auftauchte, zuckte Grace schuldbewusst zusammen. Der Rand des geschlossenen Fächers ruhte auf der Unterlippe ihrer Freundin und verbarg die üppig geschwungene Linie ihres Mundes. „Hast du dich von ihm überreden lassen, hierherzukommen?"

„Nein ... ich brauchte ein wenig Ruhe", schwindelte Grace.

Sie war noch nie eine gute Lügnerin gewesen und bezweifelte, dass Lady Prudence ihr glaubte. Ihre Freundin senkte den Kopf, sodass die winzigen Diamanten und Saphire, welche in ihrem dunklen Haar steckten, im Kerzenlicht funkelten. Lady Prudence sah einfach hinreißend aus, und es erstaunte Grace immer wieder von Neuem, so eine wunderbare Freundin zu haben.

„Du darfst ihm kein einziges Wort glauben." Lady Prudence schaute sie mit ihren graublauen Augen sehr ernst an. Sie trat so dicht neben Grace, dass ihre Freundin sie trotz der romantischen Walzerklänge gut verstehen konnte. „Mein Bruder ist ein Wüstling."

Paare wirbelten vorbei, elegant und im Licht der tausend Kerzen strahlend. Die Hände der Gentlemen ruhten auf den schlanken Rücken ihrer Partnerinnen; die behandschuhten Finger der Damen verschlangen sich mit denen der Herren. Röcke schwangen um anmutige Knöchel, und Frackschöße flogen hoch und gaben den Blick frei auf muskulöse, in dunklen Hosen steckende, männliche Hinterteile.

Grace seufzte. „Sind nicht die meisten Männer tief in ihren Herzen Wüstlinge? Genau das macht sie doch so interessant. Aber kein Gentleman würde es sich herausnehmen, sich mir gegenüber tatsächlich wie ein Wüstling zu benehmen."

„Wofür du unendlich dankbar sein solltest." Sie waren gleichaltrig, beide achtzehn, doch Lady Prudence sah plötzlich weise und erwachsen aus. „Du bist so außergewöhnlich schön, Grace, du wirst dich unglaublich gut verheiraten."

„Tatsächlich?" Die Zeit wurde knapp. In ein oder zwei Wochen würde es in London vor eleganten Männern und Frauen nur so wimmeln. Ihre ältere Schwester Venetia war bereits in London, lebte in einem gemieteten Stadthaus und malte erotische Kunstwerke, um Geld für die Familie zu verdienen, während ihre Mutter krank vor Sorge war.

Und Grace konnte sie alle retten, indem sie einfach nur einen reichen Mann heiratete.

Sie bohrte die Spitze ihres Schuhs in den glänzenden Parkettboden und packte ihren Fächer so fest, dass sie die splitternden Holzstäbe durch ihren Handschuh spürte. Indem sie einen Mann aus adliger Familie eroberte, wäre es ihr möglich, ihre Familie vor dem Armenhaus zu bewahren. Auf diese Weise konnte sie ihrer Mutter wieder Zutritt zu der Welt verschaffen, die sie vor vielen Jahren verstoßen hatte.

An ihrem dreizehnten Geburtstag hatte Grace einen schlichten und einfachen Plan gefasst. Durch eine entsprechende Heirat würde sie sich einen Titel verschaffen. Dann wäre sie in der Lage, die Dinge wieder geradezurücken. Jeder bestätigte ihr, dass sie hübsch war, dass sie zu einer echten Schönheit heranwachsen würde. Sie hatte die vertraulichen Gespräche belauscht, in denen alte Damen ihrer Mutter zu erklären pflegten, wie wertvoll ihre Schönheit eines Tages für sie werden könnte.

„Das ist mein Ernst, Grace." Lady Prudence packte sie bei den Schultern und schüttelte sie leicht. Die Seide von Grace' Kleid – es war eigentlich eines von Lady Prudence, das sie gekauft, später aber nicht mehr gemocht hatte – strich um ihre Beine. „Glaub kein Wort von dem, was mein Bruder sagt", warnte die Freundin sie. „Es gibt keine einzige junge Frau auf seinem Anwesen, die er nicht ... mit der er keine Intimitäten ausgetauscht hat."

„Ich weiß." Und so war es. Sie wusste, dass es sehr dumm von ihr war zu glauben, dass Lord Wesley, ein reicher Erbe und dabei ein unglaublich gut aussehender Mann, eine so unbedeutende Person wie sie heiraten würde. Aber andererseits wusste sie auch, nach nur einer Woche, dass sie es nicht ertragen konnte, sich mit weniger zu begnügen. Es war nicht sein Titel, den sie wollte – es ging um ihn. Um den Mann.

Grace tippte sich mit ihrem zerrissenen Fächer gegen die Lippen. Sie wollte alles. Warum sollte sie sich nicht gut verheiraten und gleichzeitig mit einem Mann zusammen sein, den sie liebte und begehrte? Oder erhoffte sie sich einfach zu viel, obwohl doch gleichzeitig die Absicherung ihrer Familie auf dem Spiel stand?

Prudence zeigte eine mütterlich-besorgte Miene. „Eine Menge Gentlemen sind schon völlig vernarrt in dich, Grace. Lord Ornsbrook, immerhin Viscount und noch dazu sehr wohlhabend, ist ein wirklich guter Fang. Und Pelworth hängt dir praktisch bei jedem Wort an den Lippen, und er ist ein Earl."

Grace schluckte mühsam. Beide Männer schienen perfekt zu sein: jung, einigermaßen attraktiv und unfähig, in ihrer Gegenwart auch nur ein vernünftiges Wort herauszubringen, was als gutes Zeichen zu werten war.

Mit ihrem Fächer deutete Prudence auf einen schlaksigen blonden Mann, der ununterbrochen lachte, während er sich über die Tanzfläche bewegte. „Sogar Sir Randolph Thomas dort drüben! Er besitzt ein Vermögen! Ja, er ist ein grauenhafter Tänzer, aber seien wir doch mal ehrlich, eine Frau tanzt niemals mit ihrem Ehemann."

„Prudence, nein …“

„Oder Lord Wynsome. Abgesehen von seinem wirklich hübschen Namen, bringt er das Herz jeder Frau zum Schmelzen. Und er ist der Erbe des Earl of Warren. Er ist doch wirklich entzückend, nicht wahr? Ich bin sicher, er müsste dich nur ansehen und …“

„Hör auf!“, rief Grace. Der Earl of Warren war ihr Großvater – der Vater ihrer Mutter. Er hatte ihre Mutter verstoßen und ihr sowie ihren Töchtern für immer sein Haus verboten. Doch davon wusste Lady Prudence natürlich nichts. Wie jeder andere glaubte Prudence die Lüge, die Grace sorgfältig aufrechterhielt – die Lüge, mit der sie und ihre Schwestern aufgewachsen waren. Ihre Mutter war eine respektable Ehefrau und ihr Vater ein Schiffskapitän, der über die Weltmeere segelte und hoffte, auf diese Weise zu einem Vermögen zu kommen. Doch dieser Vater war eine reine Erfindung ihrer Mutter.

Grace hätte niemals gewagt, jemandem zu gestehen, dass sie Lord Warrens illegitime Enkelin und ihr Vater in Wahrheit Rodesson war, der berühmt-berüchtigte Maler erotischer Kunst. Oder dass ihre älteste und sehr talentierte Schwester nun die Werke malte, die unter Rodessons Namen verkauft wurden.

Lord Wynsome hatte keine Ahnung, dass sie seine Cousine war. Es gab keine Möglichkeit, wie er es hätte erraten sollen, und doch war ihre größte Angst, er könnte auf irgendeine Weise doch darauf kommen und Lady Prudence die Wahrheit erzählen.

Prudence war ihre Eintrittskarte in die Welt der reichen, adligen und charmanten Gentlemen …

Sie durfte diese Freundschaft nicht aufs Spiel setzen. Außerdem liebte sie ihre Freundin von Herzen.

„Und das sind noch immer nicht alle“, erklärte Prudence ihr heiter. „Dort drüben …“ Sie stockte erschrocken. „Um

Himmels willen, was will *er* denn hier?“

Noch nie zuvor hatte Grace ihre Freundin in diesem Ton reden hören. Leise, ernst … voller Angst. Überrascht reckte sie den Kopf, um zu sehen, wen Prudence erspäht hatte.

In der Tür zum Ballsaal stand ein Gentleman. Er war so groß, dass er mit Kopf und Schultern die anderen Gäste überragte. Und sein Haar – es fiel ihm als dunkelblonde Mähne bis auf die Schultern – war ungeordnet und wild. Instinktiv wusste sie, dass diese Frisur zu ihm passte.

Auf seinem Gesicht lag ein breites Grinsen, welches rechts und links von seinem Mund tiefe Grübchen erscheinen ließ und strahlend weiße Zähne enthüllte. Mehrere Diener versuchten, ihn aus dem Saal zu drängen, doch mit seinen vor der Brust verschränkten Armen wirkte er wie eine unverrückbare Säule.

Der Butler warf sich ins Getümmel, doch der geheimnisvolle Gast versetzte ihm nur einen freundschaftlichen Schlag auf die Schulter.

Lachend und offenbar höchst amüsiert weigerte sich der Gentleman, sich von der Stelle zu rühren. Zu Grace’ Entsetzen wandte er den Kopf und ließ seinen Blick über die Menge wandern. In ihre Richtung. Sie starrte ihn an, doch das taten alle anderen Ballgäste ebenfalls. Es gab keinen Grund, weshalb er unter Hunderten von neugierigen Blicken ausgerechnet ihren spüren sollte.

Der Anstand verlangte, dass sie wegsah, aber sie konnte nicht aufhören, ihn anzuschauen. Seine Haut hatte einen goldenen Bronzeton, der der Farbe seiner dichten Haare ähnlich war. Offenbar war er ein Mann, der seinen Körper häufig der Sonne aussetzte. Obwohl ihn das Licht der Kronleuchter überflutete, stand er zu weit entfernt von ihr, als dass sie die Farbe seiner Augen hätte erkennen können, doch sie nahm an, dass sie blau waren.

Sie musste aufhören, sich so dumm aufzuführen! Mühsam zwang sie sich, den Blick sittsam abzuwenden. Doch sie war sich seiner immer noch zu sehr bewusst; es war, als hätte die Musik aufgehört zu spielen, die Tänzer wären in die Nacht davongewirbelt, und im Ballsaal gäbe es niemanden mehr außer ihr und dem gut aussehenden Fremden.

Ein seltsames Gefühl ergriff Besitz von ihr, und ihr wurde so heiß, als würde ihre Haut in Flammen stehen.

Lord Wesley begehrte sie, aber so ein außergewöhnliches Gefühl wie dieses war in seiner Nähe nicht in ihr aufgekommen.

Jedes verbotene erotische Bild, jedes der erotischen Gemälde ihres Vaters Rodesson – sie hatte sich alle heimlich angeschaut – huschte durch ihren erhitzten hübschen Kopf.

Sie wollte diesen Mann, diesen starken, unwiderstehlichen Fremden. Wollte wissen, wie es sich anfühlte, unter ihm zu liegen, ihre Beine zu spreizen und ihn in sich aufzunehmen. Sie wollte wissen, wie seine Haut auf ihren Lippen und ihrer Zunge schmeckte. Wollte herausfinden, ob er groß und steif sein und sie vollkommen ausfüllen würde, sodass sie vor Lust schrie. Sie wollte ihn nackt sehen und ihn lieben, bis sie beide schweißgebadet und besinnungslos vor Leidenschaft waren …

Er starrte sie immer noch an.

Grace konnte es fühlen, spürte, wie ihr Körper auf seinen Blick reagierte, indem eine heiße Welle über ihre Haut lief.

Es war völlig absurd! Konnte er sie zwischen all den Menschen überhaupt sehen? Gefangen in der Magie des Moments, hob sie den Kopf und ahnte, dass ihre Blicke sich ineinander verhaken würden …

Oder sah er Prudence an? Würde das nicht viel mehr Sinn ergeben?

Aber er schaute keine von ihnen an. Abrupt drehte er sich

auf dem Absatz um und schlenderte durch die mit Gold und Elfenbein verzierte Tür hinaus.

Der Fächer in ihren Händen war vollkommen zerfetzt, und ihr Herz fühlte sich an, als wäre es viel zu groß für ihre Brust. Ihr Hals war eng und trocken. Ihre Unterwäsche fühlte sich unanständig feucht an.

Sie musste es wissen. Es war wie eine plötzliche Sucht. „Wer war das?", rief sie.

„Mein Halbbruder." Prudence' Stimme zitterte vor … Wut? Angst? Welches Gefühl es genau war, hätte Grace nicht sagen können.

„Du hast einen Halbbruder?"

„Er ist ein Bastard", fuhr Prudence in verächtlichem Ton fort und benutzte ein Wort, das sie als wohlerzogene junge Dame nicht hätte aussprechen sollen. „Ein Seitensprung meines Vaters. Tatsächlich sein erstgeborenes Kind, und mein Vater ist regelrecht vernarrt in ihn."

Grace erschauderte angesichts des angewiderten Ausdrucks im Gesicht ihrer Freundin. Sie selbst war ebenfalls ein Bastard. Würde Prudence sie auch so ansehen, wenn sie die Wahrheit wüsste?

Plötzlich überkam Grace das Gefühl, auf einem Drahtseil über einer Löwengrube zu balancieren. Nein, hier ging es um die adlige Gesellschaft. Nicht um Löwen, sondern um spottsüchtige Schakale mit geifernden Mäulern.

„Man sollte ihn aufhängen", stieß Prudence hervor. „Er ist ein Wegelagerer. Kannst du glauben, dass er es wagt, auch nur einen Fuß in dieses Haus zu setzen? Wahrscheinlich hat er die Hälfte der Leute hier schon mal ausgeraubt! Auch als Pirat hat er die Welt schon unsicher gemacht. Warum die britische Marine ihn nicht getötet hat, kann ich mir überhaupt nicht erklären. Er ist ein Mörder, ein Wüstling und …" Prudence nahm einen zittrigen Atemzug.

Erschrocken über die Tränen in den Augen ihrer Freundin, machte Grace einen Schritt auf sie zu.

„Und unser Vater liebt ihn am meisten!“, rief Prudence und stampfte mit dem Fuß auf.

Grace legte die Arme um die Freundin. „Bestimmt nicht!“

Ungehalten befreite sich Prudence aus der Umarmung. „Doch, das tut er. Mit seiner Mutter verband ihn eine Liebesaffäre, mit unserer Mutter eine Vernunftehe. Natürlich liebt er den tollen Devlin Sharpe. Aber ich *hasse* ihn.“

„Warum? Weil er ist, wer er nun einmal ist?“ Grace konnte selbst kaum glauben, dass sie diese Frage stellte. Wieso wollte sie sich anhören, wie schlecht die Leute über einen Bastard dachten?

„Er hat den Mann ermordet, den ich liebte. Wenn ich dafür nicht aufgehängt würde, wäre ich auf der Stelle bereit, die Pistole meines Vaters zu nehmen und ihn zu erschießen.“

Grace blinzelte verwirrt. „Wie konnte er einen Mann ermorden, ohne dafür bestraft zu werden?“

Prudence ballte die Hände zu Fäusten, und Grace hörte ihren Fächer knacken. „Ich kann nicht darüber reden, was geschehen ist. Nicht einmal mit dir, liebste Freundin.“

Grace streckte die Hand aus und streichelte Prudence’ Arm. Diese sah sie aus rotgeränderten Augen an und fragte: „Sehe ich schrecklich aus? Ich muss den nächsten Tanz mit Lord Wynsome tanzen.“

„Du siehst gut aus.“ Doch während sie der Freundin nachschaute, die langsam durch den Ballsaal schritt, überlief Grace ein Schauer. Trotz ihres emotionalen Ausbruchs bewegte Prudence sich sehr kontrolliert, präzise und anmutig. Wenn ihr illegitimer Halbbruder tatsächlich den Mann ermordet hatte, den sie liebte, wie hatte er es dann wagen können, dieses Haus zu betreten?

Doch selbst nachdem sie gehört hatte, was für ein Ungeheuer er war, fühlte sie noch das Ziehen zwischen ihren Beinen. Und war immer noch erhitzt und voll Verlangen.

Lord Wesley erwartete sie um Mitternacht. Aber nachdem sie diese verrückte, unglaubliche Leidenschaft, diesen Hunger und dieses Sehnen gespürt hatte …

Keinen Moment länger konnte sie in dem vollen, überheizten Ballsaal bleiben. Sie musste fliehen.

„Eigentlich hatten Sie gar nicht vor, mich zu treffen, nicht wahr?“

Grace entfernte sich vom Fenster des Arbeitszimmers und drehte sich langsam um.

Lord Wesley stand noch im Rahmen der Tür, die er bereits hinter sich geschlossen hatte. Der Schlüssel, der vorhin noch im Schloss gesteckt hatte, war jetzt verschwunden.

Der Knoten seiner Krawatte war gelöst, und die schneeweißen Stoffstreifen baumelten über seiner schwarzen Frackjacke.

Er ahnte die Wahrheit bereits. Und tatsächlich hatte sie nicht vorgehabt, ihn zu treffen. Sie wusste, sie konnte es nicht – aus zwei Gründen. Erstens wegen der verrückten Augenblicke des Verlangens nach einem Fremden, und zweitens, weil sie keine intime Beziehung mit irgendeinem Mann eingehen konnte, bevor sie seinen Ring trug. Deshalb war sie ins Arbeitszimmer geschlüpft und hatte sich einen Cognac eingeschenkt, um die Enttäuschung über das Wissen, ihn nicht treffen zu können, fortzuspülen. Dennoch versuchte sie zu scherzen. „Es ist erst elf Uhr. Sie können also nicht wissen, ob ich kommen werde.“

„Ich kann es mir denken, Grace.“ Seine Lordschaft schlenderte auf sie zu, stieß dabei mit der Hüfte gegen ein vergoldetes Tischchen und brachte die Kristallgläser darauf zum Klirren. An seinem unsicheren Gang sah sie, dass er getrunken hatte. Aber das hatte sie schließlich auch getan.

„Ich weiß, dass du Angst hast", erklärte er ihr. „Ich weiß, was du dir wünschst." Er strich seine wirren, weißblonden Haare zurück.

„Tatsächlich?" Der Cognac strömte heiß durch ihren Körper. Sie lehnte sich gegen die Armlehne des Kanapees. „Ich weiß nicht einmal selbst, was ich mir wünsche."

„Doch, das tust du. Aber du leugnest es, sogar vor dir selber."

„Ich mochte Sie viel lieber, als Sie noch deutlich gesagt haben, was Sie meinen. Was leugne ich, Mylord?"

Der Blick seiner dunklen Augen – sie schimmerten in einem erstaunlichen Farbton zwischen Violett und Blau – hielt ihren fest. Er sah atemberaubend gut aus. Viel besser als sein Halbbruder, der ungehobelte, verwegene Straßenräuber. „Du leugnest, dass du Leidenschaft willst. Hitze. Feuer. Du willst lüsternes, verschwitztes, leidenschaftliches, sexuelles Vergnügen. Du willst dir die Kleider, das Mieder und die verdammte Schicklichkeit vom Leib reißen. Du willst vögeln, Süße. Und du willst mit mir vögeln."

Sie war so schockiert, dass ihr die Luft wegblieb. Ein höchst selbstsicheres, unverfrorenes Grinsen umspielte Lord Wesleys sinnliche Lippen.

„Sie sind betrunken." Grace stellte ihr Glas ab, während ihr Herz in ihrer Brust herumzuflattern schien wie ein Vogel im Käfig. Er hatte recht. Natürlich hatte er recht. Allein mit seinen Worten sorgte er dafür, dass sie in Flammen stand. „Und Ihre Schwester hat mich gewarnt …"

„Dass ich schon viele Frauen im Bett hatte. Genau wie die meisten anderen Männer hier, die sich in deiner Nähe aufführen wie Eunuchen. Die Männer, die dich behandeln, als wärest du süß und unberührbar. Kannst du dir vorstellen, ein Leben lang mit einem von ihnen verheiratet zu sein?"

„Nein." Das war die schlichte Wahrheit.

„Du willst keine Ehe, Grace. Du willst Sex. Du musst die Ehe in Kauf nehmen, um ihn zu bekommen."

Sie lachte über seine Worte, vollkommen aus dem Gleichgewicht gebracht durch diese Unterhaltung. Hatte sie sich zu weit vorgewagt? Sie konnte schlecht in Ohnmacht fallen oder aus dem Zimmer rennen, nachdem sie ihm gezeigt hatte, wie sie wirklich war. Und es gefiel ihr, wie er mit ihr redete. Echt. Unverblümt. Es war erfrischend. „Aber Sie müssen die Ehe nicht für Sex in Kauf nehmen", forderte sie ihn heraus. „Was würde Sie dazu bringen, sich in den Hafen der Ehe zu begeben, Mylord?"

„Liebe. Besessenheit."

„Die Sehnsucht, etwas Kostbares zu besitzen?"

„Vielleicht auch das."

„Ich habe heute Abend einen Mann gesehen. Pru... Lady Prudence hat mir erzählt, er sei Ihr Halbbruder. Und er habe den Mann ermordet ..."

„Pst." Er presste ihr seinen Finger auf die Lippen. „Ich habe vor, diese Sache wieder ins Lot zu bringen und sein Blut zu vergießen."

Lord Wesley ließ sie stehen und eilte zum Schreibtisch. Verblüfft sah sie zu, wie er eine Schublade aufriss. Er nahm eine Messingschatulle heraus, die im Feuerschein glänzte, stellte sie auf die Schreibunterlage und öffnete sie. Als er die Hände hob, hielt er zwischen den Spitzen seiner Zeigefinger einen fünfzehn Zentimeter langen Dolch, eine Fingerspitze gegen das Griffende gepresst, die andere gegen die Spitze der Klinge.

Während er sie ununterbrochen ansah, ließ er den Dolch auf den Schreibtisch fallen, der dort klirrend auf der flachen Seite landete. Wesley streifte seine Jacke ab und warf sie auf das am nächsten stehende Sitzmöbel – einen lederbezogenen Klubsessel. Seine Krawatte und die Weste folgten.

Nun fehlte nur noch sein Hemd. Zwischen ihrem Blick und seiner Haut befand sich nur noch feines Leinen. „Eines Tages werde ich von meinem Halbbruder Vergeltung fordern. Aber nur, wenn du mir das sagst, was ich von dir hören muss."

Verwirrt sah sie zu, wie Lord Wesley seine Krawatte zu Boden gleiten ließ, während er die Bänder seines Hemds öffnete. Auf dem Weg zu ihr nahm er mit einer Hand das Messer und riss mit der anderen sein Hemd auf. Dann presste er die Spitze der Klinge direkt unter dem Brustmuskel auf das Fleisch über seinem Herzen.

Grace spürte ihren eigenen Herzschlag in der Kehle. „Was … was machen Sie da?"

„Heirate mich, Grace. Werde meine Braut. Vögele mich heute Abend und heirate mich hinterher. Ich kann keine Sekunde länger warten, dich zu besitzen."

„Oder Sie stechen sich mitten ins Herz?" Sie war achtzehn und kein Schulmädchen mehr – nun ja, da sie sich keine Schulausbildung hatten leisten können, war sie niemals wirklich eines gewesen, aber …

So sehr, dass er sich ihretwegen töten würde, war er auf keinen Fall in sie verliebt.

Oder doch?

„Ich will dich."

„Warum mich?", verlangte sie zu wissen. „Trotz all der anderen? Trotz der reichen Schönheiten, der Töchter aus adligen Familien und all der Mädchen, die Himmel und Hölle in Bewegung setzen, um Sie für sich zu gewinnen? Keine schönen Worte bitte – ich will die Wahrheit hören."

„Weil du bist wie ich. Wir gleichen einander."

Das verwirrte sie. Und dann stach er die Klinge in seine Haut, und fassungslos sah sie das Rinnsal aus Blut, das an seinem Körper hinunterfloss. Es würde sein Hemd ruinieren. „Sie sind verrückt."

Während das Messer immer noch in ihm steckte, beugte er sich vor und strich mit seinen Lippen über ihre Kehle. Starr stand sie da und ließ zu, dass höchst bemerkenswerte Gefühle sie durchfluteten. Weiche Lippen – wie Samt, wie Seide. Nein ... es war mehr als das. Es war, als würde sie von einer Flamme berührt. Oder von der Hand eines Engels.

„Nein zu sagen, ist verrückt", keuchte er.

Seine Zunge glitt an ihrem Hals entlang. Ihr Körper schien sich aufzulösen. Sie war feucht – unanständig, wunderbar feucht zwischen ihren Schenkeln. Die Bartstoppeln an seinem Kinn strichen erregend über ihre Haut. Ihr Puls schien plötzlich überall zu pochen – in ihrem Kopf, ihren Lippen, ihren Fingerspitzen, ihrem ... ihrem Schoß.

„Du bist wunderschön."

Wie viele Männer hatten ihr das schon gesagt? Aber es war wichtig, es von ihm zu hören.

„Berühre mich."

„Nur wenn Sie die Klinge von Ihrem Herzen wegnehmen."

„Ich werde sie hineinstoßen, wenn du jetzt weggehst. Wenn du mich nicht berührst. Ich kann nicht ohne deine Berührung leben. Ich könnte zu einer anderen Frau gehen. Ich weiß, dass du das denkst. Dass ich meinen schweren, schmerzenden Schwanz in ihr vergraben und in sie hineinstoßen könnte, bis mein Hirn explodiert, aber die ganze Zeit würde ich furchtbare Qualen erleiden, weil ich nur dich will. Hast du eine Ahnung, was für eine schreckliche Tortur das ist?"

„Ich glaube, ich weiß es."

„Ich will dich heiraten, Grace. Alles, was ich brauche, ist ein Ja. Ein einziges, schlichtes Wort."

„Ja." Und es gab kein Zurück. Sie sehnte sich danach, ihn zu berühren, und wenn das erst geschehen war, musste sie auch weitermachen.

Wenn sie ihn anfasste, musste sie allem zustimmen, was ein Mann und seine Ehefrau miteinander taten.

Ganz langsam zog sie ihre Handschuhe aus – und spürte ein weißes, jungfräuliches und absolut irritierendes Gleiten von Satin auf ihrer Haut. Dann streckte sie den Arm vor, legte die Fingerspitzen auf seine Brust und stellte fest, dass seine Haut heiß und feucht war.

„Nimm das Messer weg", hauchte sie. Er war betrunken, und seine Hand wölbte sich über ihrem Hinterteil – ein Körperteil, wo niemals zuvor die Hand eines Mannes gelegen hatte. Sie fürchtete, er würde sie an sich ziehen und sich dabei versehentlich erdolchen.

Er war jung. Verwöhnt. Leidenschaftlich. Wild.

Und er gehörte ihr.

„Ja", wiederholte sie, um sicherzugehen, dass er sie richtig verstand, und seufzte erleichtert, als er den Dolch wieder auf den Schreibtisch warf. Und schon im nächsten Moment schob er ihren Rock, ihre Unterröcke und alles, was ihm sonst noch im Weg war, bis zu ihren Schenkeln hoch. Bevor sie auch nur einen Laut ausstoßen konnte, zog er ihre weiße Spitzenunterhose bis zum Boden hinunter und stützte sie, während sie aus ihr herausstieg.

„Du riechst nach Wollust, Grace. Du stinkst danach, und ich liebe deinen Geruch. Ich will meine Hände damit benetzen und meinen Schwanz darin baden."

Seine derben Worte ließen sie noch feuchter werden, noch cremiger und durchlässiger. Sie konnte sich selbst riechen und errötete, als sie es tat.

„Halt deine Röcke für mich hoch, damit ich dich erforschen kann."

Sie gehorchte, und seine Hände glitten über die Innenseiten ihrer nackten Schenkel. Seine Handflächen waren kräftig und ein wenig rau, und als er ihre Haut zusammendrückte, hatte sie Angst, sie könnte auf den Boden sinken.

„Steh auf, Grace“, befahl er ihr mit tiefer Stimme, und seine Hände strichen weiter nach oben, hinauf zu der Stelle, wo ihre Schenkel zusammenstießen, zu ihrer heißen lockenden Spalte. „Spreiz deine Beine ein bisschen weiter für mich.“

Als sie es tat, war sie sich der glänzenden Spur bewusst, die an ihren inneren Schenkeln hinabrann.

„Ah, ja, gutes Mädchen“, murmelte er, und die wilde Begierde in seinem Gesicht wurde von seinem unglaublichen Lächeln gemildert. „Wunderschöne, weiche Locken.“

Als er sie mit seinen Fingern kämmte, zuckte sie unter seiner Berührung. Ihre Möse schmerzte und fühlte sich eng und heiß an, sie wand sich, um sich Erleichterung zu verschaffen.

„Ist deine Perle jetzt hart? Würde es ihr gefallen, wenn ich sie mit meinen Fingern streichle? Möchtest du, dass ich sie kräftig reibe?“

Grace hatte keine Ahnung, wovon er sprach. Ein ersticktes, verstörtes Keuchen drang aus ihrer Kehle. Zwar wollte sie, dass er auf diese direkte, erotische Art mit ihr sprach, hatte es aber dennoch nicht erwartet. Sie würde seine Ehefrau sein – daher glaubte sie, er würde sie sanft und rücksichtsvoll behandeln. Es würde sehr sinnlich zwischen ihnen sein, und sie würden dabei nicht reden …

Unfähig, sich zu bewegen, stand sie starr wie eine Statue da, und seine langen, kräftigen Finger glitten in sie hinein. Es fühlte sich so gut an, fühlte sich …

Seine Finger streiften mehrmals über ihre empfindliche Perle, und sie stieß einen hohen, lauten Ton aus. Ihr Schrei hallte in dem großen Raum wider, und Seine Lordschaft antwortete mit einem Lachen. „Ich wusste, du würdest schreien“, säuselte er und saugte an ihrem Hals, was ihr erneut einen Aufschrei entlockte. Seine Lippen, seine Zunge, seine Zähne reizten die empfindliche Haut ihrer Halsbeuge, und sie hatte das Gefühl, sich in einem Lavastrom aufzulösen.

Er mühte sich an den Knöpfen ihres Kleides ab und murmelte dabei Flüche vor sich hin. Nun wusste sie, warum er sie aufgefordert hatte, etwas anzuziehen, das man leicht ausziehen konnte. Einige der Knöpfe ließen sich öffnen, ihr Mieder rutschte herunter, und plötzlich waren seine Hände da und hoben ihre Brüste über den gerafften Ausschnitt.

Sie sah, wie die blassen Halbkugeln sich hoben, fühlte, wie sie sich an der Seide rieben und dann aus dem Stoff herausfielen. „Gott, ja", keuchte er. „Diese Titten. Diese riesigen, üppigen, herrlichen Brüste. Eine ganze Woche lang habe ich mich danach verzehrt, sie in meinen Händen zu halten."

Er senkte den Kopf auf ihre rechte Brust, und sie stöhnte, als sein silberblondes Haar mit einem Knistern über ihre Haut strich. Im nächsten Moment schloss sich sein fester Mund um ihren pochenden Nippel, und er saugte so heftig daran, dass sie ihre Röcke fallen ließ und sich an der nächstbesten Stuhllehne festklammerte.

Grace hatte schon mit ihren eigenen Nippeln gespielt, aber nicht auf diese Weise. Er saugte gierig und rollte gleichzeitig ihre andere Knospe zwischen Daumen und Zeigefinger. Es war unglaublich – fast unerträglich gut. Die Empfindungen, die sie überschwemmten, waren so heftig, dass sie die Augen fest zusammenkniff. Hinter ihren Lidern funkelten Sterne. Etwas Hartes strich über ihren Nippel – seine Zähne, wie ihr gleich darauf klar wurde. Sie war überrascht. Schockiert. Und fühlte ein wenig Angst in sich aufsteigen.

Doch er war ein Meister in dem, was er tat, und nutzte den harten Druck seiner Zähne geschickt, um ihre Erregung noch zu steigern. Sie sog seinen männlichen Duft ein, der sie wie ein Zauber umgab. Als sie ihre Lider aufschlug, konnte sie sehen, wie er erst an ihrer linken Brust saugte, dann an ihrer rechten und zwischen den beiden mit seinem Mund eine feuchte Spur hinterließ. Ihre Nippel waren nass und härter und größer, als Grace sie je zuvor gesehen hatte.

Lord Wesley schaute auf, sein helles Haar fiel in seine funkelnden Augen, und ihr Herz machte einen Sprung. Sein Lächeln war wunderbar verrucht. „Genug gespielt, Liebste. Lass uns zum Hauptereignis übergehen."

Grace wünschte es sich langsam und verführerisch, aber sie nahm an, dass er dafür viel zu erregt war. Während er an seinen Hosenknöpfen zerrte, keuchte er: „Ich bin, verdammt noch mal, viel zu hart, um aus diesem Ding herauszukommen."

Sie kicherte über seinen lauten, erleichterten Seufzer, als die Knöpfe nachgaben und der Hosenschlitz sich öffnete. Nachdem er seine Hosen gerade eben bis über die Hüften hinuntergezerrt hatte, sah sie es – ihn – zum ersten Mal.

Haare von einem dunkleren Blond als die auf seinem Kopf schimmerten auf seinem Unterleib und bildeten ein lockiges Dickicht, aus dem er lang herausragte. Wie hypnotisiert musste sie ihn anstarren, als er die Hand um seinen Schaft legte und fest daran entlang strich, wobei er vor Erregung die Augen verdrehte.

Dann ließ er sich auf den Boden sinken und streckte sich rücklings auf dem Teppich aus. Einen Arm hatte er angewinkelt unter seinen Kopf geschoben, mit der anderen Hand hielt er seinen ... seinen harten Schwanz aufrecht. Sie stand da wie eine Idiotin, verblüfft über sein Tempo.

„Komm her und besteige mich", ächzte er. „Ich will dich auf mir haben, Grace. Dann kannst du bestimmen, wie hart du die Stöße haben willst. Wie tief mein Schwanz in dich eintauchen soll."

Auf dem oberen Rand ihres Mieders ruhend, standen ihre großen Brüste weit vor und machten es schwierig für sie festzustellen, wo genau sie war, als sie sich auf dem Boden niederließ. Ihre Brüste waren viel zu groß, was absolut nicht der Mode entsprach, aber Lord Wesley konnte seinen Blick nicht von ihnen abwenden.

„Sie sind fantastisch“, bestätigte er ihr. „Und jetzt setz dich auf meinen Schwengel, Liebste, dann beuge dich vor und begrabe mich für eine Weile unter diesen Titten.“

Niemals hätte sie gedacht, dass sie zum ersten Mal auf dem Teppich im Arbeitszimmer seines Vaters miteinander schlafen würden. Doch die Verderbtheit, die darin lag, machte es besonders aufregend. Sie war seine Mitverschwörerin, und das gefiel ihr. Das war es, was sie wollte. So sollte ihre Zukunft aussehen.

„Beeil dich, meine Liebe“, drängte er sie, während sie mit dem schweren Seidenrock ihres Kleides kämpfte und versuchte, ihn zusammen mit den verschiedenen Lagen ihrer spitzenbesetzten Röcke beiseitezuschieben. „Obwohl es mir gefällt zu sehen, wie deine Nippel wackeln, während du dich mit deinem Kleid abmühst.“

Über ihm balancierend, zögerte sie. Durfte sie ihn anfassen – seinen Schaft festhalten, während sie auf ihn niedersank?

„Ich sterbe, Grace.“ Eine starke Hand umklammerte durch die Röcke ihre Hüfte, und sie rieb ihre Öffnung an der Spitze seines Schwanzes. Die Eichel war nass und roch saftig und primitiv, ebenso wie sie. Sie war so durchlässig, und er war so heiß und hart, dass er ganz leicht in sie hineinglitt. Nach Luft schnappend, ließ sie sich noch tiefer hinab und stützte ihr Gewicht mit den Knien. In dieser Haltung fielen ihre Brüste in Richtung seines Gesichts, wie er es gewollt hatte, und er kam ihnen mit vorgestreckter Zunge entgegen. Nun wirbelte seine Zungenspitze um ihren Nippel herum, während sie seinen Schwanz tiefer in sich aufnahm. Ihre Öffnung gab sehr langsam nach, während ihre inneren Muskeln ihn fest umkrampften.

Du kannst bestimmen, wie hart du die Stöße haben willst ... Das hatte er ihr versprochen, doch nun schob er sich von unten in sie hinein, füllte sie aus, drang in sie ein. Er stach zu, und der Schmerz, der sie durchzuckte, erschreckte sie. Dann tat es plötzlich nicht mehr weh, und sie wand sich auf ihm, kostete das Gefühl aus, vollkommen ausgefüllt zu sein. Langsam hob und senkte sie ihren Körper, peinlich berührt von dem schmatzenden Geräusch, welches ihre Bewegungen begleitete, und verblüfft über die Lust, die sie empfand, wenn ihre Hüften gegen seine stießen.

„Genau so", keuchte er. „Fick mich hart. Fick mich und lass deine Titten hüpfen. Ich will sehen, wie sie herunterklatschen und wieder hochspringen ..."

Seine Hände lagen auf ihren Hüften und halfen ihr dabei, sich über ihm auf und ab zu bewegen. Ihr Haar hatte sich aus dem Knoten gelöst, ihre Brüste bewegten sich heftig. Grace rang nach Atem, während ihr immer heißer und heißer wurde. Ihre Schenkel waren feucht, ihre Brüste, ihr Rücken und ihre Stirn schweißgebadet. Sie beugte sich ihm entgegen, sie reizte ihre ... ihre Klitoris mit jedem Stoß ...

Sein Gesicht verzerrte sich. „Gott!" Abrupt zog er sie zu sich hinunter, sie fiel über ihn und begrub seinen Kopf zwischen ihren runden Brüsten, während seine Hüften aufwärts zuckten. Er umklammerte sie mit seinem starken Arm, und sie wand sich mühsam atmend auf ihm. Sie hatte Lust gespürt, aber keinen Höhepunkt.

Grace wusste, dass es einen Orgasmus gab, denn sie hatte die Mienen auf den Bildern ihres Vaters gesehen. Die Gesichter ekstatischer Frauen, die in den Armen eines Mannes vor Lust vergingen. Ihre Münder waren weit zu einem Schrei geöffnet, ihre Augen geschlossen, ihre Wangen gerötet. Manchmal bohrten sie ihre Fingernägel in den Mann, als würden sie um ihr Leben kämpfen, als würden sie darum kämpfen, die Lust zu überleben, die von ihren Seelen Besitz ergriffen hatte.

Dorthin zu gelangen, war ihr nicht ganz gelungen. Plötzlich hob Lord Wesley seine Arme und ließ sich entspannt zurück auf den Teppich fallen. Er grinste, sah völlig zerzaust und unglaublich gut aus.

Es lag ihr auf der Zunge zu sagen: „Ich liebe dich."

Aber er stieß ein raues Lachen hervor. „Himmel, du bist richtig gut, aber das wusste ich auch schon vorher. Nun sei ein anständiges Mädchen und sieh zu, dass du Land gewinnst. Ich bin durch mit dir."

2. KAPITEL

Ohne nach rechts und links zu schauen, rannte Grace den Korridor entlang. Sie lief an einem Gentleman vorbei, aber Tränen der Demütigung trübten ihren Blick, und sie konnte ihn nicht klar sehen.

Oh Gott, er würde sie erkennen!

Sie zwang sich, stehen zu bleiben. Sich umzudrehen. Doch der Gentleman schaute sie nicht erstaunt an, wie sie es erwartet hatte. Inzwischen hatte er die Tür des Arbeitszimmers erreicht, und sie sah nur seinen Rücken. Beim Anblick seiner rabenschwarzen Haare durchlief sie ein Schauer, obwohl Lord Wesley ihn jovial begrüßte.

„Wynsome! Sind Sie gekommen, um dem Meister die Ehre zu erweisen?"

Dem Meister? Während sie versuchte zu begreifen, was das zu bedeuten hatte, antwortete Wynsome in einem Ton voll neidischem Respekt und wollüstigem Humor: „So, nun haben Sie also endlich auch die reizende kleine Grace Hamilton gehabt."

Grace wich bis zur tapezierten Wand des Korridors zurück und schluckte krampfhaft an der bitteren Galle, die in ihrer Kehle hochgestiegen war. Er hatte die ganze Zeit seine schrecklichen Pläne mit Wynsome besprochen. Vielleicht war das Ganze ein Witz, eine Wette gewesen. Und sie, ein dummes, leichtgläubiges Mädchen, war prompt in die Falle gegangen.

Er hatte ihr sehr deutlich gemacht, was er mit „durch mit dir" meinte. Und sie konnte nur flüsternd fragen: „Aber die H...Hochzeit?", worauf er ihr ins Gesicht gelacht hatte.

Wie viele andere *Gentlemen* wussten davon? Wussten sie es alle?

„Sie ist ein Genuss", erklärte Lord Wesley mit gleichmütigem

Triumph in der Stimme. „Ganz genau so gut, wie ich vermutet hatte, wenn man bedenkt, dass sie noch Jungfrau war. Und wie Sie wohl bemerkt haben, war sie meine zwanzigste Jungfrau in diesem Jahr. Ihr Einsatz ist in Gefahr, Wynsome. Zu Weihnachten werde ich Hundert von ihnen flachgelegt haben."

Grace hatte das Gefühl, als hätten die beiden Männer sie mit ihrer furchtbaren Grausamkeit an die Wand genagelt. Es war nichts weiter als ein Sport für sie.

„Der Rest des Klubs wird höchst erstaunt sein. Es gibt viele, die mehr gesetzt haben, als sie sich leisten können, weil sie ganz sicher waren, es würde Ihnen niemals gelingen, einhundert wohlerzogene Jungfrauen zu erobern."

Der Rest des *Klubs*? Es waren noch andere, wahrscheinlich Dutzende, Männer an dieser Sache beteiligt? Männer, die über ihren Ruin sprechen würden. Das würde ihr Ende sein. Oh Gott, was hatte sie getan?

Jeder, der zur guten Gesellschaft gehörte, würde es erfahren – jeder Gentleman, der sie zuvor als Heiratskandidatin aus gutem Hause angesehen hatte. Wynsome wusste von der Sache – würde er dem Earl of Warren davon erzählen? Würde der gut aussehende weißhaarige Earl über sie die Nase rümpfen und sie mit den Schimpfworten belegen, die er für ihre Mutter benutzt hatte?

„Was haben Sie getan, meine Liebe?"

Als die tiefe, männliche Stimme die Frage aussprach, die sie sich soeben selbst gestellt hatte, stieß sie einen erstickten Schrei aus.

Devlin Sharpe hatte in seinem Leben schon viele verschreckte Frauen gesehen. Entsetzte Frauen. Verzweifelte Frauen. Er hatte die Augen von Frauen gesehen, die unter dem Galgen standen und darauf warteten, dass das Podest unter ihren Füßen weggezogen wurde.

Aber nie zuvor hatte er eine solche Mischung aus Angst, Ekel und Zorn in so schönen, entschlossen blickenden Augen gesehen. Allerdings hatte er auch noch niemals einer so faszinierenden Frau gegenübergestanden – einer so berauschenden, verlockenden Erscheinung mit engelhaft goldenem Haar, einem bildhübschen Gesicht und wunderbar sinnlichen Kurven.

Er hielt den Blick der reizenden Blondine fest, und ihm wurde angesichts ihrer unruhig umherschweifenden Augen und ihrer zitternden Lippen sofort klar, dass sie vorhatte, ihn zu belügen. „Versuchen Sie nicht, mich anzuschwindeln", warnte er sie. „Erzählen Sie mir nicht irgendeine unglaubwürdige Geschichte und laufen dann davon. Ich will die Wahrheit wissen. Ich will wissen, was – oder wer – Sie verletzt hat."

Als sie sich aufrichtete und von der Wand wegtrat, wusste Devlin genau, was geschehen war. Ihre schmalen Finger umklammerten die zerknitterte, himmelblaue Seide ihres Mieders, um es über ihren üppigen Brüsten festzuhalten. Im Licht der Wandleuchter schimmerte ihr weiches Haar, dessen zerzauste Locken über ihre Schultern bis auf ihren Rücken fielen, golden. An den Wimpern ihrer rotgeränderten, grünen Augen hing noch eine Träne. Sie roch nach Sex.

Das spöttische Lachen seines Halbbruders, welches aus dem Arbeitszimmer drang, lieferte ihm den endgültigen Beweis. „Hat er Sie vergewaltigt? Oder nur verführt?"

Wütend auf seinen verdammten Bruder, stieß er das letzte Wort mit einem Knurren hervor, das sie zurückzucken ließ. „Ich sollte lieber gehen", wisperte sie.

„Nicht mit aufgeknöpftem, offen herumhängendem Kleid durch die Flure eines überfüllten Hauses. Kommen Sie mit."

„Warum denn?" Misstrauisch zog sie ihre goldenen Brauen zusammen. *Jetzt*, wo es zu spät war, verhielt die Frau sich vorsichtig.

„Ich kenne einen Weg aus diesem Haus, auf dem uns niemand sehen wird."

Offensichtlich verstand sie nicht, warum irgendein Mann nett zu ihr sein sollte. Sie wich einen weiteren Schritt vor ihm zurück. „Sie … Sie sind ein Wegelagerer, nicht wahr?"

„Das würde ich natürlich niemals zugeben, Miss … wie heißen Sie übrigens?"

Seit ihm zunächst im Ballsaal ihr aufsehenerregendes goldenes Haar aufgefallen war und er sich dann einen aufmerksamen Blick auf ihr Gesicht und ihren Körper gegönnt hatte, fragte er sich, wer sie war. Keiner der Diener seines Vaters hatte ihm ihren Namen genannt – sie waren ausschließlich daran interessiert gewesen, ihn auf den Kies der Auffahrt zu werfen.

Zu dumm, dass sie im Gegensatz zu ihm die geheimen Gänge im Haus nicht kannte.

„Ihr Name", wiederholte er.

„Wenn ich ihn nicht nenne, gibt es einen Mann weniger, der Bescheid weiß." Sie verzog ihre Lippen zu einem höhnischen Lächeln, und er wusste, sie war auf sich selbst wütend, nicht auf ihn.

Was war nur mit einigen Frauen los, die es vorzogen, ihren Zorn zu unterdrücken, anstatt ihn sinnvoll einzusetzen? Seine Mutter war so gewesen – jede verdammte Beleidigung und jeden Hieb seines Vaters hatte sie hingenommen und all ihre Wut hinuntergeschluckt.

„Ich kenne meinen Halbbruder", erklärte er, entschlossen, demjenigen die Schuld zu geben, der tatsächlich schuldig war. „Was hat er Ihnen versprochen?"

Grace schüttelte den Kopf. „Es spielt keine Rolle, was er mir versprochen hat. Ich hätte wissen müssen, dass er niemals vorhatte, sein Wort zu halten. Ganz besonders ich hätte das wissen müssen …" Sie hielt abrupt inne. „Haben Sie Lady

Prudence' Liebhaber ermordet, oder ist das auch etwas, was Sie nicht zugeben werden?"

Mord? Zur Hölle, so nannten die Klatschmäuler das also. Da er aus genau diesem Grund zurückgekehrt war, traf ihn die Behauptung besonders. „Ich habe ihn im Duell erschossen", stieß er brüsk hervor. „Es war alles verdammt ehrenhaft – und ich lege die Betonung auf das Wort *ehrenhaft.* Außerdem hatte er es verdient. Natürlich war es gegen das Gesetz, aber ich bezweifle, dass das die Tat ist, für die ich schließlich hängen werde. Es war kein Mord. Es sind keine ruchlosen Gründe, aus denen ich Sie bitte, mir zu folgen, Liebste – ich muss wissen, wie ich Sie nennen soll, oder Sie werden sich den ganzen Weg die Treppen hinauf Kosenamen anhören müssen."

Erstaunt starrte sie ihn an, wie junge Frauen es häufig taten, aber an ihrem verhaltenen Lächeln, das sie sofort unterdrückte, erkannte er, dass sie seine hastigen Worte verstanden hatte. „Hamilton. Mein Name ist Grace Hamilton."

Devlin trat einen Schritt zurück und bedeutete ihr mit gekrümmtem Zeigefinger, ihm zu folgen. „Vertrauen Sie mir, Miss Hamilton. Sie können hier nicht weiter halb ausgezogen herumstehen. Und selbst wenn ich Ihr Kleid für Sie zuknöpfe ..."

„Ich weiß. Ich ähnele viel zu sehr einer Dirne."

Diese aufreizende Schönheit hatte seine Geduld schon viel zu sehr strapaziert. Gröber als er sie hätte anfassen sollen, packte er ihr Handgelenk und zwang sie, ihm den Korridor entlang zu folgen. Sie stemmte ihre Absätze auf den Boden, hatte aber keine andere Wahl. Ein Schlag seiner Faust gegen die entsprechende Leiste, und nachdem ein Klicken zu hören gewesen war, konnte er die Wandvertäfelung hochschieben. „Da drinnen ... dort ist eine geheime Treppe in die oberen Stockwerke. Ich entschuldige mich im Voraus für die Spinnweben und den Staub."

Nackte Angst stand in ihren großen, runden Augen. *Verdammt.* „Ich habe nicht vor, Ihnen etwas zu tun, Miss Hamilton. Aber ich verspreche Ihnen, wenn Wesley Ihnen die Unschuld genommen hat, wird er Sie heiraten."

Ungläubig blieb sie am Fuß der Treppe stehen. „Sie können ihn nicht dazu zwingen."

Devlin ermutigte sie mit einer Handbewegung, die Stufen hinaufzusteigen. „Mit einem Messer am Rücken kann ein Mann zu allem gezwungen werden."

Grace legte ihre schmale, nackte Hand auf das wackelige Geländer. „Das will ich nicht. Ich will ihn nicht heiraten. Ich möchte nur ... die Zeit zurückdrehen."

„Süße ..."

Das Geräusch, mit dem sie wütend auf den Boden stampfte, wurde von der abgestandenen Luft verschluckt. „Nicht. Mein Name ist Grace. Ich habe Ihnen gesagt, wie ich heiße, und ich will, dass Sie mich so nennen. Reden Sie mich nicht mit diesen Kosenamen an."

Eine Spinnwebe hing vor ihrem Gesicht, und sie zuckte zusammen, als er sie fortwischte. Ihre verschreckte Reaktion weckte in ihm den Wunsch, Wesley die verrotteten Gedärme herauszureißen. Behutsam schüttelte er den Kopf und zeigte ihr ein Lächeln, von dem er hoffte, dass es beruhigend auf sie wirkte. „Ich kann Sie nicht Grace nennen. Das ist eine Vertraulichkeit, die ein Mann wie ich sich nicht herausnehmen darf. Ich kann Sie ‚Liebste' oder ‚Süße' nennen, was meinem dreisten Wesen entspricht, oder ich sage ‚Miss Hamilton' zu Ihnen, um Ihnen den Respekt zu erweisen, der Ihnen gebührt."

Er hatte gehofft, er könne sie zum Lachen bringen, damit sie sich entspannte, aber sie warf nur die Hände hoch, wodurch ihr Mieder sich wieder öffnete. Er erhaschte einen Blick auf üppige, elfenbeinfarbene Kurven mit einem tiefen, schattigen Tal dazwischen. Seine Kehle wurde trocken, und sein Blut strömte hinunter in seinen Schwanz, der sofort eisenhart wurde.

„Ich will keinen gebührenden Respekt“, rief sie. „Ebenso wenig will ich eine beliebige ‚Liebste‘ sein. Ich will ... Oh, das hier ist einfach lächerlich. Was spielt es für eine Rolle, wie Sie mich nennen? Ich kann mir vorstellen, wie alle anderen mich in Zukunft nennen werden.“

Mit diesen Worten wandte sie sich um und begann, die Treppe hinaufzusteigen.

„Ein wenig leiser, Miss Hamilton“, ermahnte er sie, obwohl er es hasste, ihren gerechten Zorn zu dämpfen. Es war genau das, was sie brauchte – das beste Mittel gegen die Demütigung. „Ein wenig Diskretion wird dafür sorgen, dass unser Geheimnis auch wirklich geheim bleibt.“

„Ich verstehe es nicht“, flüsterte sie vor ihm der Dunkelheit und den Spinnweben zu. „Aus welchem Grund helfen Sie mir?“

„Ich mag zwar ein Straßenräuber sein, aber es gibt bestimmte Dinge, die ich niemals rauben würde.“

„Zum Beispiel die Tugend einer Frau?“ Ihre Stimme klang ungläubig.

„Zum Beispiel das Herz einer Frau. Und jetzt erzählen Sie mir Ihre Geschichte. Die ganze Geschichte.“

Als sie mit „Ich hätte es besser wissen müssen ...“ begann, knurrte er, und sie machte einen neuen Versuch.

„Lord Wesley hat mich eine ganze Woche lang verfolgt. Er fand Mittel und Wege, mit mir allein zu sein, nutzte jede Gelegenheit, zweideutige Bemerkungen zu machen. Ich wusste, dass er mich begehrte, und ich ... ich mochte ihn. Ich hätte natürlich wissen müssen, dass Lüsternheit und tiefe Gefühle nicht dasselbe sind!“ Sie wandte sich zu ihm um, als wollte sie sichergehen, dass er nicht über sie lachte. Er tat es nicht. Und er würde es auch niemals tun. Ihm tat ihretwegen das Herz weh.

„Ich hätte nicht zugelassen, dass er … nun, ich hatte letztendlich überhaupt nicht mehr vor, ihn zu treffen. Ich wusste, dass es nicht richtig war. Aber er entdeckte mich im Arbeitszimmer, und er versprach mir, mich zu heiraten. Er fragte mich, was meine Antwort sei. Und ich sagte ja! Und dann erschien es richtig zu … nun, zu … Ich hätte es besser wissen müssen."

„Und warten sollen, bis er Ihnen einen Ring an den Finger steckt, um dann festzustellen, dass er ein Scheißkerl ist? Es ist viel besser, es jetzt herausgefunden zu haben."

Sie schnappte nach Luft. „Dazu wäre es nicht gekommen. Er hatte nie vor …"

„Hören Sie auf, meinen Versuch zu unterbrechen, Ihnen den entscheidenden Punkt klarzumachen, Miss Hamilton. Es war nicht Ihr Fehler, sondern seiner. Und nun schaffen wir Sie in Ihr Zimmer, und dann werde ich mich um Seine verdammte Lordschaft kümmern."

Grace blieb auf der Treppe stehen und drehte sich wieder zu ihm um. Ihre Brauen waren besorgt gerunzelt. „Was haben Sie vor?"

„Ich werde dafür sorgen, dass die Kerle nicht Ihr Leben zerstören. Ich kann sicherstellen, dass die Sache geheim bleibt, das verspreche ich Ihnen."

„Warum sollten Sie das für mich tun? Es war doch mein Fehler."

„Nicht Ihrer. Sie sind nur ein Mensch und haben einem Schurken geglaubt."

Hoffnungslos ließ sie sich gegen das Geländer sinken. „Ich habe alles kaputt gemacht. Ich kann nicht heiraten. Ich …"

„Es gibt Männer, die keinen großen Wert darauf legen,

eine Jungfrau zu bekommen. Sie wollen lieber eine Frau, mit der es ihnen Spaß macht, zusammen zu sein. Sie ziehen Liebe vor. Nun, welches ist Ihr Schlafzimmer?"

Seine Worte erschreckten sie, aber sie antwortete pflichtschuldig: „Das grüne Zimmer. Die Fenster gehen auf den westlichen Teich hinaus."

„Dann liegt es am Ende dieses Flurs." Er zog sie zum Treppenabsatz hinauf, wohl wissend, er hätte die Tür öffnen und sie gehen lassen müssen. Doch er beugte sich über ihre Hand und strich mit den Lippen über ihre Finger, ganz leicht nur, dann richtete er sich wieder auf. „Sie haben Ihr Herz gegeben. Das war und ist das kostbarste Geschenk."

„Eines, das ich dem falschen Mann gemacht habe." Sie stieß ein Lachen hervor, ein leises, wildes Lachen. „Ich habe dem falschen Mann meine Unschuld geschenkt."

Sie war so verletzlich. Und so verführerisch, selbst in dem schwachen Licht, das aus dem Korridor auf sie fiel, selbst umgeben von knarrendem Holz und einer einige Jahrhunderte alten Staubschicht. Sie war rosig und golden, die Art von Kostbarkeit, die Männer dazu brachte, Dummheiten zu begehen. Devlin hatte furchtlos in Pistolenmündungen geschaut, aber es kostete ihn all seine Kraft, ihr die Hände auf die schmalen Schultern zu legen und sie umzudrehen, sodass sie ihm den Rücken zuwandte. Nicht die Gelegenheit zu nutzen, seinen Mund auf ihre weichen roten Lippen zu pressen.

„Laufen Sie rasch den Flur hinunter und gehen Sie zu Bett, Miss Hamilton. Nehmen Sie ein Bad und schlüpfen Sie unter Ihre vorgewärmten, seidigen Decken …" Fast hätte die Vorstellung ihn zum Stottern gebracht. „Schließen Sie die Augen und schlafen Sie, Liebste", flüsterte er. „Und machen Sie sich keine Sorgen mehr wegen des heutigen Abends. Ich werde mich um alles kümmern."

„So einfach ist das nicht", erklärte sie, und in ihrem Gesicht blitzte für einen Moment ein stolzer Ausdruck auf, dem er am liebsten spontan Beifall gezollt hätte. „Ich habe keine Ahnung, was ich tun soll, wenn ich morgen früh aufwache."

„Leben Sie einfach Ihr Leben weiter, Miss Hamilton." Er musste an die vielen Male denken, als er der Überzeugung war, er könne es nicht ertragen, die Sonne wieder aufgehen zu sehen, an die vielen Nächte, in denen es ihm unerträglich erschienen war, einen weiteren Tag zu erleben. Doch er hatte weitergelebt.

„In meinem Leben geht es darum, einen Ehemann zu finden, Mr. Sharpe", wisperte sie. „Das ist der Inhalt meiner Tage."

Er wollte erwidern, dass es auch weiterhin so sein konnte, doch stattdessen sagte er: „Dann sollten Sie vielleicht einen neuen Lebensinhalt finden, Miss Hamilton."

Dann öffnete er die Tür für sie, sah zunächst prüfend hinaus auf den Korridor und schaute ihr dann hinterher.

Das also hatte sie mit ihrer Suche nach einem Mann erreicht, der ihr eine Zukunftsperspektive bot.

Grace warf ihre zerknüllten Seidenhandschuhe auf die glatte Tagesdecke ihres Bettes und ging zum Glockenzug, um eine von Lady Prudence' Zofen herbeizurufen. Im Gegensatz zu den anderen Frauen, konnte sie es sich nicht leisten, ihre eigene mitzubringen.

Ein schwerer, ungewohnter Geruch drang ihr in die Nase, und sie geriet in Panik. Hastig ließ sie das Band mit der Quaste am Ende los, denn sie hätte ebenso gut ihre Todesglocke läuten können. Sie roch nach *ihm.*

Von einer Zofe konnte sie sich nicht helfen lassen. Nicht wenn sie in einem Kleid steckte, das völlig zerdrückt war, während ihre Haare wirr herunterhingen und sie den unverwechselbaren Geruch eines Mannes an sich hatte. Aber es war unmöglich, ihr Kleid und ihr Mieder allein auszuziehen. Außerdem benötigte sie Wasser zum Waschen.

Während sie mit den Knöpfen ihres Kleides kämpfte, ging sie zu dem Tisch, auf dem Krug und Waschschüssel standen. Es war noch ein wenig Wasser übrig, zwar kalt, aber vielleicht genug, um seinen Geruch loszuwerden. Sie konnte in ihrem Mieder schlafen – nun, nicht schlafen, aber auf die Morgendämmerung warten – aber da war immer noch ihr Kleid.

Während sie sich mit den Knöpfen abmühte, die sie erreichen konnte, und ächzend auf und ab sprang, damit das Kleid herunterrutschte, murmelte Grace laut vor sich hin: „Lord Wesley ist eine feige Ratte, die es nicht wert ist, meine Schuhe zu lecken. Pferdeäpfel sind edler als er!"

Das mochte albern sein, aber sie fühlte sich danach besser. Und als sie mit einem letzten Ruck ihr Kleid nach unten zog und aus den Stoffmassen heraustrat, seufzte sie erleichtert auf. In der Hoffnung, dadurch würden sich von selbst die vielen Falten erklären, ließ sie das Kleid als wirren Haufen am Boden liegen und zog eine Grimasse, während sie das letzte Wasser in die Schüssel goss.

Wahrscheinlich war das die Strafe, wenn man sich wie eine Idiotin benahm. Erschaudernd tauchte sie den Waschlappen ins kalte Wasser.

Die Ehe hatte ihre Rettung sein sollen – der einzige Ausweg –, und nun hatte sie diese Möglichkeit für immer verspielt. Als Buße rubbelte sie sich unbarmherzig mit dem kalten Waschlappen ab.

Was sollte sie jetzt nun tun? Sie hatte keines der Talente ihres Vaters geerbt, anders als Venetia, die malen konnte, und ihre Schwester Maryanne, die eine wunderbare Autorin war. Sie war nicht im Geringsten künstlerisch begabt, wenn man von der Fähigkeit absah, sich in dramatische Situationen zu bringen.

Von allen drei Töchtern Rodessons hatte sie am meisten von ihrer Mutter Olivia geerbt – ihr blondes Haar, fein und hell, aber kräftig genug, um sich zu locken und zu wellen, und die berühmten Gesichtszüge ihrer Mutter. Ihre Augen waren grün, wie die ihres berüchtigten Vaters. Die Herren bewunderten ihre Figur, die sie selber zu üppig und ausladend fand. Doch die ältlichen Matronen von Maidenswode, diejenigen, die sich nicht mehr die Mühe machten, ihre Zunge zu hüten, behaupteten, dass Männer einen großen Busen anziehend fanden. Ihre Brüste waren offenbar ihr Gewicht in Gold wert.

Mit Sicherheit hatte Lord Wesley ihre Brüste bewundert. Offensichtlich waren sie das Einzige an ihr gewesen, das er gewollt hatte.

„Nein“, sagte Grace mit lauter Stimme, um der Bemerkung mehr Nachdruck zu verleihen, und spülte den Waschlappen aus. „Ich muss nach vorne schauen. Ich muss entscheiden, was ich nun tun werde. Die Ehe bleibt immer noch eine Möglichkeit. Ich könnte einen älteren Gentleman heiraten. Ich bin sicher, es gibt eine ganze Menge älterer, wohlhabender Edelmänner, die gerne an meine Brüste möchten …“

„Du musst dich nicht auf diese Weise verschachern, Süße.“

Beim Klang der vertrauten, tiefen Männerstimme fuhr sie erschrocken zur Tür herum. Plötzlich sehr angespannt, aufmerksam und unsicher – und doch belebt durch die erregende Mischung unterschiedlichster Empfindungen. „Ich habe die Tür abgeschlossen.“

Mr. Sharpe zuckte die Achseln. „Das haben Sie tatsächlich.“

„Ist es eine Gewohnheit von Ihnen, in die Schlafzimmer von Frauen …“ Sie stockte, als sie sich des Brennens auf ihren Wangen und der Tatsache bewusst wurde, dass sie nur ihr Mieder und ihr Unterkleid trug. Natürlich brach er in die Schlafzimmer von Frauen ein! Er war ein Pirat und Straßenräuber – zwei männliche Beschäftigungen, die sich dadurch auszeichneten, Frauen die Tugend zu stehlen.

Mr. Sharpe sah empörend selbstgefällig aus. „Es mag Sie überraschen, dass ich das gewöhnlich nicht tue. Normalerweise warte ich die unvermeidliche Einladung ab."

Er lehnte elegant im Türrahmen, wo er sich mit einem Arm abstützte, während seine in Stiefeln steckenden Knöchel gekreuzt waren. Offenbar wartete er auf ihre Einladung. Das Blau seiner Augen schlug sie in seinen Bann – saphirblau, dunkel und im Licht ihrer einzigen Kerze und des fast heruntergebrannten Feuers funkelnd. Eine ebenso spektakuläre Farbe, wie sie erwartet hatte, und zum Glück völlig anders als Lord Wesleys.

Warum war er gekommen? Was wollte er? Wenn sie vernünftig war, schickte sie ihn fort, aber sie brauchte ihn – und wenn es nur darum ging, die Knoten in den Bändern ihres Mieders zu lösen. „Sie dürfen hereinkommen, sonst schaut noch jemand anders aus seiner Tür und sieht Sie dort stehen."

Grace konnte ihr triumphierendes Lächeln nicht unterdrücken, als er von ihrer Schwelle in ihr Zimmer hastete und die Tür hinter sich schloss.

Sein maskuliner Duft, völlig anders als der seines Bruders – erdiger, würziger, unglaublich verführerisch – erfüllte ihre Sinne und ihr Zimmer.

Seine ganze Erscheinung füllte ihr Zimmer.

Und in genau dem Moment, in dem sie seine erstaunliche Größe und seine breiten Schultern bewunderte, erinnerte sie sich, wie Lady Prudence vor Angst erstarrt war und wessen sie ihn beschuldigt hatte. Vor Nervosität zitternd, wandte sie sich ab und fragte sich, ob sie ihre Sinne noch beisammen hatte, während sie die Arme vor ihren Brüsten verschränkte.

Er war bereit gewesen, offen zu gestehen, dass er sich duelliert hatte, und sie gewährte ihm ohne Zögern Zutritt in ihr Schlafgemach.

Aber er hatte sie gerettet. Hatte sie in einer Situation zum Lächeln gebracht, in der jede andere Frau so sehr geweint hätte, dass sie hinterher ihre Bettdecke hätte auswringen müssen.

„Ich habe mit Wesley gesprochen."

Das riss sie aus ihren Gedanken, und sie fuhr herum. „Was ... du lieber Himmel, Sie bluten am Hals!"

Er öffnete die Lippen, und seine Zähne blitzten bei dem unverfrorenen Lächeln eines Mannes auf, der es gewohnt ist, sich zu nehmen, was er haben wollte. „Nicht mehr. Ich habe meine viel zu teure und viel zu sehr gestärkte Krawatte benutzt, um das Blut wegzuwischen."

„Hat Lord Wesley Sie angegriffen? Was haben Sie getan, um sich zu verteidigen?"

„Ich habe ihm das blöde Messer weggenommen, ihn übers Knie gelegt und verhauen."

„Das haben Sie nicht getan! Das können Sie unmöglich gemacht haben!"

Ruhig zog er seinen Handschuh aus und zwinkerte ihr zu. „Ich dachte, meine Hand wäre immer noch rot. Jedenfalls brennt meine Handfläche noch. Ich fand, kindisches, tyrannisches Benehmen sollte wie bei einem Kind bestraft werden. Wäre der Feigling nicht in den Garten geflohen, hätte ich einen Gürtel zum Schlagen benutzt."

Sie prustete los. Dann schlug sie sich erschrocken die Hände vor den Mund. Sie hatte vorgehabt, auf sittsame und melodische Art zu lachen, wie es sich für eine Frau ziemte, aber ihr ganz natürliches Lachen hatte sich durchgesetzt. Das schreckliche Prusten, das ihre Schwestern immer so furchtbar erheiterte. Das Lachen ihrer Schwestern mochte unangebracht sein, aber es klang wenigstens weiblich.

Der Straßenräuber in ihrem Schlafzimmer grinste sie breit an. „Großer Gott, kam dieses Geräusch von Ihnen?“

„Ja“, erklärte sie trotzig, während sie sich nur allzu bewusst wurde, dass sie sich auf den beiden Seiten ihres Bettes, das bereits für die Nacht aufgeschlagen war, gegenüberstanden.

Er strich sein langes, blondes Haar zurück. „Sie sind reizend.“

Sie erstarrte vor Verlegenheit. „Bevor Sie Ihre Hand – oder Ihren Gürtel – gegen Lord Wesley erhoben haben, haben Sie mit ihm über meinen ... meinen Ruf gesprochen?“

„Was glauben Sie, aus welchem Grund ich seinen Allerwertesten bearbeitet habe, Miss Hamilton? Jedenfalls nicht aus Gründen der Körperertüchtigung. Das sollte ihm deutlich machen, wie ernsthaft ich ihn erniedrigen, verletzen und zerstören werde, falls er es wagen sollte, auch nur ein einziges Wort über das Geschehene zu verlieren.“

Halb ausgezogen und verwirrt hatte sie keine Ahnung, was sie von der Sache halten sollte. Wie konnte ein Straßenräuber ihr ritterlicher Beschützer sein? „Aber er ist Ihr Bruder, und er wird wissen, dass Sie ihn nicht ernsthaft verletzen würden ...“

Zur Faust geballt ruhte Mr. Sharpes Hand am geriffelten Pfosten ihres Bettes. Seine Grübchen wurden tiefer. „Er weiß, ich würde es tun. Was meinen Sie denn, wie ich ihn dazu gebracht habe aufzuhören, sich wegen seiner legitimen Herkunft und seines Titels mir gegenüber aufzuspielen? Ich habe ihn in der Schule mit meinen Stiefeln in seinen kleinen Hintern getreten.“

Grace bemerkte, dass Mr. Sharpe ihr trotz ihrer unzulänglichen Kleidung unablässig ins Gesicht schaute. Das machte ihr auf seltsame Weise Mut und brachte sie dazu, sich vollkommen auf ihn zu konzentrieren. „Sie haben die Schule besucht?“

„Wirke ich ungebildet? Mein Literaturlehrer war überzeugt, ich würde als begriffsstutziger, halb gebildeter Wilder enden."

„Aber Sie nutzen Ihre Ausbildung nicht!", protestierte sie. „Sie ..."

Er lehnte sich ihr entgegen, und der würzige Duft von Sandelholz zusammen mit dem köstlichen, warmen Geruch seiner Haut berauschte sie und erzählte ihr von den intimsten Dingen, die er tat – baden, rasieren, sogar schwitzen.

„Sie können sicher sein, dass ich das Wissen aus jeder meiner Lektionen nutze, Miss Hamilton. Es ist schon passiert, dass ich Shakespeare zitiert habe, während ich den Mast eines englischen Kriegsschiffes fällte."

„Das haben Sie auf keinen Fall gemacht!"

Nun lachte er, sehr leise, kehlig und tief. „Was glauben Sie mir nicht – die Sache mit Shakespeare oder die mit dem Kriegsschiff?"

„Die mit dem Kriegsschiff", erwiderte Grace in energischem Ton, weil er sie aufzog. „Hätte man Sie nicht verfolgt und mittlerweile aufgeknüpft? Sie sind nicht gerade verschwiegen, nicht wahr?"

„Zum Ausgleich habe ich für Seine Majestät einige wichtige Aufgaben erledigt."

„Zum Ausgleich für die Zerstörung von Schiffen? Was haben Sie getan? Einen Kontinent erobert und mittendrin die englische Fahne aufgestellt?"

„Im Wesentlichen." Er lachte. Es faszinierte Devlin, dass Miss Grace Hamilton ausschließlich über ihn sprach. Daran war er nicht gewöhnt – normalerweise ließ er die Frauen über ihr Leben plappern und war zufrieden damit, dem Singsang ihrer Stimmen zu lauschen, während sie den neuesten Klatsch verbreiteten.

Er sollte lieber gehen. Es war seine Absicht, ihren Ruf

zu schützen und nicht, ihn zu zerstören, indem er sich in ihrem Schlafzimmer häuslich niederließ. Doch als er Anstalten machte, sich zu verbeugen und von ihr zu verabschieden, sah er in ihrem Augenwinkel eine Träne schimmern und wusste, dass sie langsam der Mut verließ.

„Und was kann ich tun?", fragte sie. „Gouvernante werden? Oh, warten Sie – meine Schulausbildung ist so gut wie nicht vorhanden, und die meisten Damen möchten junge Frauen mit tadellosem Ruf für ihre Kinder. Vielleicht bin ich qualifiziert, die Fußböden zu schrubben …"

„Wohlerzogene Frauen sind darin selten gut. Ich würde niemals eine einstellen, um sich um mein Haus zu kümmern."

„Mr. Sharpe, ich meine es ernst. Ich …" Ihre Wimpern senkten sich über ihre Augen, und eine Träne, funkelnd wie ein Diamant, rollte an ihrer schmalen Nase entlang.

„Nicht." Innerhalb einer Sekunde stand er neben ihr und hatte seine Handschuhe ausgezogen. Mit seinem Zeigefinger wischte er die Träne fort, wobei seine raue Fingerspitze über ihre weiche, schimmernde Haut glitt. Sein Finger zitterte. Nur leicht, aber er spürte es.

Unfähig zu widerstehen, ließ er seine feuchte Fingerspitze über ihre runde Wange bis zu ihren leicht geöffneten Lippen wandern.

Sie stellte sich auf die Zehenspitzen und legte die Hand um sein Kinn. Verdammt, er hatte sich an diesem Morgen nicht die Mühe gemacht, sich zu rasieren und sich darauf gefreut, im Ballsaal mit Stoppeln zu erscheinen, die einen Tag alt waren, obwohl es ihn kitzelte. Er hatte keine Gesichtsbehaarung mehr getragen, seit er als Captain Devlin Sharpe auf einen gepflegten Bart stolz gewesen war.

Er hatte ein Leben als Pirat geführt, aber es gab Schätze, die zu plündern er sich weigerte. Einer davon war eine Achtzehnjährige mit weit aufgerissenen Augen. „Das ist nicht klug,

Miss Hamilton.“ Er fing ihre Hand ein, drückte sie sanft und zog sie von seinem Gesicht weg.

Ihre feuchten, vollen Lippen teilten sich und verschlugen ihm den Atem.

„Ich möchte es“, wisperte sie. „Ich möchte das Böse auslöschen mit … mit …“

„Grace …“

Sie legte ihre Finger auf seine Lippen, und er, der ein Schiff kommandiert und eine Bande ungebändigter Diebe befehligt hatte, schloss den Mund. Zu sehr wünschte er sich, die Worte zu hören und spürte sein Herz bis zum Hals schlagen, als sie flüsterte: „… mit Ihnen.“

3. KAPITEL

Geschickt löste Devlin die Knoten in den Bändern ihres Mieders und ließ seine Hände höher gleiten, um die Schnürung zu lockern. Währenddessen fasste Grace einen Entschluss. Sie würde nicht nachdenken. Sie wollte das, was hier geschah. Denn sie hatte das Gefühl, dass ihr Körper sich auflöste, während sie ihre Erregung feucht zwischen den Schenkeln spürte.

Vor Kurzem hatte sie ihre Unschuld dem falschen Mann geschenkt, einem arroganten und bösen Mann.

Devlin Sharpe war nicht böse.

Daran glaubte sie …

Nein. Sie hatte beschlossen, nicht nachzudenken, und es einfach zu tun.

Nachdem sie sich aus dem gelockerten Mieder gewunden hatte, ließ sie es auf den Boden fallen. Sich vor einem Fremden auszuziehen, sollte sich nicht so gut anfühlen …

Nein. Nicht *nachdenken.*

Grace hob den Saum ihres Unterkleids, hielt aber auf der Hälfte ihrer Schenkel inne. Sie trug nichts mehr darunter. Ihre Unterwäsche befand sich noch bei Lord Wesley. Grace hatte sie nicht vom Boden aufgehoben, bevor sie seinem spöttischen Lachen entflohen war. *Ich würde dich auf keinen Fall heiraten, Liebchen – gütiger Himmel, du bist ein verarmter Niemand. Aber mir gefällt der Gedanke, mir eine neue Mätresse anzuschaffen.* Die Erinnerung an diese Worte tat weh. Sie hoffte, der Schuft hatte ihre Unterhosen verbrannt, befürchtete aber, dass er sie in seinem Klub als Souvenir an sein schändliches Verhalten an die Wand gehängt hatte.

„Nicht nachdenken."

Devlins tiefes Flüstern, sein warmer Atem, der an ihrem Hals entlangstrich, ließ einen Schauer der Erregung über ihren Rücken laufen. Hatte sie sich unter seiner Berührung angespannt? Woher wusste er von ihren Gedanken?

„Ich werde nicht nachdenken", erwiderte sie atemlos und trat einen Schritt von ihm zurück, um ihr Unterkleid abzustreifen und auf den Teppich flattern zu lassen. Da stand sie nun also nackt. Er konnte jedes Fleckchen ihres Rückens sehen – die Neigung ihrer Schultern und die Rundung ihres sehr üppigen Hinterteils.

Tief in der Kehle machte er ein leises Geräusch, es klang wie ein Knurren. „Himmel, du bist perfekt."

Anstatt sich ihm zuzuwenden, ging sie zum Bett. Es war nur ein kleines Stück, doch es fühlte sich an, als würde sie ewig dafür brauchen. Sie war sich des Schwungs ihrer Hüften bewusst, des Wackelns ihres Pos, der ungeschickten Art, mit der sie ihren Zeh gegen den Fußboden stieß, als sie nicht aufpasste.

Alles nahm sie überdeutlich wahr: seine rauen Atemzüge, die Wärme des Feuers, die es ihr ermöglichte, nackt herumzulaufen, ohne Gänsehaut zu bekommen, die Texturen der verschiedenen Oberflächen in ihrem Zimmer. Die Bettvorhänge waren aus weichem Samt, die Tagesdecke bestand aus bestickter Seide. Ein Überwurf aus Pelz lag auf der Armlehne eines Sessels, und der weiche Teppich ging in den glatten, kühlen Fußboden über.

Als sie die Bettkante erreichte, war sie sich auch ihres eigenen Körpers so bewusst wie nie zuvor. Es war, als würde sie spüren, wie ihre Haut atmete. Ihre Nippel waren dunkelrosa und standen stolz aufrecht. Zwischen ihren Beinen pochte es heiß und feucht, und sie spürte eine tiefe Sehnsucht, ausgefüllt zu werden. Am Bettpfosten wandte sie sich um und sah, dass er mit anmutigen, bedächtigen Bewegungen seine Kleidung abstreifte. Seine Jacke und seine Weste waren bereits verschwunden, und sie sah erschrocken zu, wie er sein Hemd hochzog.

Weißes Leinen glitt über gebräunte Haut.

Grace umklammerte den Bettpfosten. Nun konnte sie seinen flachen Bauch sehen, über dessen deutlich erkennbarer Muskulatur sich weiches, goldenes Haar lockte. Als er sich bewegte, erhaschte sie einen Blick auf seinen Nabel.

Plötzlich wünschte sie sich nichts mehr, als sich auf ihre Knie fallen zu lassen und seinen nach innen gewölbten Nabel zu küssen, die Zunge um ihn kreisen zu lassen und seine Haut zu schmecken. Sie wollte diese harten, hervortretenden Muskeln streicheln und erforschen …

Bei dieser Vorstellung musste sie ihre zitternden Hände zu Fäusten ballen.

Devlin zog den Saum seines Hemdes bis zu seinen Schultern hoch. Seine Bewegungen waren lässig und unbekümmert, als wüsste er nicht, dass sie, die linke Faust zwischen ihre Zähne geschoben, jede seiner Regungen beobachtete.

Dennoch war sie sicher, dass er sich ihrer Blicke bewusst war – vor ihren Augen ließ er seine harten, durchtrainierten Brustmuskeln spielen –, doch das Hemd verbarg sein Gesicht und damit auch das Grinsen, von dem sie wusste, dass es um seine Lippen spielte. Seine Nippel waren dunkelbraun und ebenso hart wie ihre.

Dann warf er sein Hemd zur Seite und enthüllte seinen ganzen nackten Oberkörper und das gefährliche Funkeln seiner klaren blauen Augen.

Riesig und kraftvoll, wie er war, hätte sein Körper einschüchternd wirken müssen. Seine Schultern waren breit und gerade, und sie nahm an, er hätte darauf eine Kanone tragen können. Grace konnte sich vorstellen, wie er in der Takelage eines Schiffes herumkletterte, sein Leben riskierte und dabei die ganze Zeit lachte.

Sein wie gemeißelt wirkender Körper machte ihr keine Angst, aber er ließ sie voll Verlangen aufstöhnen.

Welche Frau wusste eine attraktive Männerbrust nicht zu schätzen? Doch nie zuvor hatte sie sich so danach gesehnt, den Körper eines Mannes zu berühren.

Grace ließ den Bettpfosten los und ging auf ihn zu, während sie beobachtete, wie seine Hände auf den Knöpfen seiner Hose ruhten und sein Adamsapfel auf und nieder hüpfte, als er schluckte. Während sie sich durchs Zimmer bewegte, spürte sie, wie ihre Brüste wippten. Er schaute sie an, und seine offenkundige Bewunderung ließ sie kühn werden. „Magst du sie?"

Er ließ seine Hosen los und beugte sich zu der Kuhle über ihrem Schlüsselbein hinunter. Seine Zunge schnellte vor, und sie quietschte, als eine heftige Empfindung sie durchlief. Sanft wirbelte seine Zungenspitze über ihre Haut und glitt abwärts, nahm ein winziges Stückchen nach dem anderen in Besitz und tastete sich immer näher an ihre Brüste heran. Ihre Haut reagierte so überraschend empfindlich auf seine Berührungen, dass sie erschauderte. Und ihre Nippel waren schockierend hart, standen aufrecht und wurden immer rosiger.

Es erschien ihr unglaublich, dass sie einem Mann, den sie nicht kannte, erlaubte …

Nicht denken!

Er hob den Kopf. Sein Blick traf den ihren und fiel dann hinunter auf ihre Brüste. „Sie sind wunderschön, Liebste."

Sein goldenes Haar fiel ihm ins Gesicht und strich über ihre Haut. Lässig blies er sich ein paar Strähnen von den Lippen, und selbst diese schlichte, unbewusste, sinnliche Bewegung entfachte ihr Begehren.

Sie konnte nicht glauben, dass ihre nackten Brüste nur ein winziges Stück von seiner heißen, entblößten Brust entfernt waren.

„Du bist hier wunderschön …" Er hauchte ihr einen Kuss aufs Kinn. „Und hier." Kichernd schloss sie die Augen, als seine weichen Lippen sich näherten. Sein Mund berührte ihre Wimpern, und sie wunderte sich, wie erotisch sich diese Zärtlichkeit anfühlte.

Feuchte Hitze legte sich um ihren rechten Nippel, sie wölbte ihm den Oberkörper entgegen und öffnete gleichzeitig die Augen. Seine Zunge tanzte um ihre rosige Brustspitze herum und brachte sie zum Kribbeln. Er öffnete die Lippen, und ihr Nippel verschwand in seinem Mund. Seine Wangen wurden hohl, und sie schrie auf, als heftige Lust sie durchfuhr.

Als er aufhörte zu saugen, wimmerte sie.

Heiser und rau schien auch seine Stimme ihren Körper zu berühren. „Am allerschönsten finde ich aber den Klang deiner Seufzer und deines Stöhnens, Grace."

Der Ausdruck in Devlins Augen ließ sie für einen Moment erstarren. Es war nicht nur Begehren, das sie darin las. Es war mehr als das. Er sah überwältigt aus, als wäre sie wirklich unglaublich schön. Als wäre sie entzückender, als er erwartet hatte, oder als wäre er hingerissener, als er es eigentlich hatte zulassen wollen. Und das gefiel ihr, so seltsam es ihr auch erschien.

Schließlich sah auch er besser aus, als sie gedacht hatte, und sie war von ihren Gefühlen weitaus mehr überwältigt, als sie es wollte.

Sein Mund bemächtigte sich erneut ihrer Nippel, aber mit so unerträglicher Sanftheit, dass sie ihm ihre Brüste entgegenschob und sich mit den Fingern in sein seidiges Haar krallte. Leise gegen ihre Haut lachend, saugte er gehorsam heftiger, während er gleichzeitig die Hosen herunterzog.

Darunter trug er nichts als seine heiße Haut.

Mutig zeichnete sie mit dem Zeigefinger die Linie seiner nackten Hüfte nach, berührte ihn voller Bewunderung. Über den schmalen Hüftknochen fühlte er sich hart an, die

Vertiefung direkt darüber war samtweich, und sein Bauch ... bestand aus einer hinreißenden Aneinanderreihung kräftiger Muskeln.

Er hob sie hoch. Nicht wie ein Gentleman eine Dame hochhob, um sie zu tragen, weil sie sich den Knöchel verstaucht hatte. Nein, er umfasste ihr Hinterteil und zog sie an seinem Körper nach oben, sodass sie die Beine um seine Taille schlingen musste.

„Mr. Sharpe!" Ihre rosige Spalte presste sich gegen die breite Spitze seines harten Schwanzes, der zwischen ihnen eingeklemmt war.

„Devlin! Ich möchte gern hören, wie du mich Devlin nennst, Süße." Obwohl ihm seine Hosen um die Knie hingen, bewegte er sich erstaunlich rasch und ließ sich vorwärts auf das Bett fallen. Sie schloss die Augen, weil sie sicher war, dass er sie zerquetschen würde, aber er fing sein Gewicht lachend mit einem Arm ab.

Dann stemmte er sich hoch, streckte sich und zerrte sich die Stiefel von den Füßen. Dabei ruhte die ganze Zeit sein heißer Blick auf ihr. Mit einem Arm über ihren Brustspitzen, mit der anderen Hand ihre unteren blonden Locken bedeckend, klammerte sie sich auf diese Weise an ihre Sittsamkeit. Völlig unsittsam starrte sie dabei seinen Schwanz an. Nun, da er nicht mehr an sie gepresst war, konnte sie ihn sehen – ihre Neugier brachte sie dazu hinzuschauen, sexuelle Anziehung hinderte sie daran, ihren Blick wieder abzuwenden.

Ihr Vater hatte auf seinen Bildern die männlichen Geschlechtsteile unrealistisch dargestellt – er hatte übertrieben. Einige waren lang und dünn und besaßen eine scharlachrote Spitze. Andere dagegen waren kurz und dick und seltsam purpurfarben.

Mr. ... Devlins Schwanz faszinierte sie durch seine beachtliche Größe und seine reine Schönheit. Weit vorragend, beschrieb sein Schaft einen Bogen in Richtung seines Nabels. Sie bezweifelte, dass ihre Hand um ihn herum reichte. Dunkelgoldenes Haar wuchs um seine Wurzel, und darunter hing ein Paar großer Hoden.

Wie würde sich dieser Schwanz in ihr anfühlen? Würde er zu lang sein? Würde er ihr wehtun? Schon allein vom Hinschauen begann ihr Honig zu fließen, und ihre Hand diente nicht mehr allein dazu, ihre intimsten Stellen zu bedecken. Zu ihrem Entsetzen bemerkte sie, dass sie ihre feuchten Schamlippen streichelte. Vor seinen Augen.

Seine Knie sanken in die weiche Matratze. Sein Haar, im Licht des Feuers glänzend wie goldene Seide, fiel ihm ins Gesicht. „Ich möchte, dass du oben bist, Grace. Du kannst …"

„Nein!"

Als er ihren verzweifelten Ausruf hörte, hielt er inne und runzelte die Stirn. Sie redete hastig weiter. „Ich möchte, dass *du* oben bist. So möchte ich es … bitte?" Sie öffnete einladend die Beine, streckte ihm die Hände entgegen und bot sich ihm vollkommen ungeschützt und verletzlich dar.

Sein Lächeln zog sie in seinen Bann. Dann hob er ihre Hand und presste ihr einen Kuss auf die Fingerspitzen. „Was auch immer der Dame Vergnügen bereitet."

Er erhob sich und nahm etwas aus der Tasche seiner am Boden liegenden Hose. Grace schaute erstaunt zu, wie er eine Hülle über seinem Schwanz abrollte, und war von der Selbstverständlichkeit fasziniert, mit der er sich selbst berührte. Sie kannte so etwas von den Bildern ihres Vaters – eine Barriere, mit deren Hilfe eine Schwangerschaft verhindert wurde.

Nicht nachdenken.

Dann war urplötzlich der Gentleman verschwunden, und an seine Stelle trat ein lustvoller Verführer. Über ihr bewegten sich breite Schultern, seine schmalen Hüften schoben sich zwischen ihre Schenkel, und seine starken Beine sorgten dafür, dass ihre sich weiter spreizten. Mutig wagte sie es, ihn zu berühren, ließ ihre Hände über seine glatten Schultern gleiten, und zupfte mit den Fingerspitzen an den krausen Haaren auf seiner Brust.

Jedes Fleckchen seines Körpers wollte sie genießen. Diese Stunden sollte, eine kostbare Erinnerung für sie werden, und sie würde dafür sorgen, dass sie perfekt war.

Während Devlin und sie einander anlächelten, staunte sie darüber, wie natürlich es ihr erschien, ihn zu berühren, und um sich an diesen Berührungen noch mehr zu erfreuen, schob sie ihre Hand nach unten. Sie konnte es kaum erwarten, seinen Schwanz anzufassen, ihn zu erforschen, ihm Lust zu bereiten ...

„Oh Gott, Grace", keuchte Devlin, als sich Grace' lange, schlanke Finger um seinen pochenden Schaft legten. Ihre Hand hielt ihn und glitt dann aufwärts. Sie folgte den Linien seiner unter der Haut pulsierenden Adern und näherte sich quälend langsam der tropfenden Eichel.

Miss Grace Hamilton erforschte seinen Körper, und es gelang ihm kaum noch, die Kontrolle zu bewahren. Er biss die Zähne zusammen und kämpfte verzweifelt gegen den Impuls, ihre Hand wegzuschieben und in sie einzudringen. Bedächtig legte sie die Hand um ihn und bewegte sie rhythmisch auf und ab.

Indem er mit seinen Fingern ihr schmales Handgelenk packte, stoppte er sie. „Ich will dich lieben, will in dir sein. Möchtest du das auch?"

Bevor sie antworten konnte, führte er seinen Schwanz in ihren feuchten, erregten Schoß und verrieb mit der Spitze ihre üppig fließenden Säfte. Als er mit dem Schaft an ihrer Klitoris entlangstrich, stöhnte sie auf. „Oh ja!" Dann stieß sie einen so verzweifelten Seufzer aus, dass sein Schwanz zuckte und sich seine Hoden zusammenzogen.

Zärtlich hob er ihr Bein, berührte ihre seidenweiche Haut und bemerkte, dass sie noch ihre Strümpfe und die Strumpfhalter trug. Der Anblick der hauchdünnen weißen Seide auf ihrer elfenbeinfarbenen Haut war äußerst erotisch, aber sein Verlangen war so groß, dass er den kostbaren Stoff am liebsten mit den Zähnen zerfetzt hätte.

Noch nie hatte er eine Frau gehabt, die nicht erfahren, ungestüm und nur allzu bereit war zu erwidern, was er ihr gab. An seinem Körper trug er noch die Narben von scharfen Fingernägeln und reißenden Zähnen, und er mochte Frauen, die mit ihren Fersen sein Hinterteil bearbeiteten.

Voller Konzentration packte er mit festem Griff seinen Schwanz. *Nimm dich zusammen, Devlin. Sie ist kostbar, und du musst sie verwöhnen.*

Miss Grace Hamilton stöhnte, als er langsam in sie eindrang, die Hinterbacken angespannt, die Arme und Beine steif von der Anstrengung, sich zurückzuhalten. Unter ihm liegend, schlang sie ihr zweites Bein um seine Hüfte, legte die Arme um seinen Hals und zog sich mit einem fiebrigen Lustschrei zu ihm hoch.

Gott.

Seine Hüften arbeiteten, bewegten sich auf und ab, um seinen Schaft in ihre warme, weiche Möse zu schieben. Sie war ein Schatz, den ein Mann wie er nicht verdiente – arglos, eifrig, ungewöhnlich schön. Nachdem er seine Ellenbogen rechts und links von ihrem Kopf aufgestützt hatte, eroberte er ihren Mund, während er langsam in sie hineinglitt und sich wieder zurückzog. Ein leises Wimmern war an seinem Mund zu spüren, als er sich endlich bis zum Anschlag in sie schob. Dann überraschte sie ihn, indem sie ihn hungrig küsste, wobei ihre Zunge sich mit seiner duellierte.

„Härter“, wisperte sie an seinen Lippen. „Ich mag das, aber ich will dich tiefer in mir spüren. Härter.“

Seine Kontrolle geriet ins Wanken. Er bäumte sich auf, tauchte in sie hinein, plünderte ihren Mund, kniff sie in die Nippel und rollte ihre Brustspitzen zwischen seinen Fingern, um ihr Lust zu bereiten. Kraftvoll stieß er in sie hinein, und seine Erregung stieg in ungeahnte Höhen. Ihre feuchte Hitze, die sich fest um seinen Schwanz schmiegte, brachte ihn dicht an die Explosion.

Ihre Fingernägel gruben sich in seine Schultern.

Sorg dafür, dass sie kommt. Lass sie kommen. Tu es für sie.

Er veränderte den Winkel, mit dem er in sie eindrang, und dann arbeitete er, bis sie dicht vor seinem Mund erschrocken aufschrie. Im selben Moment schob er seine Hand unter sie und fand mit seinen Fingerspitzen ihren straffen Po. Mit dem Schwanz streichelte er ihre Perle, mit einer Hand reizte er ihren Nippel und mit der anderen ihre Rosette. Er machte weiter und immer weiter, bis sie kurz davor war.

„Was …?“ Sie riss die Augen weit auf, suchte seinen Blick und sah ihn gleichzeitig erregt und verwirrt an.

Die schimmernden Tiefen ihrer grünen Iris nahmen ihn gefangen, während er murmelte: „Du wirst gleich kommen. Ich werde dafür sorgen, dass du kommst.“

„Es fühlt sich himmlisch an. Wie Schlagsahne und Zucker und besser als jede Sünde, die ich jemals begangen habe.“ Sie stöhnte, und ihr Stöhnen war süß und feurig.

Nie zuvor hatte er sich mit einer Frau so eng verbunden gefühlt, während er sie geliebt hatte. Er starrte in ihr wunderschönes, gerötetes Gesicht und pumpte weiter, reizte sie weiter, streichelte sie …

„Oh! Oh Gott!“ Ihr Kopf fiel zurück; dann bäumte ihr Körper sich unter ihm auf. Ihre Venusspalte hielt seinen Schwanz, umarmte ihn, pulsierte um ihn herum.

Wie eine alles verschlingende Welle stieg sein Orgasmus in ihm auf, überflutete sein Gehirn und brachte ihn beinahe dazu, laut aufzuschreien, als er kurz vor dem Höhepunkt noch einmal innehielt, bevor er seine Zähne in das weiche Kissen neben ihrem Kopf grub. Das Kissen erstickte sein Keuchen, als er gemeinsam mit ihr die Ekstase fand und sein heißer Samen aus ihm heraussprudelte, während sie lustvoll um ihn zuckte.

Gott.

„Es war herrlich", wisperte Grace. „Perfekt. Unglaublich. Großartig."

Devlin, ihr Straßenräuber, stieß ein raues Lachen hervor und schmiegte sich an ihre Seite. Zwischen ihnen war so viel Nähe, wie sie niemals für möglich gehalten hätte. Es war unglaublich schön, von einem nackten Mann umschlungen zu werden, während ihr Herz immer noch wild pochte und sie das Gefühl hatte, auf samtweichen Wolken dahinzuschweben.

Unter ihrem schweißnassen Körper waren die Laken vollkommen zerwühlt, was sie daran erinnerte, wie wild sie gewesen war. Plötzlich durchfuhr sie Bedauern – sie hatte sich geschworen, ihr ungestümes Wesen abzulegen und sich um ihrer Familie willen wie eine Dame zu benehmen.

Und nun lag sie, vor Lust keuchend, neben einem nackten Straßenräuber.

Sein starker, muskulöser Arm umschlang sie schützend direkt unter ihren Brüsten. „Was hast du, Liebste?"

Sie schüttelte den Kopf und blinzelte die Tränen fort. Wieder hatte sie angefangen nachzudenken, und nun konnte sie nicht mehr damit aufhören. Was hatte sie getan? Ihr Benehmen war skandalös. So würde sich ihr ausschweifender, bohemienhafter Vater verhalten. Zügellos hatte ihre Mutter ihn genannt.

Gegen die Tränen kämpfend, flüsterte sie. „Meine Familie hat kein Geld. Wir werden im Armenhaus enden. Ich hatte vor, mich gut zu verheiraten. Ich wollte uns alle retten."

Devlin liebkoste ihren Hals mit den Lippen, doch sie entzog sich ihm.

„Ich würde dich heiraten, Liebste, aber das würde einen Skandal auslösen und deinen Ruf ruinieren."

Ich würde dich heiraten.

Seine Worte verschlugen ihr die Sprache. Sie hatte niemals erwartet, dass er eine Heirat auch nur in Erwägung ziehen würde.

Devlin rollte sich auf die Seite. Zerzaust fiel sein lockiges Haar bis auf seine Schultern. Seine Augen funkelten. „Zweifellos werde ich nicht allzu lange auf dieser Welt verweilen – irgendjemand wird mich auf der Straße erledigen oder mir die Schlinge um den Hals legen. Als meine Ehefrau würdest du ein verdammtes Vermögen erben – aber ich fürchte, dadurch würdest du in große Gefahr geraten."

Hatte er das Gefühl, ihr dieses Angebot *schuldig* zu sein? Hastig sagte sie: „Ich würde dich nicht heiraten wollen."

Er legte die Hand auf ihre nackte Brust und liebkoste ihre Schulter mit der Zunge, bevor er dicht an ihrem Ohr flüsterte: „Wenn du in Schwierigkeiten bist, möchte ich dir gerne helfen, Grace. Wie viel brauchst du?"

Empört zuckte sie vor ihm zurück. „Du willst mich bezahlen? Als wäre ich deine Mätresse? Oder eine Dirne?"

Eine Stimme in ihrem Kopf schrie *Nimm es! Nimm es. Deine Familie wird verhungern. Du musst Ja sagen.*

Was stimmte nicht mit ihr? Wie konnte sie in Erwägung ziehen, sich wie eine Prostituierte bezahlen zu lassen?

Sie war viel weniger über sein Angebot schockiert als darüber, dass sie am liebsten Ja gesagt hätte.

„Es ist keine Bezahlung, Liebste. Es wäre ein edler Verwendungszweck für meine auf üble Art gewonnenen Einkünfte. Ich habe das Geld gestohlen, Süße. Habe es Gentlemen gestohlen, die ganze Vermögen verspielen, Riesensummen für Cognac ausgeben und Dirnen großzügig mit Diamanten beschenken. Dir das Geld zu geben, wäre absolut richtig. Verstehst du das nicht?“

Mühsam setzte sie sich auf und zerrte ein Laken über ihren nackten Körper. „Es wäre aber nicht richtig, das Geld anzunehmen.“

„Um Himmels willen. Es mag edler sein zu verhungern, aber das ist verrückt. Du brauchst das Geld. Du verdienst das Geld.“

Was sollte er auch sonst von ihr denken? Sie war innerhalb weniger Stunden mit zwei verschiedenen Männern zusammen gewesen. Grace rutschte über die Bettkante und zog dabei das Laken mit, um sich zu bedecken. „Warum sind Männer so verdammt … grausam, nachdem sie Sex hatten?“

Schweigen breitete sich zwischen ihnen aus, während ihr redegewandter Pirat sie überrascht anstarrte und sie an ein Gemälde ihres Vaters denken musste, das sie einmal gesehen, aber nicht verstanden hatte. Ein Gentleman, ein Edelmann auf den Knien, umwirbt eine Dame und küsst ihre Hand, während sie sich abwendet und versucht zu widerstehen. Und dann, nachdem die beiden miteinander im Bett waren, klammert sich die nackte und zerzauste Dame an den Edelmann, während er seine Hosen anzieht und versucht, ihr zu entkommen.

Devlin wollte ihr helfen, aber er bot ihr nur deshalb Geld an, weil er das Bett mit ihr geteilt hatte.

Es ging nicht darum, dass sie irgendetwas erwartet hatte. Das hatte sie nicht. Aber er hatte sie abserviert, wie es Lord Wesley getan hatte. Nicht ganz so grausam, aber es tat dennoch weh.

Wesley hatte sie verletzen und anschließend vergessen wollen.

Devlin wollte sie bezahlen und dann vergessen.

Er streckte die Hand nach ihr aus, aber sie wich zurück und stolperte dabei fast über das Laken.

„Grace."

„Sie können mich mit vollem Geldbeutel verlassen, Mr. Sharpe. Alles, was ich von Ihnen wollte, war ..." Was? Erregung? Erinnerungen, die besser waren als die, die Mr. Wesley bei ihr hinterlassen hatte?

Sie wusste es nicht genau.

„Ich will dir nur helfen, Grace. Wie könnte das falsch sein? Wie kann dich das verletzen?" Er strich sich mit den gespreizten Fingern das Haar zurück. „Verflucht. Ich verstehe es nicht. Welches verdammte Verbrechen habe ich begangen?"

Dieses Mal konnte sie nicht davonlaufen. Nicht splitterfasernackt aus ihrem eigenen Schlafzimmer.

Das Bett knarrte, als er auf den Boden sprang und im Zimmer seine Kleider aufsammelte. „Ich werde gehen, Grace, weil ich dich nicht durch meine Gegenwart verletzen oder in Angst versetzen will. Aber das zwischen uns ist noch nicht vorbei, Liebste. Es war nicht meine Absicht, dich wütend zu machen oder dir wehzutun."

Sie wandte sich ab, während er hastig in seine Kleider stieg – wenigstens in die meisten.

Wieder war ihr Herz gebrochen worden. Die Wunde, die sie auszulöschen versucht hatte, schmerzte umso heftiger in ihrem Inneren. Es war ein heißer Schmerz, dort, wo ihr Herz lag.

Sie hatte sich mit Devlin Sharpe eingelassen und war sich sicher gewesen, ihr Herz würde dabei unbeteiligt bleiben, doch im selben Moment, in dem sie seine Nähe zugelassen hatte, hatte sie auch zugelassen, dass sie sich verliebte. Nun, es war nicht direkt Liebe … es war eine Hoffnung, der Wunsch nach jemandem, der zu ihr gehörte, das Bedürfnis nach einer Beziehung.

Jetzt wusste sie, dass sie nicht in der Lage war, körperlich mit einem Mann zusammen zu sein, ohne dass ihr Herz beteiligt war. Es war eine ganz schlichte, unumstößliche Tatsache.

In dem Augenblick, in dem sich ihre Schlafzimmertür mit einem leisen Geräusch schloss, erinnerte sie sich schon nicht mehr genau, warum sie Devlin Sharpe verjagt hatte.

4. KAPITEL

„Was, um alles in der Welt, tust du da, Grace?“

Grace zuckte schuldbewusst zusammen, als ihre beste Freundin sie dabei ertappte, wie sie versuchte, sich still und leise davonzustehlen. Es konnte keine andere Erklärung als eine heimliche Flucht dafür geben, dass sie sofort nach dem Frühstück in der vorderen Auffahrt neben einer Kutsche stand. Obwohl ihre Wangen sofort anfingen zu brennen, während sie sich Lady Prudence zuwandte, betete sie, dass ihre Verlegenheit nicht zu offensichtlich war. Prudence, die in einem himmelblauen Samtmantel mit Pelzbesätzen die geschwungene Treppe zur Auffahrt heruntereilte, sah sehr hübsch und sehr verletzt aus. Am Himmel zogen zahlreiche dunkelgraue Wolken vorbei, als wüssten sie um Grace' Stimmung.

Atemlos kam Prudence bei ihr an.

Es begann leicht zu nieseln, und der kalte Regen fühlte sich auf Grace' Wangen wie ein eisiger Vorwurf an.

„Willst du abreisen?“ Große graublaue Augen suchten ihren Blick und zeigten deutlich Prudence' Erstaunen.

Grace zupfte am Rock ihres dunkelgrauen Reisemantels. Die grauen Bänder ihres abgetragenen Huts wehten ihr mit dem kalten, feuchten Wind ins Gesicht, während ihr der Regen auf die Wangen tropfte. „Ich denke, das sollte ich tun, Lady Prudence.“ Wie sollte sie ihr das Geschehene auch jemals erklären können?

Ihre Freundin zog die Mundwinkel herunter. „Warum? Warum wolltest du abreisen, ohne mir etwas davon zu sagen?“

Grace atmete tief durch, als zwei Diener ihre kleinen Reisekoffer aus dem Haus trugen. Ein Lakai folgte eilig mit einem Regenschirm für Ihre Ladyschaft, die Grace mit einem entsetzten Blick fixierte, während diese noch verzweifelt nach den richtigen Worten suchte, um möglichst taktvoll zu erklären, wie gründlich sie sich und ihren Ruf ruiniert hatte.

„Es ist also wahr", stieß Prudence hervor. „Du hast dich von meinem Bruder zum Narren halten lassen."

Nun, das hatte sie getan, aber der Tadel in der Stimme ihrer Freundin überraschte sie. Angesichts des Lakaien, der den offenen Schirm hielt, stieß Grace nur ein „Hmmm …" hervor.

Prudence griff nach dem Schirm und hielt ihn sich so über den Kopf, dass der Regen auf Grace tropfte. „Lass uns ein Stück zur Seite gehen, damit uns niemand belauschen kann."

Auf den wenigen Metern, die Grace an der Seite ihrer Freundin ging, traf sie eine Entscheidung. Sie hatte vorgehabt zu schwindeln, was das Eheversprechen betraf, doch nun wusste sie, dass sie es nicht tun würde. Warum sollte sie Lord Wesley schützen? Ja, Prudence hatte sie vor ihm gewarnt, aber Grace hätte niemals gedacht, ein Gentleman würde ein Eheversprechen machen und es dann wieder zurückziehen.

Neben dem hinteren Ende des Südflügels blieb Prudence stehen und zog die Augenbrauen hoch.

Grace verschränkte die Arme vor der Brust. „Dein Bruder hat mir die Ehe versprochen", erklärte sie mit leiser Stimme. „Er hat mir einen Antrag gemacht und dann wollte er mit mir …" Wie wurde das doch immer so feinfühlig ausgedrückt? „… einen gewissen Teil der Ehe vorwegnehmen."

„Gütiger Himmel! Du hast tatsächlich …" Prudence ließ abrupt Grace' Arm los und wich vor ihr zurück. Sie hob ihr Kinn und blickte an ihrer Nase entlang auf Grace hinab. „Du hast wirklich geglaubt, mein Bruder würde *dich* heiraten?"

Das in ihr aufsteigende eisige Entsetzen sorgte dafür, dass Grace reglos auf dem Kies der Auffahrt stand. „Natürlich habe ich es geglaubt. Er hat mir einen Antrag gemacht. Er hat mich gefragt, ob ich ihn heirate, und bat mich, Ja zu sagen. Das tat ich. Ich habe den Antrag *angenommen*, bevor ich ..."

„Selbst wenn er dir tatsächlich einen Antrag gemacht hat, hattest du kein Recht, ihn anzunehmen! Natürlich hat er es nicht ernst gemeint. Du hättest wissen müssen, dass er nur unter deine Röcke gelangen wollte. Natürlich hat es ihm nichts bedeutet." Prudence kräuselte die Lippen. „Du als künftige Marchioness of Rydermere?"

Immer noch war Grace unfähig, sich zu bewegen. Sie fühlte sich wie ein in Bernstein erstarrter Käfer.

Grace hatte gedacht, Prudence wäre verletzt, weil sie ohne Abschied hatte abreisen wollen. Unfähig, etwas zu sagen, schloss sie den Mund, den sie soeben geöffnet hatte, sofort wieder.

Prudence' harte Worte trafen sie wie ein Messer mitten ins Herz. „Du bist nichts als ein liederliches Frauenzimmer! Und mein Bruder hat niemals angedeutet, dass er dir ernsthaft einen Antrag machen wollte."

„Ich war weder liederlich, noch habe ich gelogen", erwiderte Grace. Der Zorn hatte sie aus ihrer Erstarrung befreit. Sie hatte gründlich die Nase voll. „Ich war die Geliebte deines Bruders", zischte sie, „und ich bin kein anderer Mensch, als ich es als Jungfrau war! Ich bin nicht boshaft und nicht gemein. Ich bin auch nicht plötzlich grausam oder ohne einen Funken Güte."

„Wesley wünscht, dass du augenblicklich das Haus verlässt, da du schwerlich ein passender Umgang für mich bist."

„Er muss sich keine Sorgen machen. Ich gehe." Lord Wesley war tatsächlich ein Schwein. Er war ein Lügner, ein Schurke, eine durch und durch kaltherzige, böse Ratte, und *er* wollte, dass *sie* das Haus verließ? Aber er war ein Mann, und die Gesellschaft akzeptierte, dass er sich wie ein Schwein verhielt. Sie aber war eine Frau, die verdammt wurde, weil sie dem Wort eines Gentlemans Glauben geschenkt hatte.

Lady Prudence' ärgerliche Stimme riss sie aus ihren Gedanken. „Ich dachte, du hättest wenigstens den Anstand, mich um Verzeihung zu bitten."

Ihre Freundin sah nicht länger wie eine Freundin aus. Prudence wirkte von Kopf bis Fuß wie eine arrogante Dame, und Grace biss sich auf die Zunge. Indem sie an der Geschichte ihrer Mutter festhielt, dass ihr Vater ein ehrenhafter Mann und ihre Eltern verheiratet waren, *hatte* sie Prudence belogen. Sie hatte sich unter Vorspiegelung falscher Tatsachen Zutritt zu einer Welt verschafft, in die sie nicht gehörte, und die ganze Zeit eine Frau belogen, die sich ehrlich gewünscht hatte, ihre Freundin zu sein.

Tief in ihrem Herzen glaubte Grace nicht, dass es eine schlechte Frau aus ihr machte, wenn sie mit einem Mann schlief, mit dem sie nicht verheiratet war, aber in Prudence' Welt galt diese Regel.

Sie wollte sich umdrehen und zu ihrer schlichten Kutsche laufen, wollte ohne ein weiteres Wort fliehen und ihren Tränen freien Lauf lassen, aber sie versuchte, hocherhobenen Hauptes dazustehen, wie es von einer Dame erwartet wurde.

„Ich denke nicht, dass ich um deine Vergebung betteln sollte", erklärte Grace mit fester Stimme, „aber ich entschuldige mich bei dir." Wofür denn aber eigentlich? Dafür, dass sie versucht hatte, eine gute Freundin zu sein? Dafür, dass sie eine Frau aus Fleisch und Blut war, die dumm genug gewesen war, ihr Herz zu verlieren? Aber sie unterdrückte das brennende Verlangen, sich zu verteidigen und stieß hervor: „Es tut mir leid."

Nachdem die Worte heraus waren, wich sie dem hochmütigen Blick ihrer Freundin aus, wandte sich abrupt um und ging durch den Regen davon.

Prudence sagte nichts, und Grace drehte sich nicht noch einmal um. Es war erniedrigend, durch den Regen zu gehen. Aber Erniedrigung war ein Gefühl, das sie schon bald sehr gut kennenlernen würde. Das hier war nur ein Vorgeschmack, schon bald würde sie sich immer so fühlen.

In wenigen Wochen würde Prudence, ihre frühere Freundin, nach London kommen. Daran musste Grace denken, als sie die wartende Kutsche erreichte, neben der die Diener mit ausdruckslosen Gesichtern warteten. Würde Prudence bei dem üblen Gerede mitmachen, das aufkommen würde, wenn Wesley seine Version der Geschichte herumerzählte?

Devlin hatte behauptet, er habe Wesley unter Kontrolle, aber Wesley war ein Edelmann mit besten Verbindungen zum Königshof. Noch dazu ein verdammt hochmütiger. Warum sollte er tun, was sein Halbbruder ihm sagte?

Als sie neben der Kutsche stand, konnte sie nicht anders – sie blieb stehen und machte Anstalten, sich umzudrehen, weil sie Prudence noch einmal sehen wollte. Ihre Hände zitterten. Was würde in London geschehen? Würde Prudence überhaupt zugeben, dass sie einmal miteinander befreundet gewesen waren, oder würde sie es abstreiten?

Doch als Grace den Kopf wandte, sah sie hinter sich nur die leere Auffahrt. Prudence war ohne ein Wort gegangen.

Der livrierte Lakai erreichte Grace mit Lord Wesleys Nachricht, bevor sie die schlichte schwarze Kutsche besteigen konnte.

„Von Lord Wesley, Miss“, erklärte der junge Diener.

Hatte er seine Schadenfreude auch noch zu Papier gebracht? Oder war es womöglich eine Entschuldigung?

Irritiert über die Welle warmer Hoffnung, die ihr Herz überflutete, entfaltete Grace das schlichte Blatt Papier. Es enthielt eine Aufforderung, ihn im Sommerhaus zu treffen – einem hübschen Steingebäude, das auf einem künstlichen Hügel stand, von dem aus man den Garten überblicken konnte.

Nur ein Dummkopf – oder jemand, der auf Erniedrigung versessen war – würde dorthin gehen.

Aber sie musste wissen, was er ihr sagen wollte. Ihre Zukunft hing davon ab.

„Lassen Sie die Kutsche warten", wies sie den Diener an. Dann raffte sie ihre Röcke, überquerte die Auffahrt und ging zu dem schmalen Pfad, der sich durch die berühmten Gärten von Collingworth wand und bei den Steinstufen endete, welche zum Sommerhaus hinaufführten.

Nach etwa einer Viertelstunde erreichte sie die Marmorsäulen vor der Tür. Ihr Herz flatterte in ihrer Brust. Wo war Wesley? Im Haus? Oder war er nicht gekommen? Hatte er sie ein Mal mehr zum Narren gehalten?

„Kommen Sie herein, Miss Hamilton."

Das arrogante Näseln kam durch die angelehnte Haustür. Früher hatte sie den gedehnten, sündig klingenden, aristokratischen Tonfall anziehend gefunden – nun brachte der Klang seiner Stimme sie dazu, mit den Zähnen zu knirschen. Doch sie stieß die Tür auf und trat ein.

Das sollte ein Sommerhaus sein?

Mit den dick gepolsterten Bänken und den einladenden Stühlen, ausgestattet mit kostbaren Schnitzereien und Gemälden, war es schöner als Grace' Zuhause. Wesley rekelte sich auf einem Sofa, den einen in einem Stiefel steckenden Fuß auf den Boden gestützt, während er mit dem anderen die beigefarbene Seide des Sitzes beschmutzte. Sein Mantel war geöffnet; seine eng anliegenden braunen Hosen und die dunkle Weste verliehen ihm das Aussehen eines Landedelmanns von tadellosem Ruf.

Als er grinste, bildeten sich in seinen Wangen Grübchen –

wie bei Devlin Sharpe. Seine Augen glitzerten boshaft. Aber sie entdeckte darin mehr als Lüsternheit. Es war seine Macht, die ihn erregte und bei ihr Übelkeit auslöste.

Er krümmte seinen Finger, doch sie ignorierte diese Aufforderung, näher zu kommen.

Nachdem er mit einer Hand seinen Hut vom Kopf genommen hatte, strich er mit der anderen sein helles, glattes Haar zurück. „Ach, Grace, ich will dich nicht mit deinen Schwierigkeiten allein lassen. Prudence deutete an, deine Familie sei in einer Notlage."

Sie verschränkte die Arme unter der Brust, und natürlich sah er sofort auf ihr Dekolleté. „Es geht mir sehr gut, Mylord."

„Das stimmt nicht. Und es tut mir leid, dass ich deine Gefühle verletzt habe, aber, ganz ehrlich, Liebchen, was hast du erwartet?"

Ihre Gefühle verletzt? Er hatte sie eine Dirne genannt; er hatte sie ausgelacht! Wegen einer Wette hatte er ihr Herz gebrochen, hatte sie mit dem Gedanken, dass nun ihr ganzes Leben zerstört war, in Angst und Schrecken versetzt. Es war entsetzlich schwer, ihn kühl zu behandeln, während sie von ihrer rasenden Wut fast zerrissen wurde! „Ich habe nichts von Ihnen erwartet, Mylord. Aber Sie haben mir die Ehe versprochen."

Er stellte seinen zweiten Fuß auf den glatten, von glänzenden schwarzen Adern durchzogenen Marmorboden. „Aber du wusstest, dass ich jemanden wie dich nicht heiraten kann."

„Nein." Und darüber bin ich froh, dachte sie.

„Doch ich habe dir einen Vorschlag zu machen, meine kokette Geliebte. Ein sehr großzügiges Angebot."

In seinen blauen Augen leuchtete grenzenloses Selbstvertrauen, als sei er sich vollkommen sicher, dass sie nun mit angehaltenem Atem jedem seiner Worte lauschen würde.

„Ihr Angebot interessiert mich nicht." Sie drehte sich um und verließ das Haus. Das Letzte, was sie von ihm hörte, war ein erstauntes *Zur Hölle*; dann lief sie mit einem Lächeln auf den Lippen die breiten Stufen hinunter. Das war kein echter Sieg gewesen, aber besser als nichts. Offensichtlich war Lord Wesley nicht daran gewöhnt, einfach stehen gelassen zu werden.

Doch in der Nähe einer kleinen Gruppe von Apfelbäumen holte er sie ein – sie hörte seinen heftigen Atem hinter sich, bevor er sie am Ellenbogen packte. Seine Finger gruben sich in ihre Haut, sodass sie gezwungen war, stehen zu bleiben.

Mit knirschenden Zähnen wandte sie sich um. „Lassen Sie mich los!"

„Du hast dir meinen Vorschlag noch nicht angehört, du kleine Idiotin." Er schob sie rückwärts gegen einen Baumstamm, sodass überall um sie herum Zweige mit frühen Knospen hervorragten. Einer strich ihr über die Wange und verursachte einen Kratzer. Indem Lord Wesley sich mit einem Arm über ihrem Kopf abstützte, verhinderte er erfolgreich, dass sie sich bewegen konnte.

Ein raubtierartiges Lächeln lag um seine Lippen. „Ich will, dass du meine Mätresse wirst. Ich werde dich in London unterbringen. Dort miete ich dir ein Haus, kaufe dir schöne Kleider, um deine tollen Titten hervorzuheben, und behänge dich mit Juwelen. Und dann werde ich dich ab und zu besuchen, meine Liebe, um dich in die erotischen Künste einzuweisen."

Vor lauter Verblüffung fiel Grace keine Erwiderung ein. Wesley beugte sich vor und wartete, sein Mund nur wenige Zentimeter von ihrem entfernt. Offenbar war er sicher, sie würde im nächsten Moment „Ja, ja, ja!" rufen.

Am liebsten hätte sie die Hände gegen seine Brust gestemmt und ihn weggestoßen, doch sie wollte ihn nicht einmal zu diesem Zweck berühren. Also ballte sie nur die Fäuste und war sich sicher, dass ihre Fingernägel sich durch ihre Baumwollhandschuhe bohrten. „Warum sollten Sie mir ein solches Angebot machen? War ich nicht einfach nur eine der Frauen auf Ihrer Liste von Eroberungen, die Sie machen müssen, um eine Wette zu gewinnen?"

„Ich will dich. Wegen deiner Schönheit. Und weil ich es sehr pikant fand, was du mir sexuell geboten hast."

„Lieber würde ich verhungern, als irgendein Angebot von Ihnen anzunehmen."

„Der Zeitpunkt für falschen Stolz scheint mir ziemlich schlecht gewählt, Grace."

„Mag sein. Aber ich könnte meinen Stolz nicht hinunterschlucken, ohne daran zu ersticken. In Ihrer Gegenwart kommt es mir ständig hoch."

Er sprang zurück. „Dumme Hexe!" Mit diesem Ausruf wirbelte er herum und stürmte auf dem schmalen Pfad davon, bis er hinter einer Kurve verschwand und von seinen goldenen Haaren, seinem Hut und seinem makellosen Mantel nichts mehr zu sehen war.

Eine tiefe, vertraute Stimme erschreckte sie. „Was hat er zu dir gesagt, Grace?"

Devlin ging auf Grace zu, die mit dem Rücken an einem knorrigen Apfelbaum lehnte, die Hände hinter dem Körper, den Kopf gegen die Borke gestützt. Das hier musste der Traum eines jeden Straßenräubers sein – eine schöne, wohlerzogene Dame allein im Wald anzutreffen. Eine Dame mit einem so perfekten Gesicht, dass es sich lohnte, jeden Kampf um sie auszufechten, und mit einem üppigen Körper, der die personifizierte Versuchung war.

Doch zum ersten Mal in seinem Leben fühlte Devlin sich schuldig, weil er sich auf die weiblichen Attribute einer Frau konzentrierte. Denn er mochte Grace Hamilton. „Was hat er gesagt?“, wiederholte er. „Wenn Wesley dich beleidigt hat, werde ich …“

Grace wandte ihm ihr Gesicht zu, und er kam in den Genuss des Anblicks ihrer geröteten Wangen und ihrer zornig funkelnden grünen Augen. „… ihn wieder übers Knie legen? Vielleicht gefällt ihm das ja“, murmelte sie.

Sie war immer noch kratzbürstig. Aber er konnte beim besten Willen nicht verstehen, warum sie Wesley hierher gefolgt war.

„Erzähl mir, was er von dir wollte, Grace.“

Aber sie weigerte sich, ihn anzusehen. Daher war er immer noch nicht sicher, ob sie gekränkt oder verletzt war.

Einen Moment lang kaute sie auf ihrem Daumen herum, der in einem weißen Baumwollhandschuh steckte. Dann keuchte sie, was wenig damenhaft klang, auf Devlin aber, ebenso wie ihr prustendes Lachen, sehr anziehend wirkte.

„Lord Wesley hat mir ein großzügiges Angebot gemacht. Ein Haus in London, genug Juwelen, um daran zu ersticken, und Sexunterricht vom Meister persönlich.“

„Hast du das Angebot angenommen?“

Ohne ihn anzusehen, ohne ein weiteres Wort, ging sie davon.

Verdammt, was hatte er nun wieder getan? Er hatte ihr eine einfache Frage gestellt; immerhin war sie in Schwierigkeiten, also war es möglich, dass sie auf Wesleys Vorschlag eingegangen war. „Bleib stehen, Grace.“

Selbst sein drohender Ton zeigte keine Wirkung. Sie erreichte die in den Felsen gehauenen Stufen und eilte mit gerafften Röcken hinunter. Der starke Wind, der über den Felsen strich, riss an ihrem Kleid, und ihr Hut geriet in Gefahr davonzufliegen. Nackte Äste wehten ihr entgegen, und die grauen Wolken schienen sich noch tiefer herabzusenken, als würden sie von ihrem Feuer und ihrer Hitze angezogen.

Verdammt noch mal.

Sie hatte dagestanden und sich das Gequassel seines verdammten adligen Bruders angehört, doch vor ihm rannte sie davon.

Das würde er nicht hinnehmen.

Schließlich wollte er nichts anderes, als ihr helfen.

Ohne darauf zu achten, dass der Felsen gefährlich nass war, nahm er drei Stufen auf einmal. Als er sie einholte, hatte sie soeben ein kleines Plateau erreicht.

Nicht dort. Er war nicht bereit, sich an diesem Ort mit ihr auseinanderzusetzen – also zog er sie in seine Arme und hob sie hoch. Sie quietschte und trommelte gegen seinen Bizeps. „Zapple nicht herum, meine Liebe. Wenn ich dich hier fallen lasse, stürzt du die Treppe hinunter."

Gott, sie war eine köstliche Last. Ihr üppiger Hintern lag auf seinem Unterarm, und seine Hand spreizte sich auf ihrem wohlgeformten Rücken. Anstatt weiter nach unten zu gehen, wählte er einen schmalen Weg von der Felskante weg und stand bald darauf vor dem Liebesnest seines Vaters. Inzwischen war der Pfad fast zugewuchert, aber die Zweige der Büsche trugen erst Knospen und noch keine Blätter, sodass die weißen Säulen und das von der orientalischen Bauweise inspirierte Dach durchschimmerten.

Langsam ließ Grace ihre Hände zu seinen Schultern hinaufgleiten und hielt sich dort fest, während sie, in seinen Armen liegend, ihren Kopf drehte, um nach vorne zu schauen. „Was ist das?"

„Der Ort, an dem ich gezeugt wurde", erklärte er in ironischem Ton.

Nachdem er der Tür einen Tritt mit dem Fuß versetzt hatte, sodass sie aufsprang, stieß er einen Seufzer aus. Die Kissen auf dem Ruhebett zeigten Schmutz- und Schimmelflecke, und auch der Rest des Zimmers war von einer dicken Schicht aus Staub und Dreck überzogen. „Offensichtlich hat mein Vater nicht mehr so viele Stelldicheins wie früher.“

„Da will ich auf keinen Fall hinein. Es ist schlimm genug, dass ich der Aufforderung Seiner Lordschaft gefolgt bin, ins Sommerhaus zu kommen – ich werde mich nicht gegen meinen Willen da hineintragen lassen.“

Warm und süß streifte ihr Atem sein Gesicht.

„Gegen deinen Willen, Grace? Ist das wahr?“

Gott, ihr Duft machte ihn völlig verrückt. Er war hart wie Stahl, so erregt, dass er kaum noch denken konnte, und wollte ihr auf keinen Fall seinen Willen aufzwingen, er würde sie nicht verführen. Niemals wollte er sich wie sein verdammter Bruder verhalten.

„Du hast gedacht, ich wäre bereit, seine Mätresse zu werden. Nach allem, was er mir angetan hat. Was er gesagt hat. Du hältst nicht viel von mir ... natürlich nicht ...“

Er brachte sie zum Schweigen, indem er sie mit den Füßen wieder auf den Boden stellte. Mit seinem Daumen berührte er auf der Schwelle des einst prächtigen Raumes, in dem Hunderte von Frauen sich in seinen lüsternen Vater verliebt hatten, ihre Lippen. Selbst durch das Leder seines Handschuhs spürte er, wie weich ihr Mund war, und hielt angesichts der samtigen Perfektion ihrer rosigen Lippen den Atem an. „Ich hatte Angst, du hättest dich gezwungen fühlen können, das Angebot anzunehmen, Liebste.“

Er hörte, wie ihr Atem stockte, dann hauchte sie einen zarten Kuss auf seinen mit dem schwarzen Handschuh bedeckten Daumen. „Ich habe dein Angebot abgelehnt. Und ich würde niemals seines annehmen.“

Grace konnte kaum glauben, dass sie die Worte mit so ruhiger Stimme herausgebracht hatte. Devlins magnetische blaue

Augen hielten sie mit mehr Kraft fest als Lord Wesleys intime Umarmung. Sie war nicht in der Lage wegzusehen – seine saphirblaue Iris war von einem schmalen violetten Rand umgeben, was eine höchst ungewöhnliche und fesselnde Wirkung ausübte.

Sie waren allein, und es wäre ganz leicht gewesen, ihn zu berühren. Überall. Seine Brust. Seine Schultern. Wenn sie es wollte, konnte sie mit beiden Händen nach unten greifen und ungeniert seinen harten Schwanz erforschen.

Verblüfft schaute sie wieder in seine blauen Augen. Sie hatten eine Nacht miteinander verbracht, und es fühlte sich an, als seien alle Mauern zwischen ihnen eingestürzt. Schließlich wusste er mehr über sie als irgendjemand sonst. Er wusste, dass sie fähig war, mit gebrochenem Herzen in das Bett eines Mannes zu steigen, auf der verzweifelten Suche nach … Hoffnung, wie sie plötzlich begriff.

Ging es darum? Um die Hoffnung, durch einen einzigen dummen Fehler nicht alles verloren zu haben? Die Hoffnung, dass sie immer noch als das begehrt werden konnte, was sie war? Sie blinzelte verwirrt, als ihr bewusst wurde, dass sie keine Ahnung hatte, was genau sie sich davon versprochen hatte, mit Devlin Sharpe zu schlafen, abgesehen von ein paar flüchtigen Augenblicken der Verbundenheit.

Aber zwischen ihnen gab es nun eine Verbundenheit, das war nicht zu leugnen.

„Ich will dich, Grace."

Seine Stimme klang sündig, seine Lippen schenkten ihr ein verschwörerisches Lächeln, als hätte er ihre Gedanken gelesen.

Vielleicht war er dazu in der Lage. Vielleicht war sie wirklich problemlos zu durchschauen. Er kannte ihr Begehren. Sah ihre Sehnsucht. Viele Jahre lang hatte sie versucht, anständig zu sein – hatte sich bemüht, zur Welt ihrer Mutter und nicht zu der ihres Vaters zu gehören. Und sie hatte all das in einer einzigen Nacht weggeworfen.

Im selben Moment, in dem seine Fingerknöchel mit quälender Zärtlichkeit über ihre Wange glitten, warf sie den Kopf in den Nacken, schloss die Augen und stöhnte. Träge strich er über ihre Haut, und plötzlich konnte sie an nichts anderes mehr denken als an ihre Möse. Wie heiß sie sich plötzlich anfühlte. Wie sie sich zusammenzog und kribbelte. Sie schluckte mühsam und berührte ihn nun auch, legte die Hand um sein Kinn.

Es war die Sorte Kinn, die jene Stärke versprach, auf die eine Frau sich verlassen konnte. Fest, ein wenig eckig und mit einer Kerbe in der Mitte. Glatter, als es in der Nacht gewesen war. Devlin ... Mr. Sharpe hatte sich am Morgen rasiert.

Wo hatte er geschlafen? In dem Haus, in dem er nicht geduldet wurde? Er sah viel zu makellos und sauber, geradezu perfekt aus, um auf der Straße übernachtet zu haben. Wo fand jemand wie er ein Bett?

Ihr Hals war plötzlich trocken und eng. Männer, die kein Bett hatten, verführten oft irgendeine Frau, um ein Dach über dem Kopf, ein warmes Feuer und eine willige Gefährtin zu haben.

Er war ein Straßenräuber – ein Mann, der sich nicht an die Gesetze des Königs hielt. Warum sollte sie erstaunt darüber sein, dass er womöglich den Rest der Nacht mit einer anderen Frau verbracht hatte? Wo er doch gewusst hatte, dass sie vor ihm mit Wesley zusammen gewesen war und es ihm nichts ausgemacht zu haben schien.

Oh Gott – hatte er nur in der Hoffnung mit ihr geschlafen, er könnte die Nacht in ihrem Bett verbringen?

Indem er mit den Fingerspitzen über ihre Lippen strich, löste er ein Feuerwerk in ihrer Brust aus. „Nicht nachdenken, Grace. Du denkst zu viel. Ich sehe es in deinen Augen." Er tupfte einen kleinen, raschen Kuss auf ihre Nasenspitze.

„Wo hast du letzte Nacht geschlafen?"

„Ich habe ein Zimmer im Gasthof hier im Dorf."

„Allein?" Das Wort kam aus ihrem Mund, bevor sie etwas dagegen tun konnte, und sie zuckte vor seinen neuerlichen Zärtlichkeiten zurück, beschämt, weil sie ihm gezeigt hatte, wie verletzlich sie war. Aber sie konnte nicht aufhören zu denken.

„Allein."

„Warum?" Es konnte viele Gründe geben. Weil es zu spät gewesen war, eine Frau zu finden. Weil ihm keine gefallen hatte. Weil sich alle schon in den Betten von anderen Männern herumgetrieben haben.

Seine breite Brust hob sich, als er einen tiefen Atemzug nahm, er umklammerte den Türpfosten. War er wegen ihrer neugierigen Fragen verärgert, war es ihm zu mühsam, seine Zeit mit dem Erdenken von Lügen zu verschwenden? Stellten Frauen ihm normalerweise solche Fragen, die ihr Interesse zeigten – oder war dies der Punkt, an dem die Jagd für ihn ihren Reiz verlor? Das war offensichtlich ein Mechanismus bei Männern, jedenfalls hatte sie das beobachtet. Bei Bällen hatte sie in den Augen der Männer einen verzweifelten Ausdruck aufblitzen sehen, sobald eine Frau begann, sich besitzergreifend zu zeigen.

Als er sich über sie beugte, musste sie wegen seiner ungewöhnlichen Größe ihren Kopf so weit wie möglich in den Nacken legen, um in seinen Augen nach wahren Gefühlen zu suchen. „Ich wollte keine andere Frau, also lag ich die ganze Nacht wach und dachte über dich nach."

Eine rätselhafte Antwort, die sie auch nicht klüger machte. Der Ausdruck seiner Augen war viel zu beherrscht, um irgendetwas darin lesen zu können. Immerhin hatte er die britische Marine getäuscht und sicher mehr als eine Handvoll Richter. Grace hatte sich eindeutig überschätzt, als sie davon ausgegangen war, sie könnte ihn durchschauen. „Und was dachtest du über mich?"

„Mir gingen eine Menge dummer Gedanken durch den Kopf. Möchtest du sie hören?"

„Nein!"

„Ich glaube, das möchtest du doch." Seine Grübchen zwinkerten ihr zu, und sie bemerkte, wie seine Brust sich hob und senkte, als er sich sichtlich entspannte. „Warum ziehst du mich nicht aus, während ich es dir erzähle?"

Es war, als hätte ein völlig anderer Mann Besitz von diesem schönen, kräftigen Körper ergriffen. Selbst seine Stimme war verändert – als er zugegeben hatte, über sie nachgedacht zu haben, ähnelte sie einem rauen Knurren. Nun kam ein tiefes, sinnliches Schnurren aus seiner Kehle, als würde er völlig in der Rolle des ruchlosen Lebemannes aufgehen.

Aber Grace machte keine Anstalten, ihm zu gehorchen und ihn auszuziehen. Als er einen Schritt auf sie zu machte, zwang seine bloße Größe sie zurückzuweichen. Im selben Moment, in dem die Tür hinter ihm zufiel, sank er vor ihr auf die Knie.

Ganz offen und doch auf eine spielerische Art, neckte er sie mit seinen Blicken. „Ich habe an Folgendes gedacht: Daran, dir in aller Öffentlichkeit die Röcke hochzuheben, an einem Ort, an dem ich eigentlich auf keinen Fall wagen dürfte, mir solche Freiheiten herauszunehmen."

„Der Pavillon ist kein öffentlicher Ort. Jedenfalls nicht direkt."

„Jedes Jahr im Juni pflegte Ihre Ladyschaft zu einem Lunch im Freien einzuladen. Stell dir vor, wir sind dort. Stell dir vor, ich habe dich dort entdeckt und drehe zum Entsetzen all der edlen Gäste deinen Stuhl vom Tisch weg. Ohne ein Wort zu sagen, falle ich auf dem weichen Gras auf die Knie und schiebe deine Röcke bis zu den Hüften hoch, etwa so ..."

Mit einem Augenzwinkern griff er nach ihren Säumen und schob das Gewicht ihres dicken Wollrocks und des weißen Petticoats darunter nach oben. Kühle Luft strich über ihre Schenkel und bildete einen starken, erregenden Kontrast zur Hitze ihres Körpers.

„Die ganze Welt wird erfahren, wie sehr ich dich will und wie verdammt verführerisch du bist."

„Ich würde niemals ..." Sie verlor sich in der Szene, die er ihr beschrieben hatte, bis sie plötzlich daran denken musste, dass sämtliche Gäste sie ebenso herablassend, abwertend und zornig ansehen würden, wie Prudence es vorhin getan hatte. „Du könntest natürlich solche Dinge tun. Du bist ein Straßenräuber – ein Mann – und deshalb kommst du mit allem durch."

„Und mit mir an deiner Seite ginge es dir ebenso, Grace." Er beugte sich vor und berührte mit seinem Mund ihre schneeweiße Unterwäsche, ließ seine Zunge über den Stoff gleiten und seinen heißen Atem das Gewebe durchdringen. Dann öffnete er den spitzenbesetzten Schlitz, um sein Gesicht dort zu begraben, und sie wäre fast in die Höhe gesprungen. Feucht glitt seine Zunge über jedes Fleckchen ihrer empfindlichsten Stelle, badete sie in Lust, schmeckte ihre intimsten Aromen.

„Ich würde dich auf den Tisch heben, denn du bist das süßeste, köstlichste Dessert, und deshalb würde ich dich auf genau diese Art verspeisen. Und das Einzige, was mich interessieren würde, wäre, dich zu schmecken und dir Lust zu bereiten. Und alles, was du wolltest, wäre, mitten in meinem Gesicht zu kommen.

Zärtlichst leckte er ihre Klitoris, und wilde Erregung

durchzuckte sie. Ihre Beine zitterten, ihre Muskeln verkrampften sich, und sie grub ihre Fingernägel in seine harten, breiten Schultern. Nass, heiß, schockierend vertraut, beschrieb seine Zunge kleine Kreise und strich an den Seiten ihrer geschwollenen Perle entlang; dann ließ er die Zungenspitze um ihre Oberkante wirbeln, und sie schrie: „Mr. Sharpe!"

„Devlin", murmelte er zwischen ihren Beinen. Dann spielte er mit seinen Lippen an dem geschwollenen, pochenden Knöpfchen, berührte sie mit seinen Zähnen, worauf sie in Richtung seines Mundes zuckte und aufschluchzte.

Er hielt inne, und plötzlich ertappte sie sich dabei, wie sie mit den Fäusten seine Schultern bearbeitete. „Oh, nicht … nicht."

Bei seinem genüsslichen Gelage zwischen ihren Schenkeln war sein Haar durcheinandergeraten, und die honigfarbenen Locken fielen ihm nun in die Augen. In Augen, die vor Vergnügen aufleuchteten, als er ihr verzweifeltes Bitten hörte. „Ich will lernen, was dir Vergnügen bereitet, was dich erregt, was du nicht wagst, auszuprobieren … Ich will lernen, wie ich dich dazu bringe zu kommen."

Lernen? Seine Worte klangen, als würde das viel Zeit brauchen. Als würde es sich um so etwas wie Unterrichtsstunden handeln. Sie würde heute noch abreisen. Das hier war ihr letztes Mal mit ihm … ihre letzte Möglichkeit, in seine hypnotischen Augen zu sehen und ihre Seufzer, ihr Stöhnen und ihr Lachen mit ihm zu teilen.

Es gab nichts über sie zu lernen. Sie würde nicht mehr da sein.

Leise vor sich hin lachend, reizte er sie mit seiner Zunge und berührte ihre sahnige Spalte mit dem Finger. Als er spürte, wie feucht sie war, füllte er sie mit seinen Fingern aus. Er schob sie hinein und zog sie wieder heraus, und sie stöhnte wieder und wieder. Wimmerte, als er seine Finger fortnahm.

Dann legte er seine großen Hände um ihr Hinterteil und presste sie gegen sein Gesicht. Er wiegte sie, und sie fand ihren Rhythmus und stieß ihre Klitoris gegen seine heiße, raue Zunge. Hinter ihren Lidern explodierten Sterne, und sie bekam kaum genug Luft, um zu stöhnen.

Grace rieb sich an ihm, aber auch er übte mit seinem Mund Druck aus. Willig überließ sie sich der Spannung, die sich unaufhaltsam in ihr aufbaute.

Er zog sich zurück, und sie drängte sich ihm entgegen. Sein Ziel war es, sie dort zu halten, kurz vor dem Gipfel, aber sie konnte nicht mehr warten …

Obwohl sie seinen Mund nicht mehr spürte, explodierte ihr Orgasmus tief in ihrem Inneren. Sie konnte ihn nicht aufhalten. Ihr Körper schien sich in einer riesigen Lache aus geschmolzener Sahne aufzulösen, sie zerfloss direkt vor seinem Gesicht und schrie dabei seinen Namen. Vor wilder Lust schluchzend. Stöhnend und stöhnend, bis ihre Lungen brannten, ihre Kehle trocken war und sie sich fühlte, als würde sie davonfliegen, sobald sie die Arme ausbreitete.

Schließlich ließ sie sich nach vorne fallen, aber er war da und fing sie auf. Und als er sie küsste, lag ihr eigener salziger, reifer, erotischer Geschmack auf ihren Lippen. Sein Kuss war heftig und leidenschaftlich, er verwandelte sie in seinen Armen in ein seidenweiches, wohlig-träges Etwas.

„Grace, Liebste …“ Seine heisere, raue Stimme umgab sie.

„Ich habe doch wieder gedacht“, wisperte Grace. „Und ich dachte, dass ich Erinnerungen haben möchte, die mich auch später noch glücklich machen werden, wenn ich allein zu Bett gehe …“

Devlin spürte, wie Grace sich in seinen Armen innerhalb von Sekunden von einer dahinschmelzenden, zutiefst befriedigten

Frau in eine steife, unbeholfene Dame verwandelte. Während sie mit einer ruckartigen Bewegung ihrer hübschen Hand ein paar widerspenstige Strähnen ihres goldblonden Haars zurückstrich, schaute sie zu ihm auf.

Steif, dick, heftig pulsierend und so stark geschwollen, dass die Haut dicht vor dem Platzen zu sein schien, löste sein Schwanz quälendes Verlangen, Sehnsucht und Lust in ihm aus, die schwieriger zu ignorieren waren als durch die Luft fliegende Kanonenkugeln. Sie hatte ihren Kopf nach hinten fallen lassen, während er sich über die Lippen leckte und den Geschmack ihrer nassen, heißen, duftenden Möse genoss. Er bezweifelte, dass sein egoistischer Bruder ihr auf diese Weise Lust bereitet hatte.

Dann beugte er sich vor, um erneut seinen Mund auf ihren zu pressen. Es war besser, wenn sie nicht redeten, aber sie schüttelte den Kopf. „Ich will …"

Aufgebracht löste sie sich aus seiner Umarmung und zog ihre Röcke herunter. „Oh, ich hatte unrecht. Ganz schrecklich unrecht. Diese Erinnerungen sind viel schlimmer als die an Wesley! Diese Erinnerungen sorgen dafür, dass mir heiß wird und ich mich unglücklich fühle. Von nun an werde ich immer diese Sehnsucht in mir haben."

Er konnte nichts gegen die Welle des Stolzes tun, die ihn durchlief. Auch gegen das verdammte Lächeln, zu dem sich seine Lippen verzogen, war er machtlos.

Sie schaute auf. „Du lachst nicht etwa darüber, oder doch?"

„Es ist schön zu hören, dass ich dir Freude bereitet habe, Grace." Ihre Locken fielen ihr in den Nacken, und er strich sie beiseite, um seine Lippen auf ihren feuchten Hals zu pressen. Er hatte längst noch nicht genug Zeit mit Grace verbracht.

Ganze Tage wollte er mit ihr verbringen. Ganze Wochen.

Mit einem Schauer, der auch seine Seele zum Vibrieren brachte, erinnerte er sich an das letzte Mal, als er das Gefühl gehabt hatte, ohne eine bestimmte Frau nicht leben zu können. Damals war das ein verdammter Fehler gewesen.

Grace entzog sich ihm, enthielt seinem hungrigen Mund ihre köstliche, nach Vanille duftende Haut vor. „Das hast du getan“, entgegnete sie mit vorwurfsvoller Stimme. „Du weißt sehr wohl, dass du schuld daran bist.“

„Ich bin dein Lehrmeister, Grace, und unser Schulfach ist sexuelle Lust, die freie, grenzenlose, sinnliche Erforschung der Körper. Alles, was du dir ersehnst, auf jede Art, wie du es möchtest – nichts ist verboten, nichts muss man hinterher bereuen.“

„So mag es für dich sein. Aber für mich kann es niemals so werden.“ Sie schloss die Augen und seufzte tief. „Und die ganze Zeit wartet meine Kutsche auf mich, bereit zur Abfahrt! Was mögen die Diener nur von mir denken?“

Er hob die Hand und schob ihren schweren Rock und die spitzenbesetzten Unterröcke nach oben. Während er mit seinem Daumen zärtlich zwischen ihren Schenkeln entlangstrich, beruhigte er sie: „Mit mir als deinem Lehrmeister musst du dir über solche Dinge keine Sorgen machen, Grace.“

„Aber du kannst nicht mein Lehrer sein, Devlin. Ich kann dich nie mehr wiedersehen.“

5. KAPITEL

August 1820, in der Nähe von Brighton

„Wach auf, Devlin, Schatz. Ich bin geil."

Devlin grunzte, rollte sich auf die andere Seite und versuchte, das Gesäusel der Frauenstimme neben sich zu ignorieren und in seinen Traum zurückzukehren. – In diesem Traum befand er sich gerade bei einem Picknick, wo er bäuchlings auf einer karierten Decke gelegen und unter Grace Hamiltons weiten Röcken an ihrer saftigen Muschi genascht hatte. Aber es half nicht einmal, dass er sich das Kissen übers Gesicht legte. Sein Traum war vorüber, also schob er das Kissen beiseite und blinzelte mit einem Auge direkt gegen üppige Brüste mit rehbraunen Nippeln.

Mit wogendem Busen beugte Lucy sich über ihn und zuckte frustriert mit den Schultern. „Nun komm schon, Dev. Ich bin kurz davor zu kommen, und dann würdest du den ganzen Spaß verpassen."

„Wenn er nicht aufwacht", mischte sich eine zweite Frauenstimme von der Tür her ein, „könnten wir ihn fesseln und uns selbst bedienen. Unseren erfahrenen Mündern könnte er nicht lange widerstehen."

Lucy drehte sich auf seinem Bett um, und das Licht der Morgensonne zeichnete einen goldenen Rand um ihre sich vorwölbenden Brüste. „Sei still, Bess. Warum sollte er uns widerstehen wollen?"

Unter seinen Wimpern hervor sah Devlin, wie Bess in sein Schlafzimmer tänzelte. Ihre dunklen Locken hingen bis über ihre nackten Brüste herab, doch sie warf ihr Haar, das sie viel zu sittsam bedeckte, rasch zurück und reckte ihren großen Busen vor. Wie üblich waren ihre Nippel rot gefärbt, und er fragte sich, welcher seiner Männer das für sie erledigt hatte.

Bess zog die Schultern hoch. „Er ist immer noch besessen von dem Etepetete-Mädchen, das er natürlich nicht haben kann. Aber ich habe ein Seil mitgebracht und glaube, wir könnten ihn schließlich doch dazu bringen, sie zu vergessen."

„Ich brauche kein Seil, um das Interesse eines Mannes zu erregen."

Lucys Stimme war heiter, aber Devlin nahm den selbstgefälligen Unterton wahr. Er wusste, dass sie nicht mehr mit den anderen Männern ins Bett ging – sie wartete auf ihn. Und das war ein verdammt schlechtes Zeichen.

Nun zog sie ihm die Decke weg, bevor er sie festhalten konnte. Dann beugte sie den Kopf, und er schnappte heftig nach Luft, als er spürte, wie sich ihr kastanienbraunes Haar über seinen nackten Bauch ergoss. Noch steif von seinem Traum und gierig nach Aufmerksamkeit, richtete sein Schwanz sich auf, und seine Lusttropfen perlten in das Haar rings um seinen Nabel.

Seit mehr als zwei Jahren betäubte er sich mit der Befriedigung rein körperlichen Verlangens. Damit und indem er verrückte Risiken einging, die ihm Schussverletzungen an beiden Schultern eingebracht hatten. Die Kugel, die nur knapp an seinem Schenkel vorbeigeflogen war, hatte ihn dennoch ein wenig unruhig werden lassen. Und ihm war bewusst geworden, wie dumm es von ihm war, sich in gefährliche Situationen zu begeben, während seine Gedanken ununterbrochen um Grace Hamilton kreisten.

Lucys Zunge bewegte sich kunstvoll über die Spitze seines Schwanzes, der prompt reagierte, indem seine Säfte noch kräftiger zu sprudeln begannen. Devlin stöhnte, als sich seine Hoden zusammenzogen und die Erregung heiß und heftig in ihm aufstieg. Sein Penis wollte tief in eine willige Frau tauchen, aber sein Kopf und sein Herz wollten das Vergnügen nicht teilen.

Lucy öffnete ihren Mund weit, und vor seinen Augen verschwand sein Schwengel zwischen vollen rosafarbenen Lippen. Himmel, ihr Mund war heiß wie Feuer und fühlte sich um seinen Schaft herum höchst angenehm und schlichtweg gut an. Ihre Zunge liebkoste seinen Schwanz und entlockte Devlin damit ein Stöhnen.

„Nein, Mädchen." Devlin streckte die Hände nach Lucys sich auf und ab bewegenden Kopf aus. Wie jeder Mann liebte er es, von einer Frau in den Mund genommen zu werden und mochte es, wenn die Frau ihn heftig zustoßen ließ, aber in diesem Moment war er trotz seiner zuckenden Erektion nicht in der Stimmung für das Vergessen, das körperliche Befriedigung ihm schenkte.

Zur Hölle, er masturbierte nicht einmal, um sich Erleichterung zu verschaffen. Er fing an, den Schmerz zu genießen.

Bess begann, schwarze Seile um ihre großen, wogenden Brüste zu winden, und er knirschte mit den Zähnen. Im nächsten Moment fuhr er im Bett hoch. „Nicht jetzt, ihr zwei. Geht und sucht euch einen von den anderen aus."

„Sie sind alle erschöpft", beschwerte sich Bess.

Devlin wickelte sich ein Laken um die Hüften, schwang die Beine aus dem Bett und stand auf. „Sogar Nick? Er bekommt doch nie genug."

„Er hat gestern Abend zu tief ins Glas geschaut, und jetzt meint er, er müsste sterben, wenn er auch nur die Augen aufmacht und ins Licht sieht", schimpfte Bess, während sie mit dem Seil grob über ihre geschwollenen Nippel rieb. „Und schau dir doch nur deinen Schwanz an, Dev. Er ist hart wie ein Baumstamm und sprudelt wie eine Quelle. Du brauchst einen guten, wilden Ritt, Captain, und ich würde dich gerne reiten, bis du explodierst."

Von dort, wo er stand, das Laken über seinem vorstehenden Schwanz wie eine weiße Flagge vor sich her tragend, konnte Devlin über die Felder sehen, die sein Herrenhaus umgaben. Ein einzelner Reiter trieb seinen schwarzen Wallach erbarmungslos an und näherte sich rasch. Sein offener Mantel umwehte ihn wie ausgebreitete Flügel.

Horatio. Und die Art, wie er auf dem Pferd im Galopp eine Hecke übersprang, sagte Devlin alles.

Grace war unterwegs zu ihm!

Schlanke Arme legten sich von hinten um seine nackte Brust. Lucys nach Blüten duftendes Parfüm stieg ihm in die Nase. „Was ist los, Dev? Warum können wir nicht einfach ein bisschen Spaß haben, so wie sonst auch immer?“

„Nicht heute, Süße. Ich habe noch einen Job zu erledigen.“

„Mitten am Tag?“

„Du wirst geschnappt werden, du blöder Kerl!“ Bess ließ sich rückwärts auf sein zerwühltes Bett fallen. Ein kokettes Lächeln auf den Lippen, strich sie mit dem fransigen Ende des Seils über ihren feucht glänzenden Venushügel.

Sie war verführerisch, und das wusste sie.

Die Arme immer noch um ihn geschlungen, eilte Lucy um ihn herum. Ihre Brüste strichen an ihm entlang, wobei ihre harten Nippel eine Linie zogen, die seine Nackenhaare dazu brachte, sich aufzurichten und seinen Schwanz zucken ließ. Als sie vor ihm stand, hob sie ihm ihr Gesicht entgegen und schaute ihm in die Augen. Zur Hölle, sie war ein nettes Spielzeug. Ein süßes Ding mit wild gelocktem rotem Haar, einem bezaubernden Schwarm Sommersprossen und blauen Augen, die unter dichten goldenen Wimpern hervorblitzten.

Devlin machte einen Schritt rückwärts und stolperte dabei beinahe über das Laken.

Lucy sah besorgt aus. Seinetwegen? Die Sorge in ihren ausdrucksvollen Augen wirkte nicht, als würde sie sich fürchten, das Dach über dem Kopf zu verlieren, wenn er im Gefängnis landete.

Sie hatte Angst, ihn zu verlieren.

„Macht euch keine Sorgen, Mädchen", beruhigte er sie. „Ich muss mich jetzt anziehen."

„Lass mich dir helfen." Lucy kniff ihm frech in die Brustwarzen.

Das Bett knarrte. Er schaute zur Seite und wollte Bess, die auf der Matratze kniete, vorschlagen, Lucy mitzunehmen und mit ihr gemeinsam zu versuchen, einen der anderen Männer zu finden. Zur Hölle, immerhin gab es sechs von ihnen. Einer von ihnen musste doch wohl in der Lage sein, zwei lüsternen Frauen einen Dienst zu erweisen.

Aber Bess hatte die Arme vor der Brust verschränkt und schaute ihn an wie eine Gouvernante, die ihn soeben mit heruntergelassenen Hosen erwischt hatte, während er dabei war, sein Augenlicht zu ruinieren. „Hat das hier was mit ihr zu tun?"

Himmel, wer war hier eigentlich der Boss? „Ich habe eine Kutsche auszurauben, meine Damen, und deshalb muss ich jetzt meine Hosen anziehen und mich konzentrieren. Also schwingt auf der Stelle eure üppigen Hinterteile durch die Tür."

Bess stampfte aus dem Zimmer und zog dabei die Seile hinter sich her. Lucy zögerte und drehte sich noch einmal um. „Wir sind jetzt schon ziemlich lange zusammen, Dev, nicht wahr?"

Er zauberte das Grinsen auf sein Gesicht, das die meisten Frauen, die er kannte, dahinschmelzen ließ. „Hast du vor, mir einen Antrag zu machen, Lucy?"

Zwar schüttelte sie rasch den Kopf, doch der sehnsüchtige Ausdruck in ihren Augen tat ihm in der Seele weh. „Natürlich nicht, Dev. Aber ich mache mir Sorgen um dich. In letzter Zeit hast du dich manchmal ziemlich komisch verhalten. Es geht wirklich nicht um diese eine bestimmte Frau, die du seit zwei Jahren nicht gesehen hast?“

„Im Leben eines jeden Mannes kommt die Zeit, da fängt er an, sich wie ein Volltrottel zu benehmen, und meine Zeit ist eben jetzt gekommen, Liebchen.“

Sie runzelte die Stirn. „Das ist keine Antwort, Captain Devlin Sharpe.“ Langsam ließ Lucy ihre hübsche elfenbeinfarbene Hand vom Türknauf gleiten. Ihre Mundwinkel senkten sich, und als er sah, wie sie anfingen zu zucken, hätte Devlin fast einen Schritt auf Lucy zu gemacht. Er fluchte unterdrückt vor sich hin, blieb jedoch hart. Denn er hatte nicht das Recht, irgendwelche Versprechungen zu machen, die er nicht halten konnte – nicht einmal wortlose. Während sie wartete, hoben sich Lucys Brüste mit einem tiefen, hoffnungsvollen Atemzug, bis sie schließlich ihre Schultern wieder hängen ließ. Doch dann straffte sie sich, und er grinste in dem Wissen, dass sie entschlossen war, sich ihren Stolz zu bewahren. Und diesen Stolz deutlich ausstrahlend, verließ sie sein Zimmer.

Mit einem leisen Geräusch schloss sich die Tür hinter ihr. Auf der anderen Seite war das lüsterne Lachen eines Mannes zu hören, und Lucy stieß ein Quietschen hervor. Für ein Mädchen, das soeben augenscheinlich von seiner Zurückweisung verletzt worden war, klang sie sehr überzeugend.

Er hoffte, dass sie Spaß hatte.

In seinem Haus liefen die Frauen nackt herum, wenn ihnen danach war. Wahrscheinlich würde nach dem Frühstück eine Orgie stattfinden.

Devlin hatte sich als Straßenräuber in der Nähe der viel befahrenen Straße nach Brighton niedergelassen, da die Mitglieder des Adels sich in den heißen Sommermonaten in diesen Badeort zurückzuziehen pflegten. Das Klima gefiel ihm, das Risiko war groß und stellte ihm Herausforderungen, die er genoss. Außerdem konnten seine Männer auf seine Anweisung hin von hier aus Grace beobachten, die in Brighton bei ihrer Schwester Venetia lebte.

Er hatte gehofft, Grace würde irgendwann diese Straße benutzen – vielleicht wenn sie nach London zurückkehrte.

Horatios Nahen in vollem Galopp betrachtete er als Zeichen, dass seine Hoffnung sich erfüllt hatte.

Reiste sie ohne weitere Begleitung in Gesellschaft ihrer Schwestern? Oder war einer deren mächtigen Ehemänner dabei?

Seine Männer hielten ihn für verrückt. Das war er wahrscheinlich auch.

Auf der anderen Seite der Tür produzierte Lucy ein lautes, theatralisches Luststöhnen. Ihm war klar, dass sie ihn damit quälen wollte. Sein Körper reagierte, indem das Blut in seinen immer noch steifen Schwanz schoss, aber er stellte sich sofort vor, wie er Grace dazu bringen würde, ebenso zu stöhnen.

Devlin ließ seine Faust gegen die verputzte Wand krachen, und das Laken rutschte ihm von der Hüfte. Zur Hölle, er hatte hier ein verdammt gutes Leben. Warum genügte ihm das plötzlich nicht mehr?

Meine liebste Enkelin …

Die elegante Handschrift ruckelte vor Grace' Augen, als die Räder der Kutsche in eine Fahrrinne gerieten. Eine Welle der Übelkeit überkam sie, während sie weiter auf die Worte starrte und sich Halt suchend an die Kante ihres Sitzes klammerte.

Seit vielen Jahren wollte ich Dir schon schreiben, um Dir von mir zu erzählen, aber ich konnte nicht. Der Earl wollte davon nichts hören. Ich glaube, es ist dumm, sich einzig mithilfe von Zorn und Groll über Ereignisse der Vergangenheit hinwegzutrösten, es gibt aber auch Menschen, welche es für dumm halten zu verzeihen. Ist es nicht aber so, dass nur diejenigen, die stark sind, verzeihen können? Ich habe in den vergangenen Jahrzehnten gelernt, dass Wut zwar lichterloh brennen kann, aber nur kalten Trost spendet.

Inzwischen durchziehen Silberfäden mein Haar, und ich habe schon fast vergessen, wie es sich anfühlt, ein Kind in den Armen zu halten. Inzwischen sehne ich mich viel weniger nach der bitter schmeckenden Befriedigung, im Recht zu sein, als danach, die Augen einer jungen Frau vor Freude glänzen zu sehen, mein eigenes Lächeln in der glücklichen Miene eines Mädchens wiederzuerkennen.

Würdest Du mich besuchen, Grace? Ich möchte Dich kennenlernen, solange ich noch in der Lage dazu bin. Falls Du bereit bist, mir diese Freude zu machen, muss ich Dich allerdings vorwarnen, dass unsere Begegnung nicht hier in meinem Haus stattfinden kann. Ich möchte Dich an einem Ort treffen, an dem die Vergangenheit nicht gegenwärtig ist und wo die Zukunft uns umgibt. Es ist tragisch, dass eine Frau ihre Enkelin nicht in ihren eigenen Räumlichkeiten empfangen kann, aber das ist der Fluch meines Lebens, und ich habe schon vor langer Zeit gelernt, mich anzupassen und nicht zu kämpfen. Oberflächlich betrachtet, mag es so wirken, als würde ich nicht wagen, mich gegen den Earl aufzulehnen, aber Frauen besitzen verschiedene Mittel und Wege, das zu tun, und es ist viel angenehmer, Frieden zu halten.

Komm am 15. August zu mir. Lord Avermere hat mich in sein wunderschönes Haus auf der Isle of Wight

eingeladen. Es liegt ganz in der Nähe von Cowes. Ich habe ihm von meinem Wunsch berichtet – und also bist auch Du willkommen und kannst mich dort treffen. Avermere ist so ein netter Mann und hat dem Plan höchst bereitwillig zugestimmt. Bitte komm, Grace! Ich habe Dich in London gesehen und in Dir die Frau erkannt, die ich einst war, und nun wünsche ich mir so sehr zu erfahren, was in Deinem Kopf und Deinem Herzen vorgeht, und zwar bevor es zu spät ist.
Deine Sophia Augusta, Countess of Warren
Instruktionen für die Reise folgen unten.

Mit ihren Fingerspitzen berührte Grace einen Tintenfleck auf dem Papier. Hatten die Tränen ihrer Großmutter die Tinte verlaufen lassen? Sie fuhr sich mit dem Handrücken über die Wangen, um ihre eigenen Tränen abzuwischen. Durch den Druck ihrer Daumen war der Briefbogen zerdrückt, und sie strich die kleinen Falten sorgfältig wieder glatt. Das hier war die Nachricht, nach der sie sich seit ihrer Kindheit gesehnt hatte.

Und dieser Brief war jede der Lügen wert, die sie benutzt hatte, um sich aus dem Haus fortzustehlen, das Venetia und Marcus in Brighton gemietet hatten. Ihre beiden Schwestern, Maryanne und Venetia, waren so beschäftigt mit ihren Kindern und dem gesellschaftlichen Leben in der Stadt am Meer, dass sie tatsächlich nichts von ihrer Abreise bemerkt hatten.

Sie glaubten, sie befinde sich auf einer Gesellschaft im Haus von Lady Prudence in der Nähe von Worthing. Dass Prudence sie verachtete, wussten ihre Schwestern nicht. Wie auch immer, sie hatte den Kutscher und einen Pferdeknecht bei sich, sodass Maryanne und Venetia keinen Grund hatten, sich Sorgen um sie zu machen.

Grace hob den Brief und wiegte ihn in ihren Händen.

Warum hatte sie ihren Schwestern nicht einfach die Wahrheit gesagt?

Nun da sie die Schwägerin zweier reicher, mächtiger Edelmänner war, bewegte sie sich in einer anderen Welt als zuvor – sie lebte in derselben Welt wie die Countess of Warren. Dreimal war sie ihrer Großmutter begegnet: bei Lady Chatsworths Hauskonzert, wo sie gesehen hat, wie schön ihre Großmutter mit ihrem hochgesteckten silbernen Haar und ihrem aristokratischen Profil noch immer war; dann im Theater, wo Grace sich sicher gewesen war, dass ihre Großmutter ihr Opernglas auf Marcus' Loge gerichtet und versucht hatte, einen Blick auf ihre Enkelinnen zu erhaschen; und ein weiteres Mal auf Lady Collings' Ball, dem wichtigsten gesellschaftlichen Ereignis der Saison für unverheiratete junge Damen. Einen flüchtigen Moment lang war Grace sich sicher gewesen, dass ihre Großmutter ihr quer durch den Ballsaal zugelächelt hatte. Sie hatte überrascht geblinzelt, nur um herauszufinden, dass der kurze Augenblick schon wieder vorüber und ihre Großmutter aufgestanden und gegangen war.

Und nun der Brief.

Jedes Mal, wenn sie ihn las, stieg ein anderes Gefühl in ihr auf. Hoffnung. Angst. Glück. Aufregung. Reines Grauen.

Sie war eine Hamilton, und sie musste die Familientradition aufrechterhalten und Angst und Schrecken die Stirn bieten.

Allerdings nicht der Angst, ihre Schwestern in ihre Pläne einzuweihen.

Grace klopfte gegen das Dach der Kutsche, um dem Kutscher – er war einer von Marcus' besten Männern – das Zeichen zu geben, schneller zu fahren. Es hatte zu ihrem Kummer schon viel zu viele Verzögerungen gegeben, die damit zusammenhingen, dass sie ein ganzes Lügengespinst hatte erschaffen müssen. Zunächst lauerte Venetia ihr auf, um ihr zahlreiche Fragen zu stellen; dann fragte Maryanne sie geradeheraus, warum sie vorhatte, zu Lady Prudence zu fahren, obwohl sie in der Öffentlichkeit nicht einmal miteinander zu sprechen schienen.

Doch dann waren ihre beiden Schwestern von ihren Kindern abgelenkt worden. Maryannes Baby, Charles, hatte sich als eigensinniges, von Koliken geplagtes Wesen entpuppt, das nur Ruhe gab, wenn Maryannes Ehemann es auf seinen breiten Schultern herumtrug. Seine bedauernswerte Lordschaft konnte sich nicht einmal zwischendurch hinsetzen, ohne dass das Baby anfing zu weinen.

Und Venetia hatte angekündigt, dass sie ein weiteres Kind erwartete, obwohl ihr erstes, der Titelerbe, erst sechs Monate alt war, was natürlich den Glauben widerlegte, Stillen würde eine weitere Schwangerschaft verhindern.

Doch das gehörte mittlerweile zu den Dingen, die Grace niemals erleben würde.

Die Kutsche schwankte, und Grace wurde zurück ins Hier und Jetzt gerüttelt. Sie fuhren eine ruhige, wenig benutzte Straße entlang, und sie lehnte sich zurück, um den Brief ihrer Großmutter zusammenzufalten. Sie hatte ihn schon fast wieder in ihrem Retikül, einer kleinen Handtasche, verstaut, als der Wagen plötzlich ins Rutschen geriet, und der Kutscher laut aufschrie.

Der Inhalt des Täschchens verteilte sich auf dem Boden der Kutsche, und Grace klammerte sich mit aller Kraft an ihren Sitz. Die Räder schlidderten über den trockenen Staub, und die Pferde wieherten in Panik. Als die Kutsche sich um ihre eigene Achse drehte, hielt Grace die Luft an.

Der Wagen würde umfallen!

Als die Kutsche erst nach rechts kippte und dann wieder

zurück auf die linken Räder fiel, biss sie sich heftig auf die Unterlippe, die sofort anfing zu bluten.

„Himmelherrgott!", brüllte der Kutscher, und die Pferde stießen protestierende Laute hervor.

Nun schaukelte die Kutsche wild von einer Seite zur anderen, und Grace wurde zu Boden geworfen. Ihre Knie krachten hart auf die Bretter, und sie stieß mit der Stirn gegen den Sitz.

Sie rollte sich zusammen und betete, dies möge die beste Haltung sein, wenn sie aus dem Wagen fiel. Da fiel die Kutsche plötzlich wieder auf alle vier Räder und stand himmlisch still – jedenfalls relativ still.

Ihre Finger bohrten sich in den dicken Samt und rissen ihn entzwei, als sie sich auf ihre Knie hochzog. „Au!" Der Druck auf ihren Knien war so heftig, dass ihr übel wurde, und sie bemühte sich mit aller Kraft, auf die Füße zu kommen, wobei sie sich mit beiden Armen auf der Sitzbank abstützte. In ihrem Kopf pochte es, und auf ihrer Lippe schmeckte sie Blut.

Was war geschehen?

Benommen presste sie die Hand gegen ihren verletzten Kopf und streckte mühsam ihre weichen, zitternden Beine. Dann beugte Grace sich aus dem Fenster, wobei sie sich mit den Händen fest an den unteren Teil des Rahmens klammerte.

Marcus' Grauschimmel scharrten auf dem Boden und versuchten mit wilden Kopfbewegungen ihr Zaumzeug abzuschütteln. Grace nahm an, dass der Kutscher Mühe hatte, die Zügel festzuhalten. Durch das Fenster konnte sie sehen, dass die Kutsche quer zur Fahrtrichtung auf der Straße stand.

Ein weißes Pferd blockierte den Weg. Auf dem riesigen Tier saß in lockerer Haltung ein Straßenräuber, der den herrlichen Schimmel mit den Schenkeln kontrollierte und lässig zwei Pistolen auf ihre Kutsche richtete. Er war maskiert. Ein quadratisches schwarzes Seidentuch war zum Dreieck gefaltet vor seinen Mund gebunden, dazu trug er eine gepuderte Perücke unter einem schwarzen Dreispitz. Ein langer Mantel, geschnitten nach der Mode des vergangenen Jahrhunderts, spannte sich über seine breiten Schultern und lag eng an seiner wohlgeformten Brust. Der Mantel war aus schimmernder, dunkelblauer Seide, reich bestickt und an den Aufschlägen und dem Kragen üppig mit französischer Spitze verziert. Die Knöpfe funkelten im Sonnenschein wie Juwelen, und im Ohrläppchen des Mannes blitzte ein großer, klarer Stein – ein Diamantohrring, wie Grace annahm.

Pflegten Straßenräuber nicht „Geld oder Leben" oder etwas in der Art zu rufen? Es schien, als hätte sich dieser hier nur mit seinem Pferd vor der herbeirasenden Kutsche aufgebaut, seine zwei Pistolen auf den Kutscher gerichtet und ohne zu weichen und zu wanken gewartet, dass der Wagen anhielt.

Ein Zweig knackte. Aus dem Schatten der Bäume ritten vier bewaffnete Männer auf die Straße. Sie trugen alle die gleichen Hüte und Perücken, alle hatten spitzenverzierte Ärmel und Kragen und hatten sich ein Seidentuch über Mund und Nase gebunden.

Auf ihren Pferden umringten sie die Kutsche.

Grace wünschte, sie hätte daran gedacht, eine Pistole mitzunehmen. Die Abenteuer ihrer Schwestern hätten sie lehren müssen, dass eine Frau sich unter allen Umständen bewaffnen musste.

Aber wäre sie wirklich in der Lage, den riesigen Mann zu erschießen, der so kühn ihre Kutsche angehalten hatte? Beinahe wäre ein Unglück geschehen – er hätte sie alle umbringen können. Konnte sie ihn aber deshalb kaltblütig erschießen?

Dann gefror Grace das Blut in den Adern, und ihr Herz schien stillzustehen. Ein tollkühner Wegelagerer mit breiten Schultern, der nun das Seidentuch herunterzog, welches sein Gesicht bedeckte …

Noch bevor er seine Maske vollständig entfernt hatte, wurde ihr klar, wer er war.

Devlin Sharpe.

Beim Anblick seines Mundes wusste sie, dass sie recht hatte. Selbst nach zwei Jahren erkannte sie die Kerbe in seinem Kinn und die vollen, sinnlichen Lippen.

„Komm heraus, Süße", rief er und stieß vor und nach seinen Worten sein tiefes, unvergessliches Knurren hervor. „Ich möchte dich sehen."

Seine faszinierende Stimme brachte ihr Herz zum Stolpern und ihre Vernunft zum Schweigen, und ihre Hand lag bereits auf der Türklinke, bevor ihr Kopf sich einmischte.

Was wollte er von ihr?

Konnte das ein Zufall sein?

Wollte Devlin sie wirklich ausrauben?

Sein Tuch hing ihm jetzt um den Hals, und sein tief gebräuntes Gesicht bildete einen starken Kontrast zu der schneeweißen Perücke.

Er sah aus wie ein gefährlicher Verführer, von dem jede Frau insgeheim träumte.

Aber was, um alles in der Welt, tat er hier?

„Komm raus, Miss", wiederholte er. „Ich würde ungern jemandem eine Pistolenkugel ins Herz schießen müssen."

„Das wagen Sie nicht!" Grace stieß mit einer Hand die Tür weit auf und raffte mit der anderen ihre Röcke zusammen. Es war möglicherweise unklug, aber sie sprang hinunter auf die Straße, die wenigstens trocken war. So trocken, dass eine Staubwolke aufstieg, als sie auf dem Boden landete und sie husten musste.

Indem er seine bewaffneten Männer zurückließ, presste Devlin seinem Pferd die Schenkel in die Flanken, und das riesige weiße Tier gehorchte dem liebevollen Kommando und trottete dorthin, wo Grace stand.

Leuchtende grüne Augen begegneten ihren. Sinnliche Lippen verzogen sich zu einem Lächeln.

Er hatte sie gerettet – das würde sie ihm niemals vergessen. Weder Lord Wesley noch ihr Cousin Wynsome hatten jemals ein Wort über das verloren, was bei der Gesellschaft in Wesleys Haus geschehen war. Sie wusste nur nicht, warum er da auf seinem Pferd saß, hoch über ihr, und sie von dort aus aufmerksam betrachtete.

Und warum war er hier und raubte sie mit Waffengewalt aus? Niemals hätte sie gedacht, dass er so wenig auf die Intimität geben würde, die zwischen ihnen bestanden hatte, und es fertigbrachte, sie auf der Straße zu überfallen!

Das irritierte sie wirklich sehr. Sie deutete auf die Koffer, die hinten an der Kutsche befestigt waren. „Ich habe kaum etwas Wertvolles bei mir. In meinem blauen Koffer ist ein kleiner Beutel mit Schmuck – den können Sie sich gerne nehmen."

Sein Pferd machte einen anmutigen Schritt auf sie zu. Es war ein vollkommen weißes Tier, und sie war überrascht, dass er keinen Rappen ritt, ein Pferd, das nachts mit den Schatten in Feldern und Wäldern verschmolz. Und warum war er so dumm, sie am helllichten Tage zu überfallen?

Wollte er festgenommen und aufgehängt werden?

Nun stand das Pferd so dicht vor ihr, dass sie den Schweiß und das Fell des Tiers riechen konnte. Sie musste in die Sonne blicken, um Devlin anschauen zu können.

„Ich will dein Geld nicht, Grace." Er beugte sich zu ihr

herunter, um die Worte zu flüstern, die sie erschreckten, weil es ihre eigenen Worte waren, die sie ihm vor zwei Jahren entgegengeschleudert hatte. Verletzte ihr Angebot ihn ebenso, wie damals seines sie verletzt hatte? Der Sonnenschein fiel ihm ins Gesicht, leuchtete auf seine hohen Wangenknochen und auf seine scharf geschnittene Nase. Sie hatte seine Züge vergessen gehabt – hatte sich gezwungen, sie zu vergessen. Ihr Herz tat einen dumpfen Schlag. Wie lange würde es dieses Mal dauern, die Erinnerung an sein Aussehen zu verdrängen?

Ihre Fingerspitzen kribbelten heftig. Sie erinnerte sich daran, wie sie sein Gesicht berührt hatte, an die wundervollen Gefühle, die dadurch in ihr ausgelöst wurden, ihn zu liebkosen. Grace erinnerte sich daran, wie sie sein kräftiges Kinn erforscht und das zarte Kratzen seiner Bartstoppeln gespürt hatte. Auch an die überraschend scharf hervortretenden Wangenknochen und daran, wie weich sich die Haut direkt darunter angefühlt hatte, besaß sie eine klare Erinnerung. Ebenso an die samtweichen Brauen und Wimpern …

Grace verdrängte die verführerischen Gedanken. „Was wollen Sie von mir? Ich werde heute noch erwartet. Durch Sie werde ich zu spät kommen. Wenn Sie meinen armseligen Schmuck nicht wollen, lassen Sie mich passieren."

„Sei nicht so eiskalt zu mir, meine Liebste." Er sprach jetzt laut und grinste sie dabei an. Sie hörte das Kichern seiner Männer. Marcus' Diener verhielten sich klugerweise ruhig, da immer noch Pistolen auf sie gerichtet waren.

Offensichtlich wollte Devlin nicht verraten, dass sie einander kannten. Er behandelte sie mit derselben lässigen Herablassung wie jede andere Frau, deren Kutsche er überfiel. Und sie wäre eher gestorben, als diese Männer wissen zu lassen, was zwischen ihr und Devlin geschehen war.

Einer seiner Männer verließ seinen Platz neben der Kutsche und ritt dichter an Devlin heran. „Woll'n Sie, dass ich ihre Sachen nehme?"

Devlin schüttelte den Kopf. „Wir nehmen die ganze Kutsche."

Er arbeitete mit Dieben zusammen. Mit bewaffneten Männern, die bereit waren, für Geld zu töten. Er war kein Vorbild, sondern ein gewissenloser Mörder.

Kalte, lähmende Angst breitete sich in Grace aus.

Sie musste fliehen.

Aber sie hatte keine Chance, schneller zu sein als die Pferde.

Außerdem besaß sie keine Waffe.

Würde Devlin sie wirklich um des Geldes willen töten?

Grace erstarrte. Sie wusste es nicht. Vor ihr stand ein Mann, mit dem sie geschlafen, mit dem sie liebevollen, köstlichen, freiwilligen Sex gehabt hatte ... und sie wusste wirklich nicht, ob er plante, sie umzubringen.

Sie wich einen Schritt zurück, doch er grinste nur. „Du, meine Süße, bist die Wertsache."

Sie hörte, wie der Pferdeknecht einen wütenden Schrei ausstieß. Was, wenn einer von Marcus' Dienern eine verzweifelte Aktion unternahm, weil er meinte, sie retten zu müssen, und dabei erschossen wurde? Was, wenn sie ernsthaft in Gefahr war?

Auf keinen Fall würde sie zulassen, dass irgendjemand an ihrer Stelle starb.

Sie warf Devlin einen finsteren Blick zu. „Wagen Sie es, mich anzurühren, Sie Wüstling, und Sie werden es bereuen."

„Komm einfach mit, Mädchen, dann werde ich auch dir kein Härchen auf deinem wunderschönen Kopf krümmen."

Was würde er tun, wenn sie sich auf dem Absatz umdrehte und wieder in die Kutsche stieg? Sie hatte keine andere Wahl, als ihm intensiv in die dunkelblauen Tiefen seiner Augen zu schauen und zu versuchen, es zu erraten.

Sie bemerkte seinen raschen Atem. Das schnelle Heben und Senken seiner Brust.

Dieser Überfall *erregte* ihn.

Doch was genau? Der Gedanke an ein mögliches Lösegeld? Oder die Erinnerung an heißen Sex? Was *wollte* er?

Grace musste ihren Mut zusammennehmen. Zwei Jahre waren vergangen, seit sie ihr ganzes Leben durcheinandergebracht hatte – zwei Jahre, in denen sie von einer völlig mittellosen Frau zu einer Frau geworden war, die eine Mitgift besaß, welche Männern die Knie weich werden ließ. Sie hatte den Mut gehabt, selbst ihrer Familie etwas vorzulügen und mit dieser Lüge zu leben. Also beugte sie sich vor, bis ihre Handschuhe den Widerrist seines großen Pferdes berührten, und flüsterte energisch: „Ich will bei diesem Spiel nicht mitmachen."

Doch schon im nächsten Moment schlang sich sein starker Arm um ihre Taille, dann richtete er sich auf und zog sie mit sich nach oben. Mühelos hob er sie vor sich aufs Pferd. Auf dem hinteren Teil ihres Pos auf der unebenen Wirbelsäule des Pferdes sitzend, geriet sie ins Wanken.

Und klammerte sich an seine Brust.

Ihre Finger krallten sich in seine Mantelaufschläge und hielten sich fest. „Lass mich ..."

„Irgendwann einmal, Grace. Aber für den Augenblick gehörst du mir."

Die Diener stießen Protestrufe aus, aber Devlin wendete sein Pferd und gab ihm die Sporen. Grace klammerte sich an seine Arme, während das Pferd mit donnernden Hufen über dem Boden dahinflog.

Sie hatte viel zu viel Angst, um hinunterzuspringen.

Und war, auf erschreckende Weise, viel zu erregt.

„War es ein Zufall, dass du dir meine Kutsche zum Ausrauben ausgesucht hast?“

Grace richtete die Frage an die sich vor ihm im Schatten erstreckende Straße, weil sie nur zu gut wusste, dass Devlin ihr keine Antwort geben würde. Warum sollte er? Er war derjenige von ihnen beiden, der eine Waffe trug.

Eine seiner großen Hände hatte er um ihre Taille gelegt und sorgte auf diese Weise dafür, dass sie nicht vom Pferd fiel. Seine Brust rieb sich an ihrem Rücken, und die harten Diamantknöpfe seines Mantels fühlten sich selbst durch ihr Sommerkleid und den hauchdünnen Umhang wie eine Liebkosung an. Sein Duft machte sie verrückt – sie hatte ihn jetzt schon eine ganze Stunde lang einatmen müssen. Eine Stunde, in der sie ihre Erinnerungen immer wieder mühsam unterdrückt hatte. Daran, wie seine Haut schmeckte, als sie ihre Zunge hatte darüber gleiten lassen und an das erotische Aroma seines Mundes.

An den Geruch seines Schweißes und den reifen, kräftigen Geschmack seines Samens …

Ihr Rumpf und ihre Schenkel schmerzten vom ständigen Auf und Ab des Pferderückens – obwohl Devlin ihr in verführerischem Ton empfohlen hatte, sich zu entspannen, saß sie immer noch steif wie ein Brett auf dem Pferd. Die fleckigen Schatten von Blättern und Ästen tanzten über ihre Kleidung und seine behandschuhte Hand, während Devlin sein Pferd die Landstraße entlangtraben ließ. Über ihren Köpfen verflochten sich die Zweige, und die Blätter wisperten leise im warmen Wind.

Grace hatte früher heimlich in den Manuskripten ihrer Schwester Maryanne gelesen. Erstaunt hatte sie damals festgestellt, dass ihre Schwester erotische Geschichten schrieb und versuchte, ihrer verarmten Familie zu helfen, indem sie diese veröffentlichte.

Eine der Geschichten hatte sie besonders fasziniert und sie las sie wieder und wieder, bis schließlich die Seiten Eselsohren und der Text Schmutzflecke aufwiesen. In der Geschichte ging es um ein naives, unschuldiges Mädchen, das in das abgelegene Haus seines unbekannten Vormunds geschickt wurde. Obwohl der gut aussehende und gefährliche Edelmann sich sehr tyrannisch verhielt und die Heldin allen möglichen erotischen Qualen unterwarf – in einer Szene spielten ein Glas Sherry und süße Weincreme eine Rolle, und nach der Lektüre hatte Grace tagelang ein quälendes Verlangen gespürt –, eroberte die schüchterne Heldin ihn schließlich. Der Meister ergab sich der Liebe, und nun war die Heldin diejenige, die Macht über ihn ausüben konnte, anstatt umgekehrt. Doch selbst, als die Heldin noch nicht ahnte, dass ihr Vormund ihre große Liebe werden würde, selbst als er sie auf alle möglichen ausgefallenen und gefährlichen Arten fesselte, erregte das Leben als Gefangene die Heldin sexuell.

Grace änderte ihre Position und zuckte zusammen, als ihr wundes Hinterteil eine womöglich noch unbequemere Stelle zum Sitzen fand.

„Es ist nicht mehr weit, Liebste", versprach Devlin.

Sie schluckte heftig, als er seinem Pferd die Sporen gab. Eine Geschichte war die eine Sache. Die Wirklichkeit war etwas völlig anderes. Devlins bewaffnete Männer waren dicht hinter ihnen und führten Marcus' Kutsche und seine Diener mit; die armen Dienstboten waren gefesselt.

Sie alle wurden soeben entführt.

Oh, er hatte es abgestritten – eine Zeit lang – dann weigerte er sich, irgendeine ihrer Fragen zu beantworten, woraufhin sie ihn während der letzten fürchterlichen Stunde mit eisigem Schweigen bestrafte.

Es bestand kein Zweifel daran, dass sie seine Geisel war.

Und das war kein bisschen erregend. Kein bisschen. Absolut nicht.

Und wenn er versuchen sollte, sie zu fesseln, würde er ein Auge verlieren. Oder seine Kronjuwelen.

Sie hatte nicht vor, sein williges Opfer zu sein.

„Wenn ich keine Angst um die Diener meines Schwagers hätte, hätte ich dich schon vor einer Stunde entmannt", zischte sie.

„Dann muss ich mich glücklich schätzen, dass du nicht selber eine Kutsche fahren kannst, sondern einen Kutscher brauchst."

Torpfosten tauchten seitlich der Straße auf, und er lenkte sein Pferd hindurch, während er leise „Gott sei Dank" vor sich hin murmelte. Der schattige Wald lichtete sich, und der Weg führte auf einen Hügel hinauf.

Grace schnappte nach Luft. Vor ihren Augen tauchte ein wunderschönes Anwesen auf. Das Haus war symmetrisch angelegt und aus soliden grauen Steinen gebaut, der Garten stand in üppiger Blüte. Eine muntere Quelle sprudelte in der Nähe. Und dieses schöne, gregorianische Herrenhaus gehörte Devlin?

Ihr Herz sank. Um dieses Anwesen kümmerte sich zweifellos eine Frau. Das war deutlich an dem herrlichen Garten und dem gepflegten Eindruck zu erkennen, den das Haus und die Umgebung machten. Zwei Jahre waren vergangen – hatte der berüchtigte Straßenräuber sich eine Frau gesucht? Hatte er sie aus diesem Grund als Geisel genommen? Brauchte er das Lösegeld, um für eine Horde verschmitzter Kinder und eine hübsche, anspruchsvolle Frau zu sorgen?

Warum sollte es sie interessieren, ob er eine Frau und tausend Kinder hatte?

Er hat mich vor Lord Wesleys Grausamkeit bewahrt, flüsterte eine innere Stimme.

Plötzlich wurde sie hochgeschleudert, prallte zurück auf den Sattel und unterdrückte einen Schmerzensschrei, als ihre Hüftknochen gestaucht wurden.

Eine junge Frau kam aus dem Haus gelaufen, und Grace blinzelte verwundert. Hinter dem Mädchen wehte ein Laken im Wind. Albernes Gelächter klang durch die Luft. Das Mädchen, das etwa in ihrem Alter zu sein schien, war nackt, und ihre kleinen, festen Brüste hüpften auf und ab, während sie lief.

Hinter ihr rannte ein Mann durch die Tür nach draußen. Wenigstens war er angezogen. Sehr rasch holte er das Mädchen ein. Kreischend versucht sie, ihm zu entkommen. Dabei rutschte ihr das Laken aus den Händen und segelte auf einer Luftströmung über den Rasen davon.

„Verdammt noch mal", brummte Devlin hinter Grace.

Der Mann hatte das Mädchen zu Boden geworfen und fummelte an seinen Hosenknöpfen herum, während sie sich unter ihm aufbäumte. „Beeil dich, ich bin schon so erregt." Das Mädchen schlang die Beine um die Taille des Mannes und krallte sich in die Aufschläge seiner Jacke. Sie zog seinen Mund zu ihrem herunter, und sie küssten sich hungrig, während er in sie hineinstieß.

Grace konnte den Moment der Vereinigung nicht erkennen, aber sie wusste, dass es passiert war. Ihre Beine zitterten, als sie ein weibliches Quietschen und ein raues, männliches Stöhnen hörte. Ihre Wangen brannten wie Feuer, und sämtliche Knochen schienen aus ihrem Körper verschwunden zu sein, sodass sie fast vom Pferd gefallen wäre. Mühsam unterdrückte sie ein Keuchen.

„Wer ist diese Frau? Warum hast du sie hierhergebracht?"

Nun riss Grace ihren Blick von dem ächzenden, sich im Gras wälzenden Paar los. Eine weitere Frau war in der offenen Tür erschienen. Diese hatte kastanienbraunes Haar, welches sie mit einem smaragdgrünen Seidenband zurückgebunden hatte. Ihre kurvenreiche Figur steckte in einem tief ausgeschnittenen Kleid aus grün gepunktetem Musselin. Neugierig schaute sie Grace und Devlin entgegen.

Plötzlich schlug sich die rothaarige Frau eine Hand vor den Mund. „Mensch! Das ist *sie*, nicht wahr? Devlin, du verdammter Schuft!“

6. KAPITEL

„Was willst du, Devlin? Mein Leben gegen ein Lösegeld eintauschen?“

Grace stellte ihm diese Frage, während sie, umflossen vom hellen Nachmittagslicht, mitten im nach Westen liegenden Salon seines Hauses stand. In ihrer Stimme lag keinerlei Sarkasmus oder Groll, und Devlin stellte verblüfft fest, dass sie tatsächlich glaubte, es ginge ihm um Geld. Er umfasste das Glas in seiner Hand fester und schmeckte kaum den teuren Cognac, der durch seine Kehle floss.

Viele Monate des Pläneschmiedens hatten zur augenblicklichen Situation geführt. Sein Ziel war ganz einfach gewesen: Es ging darum, mit Grace zusammen zu sein, sie zu haben, sie …

Zur Hölle, an diesem Punkt wurden seine Wünsche nebulös, ein Gefühl, das er zuletzt vor langer Zeit erlebt und das ihm niemals gefallen hatte. Er pflegte genau zu wissen, was er wollte und es dann auch zu bekommen.

Devlin stellte sein Glas mit einem so heftigen Klirren ab, dass der Tisch wackelte, dann riss er sich den Dreispitz, die Maske und die Perücke herunter. Sein schweißnasses Haar wurde von einem Lederband aus der Stirn gehalten. „Ich würde dich niemals für Geld anbieten, Liebste.“

Das Sonnenlicht umschmeichelte Grace’ üppige Kurven und streichelte die zarte Linie ihres Nackens. „Was willst du dann?“

Devlins Kehle wurde eng. Er legte sein Bein über die Armlehne des Ohrensessels, in dem er saß und versank in den Anblick ihres Gesichts – musterte die ausdrucksvolle Linie ihres Mundes, die kecke Nase und die funkelnden grünen Augen, die ein feuriges Temperament und zauberhafte Sinnlichkeit versprachen. Aber sie sah aus, als hätte sie Angst vor ihm, und das machte ihm das Herz schwer.

Während er zum Fenster hinüberschaute, hinter welchem golden die Sonne stand, sagte er mit leiser Stimme: „Ich habe dich während der vergangenen zwei Jahre immer wieder gesehen, Liebste. Auf Bällen." War er mit diesem Geständnis zu weit gegangen? Für einen steckbrieflich gesuchten Mann hatte er ein verdammt großes Risiko auf sich genommen ... aber er hatte einen inneren Zwang gespürt, sie sehen zu müssen. Er hatte Männer gekannt, die opiumsüchtig waren, andere litten unter Alkoholsucht. Verdammt, seine Sehnsucht nach Grace hielt ihn gnadenlos gefangen, und er nahm an, dass er ihr vollkommen verfallen war.

Rechts und links von ihrem Mund bildeten sich Falten des Unbehagens. „Ich wusste nicht, dass du dich in der höheren Gesellschaft bewegst. Aber warum solltest du das tun? Warum solltest du mich sehen wollen?"

„Um festzustellen, wie du in der Welt zurechtkommst, für die ich dich ruiniert habe."

„Eine Frau ruiniert sich selber", erwiderte sie, und er zuckte zusammen, als er den Zynismus und die Bitterkeit in ihrer Stimme hörte. Sie war um mehr als zwei Jahre älter geworden.

Devlin hatte im Schatten am Rand der Tanzflächen gestanden und sie beobachtet. Sie hatte zwar getanzt, aber ihr Blick schweifte in weite Fernen. Sie hatte geflirtet, sich aber rasch zurückgezogen, sobald der betreffende Gentleman ernsthaft interessiert wirkte. Sie war vor denen geflohen, die offensichtlich hofften, sie verführen zu können, aber auch vor denen, die offenbar verliebt in sie waren.

Selbst ihren Schwestern gegenüber, der temperamentvollen, rothaarigen Lady Trent und der freundlichen, schönen Lady Swansborough, hatte Grace reserviert gewirkt – sie verbarg Geheimnisse vor ihnen, und er konnte sich vorstellen, wie diese Heimlichkeiten auf jedem Wort lasteten, das sie sprach.

„Ich habe dich nie bemerkt“, stellte sie fest. „Allerdings habe ich auch nie Ausschau nach dir gehalten.“

Diese Bemerkung schmerzte. Natürlich hatte er sich verdammt gut verborgen gehalten, und sie hatte keinen Grund gehabt anzunehmen, dass er sich auf gesellschaftliche Feste begab. Was gab ihm außerdem Anlass zu der Hoffnung, sie würde sich nach ihm sehnen?

Devlin grinste, wie er es immer tat, wenn er in Schwierigkeiten geriet. „Ich hatte nie eine offizielle Einladung. Und ich habe niemals ein Haus durch den Vordereingang betreten, Liebste.“

Grace ging zum Fenster und presste ihre von weißen Handschuhen bedeckten Fingerknöchel gegen die Scheibe. Wie sie so vor dem hellen Licht der Sonne stand, blendete ihn ihr Anblick. Ihr Profil lag im Schatten, sodass er ihren Gesichtsausdruck nicht erkennen konnte. „Du hast mir immer noch nicht gesagt, was du eigentlich willst.“

Darauf gab es eine einfache Antwort. Er wollte mit ihr in sein Bett. „Hast du mit jemandem geschlafen, seit wir das letzte Mal zusammen waren? Seit ich im Sommerhaus deine süße Möse geleckt habe?“

Ihr Keuchen sorgte dafür, dass ihm ein Schauer den Rücken hinunterlief. Sie wirbelte herum – zwar konnte er immer noch nicht ihre Miene erkennen, aber ihre heftige Bewegung zeigte, wie schockiert sie war. „Was, um alles in der Welt, glauben Sie? Allerdings haben *Sie* es offensichtlich getan. In diesem Haus läuft mindestens ein Dutzend Frauen herum – und die meisten von ihnen sind nackt.“

Er zuckte die Achseln. „In diesem Haus leben sechs Frauen und eine Menge Männer. Die Frauen halten die Männer davon ab, sich gegenseitig zu erschießen.“

Er stieß sich von der Armlehne des Sessels ab und schlenderte zu Grace hinüber. „Du hast es nicht getan, nicht wahr?

Zwei Jahre lang warst du einsam."

„Ja!", zischte sie.

„Du hättest dir einen Liebhaber nehmen können."

„Du musst verrückt sein. Sollte ich irgendeinen armen Gentleman in Gefahr bringen? Meine Schwestern sind mit mächtigen Männern verheiratet, die jeden Mann töten würden, der mit mir das Bett teilt."

„Das dachte ich mir, und deshalb habe ich dich hierhergebracht. Ich will dich, Grace, und ich vermute, dass du mich auch willst. Bleib bei mir – ein paar Tage, eine Woche. Solange du willst. Ich werde jede erotische Fantasie wahr machen, von der du jemals geträumt hast."

Als er sich ihr näherte, erstarrte sie. Das Aroma ihres Parfüms umgab ihn. Sie trug jetzt einen exotischen Duft, der nach Jasmin und frischen Kräutern roch. Zwar hatte sie ihn nur sparsam aufgetragen, doch er zeigte, welche Art von Frau sie wirklich war. Keine prüde, englische Jungfer, sondern sinnlich und erdverbunden.

Grace verschränkte die Arme vor der Brust. „Und du dachtest, ich würde zustimmen? Dass ich so etwas tatsächlich will?"

„Ja, ich denke, das willst du." Er streckte die Hand aus und zog ihre Arme herunter. In ihrem schimmernden weißen Kleid mit seinem lebhaften grünen Muster sah Grace wunderschön aus. Alles, was er wollte, war, ihr das Kleid auszuziehen und sich mit ihr – heiß, schweißnass und nackt – in der Sommerhitze auf einem zerwühlten Bett herumzurollen. „Du musst nicht verbergen, wer du wirklich bist, Grace. Ein paar Tage lang kannst du die Frau sein, als die du erschaffen wurdest."

Sie mied seinen Blick, und das machte ihm Hoffnung. Wahrscheinlich hatte sie Angst, schwach zu werden. Warum sonst sollte sie ihn nicht ansehen wollen?

Grace befreite ihre Arme aus seinem sanften Griff und legte die Daumen gegen ihre Lippen.

„Niemand aus der guten Gesellschaft wird erfahren, dass du hier warst“, versprach er. „Meine Männer kennen deinen Namen nicht, und sie werden niemals einen Ort betreten, wo sie mit dir zusammentreffen könnten. Deine Diener werden nichts verraten. Du kannst dir ganz sicher sein.“

Ihr Schweigen hielt an, und er wurde unsicher. Sollte er noch etwas sagen, um sie zu überzeugen? Sollte er sie berühren? Er hatte Situationen erlebt, in denen eine falsche Bewegung den Tod bedeuten konnte, doch jetzt war er ebenso angespannt.

„Du hast dafür gesorgt, dass Lord Wesley und Lord Wynsome meinen Ruf nicht zerstört haben …“

Das machte ihm Hoffnung.

„Aber warum hast du mich entführt?“, verlangte sie zu wissen. „Vielleicht hast du doch mehr mit deinem Bruder gemeinsam als ein und denselben Vater.“

Ihre Worte ließen ihn zurückzucken. Himmel, dachte sie das wirklich über ihn?

Verblüfft starrte er sie an, während sie ihm mit dem Finger drohte. „Es ist einfach für dich, darüber zu reden, als welche Art von Frau ich erschaffen wurde. Wenn die Klatschbasen aus der guten Gesellschaft erfahren, dass ich mehrere Tage als Gefangene des berüchtigten Captain Sharpe verbracht habe, was glaubst du, werden sie über mich erzählen? Dass wir uns die Zeit mit Schachspielen vertrieben haben?“

„In gewisser Weise tun wir das“, schoss er zurück. „Im Moment schieben wir allerdings die Figuren nur ziellos auf dem Brett herum. Du hast zwei Jahre inmitten der besten Gesellschaft verbracht. Wie viele Heiratsanträge hast du in dieser Zeit abgelehnt? Ich habe läuten hören, es waren mindestens zwei Dutzend.“

„Nein … nicht so viele. Wie könnte ich denn aber auch einen der Anträge annehmen? In der Hochzeitsnacht wird mein Ehemann die Wahrheit über mich herausfinden."

„Ehrlich gesagt nehme ich an, die meisten dieser Dummköpfe würden nichts bemerken, wenn du einen kleinen Trick anwenden würdest. Ich denke, du kennst ihn. Es gibt einen anderen Grund …"

„Natürlich!", rief sie. „Du hast mein Geheimnis entdeckt. Ich verzehre mich vor Liebe nach Captain Sharpe. Es ist eine furchtbare, brennende, unerwiderte Liebe, von der ich weiß, dass sie sich niemals erfüllen wird. Ich verbringe meine Tage damit, Herzen auf meine Briefe zu malen und fülle meine Notizbücher mit verschnörkelten Versionen des erträumten Namens ‚Mrs. Captain Sharpe' …"

„Ha!" Er warf die Hände in die Luft.

„Du willst, dass ich hierbleibe. Du willst, dass ich ein paar Tage mit dir in deinem Bett verbringe. Aber was habe ich davon?", wollte sie wissen.

Ihre Frage schockierte ihn, und die Worte blieben ihm im Hals stecken. Er wusste keine Antwort. Lust? Spaß?

„Ich sage dir mal was", fuhr sie mit dem Rücken zu ihm fort. „Ich hätte davon flüchtige Lust, und hinterher würde ich leiden – dieses schreckliche Gefühl des Verlustes würde mich wieder quälen. Ich kann Enttäuschungen ertragen, aber leidend und schmerzerfüllt kann ich nicht leben."

„Süße", sagte Devlin. „Ich kann ohne dich nicht leben."

Grace legte die Hand auf ihr Herz, das sich plötzlich schmerzlich zusammenzog, und wandte sich ihm zu. „Du weißt genau, was du sagen musst. Aber natürlich glaube ich dir nicht."

Mit düsterem Ausdruck und strahlend blau im hellen Sonnenschein bannten seine Augen ihren Blick. „Es ist wahr, Grace, meine Liebe. Natürlich muss ich ohne dich leben, aber ich bin verdammt noch mal nicht begeistert davon."

„Ich würde meinen, du hättest kaum Zeit, überhaupt an mich zu denken. Wechseln sich die sechs Damen hier im Haus in deinem Bett ab? Bekommt jede eine ganze Nacht für sich, oder hast du mehrere gleichzeitig?"

Natürlich sah er daraufhin erstaunt aus. Schließlich hatte er keine Ahnung, wer ihr Vater war. Keine Ahnung, dass sie Rodessons erotische Bücher kannte und genau wusste, welche exotischen, unmoralischen Spiele Männern Spaß machten.

Grace war sehr genau darüber im Bilde, welche Art von Sex Männer bevorzugten, wenn sie die Möglichkeit dazu erhielten.

Wenigstens war es ihr durch die gewagte Vorstellung, die sie in Worte gefasst hatte, gelungen, ihn von dem abzulenken, was sie sonst noch durch ihre scharfe Bemerkung enthüllt hatte – ihre Eifersucht und ihre Verletzlichkeit.

„Vergiss die anderen Frauen", entgegnete er. „Du bist alles, was ich im Kopf habe." Dicht trat er an sie heran, bis das Gefühl seiner Nähe sie überwältigte. Er berührte sie – natürlich tat er das. Als er mit seinem Handrücken an ihren Brüsten entlangstrich, schien er zu ahnen, dass sie einfach nur noch dahinschmelzen wollte. Ein Unterkleid, ein Mieder, ein Musselinkleid und ein Umhang bedeckten ihren Körper, aber seine Berührung schien all die Stofflagen wegzubrennen.

„Warum ziehst du dich nicht aus?", säuselte sie. Nackt würde er im Nachteil sein. Ohne einen Faden am Leib konnte er sie nicht über den Rasen jagen.

Sie musste fliehen. Ihre Großmutter wartete auf sie, und sie musste – musste unter allen Umständen – zu ihr fahren, aber es ging um mehr als das. Zwei Jahre lang hatten die Erinnerung an Devlin sie verfolgt, es durfte nicht alles wieder von vorn beginnen.

Wie geschmolzenes Wachs rollte das Blut durch ihre Adern.

Ihr war so heiß, dass sie inzwischen schweißgebadet war. Ihr Schoß schmerzte vor Verlangen, und sie konnte sich nicht vorstellen, dass ihr Herz noch schneller hätte schlagen können, als es das in diesem Moment tat. Sie begehrte ihn so sehr, so unglaublich … niemals würde sie sich davon erholen. Niemals würde sie vergessen können!

Fest und gleichzeitig verführerisch streifte sein Mund ihre Stirn, während er ganz ruhig seine elegante Krawatte lockerte. Grace trat einen Schritt zurück, brauchte Abstand zu ihm, aber als er gnadenlos an seinen Diamantknöpfen zerrte, um sie zu öffnen, wurde ihr klar, wie verletzlich sie jetzt war.

Sie konnte ihren Blick nicht abwenden.

Unter seinem nun geöffneten Mantel erhaschte sie einen verlockenden Blick auf ein schneeweißes Hemd, während er das Lederband aus seinem Haar löste. Wie Honig floss sein Haar über seine Schultern, viel länger noch, als es vor zwei Jahren gewesen war. Der Schweiß ließ es dunkler erscheinen, sodass es geschmolzenem Bernstein glich.

Selbstsicher grinste er sie an und warf seinen wunderschönen Mantel beiseite, bevor er sich das Hemd über den Kopf zog. Narben verunzierten seine breiten Schultern. Er schien noch größer als vor zwei Jahren zu sein, seine Muskeln traten deutlicher hervor, die Vertiefung über seinem Schlüsselbein wirkte wie ein schattiges Tal.

Es war eine Qual, ihn anzusehen, und sie sehnte sich danach, seinen Körper zu erkunden – die feuchte Haut, die weichen goldenen Locken, die samtigen Nippel.

„Bist du zufrieden mit dem, was du siehst?“ Er stellte diese Frage, während er seine Hose aus feinem, hellbraunem Stoff öffnete.

„Du weißt, dass ich das bin. Ich bin sicher, jede der Frauen, die du dir hier hältst, ist es. Warum ist es dir so wichtig, es zu hören?“

„Es ist mir wichtig, es von *dir* zu hören. Zu wissen, dass du so denkst.“ Mit einer knappen Bewegung zog er sich die Hosen über die schmalen Hüftknochen, und sie blieben oben an seinen muskulösen Schenkeln hängen. Der Stoff des vorderen Eingriffs verbarg seinen Schwanz vor ihrem neugierigen, hungrigen Blick.

Sie hätte sich nicht wünschen dürfen, ihn nackt zu sehen. Aber sie tat es.

Dann rutschte seine Hose bis zu seinen Stiefeln hinunter, und es war offensichtlich, dass er keine Unterwäsche trug. Ihre Kehle wurde eng. Sie hätte es wissen müssen. Sie kannte seinen Schwanz, hatte jeden Abend, wenn sie zu Bett ging, an ihn gedacht. Wenn sie unter die Decke schlüpfte und ihren Finger zwischen ihre Beine gleiten ließ. Nachts, wenn sie sich selbst Lust bereitete, wenn sie versuchte, das Verlangen loszuwerden, die Hitze, die Lust, die sie fast in den Wahnsinn trieb, ließ sie die Zunge über ihre Lippen gleiten und stellte sich die gewagteste erotische Szene vor, die ihr einfiel – wie sie die geschwollene Eichel seines Schwanzes leckte.

Devlin sank auf die Armlehne des Ohrensessels und zerrte an seinen Stiefeln. Sein Haar fiel nach vorne und verbarg sein Gesicht, während er sich der Stiefel und seiner Hose so beiläufig entledigte, als sei sie nicht im Zimmer. Er lehnte sich zurück und stützte sich hinter seinem Körper mit den Händen ab. In dieser Haltung fiel das Sonnenlicht auf jedes Fleckchen seines muskulösen Körpers und ließ ihn merkwürdig verletzlich erscheinen.

Ihr Mund wurde trocken, als er sie anlächelte. „Ich bin nackt, meine Liebe, aber du hast nicht ein einziges Kleidungsstück abgelegt.“

„Steh auf und dreh dich um“, hauchte sie. „Ich möchte dich von hinten sehen.“

Grace plante, einen Schritt zurückzugehen und dann zur

Tür zu rennen, doch als sie das Spiel von Licht und Schatten auf seinen geraden Schultern und seinen starken Armen sah, war sie nicht in der Lage, sich zu bewegen. Sie konnte nur mit wild klopfendem Herzen und flachem Atem dastehen und ihn anstarren. Hitze stieg in ihr auf und setzte ihre Haut unter dem sittsamen Kleid in Flammen.

Indem sie hinter ihn trat, brach sie den Bann. Mit beiden Händen packte sie sein festes Hinterteil und drückte zu. Beide Hinterbacken waren hart und muskulös und perfekt geformt. Weiche Härchen kitzelten ihre Handflächen, und sein Fleisch gab unter ihren Fingern kaum nach.

Lachend drehte er sich in der Taille herum und sah zu, wie sie seinen Hintern erforschte. „Noch nie hat eine Frau mich mit so viel Enthusiasmus liebkost."

„Dein Po gefällt mir ziemlich gut", neckte sie ihn.

Als ihr Blick seinem begegnete, hielt sie angesichts der berauschenden Mischung aus Lachen und Lust, die in seinen Augen zu sehen war, die Luft an. „Wirklich", fügte sie kokett hinzu. „Er ist so verführerisch, ich möchte gern …"

Als sie sich bückte, zog er erstaunt die goldenen Brauen hoch. Seine runden Hinterbacken zogen sie magisch an. Sie presste ihre Lippen auf das untere Ende seiner Wirbelsäule, in die liebliche, bronzefarbene Furche. Sie küsste ihn sanft, dann ließ sie ihre Zunge über seinen warmen, köstlichen Körper tanzen und konnte nicht glauben, was sie da gerade tat, aber er versetzte sie einfach in einen Rauschzustand.

„Grace, Liebste …"

Mit einem heiseren Stöhnen beugte er sich vor und stützte sich auf die Armlehnen des Sessels. Sie ließ ihre Zungenspitze über seinen runden Hintern gleiten, schmeckte seine heiße, salzige Haut und atmete seinen reifen, erdigen Duft ein. Dann kniete sie sich hinter ihn und strich mit ihren Händen an der harten Innenseite seiner Schenkel hinauf. Höher und höher ließ sie ihre Finger wandern und war entzückt, als sein Atem hart und schnell wurde.

Er wölbte seine Wirbelsäule, machte einen wunderschönen Bogen, als sie über seinen ganzen, verlockend festen Hintern leckte.

Sie konnte nicht gehen. Sie wollte bleiben, war einfach nicht in der Lage zu widerstehen.

Etwas wie das hier würde sie niemals wieder bekommen.

Dieser Mann machte sie mutig. Tapfer. Wild. Sachte klopfte sie mit ihren geöffneten Handflächen gegen seine schweren Hoden. Sie waren weich, erstaunlich groß und schwangen leicht hin und her. Wie es sich wohl anfühlen mochte, diese runden, pelzigen Dinger am Körper hängen zu haben? Mit den Spitzen ihrer behandschuhten Finger strich sie über die gefältelte, samtige Haut. Sofort zuckten seine Hoden aufwärts in Richtung seines Körpers.

„Jetzt bist du dran", versprach er. Seine tiefe Stimme umhüllte sie und brachte ihr Herz zum Rasen.

Grace starrte ihn von unten an. „Was meinst du damit?"

„Ich will dich schmecken", erklärte er ihr mit tiefer, vibrierender Stimme. „Überall."

Dann nahm er ihre Hände und half ihr mit der Anmut und der Höflichkeit auf die Füße, mit der ein Gentleman eine junge Frau aus ihrem Knicks hochhob. Sein Grübchen vertiefte sich, während er gleich darauf vor ihr auf die Knie sank.

„Oh nein, nicht – meine Beine werden weich werden, und dann falle ich um."

Raues, männliches Gelächter neckte sie. „Ich würde niemals zulassen, dass du fällst, Grace."

Sie sah zu ihm hinunter, gleichzeitig berührt und erregt von seinem Lächeln und seinem fast jungenhaften Vergnügen, als er ihren Saum hob. „Du hast versucht, mir Mut zu machen, nicht wahr? Und das ist dir gelungen."

Er stand auf und zog ihre Röcke mit sich hoch. Einladend öffnete sie die Schenkel und sah zu, wie er seine große, narbige, gebräunte Hand in den mit Spitzen besetzten Schlitz ihrer Unterwäsche gleiten ließ.

„Du bist eine der mutigsten Frauen, die ich jemals kennengelernt habe."

„Das kann ich kaum glauben."

„Ich bewundere Frauen, die den idiotischen Konventionen trotzen, um sich das zu nehmen, was sie wollen und was sie verdient haben. Ich habe Frauen erlebt, die mich mit der Pistole bedroht haben, um ihr Schiff oder ihre Kinder zu beschützen – weil sie nicht wussten, dass ich Unschuldigen niemals etwas antun würde. Zur Hölle, ich bewundere diese Frauen. Ebenso wie ich dich bewundere."

Sein Finger rieb ihre Klitoris, presste sich auf die äußerste Spitze, und ihre Beine wurden weich wie Butter unter sengender Sonne. Grace packte sein Handgelenk. Sie hätte ihn wegschieben müssen, doch stattdessen klammerte sie sich an ihn und war sich dabei seiner langen, wohlgeformten Arme, seiner weichen, gebräunten Haut und der seidigen, goldenen Haare mehr als bewusst. Sein Finger beschrieb langsame, bedächtige Kreise.

„Ich verstelle mich, und mein Lächeln auf Bällen ist gespielt", gelang es ihr hervorzustoßen. „Ich lüge an jedem einzelnen Tag meines Lebens."

Stöhnend schob sie ihre Hüften vor und rieb ihre geschwollene, vor Verlangen schmerzende Perle an seiner Fingerspitze. Oh, das war so gut. Warum überfiel er eigentlich Kutschen? Mit seinen speziellen Fähigkeiten konnte er alles bekommen, was er wollte.

„Du tust es für deine Schwestern, Süße. Das verstehe ich."

„Aber es bedeutet, dass ich nicht stark und mutig bin", hauchte sie.

„Es gibt nichts Mutigeres, als die Interessen eines anderen Menschen über deine eigenen zu stellen."

„Ich dachte, du würdest das als Schwäche ansehen."

„Vielleicht ist es meine Schwäche, dass ich das nicht kann. Ich wollte dich, und ich habe dich entführt, um dich hierherzubringen. Dazu hatte ich kein Recht. Ich bin ein selbstsüchtiger Mann. Ein schwacher Mann. Aber ich weigerte mich, mich ehrenhaft zu verhalten und dich niemals wiederzusehen."

Gott ... Gott ... sein Finger rieb sachte über ihre Klitoris, und sie schrie auf.

Wie war das möglich? Sie konnte sich selbst auf genau die gleiche Weise berühren. Sie konnte ihn stehen lassen und sich selbst Lust verschaffen. Aber sie war die Sklavin seiner Berührungen, die nicht nur ihr Körper, sondern auch ihre Seele spürte. Ihre eigenen Hände würden sie nicht befriedigen können. Nicht jetzt.

Von nun an nie mehr.

Nein, sie würde sich damit zufriedengeben müssen.

Sie wollte zurückweichen, konnte ihre Füße aber nicht vom Teppich heben. Also stand sie da, die Wimpern über die Augen gesenkt, und ließ seine Finger ihr magisches Spiel mit ihr spielen. „Wäre es mutig oder schwach, wenn ich hierbliebe?", wollte sie von ihm wissen. „Mutig, weil du es willst, oder schwach, weil ich es will?"

„Es wäre mutig von uns beiden, denke ich."

Seine Hände wanderten zu ihren Knöpfen. Ihr Kleid entsprach der augenblicklichen Mode und war anders geschnitten als die Kleider, die sie früher getragen hatte. Es war kaum möglich, es ohne die Hilfe einer Zofe an- und auszuziehen. Er mühte sich mit den Knöpfen ab, und als es ihm gelang, sie zu öffnen, berührten seine Finger die empfindliche Haut über ihrer Wirbelsäule.

Dann glitt ihr Kleid zu Boden.

Grace blieb stehen. Nun da sie halb ausgezogen war, konnte sie nicht mehr weglaufen.

Ihre Lungen weiteten sich, als er die Schnüre ihres Korsetts löste und geschickt die Stangen lockerte. „Das gefällt mir", murmelte er. „Dir eine Lage deiner Kleidung nach der anderen abzustreifen und die wunderschöne Frau freizulegen, die sich hinter der sittsamen jungen Dame verbirgt."

„Ich bin nicht sittsam. Ich bin gezwungen zu tun, als wäre ich es."

Seine Hände legten sich über die mit Stäben versehenen Seitenteile ihres Korsetts und zogen es nach unten. Die harten Stangen strichen über das hauchdünne Unterkleid, das ihre runden Hüften bedeckte. „Wie möchtest du den Rest deines Lebens verbringen, Grace Hamilton?"

Devlin befand sich direkt hinter ihr, und sein berauschender Duft umgab sie – der Hauch eines würzigen Duftwassers vermischte sich mit dem Geruch seiner feuchten Haut.

„Darüber habe ich noch nicht nachgedacht. Was hast du vor?"

„Ich lebe im Hier und Jetzt, Grace. Ich habe nicht die geringste Ahnung, was ich tun werde."

Ihr Korsett lag auf dem Boden, hing um ihre Füße und sah ganz verloren aus, wie es mit zerdrückten Spitzen halb aufrecht auf seiner unteren Kante hing. Sie raffte ihr Unterkleid und trat aus dem Korsett heraus. Dann zog sie sich mit einer raschen Bewegung das Unterkleid über den Kopf und entblößte sich – und somit jedes gerundete, wogende Fleckchen ihres Körpers.

Sie wusste nicht, was sie erwartete …

Jedenfalls nicht, dass er sie in seine Arme reißen und zum Kanapee tragen würde, während er auf dem Weg dorthin ihren Hals mit Küssen bedeckte, die sie dazu brachten, die Zehen einzurollen und sich mit ihren Fingern in seine Arme zu krallen.

Bizeps. Harte, große, sich vorwölbende Muskeln. Ebenso wie bei seinen Hinterbacken konnte sie mit ihren Fingerspitzen kaum die Haut eindrücken.

Wie ein sanfter Schleier fiel sein Haar über ihr Gesicht, als er sie auf die weichen Kissen bettete. Grace ließ sich rückwärts fallen und fühlte sich üppig und sinnlich, während sie die Beine spreizte. Offen starrte sie seinen wohlgeformten Schwanz an, von dessen Spitze silbrige Flüssigkeit tropfte. „Das Hier und Jetzt. Ich sehe, warum das so wichtig ist, Devlin."

Er kniete sich auf das Kanapee, stützte seine Hand auf die Rückenlehne und beugte sich über sie, sodass seine goldene Brust sich zwischen sie und die Sonne schob. Sanft zeichnete sie mit den Fingerspitzen seine frischen Narben nach – seltsam, dass sie das Gefühl hatte, als würde sein Körper ihr gehören. Dass sie genau wusste, welche Narben vorher nicht da gewesen waren. An Lord Wesley konnte sie sich kaum erinnern. Warum sie ihn damals gewollt und was sie jemals an ihm zu lieben gemeint hatte.

Aber sie konnte sich an jede einzelne von Devlin Sharpes Narben erinnern.

Das war verrückt.

Was, wenn jetzt jemand ins Zimmer kam?

Nein, er hatte höchstwahrscheinlich die Tür abgeschlossen – um sicherzugehen, dass sie nicht weglaufen konnte.

„Nicht nachdenken", flüsterte er, während er sich über ihre rechte Brust beugte.

Das hatte er früher schon einmal zu ihr gesagt. Bei ihrem ersten Mal – in ihrer ersten Nacht. Das war die einzige Gelegenheit während der vergangenen zwei Jahre gewesen, bei der sie nicht nachgedacht hatte. Seit damals dachte sie ununterbrochen nach. Sie konnte nichts anderes tun.

Grace fasste nach unten und legte ihre Finger um seinen heißen, harten Schwengel, der sich samtweich und unter dieser Oberfläche stahlhart anfühlte. Er war so dick, dass ihre Finger nicht um den Schaft reichten. Sie lächelten einander an, und sie staunte, wie viel von ihrer gemeinsamen Vergangenheit, ihrer Vertrautheit und Freundschaft, aber auch von ihrem Verlangen sich in diesem Moment enthüllte. Mit festem Griff hielt sie seinen harten Schwanz, führte ihn zu ihrer Spalte und übernahm auch weiter die Führung, indem sie die geschwollene Eichel benutzte, um sich selbst zu reizen.

Genussvoll strich sie mit ihm über ihre Klitoris und wand sich vor Lust. Dann bäumte sie sich auf und schob ihm ihre Brüste entgegen, woraufhin er ihren Nippel vollständig in seinen Mund saugte.

Nicht nachdenken.

Grace zuckte, stöhnte, biss sich auf die Finger. Sie hatte vergessen gehabt, wie wunderbar es sein konnte. Und er erforschte weiter ihren Körper. Vergnügte sich mit ihren üppigen Brüsten und den harten Nippeln, während er das Futteral über seinen Penis stülpte. Er küsste ihre Nippel auf ganz unterschiedliche Arten, sodass sie unter ihm ihre Hüften wand und nach oben schob, um sich fester gegen seinen Schwanz zu pressen. Seine Hände wiegten ihre großen Brüste; seine Lippen und seine Zunge ließen sie in Höhen steigen, wie sie es zwei Jahre lang nicht erlebt hatte.

Grace schloss die Augen, streichelte seine Brust, seine Schultern, folgte mit den Händen den vorstehenden Muskelsträngen seiner Arme. Genoss ihn. Dieses Mal wusste sie, dass sie sich alles ganz genau merken musste. Wie er sich anfühlte. Wie er roch. Wie er sich anhörte.

Es würde den Orgasmus für sie zu einem bittersüßen Erlebnis machen, wenn sie wusste, dass sie sich an jede Kleinigkeit erinnern musste, aber das ließ sich nicht ändern.

„Ich will dich", wisperte sie, schlug die Lider auf und verstummte, als sie ihn umglänzt vom goldenen Schein der Sommersonne vor sich sah.

„So fühlt es sich richtig an", stellte er fest, während er seine Hüften nach vorn und seine Eichel zwischen ihre feuchten Schamlippen schob. „Nackt. Wir zwei zusammen. Beim Sex."

Grace schlang die Arme um seinen Nacken. Sein langes Haar fiel über ihre Hände. *Ja.* Sie wollte *Ja* sagen, aber sie gehörten nicht zusammen.

Gott – wie er sie ausfüllte. Zwei Jahre lang war sie leer gewesen. Obwohl ihre Familie um sie herum gewesen war, hatte sie sich hoffnungslos allein gefühlt.

Jetzt war sie nicht allein. Ein leises, trauriges Kichern kam über ihre Lippen, als Devlin sich langsam zurückzog und dann wieder in sie hineinglitt, Stückchen für Stückchen, als hätte er alle Zeit der Welt, während sie ihre Fingernägel in seine Haut krallte und sich danach sehnte, ihn tief in sich zu spüren.

Er stützte seine Arme rechts und links neben ihrem Kopf ab, liebkoste mit den Lippen ihren Hals, und sie schmiegte sich von unten an seinen Körper. Er pumpte in sie hinein, und sie hob ihm bei jedem seiner Stöße die Hüften entgegen. Sein Blick versank in ihrem, und es verschlug ihr den Atem. Sie tanzten einen erotischen Tanz, ihre Körper vereinigten sich in einem mühelosen Rhythmus – sie fühlte sich so vollkommen verbunden mit ihm.

Zwischen ihnen flutete die Hitze hin und her. Schweiß überzog ihre und seine Haut. Seine Brust glitt über ihren empfindlichen Busen; sein harter Bauch klatschte gegen ihren. Er bewegte seine Beine, sodass seine harten Oberschenkel ihre umschlossen. Die weichen Innenseiten ihrer Schenkel hielten seinen heißen, harten Schwanz gefangen, während er in sie hineinstieß.

„Ich will mit dir fliegen, Süße, will dafür sorgen, dass du kommst, will dich zur Explosion bringen …“

Jeder der feuchten Stöße reizte ihre Klitoris. Sein Schwanz fühlte sich in ihrem Inneren wie loderndes Feuer an. Zwei Jahre lang hatte sie ihr eigenes Feuer ersticken, hatte es unter Kontrolle halten müssen. Selbst das leiseste sinnliche Empfinden für einen Mann bereitete ihr Angst – was, wenn sie schwach wurde, einen Fehler beging und ihrer Familie schadete?

Wenn sie mit Devlin zusammen war, konnte sie zulassen, ihre feurige Natur auszuleben. Er hatte sie nicht gefangen genommen, er hatte sie befreit. Genau, wie er es ihr versprochen hatte. „Berühre meine Brüste“, seufzte sie. „Meine Nippel … sie sehnen sich nach deinen Händen. Und dein Schwanz – stoße ihn tief in mich hinein …“

Ihre eigene Stimme erschreckte sie. Der verführerische Unterton und die Selbstsicherheit, die darin mitschwangen, machten ihr Angst. Er tat genau, was sie sich von ihm gewünscht hatte, rollte ihre rosafarbenen Nippel zwischen Daumen und Zeigefingern. Stieß tief in sie hinein, fand dort …

… den wunderbaren Punkt, der sie zum Dahinschmelzen brachte, der ihren ganzen Körper in flüssigen Honig verwandelte.

Oh, er war so groß. Seine breite Brust über ihr, sein großer Schwanz, der sie vollkommen ausfüllte, der bis tief in ihren Schoß vordrang …

Ihre Möse umschloss ihn zuckend. Ihr Höhepunkt rollte sachte auf sie zu – es war ein seidiges Gefühl, als wären alle Freuden des Himmels und der Erde nur für sie zu einem großen Ganzen vereinigt worden. An all dieser sinnlichen Lust entzündete sich eine Flamme und setzte sie innerlich in

Brand. Ihr ganzer Körper pulsierte, ihre Möse krampfte sich um ihn, all ihre Muskeln spannten sich während einer herrlichen, überwältigenden Explosion der Lust gleichzeitig an.

Sie flog.

Er war kurz davor, bäumte sich auf. *Grace.* Ihr Name drang als ersticktes Keuchen an ihr Ohr.

Sie klammerte sich an ihn, schlang ihre Arme fest um seine Taille, glitt auf den Flügeln ihres Höhepunkts dahin und genoss gleichzeitig seinen.

Hinterher senkte er seinen Kopf, sodass sein bernsteinfarbenes Haar nach vorne fiel und seine feuchte Stirn die ihre berührte. „Grace, mein Engel“, stieß er mit rauer Stimme hervor. „Ich bin ein schwacher Mann. Ich will dich nie mehr loslassen.“

Sie sah sehr verwirrt aus, wie sie, ihr Unterkleid in den verkrampften Händen haltend, durchs Fenster hinaus in den stillen Garten und auf die wilden Felder starrte.

„Was ist los?" Devlin lag nackt auf dem Sofa und beobachtete Grace, die inmitten der auf dem Boden herumliegenden Kleider stand, einen Ausdruck im Gesicht, der ihm fast das Herz brach.

„Was habe ich bloß getan?"

„Wir haben uns geliebt. Du hattest einen Orgasmus und ich auch. Nun ist es Zeit, dass wir Tee trinken – und gemeinsam ein Bad nehmen."

Ruckartig hob sie den Kopf, sodass ihr wirres blondes Haar wie Engelsflügel um sie herumflog. „Das Hier und Jetzt", stellte sie fest, aber ihre Stimme war ausdruckslos.

Er nahm an, dass sie bedauerte, was sie getan hatte. Abrupt schwang er die Beine auf den Boden und stand auf. „Was ist falsch am verdammten Hier und Jetzt? Ich hatte mein Vergnügen, und ich weiß, auch du hattest deines."

„Ich habe schon wieder einen Fehler gemacht. Habe das getan, wovon ich mir geschworen hatte, es nicht zu tun. Ich wollte nicht noch einen Fehler machen, aber du hast mich berührt, und ich habe alles vergessen, bis auf dein *verdammtes* Hier und Jetzt."

Er schüttelte den Kopf. „Ich verstehe das nicht, Grace. Was ist denn Schlimmes passiert? Das war eine der leidenschaftlichsten Stunden, die ich jemals erlebt habe – wenn wir zwei zusammentreffen, ist es, als würde eine Ladung Dynamit explodieren. Das hat etwas zu bedeuten, Grace."

Nun war sie diejenige, die den Kopf schüttelte und dabei ihre zerzausten Locken tanzen ließ. „Wir begehren einander. Ich bin eine Frau, und du genießt es, mit Frauen zusammen zu sein. Aber es hat keinen ... es hat einfach keinen tieferen Sinn, nicht wahr?“

Vollkommen verwirrt wandte Devlin sich dem Tisch zu, auf dem die Cognac- und die Sherrykaraffe standen. Er musste jetzt unbedingt etwas trinken. Welcher Sinn hätte denn dahinterstecken sollen?

Während seiner Zeit als Pirat, als Schrecken der Karibik, hatte er mehrere hochanständige Damen in seinem Bett gehabt, die heiß, lüstern und eifrig gewesen waren; und dann, im kalten Licht des Morgens, hatten sie sich für sich selbst geschämt. Er hatte sie nicht davon überzeugen können, dass sie jedes Recht hatten, ihre Körper und den Sex zu genießen, also hatte er mit den Schultern gezuckt, sie großzügig mit Seide oder Schmuck bedacht und sie ihrer Wege gehen lassen. Ob sie wohl ihr ganzes restliches Leben über ihren „Fehler“ geweint hatten? Wahrscheinlich. Aber er vermutete, dass die meisten von ihnen in ihren geheimsten Fantasien voller Erregung an ihn dachten. Obwohl sie sich diese Fantasien nicht einmal selbst eingestanden ...

Plötzlich stand vor ihm ein bis zum Rand gefülltes Cognacglas, ohne dass er bemerkte hätte, wie er sich etwas einschenkte. Er schaute über seine Schulter. Grace würgte ihr unschuldiges Unterkleid. Ihre Fingerknöchel waren vor Anstrengung schneeweiß.

„Ich habe einen Fehler gemacht“, murmelte sie. „Und dann noch einen.“

„Ich sehe nicht, wo du einen Fehler gemacht haben solltest, Grace.“

Gedankenverloren drückte sie ihr Unterkleid zu einem Knäuel zusammen. „Du verstehst mich nicht.“

„Das ist wohl wahr“, brummte er.

Ein Hauch von Röte zog über ihre Wangen. „Ich wollte bereuen, was wir gemacht haben, doch das tue ich nicht. Du hast mich nach meiner Zukunft gefragt – ich weiß wirklich nicht, wie sie aussehen wird. Ich hatte schon Sex mit zwei Männern. Das war eine Sünde. Es wird immer ein Fehler bleiben. Aber ich will nicht für den Rest meines Lebens dafür zahlen müssen. Ist das falsch?"

Er schlenderte zu ihr und befreite das Unterkleid aus ihren Händen. „Himmel, du bist wunderschön ..."

Das war es nicht, was er hatte sagen wollen, aber ihr Anblick – aufrichtig, verletzlich und ungekünstelt, umrahmt von den goldenen Strahlen der Sonne – ließ ihn die Kontrolle verlieren und legte ihm die Wahrheit in den Mund. „Das bist du." Verdammt, wie konnte er sie dazu bringen, den Sinn hinter dem Ganzen zu sehen, obwohl er wusste, wie unauslöschlich die Regeln der englischen Gesellschaft in ihr Gehirn eingebrannt waren?

„Es gibt keine Sünden, für die du bezahlen müsstest, Liebste", erklärte er. „Du hast dich hingegeben. Das ist niemals eine Sünde." Kopfschüttelnd wandte er sich der Tür zu. „Ich werde dir einen Morgenmantel holen. Und dann will ich dir zeigen, warum du es verdient hast, Vergnügen und Lust zu spüren."

Auf sein Fingerschnippen hin musste einer seiner Männer herbeigeeilt sein – draußen im Gang hörte Grace eine tiefe Stimme spotten und hänseln. Devlin hatte die Tür nur einen Spaltbreit geöffnet, um zu verhindern, dass man ins Zimmer blicken konnte, und Grace schlüpfte rasch in ihr zerknittertes Unterkleid. Im Vergleich zu ihrer vorherigen Nacktheit war sie nun weitaus anständiger gekleidet, aber immer noch war sie geradezu empörend entblößt.

Mit zitternden Händen strich sie den Stoff glatt. Was hatte sie sich nur gedacht?

Sie hatte sich vorgenommen, ihre sinnliche, wilde Natur

unter Kontrolle zu halten – ein Plan, den sie nach wenigen Minuten in Devlin Sharpes Nähe über Bord geworfen hatte.

Nun befand sie sich in einem Haus voller unmoralischer Männer und liederlicher Frauen. Konnte sie Devlin tatsächlich vertrauen, dass er sie beschützen würde, obwohl sie nichts über ihn wusste? Außer dass er stahl, einen Mann im Duell getötet und Schiffe geentert hatte.

Außerdem wusste sie natürlich noch, dass er ein begnadeter Liebhaber war, der ihre Seele zum Schmelzen brachte und dafür sorgte, dass ihr Herz und ihr Körper Flügel bekamen.

„Wie wär's mit Dinner, Captain Dev, mein Liebster? Soll ich sie irgendwo für dich einsperren? Sie fesseln?"

Die Frauenstimme, die gleichzeitig sanft und spöttisch, fest und wissend klang, erschreckte Grace. Als sie zur Tür sah, bemerkte Grace eine schmale weiße Hand, die sich durch den Spalt schob, um Devlin über die Wange zu streichen. Grace' Herz zog sich schmerzlich zusammen, und sie schnappte nach Luft.

Die Frau ging so vertraut mit ihm um.

Wenigstens legte Devlin die Finger um ihr Handgelenk und drückte sanft ihre Hand nach unten.

Es gab aber keinen Zweifel, dass er mit dieser Frau geschlafen hatte.

„Nicht jetzt, Sally. Aber Dinner wäre nicht übel. Lass uns etwas hierherbringen. Ich werde mit meiner Gefangenen essen."

Die dreiste Dirne schob den Kopf durch den Türspalt, um Grace zuzuzwinkern. Dann warf sie Devlin zum Abschied einen schwülen Blick zu und verschwand. Sie aber *war* seine Gefangene, das war die schlichte Wahrheit, ganz gleich, wie sehr sie versuchte, sich etwas vorzumachen. Devlin schloss die Tür und schlenderte mit seinem Cognac in der Hand zum Kamin. Grace verschränkte die Arme vor der Brust und setzte sich auf das Kanapee. Im Zimmer wurde es deutlich kühler, als nun die Sonne zu sinken begann. Doch sie hatte nicht vor zu erschaudern.

Devlin stocherte mit dem Schürhaken im Feuer, um es anzufachen. Sie beobachtete ihn insgeheim, bereit, jederzeit den Blick abzuwenden, falls er sie ertappte. Er war in seiner Nacktheit vollkommen entspannt; plötzlich schrie er jedoch leise auf, weil einer seiner Stöße einen Funkenregen ausgelöst hatte, der auf seinen nackten Schenkel fiel.

Als Grace überrascht und besorgt die Hände rang, grinste er sie an: „Du hältst mich für töricht, so etwas nackt zu tun?"

„Du hast dir wehgetan."

„Aber dafür haben wir jetzt ein fröhlich loderndes, wärmendes Feuer. Wie du weißt, birgt Feuer immer ein Risiko. Und meistens gibt es eine Belohnung, wenn man ein Risiko eingeht."

Er musste von ihrem Feuer sprechen. Es loderte bereits wieder auf, ebenso wie die Flammen im Kamin.

Es klopfte an der Tür, und Devlin durchquerte mit langen Schritten das Zimmer. Einen Augenblick später schloss er, mit einem blauen Seidenmorgenmantel in der Hand, die Tür wieder hinter sich zu. „Das ist einer von meinen. Ich dachte, das wäre dir lieber, als einen von den Damen zu tragen."

Sie nickte, während er sich entspannt aufs Sofa setzte, sein Haar zurückstrich und ein Glas zwischen seinen langen, eleganten Fingern hielt.

„Was genau hast du jetzt mit mir vor?", erkundigte sie sich. Sie konnte ebenso gut versuchen, sich seelisch auf das vorzubereiten, was kam.

„Ich plane, das nachzuholen, was wir während der beiden letzten, vergeudeten Jahre versäumt haben."

„Wie willst du zwei Jahre nachholen? Was meinst du?", verlangte Grace zu wissen, aber Devlin lächelte nur, während er die Hände auf ihre Schultern legte und sie sachte in den hinteren Teil des Salons schob.

Seine Worte hatten Grace minutenlang verstummen lassen, und als sie endlich die Sprache wiedergefunden hatte, beantwortete er ihre Frage nicht. Glaubte er wirklich, die zwei Jahre, die sie getrennt verbracht hatten, seien verschwendete Zeit gewesen?

Hatte er sich nach ihr gesehnt? Was genau meinte er?

„Erst einmal essen wir“, schlug er vor, und sie wusste, sie würde vielleicht niemals herausfinden, was hinter seinen Worten gesteckt hatte.

„Du lieber Himmel“, stieß sie beim Anblick des Essens hervor, das auf einem kleinen, mit einer schneeweißen Decke versehenen Tisch bereitstand. Silbernes Geschirr glänzte im Kerzenlicht. Auf einem Holzbrett lagen verschiedene Käsesorten und Brot. Auf Servierplatten war Kuchen aufgetürmt. Die Vorhänge, durch die goldenes Licht ins Zimmer floss, wehten im sanften Sommerwind.

„Das ist das Morgenzimmer.“ Devlin zog einen Stuhl für sie unter dem Tisch hervor, ein Möbelstück im Queen-Anne-Stil mit Sitzkissen aus elfenbeinfarbenem Brokat.

Er goss ihr Tee ein, und sie starrte ihn erstaunt an – den berüchtigten Piraten, bekleidet mit einem Morgenmantel aus purpurroter Seide, der mit ruhigen Bewegungen ihre Tasse füllte, bevor er sich ebenfalls hinsetzte. Dankbar nahm sie den Tee entgegen, und seine Fürsorge berührte sie tiefer, als gut für sie war.

Ihr Magen knurrte verräterisch, aber sie wusste, dass sie sich nicht zum Bleiben verführen lassen würde. Abrupt stand sie auf und schob ihren Stuhl zurück. „Ich gehe, Devlin.“

Er war ebenfalls aufgesprungen, aber sie stand bereits an der Tür – der Tür auf der anderen Seite des Zimmers, von der sie sicher war, dass sie den einzigen Weg in die Freiheit darstellte. Sie war abgeschlossen, doch der Schlüssel steckte. Ihre Finger zitterten, als sie nach dem Schlüssel griff und ihn herumdrehte.

„Bleib hier bei mir“, rief Devlin, aber sie hatte schon die Tür geöffnet, rannte hinaus auf den leeren Flur. Am Ende des Korridors sah sie Licht, dann hörte sie von dort auch Gelächter. Da sie wusste, dass Devlin dicht hinter ihr war, lief sie vorwärts, auf die Helligkeit zu.

Ihre Schuhsohlen klapperten über glänzende Fliesen, dann erreichte sie das Licht – es handelte sich um die letzten roten Strahlen des Sonnenuntergangs, die in einen Treppenaufgang fielen. Vor ihr lagen kunstvoll verzierte Türen, doch es waren sechs Stück, und sie hatte keine Ahnung, welche von ihnen in die Halle führte, von der aus sie nach draußen gelangen würde.

Sie wählte die Treppe.

Während sie aufwärts eilte, sah sie Devlin unter sich. Sein Morgenmantel umwehte seine kräftigen Beine, während er sie verfolgte. Er hatte sie nach drei Sprüngen die Stufen hinauf eingeholt, aber sie entriss ihm ihren Arm.

„Komm zurück, Grace“, befahl er, doch sie ignorierte ihn. Inzwischen bezweifelte sie, dass es ihr gelingen würde, aus dem Haus zu fliehen, aber sie schämte sich zu sehr für ihren sinnlosen Fluchtversuch, um aufzugeben und umzukehren. Er würde sie fangen und auf seine Schulter laden und tragen müssen, falls er sie wieder an seinem Teetisch sitzen haben wollte.

Wieder hörte sie vor sich wildes Gelächter. Neugierig folgte sie den Geräuschen. Nun konnte sie männliche Beifallsrufe und entzücktes Frauengelächter unterscheiden.

Das musste Devlins Bande sein.

Endlich erreichte sie die Galerie, einen bogenförmigen Balkon mit einem glänzend polierten Geländer aus Eichenholz. Atemlos stützte sie sich auf das seidenglatte Geländer und starrte schockiert auf die Szene unter sich hinab.

Devlin packte sie beim Handgelenk – sie war so versunken in die Betrachtung der Orgie gewesen, dass sie überhaupt nicht mehr an Flucht dachte, als er auftauchte. Grace' Lippen waren zu einem großen, hübschen „O" geöffnet, ihre Augen so weit aufgerissen, dass ihre Wimpern die Brauen berührten, und nun schlug sie sich die Hand vor den Mund.

Durch ihre Finger fragte sie: „Gütiger Himmel, hat der Mann da mit zwei Frauen Sex? Haben sie sich beide vor ihm auf den Boden gekniet?"

Als er Grace' leise, erstaunte Frage hörte, musste Devlin sich an das Balkongitter klammern, weil ihn eine Welle des Begehrens durchfuhr, die seine Knie zum Zittern brachte.

„Ich kann nicht glauben, dass es Leute gibt, die diese Dinge tatsächlich tun, Devlin!" Sie wandte sich ihm zu. „Machst du auch so etwas?"

War sie eifersüchtig? Sie sah nicht verärgert aus. Sie wirkte auch nicht, als würde sie sich gleich wie Lucy benehmen, die herumschrie und Gift und Galle spuckte. Vielmehr schien sie verunsichert zu sein. Als würde der Gedanke, dass er solche Dinge tat, sie verletzen.

Er zuckte die Achseln. „Früher einmal. Meine Welt ist anders als deine, die von herzlosen Regeln beherrscht wird, Liebste. In meiner Welt geht es um Freude und Vergnügen. Und gerade jetzt möchte ich diese Freude allein mit dir teilen, Grace."

„Wirklich?" Sie zog eine Braue hoch und neigte den Kopf. „Wenn es um Freude und Vergnügen geht, wieso schubsen die Frauen sich dann gegenseitig weg, um diejenige zu sein, die dem Mann Lust bereitet?"

„Das ist ein Teil des Spiels." Doch als er hinschaute, sah

er, wie Sally mit ihren Nägeln über Bess' nackte Schulter kratzte. Die dunkelhaarige Bess trug nur ein scharlachrot und rosafarbenes, eng geschnürtes Mieder, und Sallys weißes Unterkleid war bis über ihr üppiges Hinterteil hochgezogen. Aus Spiel war heimtückischer Ernst geworden – doch das hatte mehr mit Macht als mit Verlangen zu tun. „Ich stimme dir zu. Hier geht es nicht mehr um ein Spiel. Sally, die Blonde, war in einen meiner Männer verliebt. Bess' Liebhaber – derjenige, der dort unten steht, hat einen Fehler gemacht, der Sallys Geliebten das Leben gekostet hat ..."

„Dann ist es nicht einfach nur blindes Vergnügen. Ebenso wie ich, sind diese Frauen mit den Herzen dabei."

Gerade strich er mit der Hand am Geländer entlang, um Grace' Finger zu berühren, als er abrupt innehielt. Wollte sie damit sagen, dass für sie immer Gefühle im Spiel waren? Etwa auch, als sie mit ihm zusammen gewesen war?

Falls es tatsächlich so war, betrachtete er es als Katastrophe, denn er konnte den Gedanken nicht ertragen, sie verletzt zu haben.

Dennoch wollte er, dass sie ihn liebte. Zur Hölle, das wollte er wirklich, und diese Erkenntnis erstaunte ihn.

„Ich war immer der Meinung, die Frauen hier im Haus würden meine Männer zu freigiebig untereinander aufteilen, um sich ernsthaft zu verlieben", gestand er. Er hatte die dramatischen Auftritte und gegenseitigen Verletzungen als typisch weibliches Verhalten abgetan. Nie hatte er daran gedacht, dass die Frauen sich verlieben könnten – nicht in die wilden Kerle aus seiner Bande, die Orgien und ihr Vergnügen liebten und wussten, dass sie in jeder Nacht, die da kam, ihr Leben verlieren konnten.

„Ich glaube, du wirst feststellen, dass jede der Frauen hier in deinem Haus in einen einzigen Mann verliebt ist, ganz gleich, mit wem sie ins Bett geht", erklärte Grace.

Devlin stieß einen Seufzer aus. Eigentlich hatte er gehofft, Grace von seiner wilden Welt fernhalten zu können, doch andererseits war es sein Plan gewesen, ihr vieles beizubringen und ihr zu zeigen, dass sie sich nicht in einen Käfig aus Schuldgefühlen einsperren musste. Er hatte ihr klarmachen wollen, dass sie Vergnügen und Sinnlichkeit verdiente.

Sein Ziel war es, ihre Welt offener und freier zu machen.

Stattdessen zwang sie ihn, tiefer über seine eigene Welt nachzudenken.

„Männer können natürlich Sex haben, ohne dass ihr Herz beteiligt ist."

Ihre Feststellung klang drohend und gefährlich. Er hatte sein Schiff durch tückische Kanäle voller Untiefen und gefährlicher Felsen geführt, aber das hatte ihn nicht so viel Mut gekostet wie dieses Gespräch. Ihr zu antworten, war er nicht in der Lage. Wahrscheinlich lag das an der Tatsache, dass sein Herz beteiligt war, und das machte einen verdammten Idioten aus ihm. Aber mit irgendetwas musste er das Schweigen zwischen Grace und sich beenden. Unter ihnen wurden die Schreie und das Stöhnen lauter.

„Nicht immer", stieß er hervor.

„Wie kann dein Herz beteiligt sein, wenn du dein Leben im Hier und Jetzt lebst?"

Darauf würde er ihr keine Antwort geben. Stattdessen beobachtete er, wie ihr Blick durch den Raum huschte, während sie an ihrer Unterlippe nagte. Leidenschaftslos beobachtete er die Orgie – Lucy streichelte zwei Männern die Köpfe, Simon und Will, die liebevoll an ihren Nippeln saugten. Sein Lieutenant, Rogan St. Clair, war der Mann, um dessen Schwanz zwischen zwei der Frauen ein Streit entstanden war, weil sie ihn beide in den Mund nehmen wollten. Drei Männer, Horatio, Nick und John – wälzten sich mit drei Damen auf dem Teppich, und im Durcheinander

der Arme und Beine konnte er nicht erkennen, wer wen vögelte.

Grace senkte den Kopf. Vor dem Hintergrund seines Morgenmantels aus blauer Seide, den sie trug, schimmerte ihr Haar wie blasses Gold, und die rosige Farbe ihrer Wangen trat deutlich hervor. „Gibt es in deinem Haus jeden Tag eine Orgie?"

„Heute Abend sind wir nicht auf der Straße unterwegs. Die Männer sind zu Hause, keiner von ihnen ist in Gefahr. Es gibt also Grund zu feiern." Er grinste. „Eine gute Entschuldigung für eine Orgie." Würde sie noch weiter in ihn dringen? „Du hast mich damals verlassen, Grace. Ich war der Meinung, es würde für uns keine Zukunft geben."

„Aber jetzt bin ich hier."

Sie schaute nicht mehr hinunter auf die Szene, die sich dort bot, doch in ihrem Gesicht leuchteten Erregung und Anspannung.

„Manchmal kann ein Mann nicht widerstehen, etwas zu tun, zu dem er eigentlich kein Recht hätte."

Unten stöhnten sechs Frauen vor Lust, und wie jeder andere Mann wusste er, dass dieses spezielle Geräusch ihm die Fähigkeit raubte, klar zu denken. „Du kannst zusehen. Wirf einen Blick in meine Welt. Es ist keine böse Welt, Süße. Keiner ist verdammt, weil er dazugehört."

Die Hand gegen den Hals gepresst, schaute sie zu.

Er starrte ihr ins Gesicht. Welche Szene beobachtete sie? Lucy mit den zwei Männern, die an ihren Nippeln saugten und abwechselnd ihre Klitoris in ihrem Nest aus kastanienbraunem Haar rieben? Oder betrachtete sie das wilde Durcheinander, in dem drei Schwänze gierig in jede feuchte, feste, weibliche Öffnung stießen, die sie finden konnten?

Der Versuch, das herauszufinden, ließ das Blut heiß durch seine Adern rollen und sorgte dafür, dass sein Schwanz steif wurde und vor Verlangen schmerzte.

„Was gefällt dir am allerbesten – ich meine im Bett?“, hauchte sie.

Zur Hölle, er hatte erwartet, dass sie verletzt oder zornig sein würde. Stattdessen war sie neugierig. Es fühlte sich für ihn an, als wäre ein Schiffsdeck unter seinen Füßen weggekippt. Er brauchte ein paar Augenblicke, um wieder festen Halt zu finden.

„Ich möchte viel lieber wissen, welche Fantasien du hast“, betörte er sie zärtlich. Er stellte sich hinter sie, sodass seine Lippen ihr seidiges Haar streiften und er rechts und links von ihr seine Hände auf das Geländer stützen konnte. „Welche Szene da unten findest du am interessantesten? Zwei Männer? Eine der Frauen? Eine ungehemmte Orgie, bei der du den Nippel einer Frau küssen und mit der Möse einer anderen spielen kannst, während mehrere Männer dir mit ihren Zungen und Schwänzen Vergnügen bereiten … Kannst du dir vorstellen, Sex mit fünf Männern gleichzeitig zu haben …“

Aus seinem Blickwinkel konnte er ihre heftigen Atemzüge erkennen – wie sein Morgenmantel sich über ihrer Brust hob und senkte und kleine Strähnen ihrer Haare sich im Luftzug bewegten. „Ich habe Bilder gesehen“, erklärte sie unvermittelt.

„Davon gehe ich aus.“

Sie schüttelte den Kopf. „Nein, du hast keine Ahnung. Mein Vater ist Charles Rodesson.“

„Der Maler?“

„Ja, er malt erotische Kunst.“

Von allen Dingen, die Grace ihm hätte erzählen können, war diese am besten geeignet, ihm den Boden unter den Füßen wegzuziehen. „Dann weißt du sicher eine Menge über Bilder. Lass uns dennoch über deine Fantasien reden.“

Ihr leises Lachen brachte seinen Körper zum Vibrieren.

„Es ist dir völlig gleichgültig, dass mein Vater ein berüchtigter Mann ist, nicht wahr?"

„So ist es. Ich möchte lieber darüber sprechen, welche Spielarten dich besonders faszinieren."

„Alle. Nicht dass ich jemals solche Dinge tun würde." Ihre Finger glitten in die Nähe seiner Hände, dann verhakte sie zögernd ihren zarten Finger mit seinem Daumen. „Es ist eine Sünde, es zuzugeben, stimmt's? Ich tue es auch nur, weil ich bin, was ich bin – die Tochter eines Künstlers, für den erotische Malerei alles ist. Nur deshalb denke und fühle ich so."

Devlin hatte schon wehrlose Frauen getroffen – Frauen, die angesichts der Gefahr in Ohnmacht fielen. Aber nie zuvor war ihm eine Frau begegnet, die so verletzlich wie Grace gewesen war.

Nun begriff er langsam, warum das so war. Sie war ehrlich und direkt – sie sprach ihre Gedanken und Gefühle aus, und er empfand sie als unwiderstehlich faszinierend. Aber in ihrer Welt konnte diese Seite ihres Wesens ihren Untergang bedeuten.

Ihr ganzes Leben musste sie versucht haben, jemand anders zu sein.

Grace versetzte ihn in Staunen. Sie wollte Dinge über ihn herausfinden. Wollte wissen, was ihm im Bett gefiel. Wie seine erotischen Fantasien aussahen. Selbst wenn es sie verletzte, sie war neugierig und mutig genug, ihn danach zu fragen.

„Es ist keine Sünde, es zuzugeben, Grace. Und es hat nichts mit deiner Herkunft zu tun." Er konnte die Stimme in seinem Kopf nicht zum Schweigen bringen, die so hochmütig, kultiviert und arrogant klang. – *Er ist natürlich ein Niemand, aber er ist so wild und verrucht im Bett. Ich glaube, Bastarde sind die besten Liebhaber, weil sie sich und den Frauen nichts beweisen müssen.*

Er verdrängte die Stimme der Countess of Dorchester aus seiner Erinnerung. „Deine Gedanken und Gefühle sind einfach nur menschlich. Einige Männer und Frauen von edelster Geburt sind die perversesten von uns allen.“

Grace schwieg eine Weile und atmete nur heftig ein und aus. Dann deutete sie hinunter zu der Orgie. „Die Frauen dort unten scheinen es zu genießen, einander auf sehr intime Art zu berühren. Ich habe noch nie auf diese Weise an eine andere Frau gedacht. Nur an Männer.“

„Und an welche Männer hast du gedacht?“ Seine Frage hatte erotisch klingen sollen, stattdessen hörte sie sich an wie das Brummen eines zornigen Wolfes.

„An Gentlemen, deren Namen ich nicht einmal kannte. Manchmal erhascht man einen Blick – auf eine Schulter, einen kräftigen Kiefer, ein muskulöses Hinterteil – und, nun ja …“

Er war hart, erregt und angesichts ihrer unschuldigen Erklärung dicht davor zu bersten. „Du hast dir eine Fantasie erschaffen.“

„Ja. Ich weiß, dass Männer das tun, da ich die Bilder meines Vaters gesehen habe. Einige Männer haben ihn dafür bezahlt, dass er ihre Fantasien für sie malte. Ich wusste nicht, dass Frauen auch Fantasien haben. Oder besser gesagt, wusste ich es nicht, bis meine Schwester heiratete und anschließend mit ihrem Mann ein paar ziemlich offene Gespräche führte.“

„Du dachtest, es sei abnorm, Fantasien zu haben?“

„Ja. Genau.“ Sie nahm einen tiefen Atemzug. „Die beiden Männer da – sie küssen sich.“

Er schaute in die Richtung, in die sie deutete. Nick und John hatten die Lippen aufeinandergelegt. Langsam brachten sie ihre Zungen zusammen. Nicks Hand glitt an Johns Bauch abwärts und legte sich um den Schaft seines langen Schwanzes.

„Das tun sie, um die Damen zu erfreuen“, erklärte er ihr. Einige der Frauen klatschten, leckten sich die Lippen und machten verdorbene Vorschläge. „Meine Männer haben herausgefunden, dass es Frauen gefällt, Männern bei Sexspielen zuzusehen – solange sie sicher sein können, dass die Männer hinterher wieder mit ihnen spielen.“

„Was sind das für Männer – die Mitglieder deiner Bande?“

Warum stellte sie ihm diese Frage, nachdem sie über ihre erotischen Fantasien mit unbekannten Männern gesprochen hatten, und während sie seinen Männern dabei zusah, wie sie ungezügelten Sex hatten?

„Die meisten folgten mir von der Seeräuberei zur Straßenräuberei“, sagte er leichthin, um ihr klarzumachen, wie unpassend diese Männer für sie waren. „Die beiden Männer, die sich küssen, sind Nick und John – brutale Kämpfer. Nick, der Blonde, wurde von Berbern gefangen genommen und hat später im Osten in einem Männerharem gedient. Der junge Kerl ist Will, ein gutmütiger Knabe. Der mit der Brille ist Simon; er liebt es, Naturstudien zu betreiben. Dann ist da noch Horatio – das ist der mit den rotbraunen Haaren. Man munkelt, er sei ebenso wie ich der Bastard eines Gentlemans, aber er streitet das ab. Bleibt nur noch der mit den schwarzen Haaren, das ist Rogan St. Clair, mein Lieutenant.“

„Du vertraust ihnen allen?“

„Was dich betrifft? Ja. Keiner von ihnen würde mir in die Quere kommen. Rogan ist ein Mann, dem ich mein Leben anvertrauen würde. Als wir noch zur See fuhren, hat er mir so oft den Hintern gerettet, dass ich es gar nicht mehr zählen kann. Keiner von ihnen wird deinen Namen erfahren, Liebste, selbst wenn sie einen Blick auf dich erhaschen sollten.“

Sie sah ihm offen ins Gesicht. „Devlin, ich will wissen, was du meintest, als du sagtest, du wolltest das Versäumte der letzten zwei Jahre nachholen. Meinst du uns? Ich verstehe das nicht."

„Ich möchte die Dinge tun, von denen ich wünschte, wir hätten sie schon vor zwei Jahren getan."

„Aber ich kann nicht hierbleiben, Devlin. Ich muss fort. Meine Großmutter wünscht mich zu sehen, und ich muss zu ihr reisen und sie treffen."

„Du willst von mir fort, um deine Großmutter zu besuchen?"

„Ich *muss* es tun. Ich habe nicht viel Zeit, und wenn sie glaubt, ich würde nicht kommen, schreibt sie mir vielleicht nie wieder. Vielleicht öffnet sie nicht einmal mehr einen Brief von mir."

„Offenbar ist sie eine Tyrannin, nicht wahr? Ich würde geneigt sein, nicht zu ihr zu fahren, wenn sie mir mit solchen Aussagen drohen würde."

„Es ist keine Drohung, Devlin. Es ist die Wahrheit. Sie ist die Countess of Warren, meine Mutter ist ihre Tochter, und meine Mutter wurde aus ihrem Elternhaus verbannt, weil sie mit Rodesson durchgebrannt ist."

Grace war die Enkelin einer Countess. Kein Wunder, dass sie die Manieren, die Kultiviertheit und die Eleganz einer Dame besaß. „Wie kam es, dass deine Mutter mit einem Künstler fortlief?"

Grace seufzte. „Rodesson war beauftragt worden, ein Porträt meiner Mutter zu malen, und sie verliebten sich ineinander. Sie brannten nach Gretna Green durch, aber auf dem Weg dorthin wurde beiden klar, dass eine Ehe zwischen ihnen nicht funktionieren würde – er war wild und unkonventionell und würde niemals treu sein können. Doch zu diesem Zeitpunkt war meine Mutter bereits mit meiner ältesten Schwester schwanger."

Ein vertrautes Gefühl des Zorns kroch an seinem Nacken

hinauf. „Und ihre Eltern wollten sie nicht wieder aufnehmen?“

Grace biss sich auf die Unterlippe und schüttelte den Kopf. „Meine Mutter durfte nie mehr ihr Elternhaus betreten. Ihre Eltern haben uns nie als ihre Enkeltöchter anerkannt.“

„Dennoch hatte deine Mutter den Mut, ihr Leben in die eigenen Hände zu nehmen.“

„Ja, mithilfe einiger treuer Freunde ließ sich meine Mutter in einem Haus in einem kleinen Dorf nieder, erfand einen neuen Namen und eine komplett neue Vergangenheit. Für alle, die mich kennen, bin ich Grace Hamilton, die Tochter eines Kapitäns zur See, der nach Indien segelte, um dort sein Glück zu machen. Doch nun, nach all dieser Zeit, will meine Großmutter mich sehen. Mein Großvater will nicht nachgeben, doch sie hat mich gebeten, sie zu besuchen.“

„Das bedeutet dir sehr viel.“

„Natürlich“, erwiderte sie leise.

„Das sollte es aber nicht.“ Abrupt zog er sie vom Geländer weg, sodass sie nicht länger die wilde Orgie dort unten beobachten konnte. „Das Bad ist jetzt sicher fertig. Komm mit mir.“

Zu seiner Überraschung nahm sie seine Hand und ließ zu, dass er sie hinter sich herzog.

8. KAPITEL

Sie befand sich in seinem privatesten Zimmer.

Langsam drehte Grace sich um die eigene Achse, um die Möbel und Bilder in Devlins Schlafzimmer zu betrachten. Dabei strich der Saum seines Morgenmantels raschelnd um ihre Knöchel. Ein stabiles Bett aus dunklem Eichenholz mit vier Pfosten und einem burgunderfarbenen Samtbaldachin nahm den größten Teil des Raumes ein. An den Pfosten waren mit Samtbändern Vorhänge festgebunden. Der Nachttisch, der Sekretär, ein Ledersessel – all das war schlicht und einfach. Sie dachte an das Essen, das sie verzehrt hatten und an das Geschirr, auf dem es serviert worden war. Silber und zartes Porzellan, aber nichts übertrieben Teures. Er musste auf den Weltmeeren und auf den Landstraßen im Königreich ein Vermögen gestohlen haben, aber er umgab sich nicht mit überflüssigem Luxus.

Er umgab sich mit Frauen.

Ein gut aussehender Mann mit einem Ruf als Dieb und Plünderer – sie durfte nicht vergessen, dass er genau das war.

Auf dem Nachttisch lag ein aufgeschlagenes Buch mit den Seiten nach unten.

Was las er? Diese Frage machte sie äußerst neugierig.

Sie drehte sich zu Devlin um, der soeben eine Tür öffnete, durch die Dampf ins Zimmer strömte.

Das Badezimmer.

Er ließ den Morgenmantel über seine Schulter gleiten, fing ihn in der Luft auf, warf ihn über die Lehne eines Sessels und trat durch die Tür. Himmel, dieser Mann bot ihr den höchst attraktiven Anblick seines Rückens und allem, was dazugehörte. Seine Schultern und die schmale Taille formten ein ausgeprägtes V, sein Hinterteil war fest und muskulös. Sie wollte durch den Raum laufen und ihn berühren, aber sie ließ ihn gehen.

Dann warf sie einen Blick auf den Titel seines Buches. *Clarisse.* Der Name der Autorin ließ sie zusammenzucken. *Madame de la Plaisure* – ein Name, den sie aus der Zeit ihrer Schwester Maryanne als Herausgeberin skandalöser erotischer Bücher kannte.

Devlin lebte inmitten einer immerwährenden Orgie und hatte dennoch das Bedürfnis, erotische Literatur zu lesen? Nachdem sie einen kurzen Blick in Richtung Bad geworfen hatte, tat sie das Unverzeihliche. Sie schlug Devlins private Lektüre auf und begann zu lesen.

Das blonde Kind war immer das eigenwilligste und frechste gewesen, aber zweifellos auch das begehrenswerteste. Seine Lordschaft hatte sehr geduldig auf seine Chance gewartet. Er hatte gewusst, dass Clarisse – Miss Plimpton – zu ihm gebracht und allein in den Mauern seines Hauses zurückgelassen werden würde, dass er sie letztendlich in seiner Gewalt haben würde.

Es war dieses Wissen gewesen, das ihm die Kraft gegeben hatte, so lange geduldig auszuharren.

Durch das Guckloch sah er Clarisse beim Ausziehen zu. Es war wichtig, ihr zuzuschauen, wenn sie sich unbeobachtet wähnte. Indem er all ihre Bewegungen studierte, würde er mehr über sie erfahren. Denn er hatte beschlossen, sie auszubilden, ihr beizubringen, wie wunderbar die Beziehung zwischen einem Meister und seiner Sklavin sein konnte, und um das zu tun, musste er ihr all seine Zeit und Energie widmen. Er musste Clarisse verstehen, musste jeden ihrer Gedanken vorausahnen.

Bei dieser Vorstellung spürte Seine Lordschaft zum ersten Mal seit vielen Jahren Erregung.

Drinnen im Zimmer ließ Clarisse sich von der Zofe entkleiden, und er warf den ersten Blick auf ihre nackten Brüste. Sofort war er erregt, aber es war ihr Hinterteil, das ihm am besten gefiel. Ein üppiger, wohlgerundeter Po, perfekt, um die klatschenden Schläge seiner Handflächen, die flachen Hiebe seiner Lederfächer und die scharfen Striche einer Gerte …

Das leise Knarren von Schritten auf Dielenbrettern ließ sie zusammenzucken. Hastig legte Grace das Buch zurück. Verdammt, sie hatte die Seite umgeblättert – er würde herausfinden, was sie getan hatte, wenn er es wieder in die Hand nahm.

Ihr Atem ging rasch; ihr Herz pochte wild.

Gütiger Gott, sie hatte ihn gefragt, was er im Bett am liebsten hatte. War es das?

Der furchtbare Mann in dem Buch hatte vor, die Frau zu schlagen, sie zu beherrschen.

Nun, Devlin war ein Wegelagerer. Vielleicht las er das Buch, um sich Appetit zu machen, bevor er unschuldige Opfer schändete.

Obwohl er nicht den Eindruck erweckte, diese Art von Mann zu sein.

Aber was wusste sie schließlich über Männer?

Der einzige Mann, den sie zu kennen meinte, war Devlin, aber sie wusste, dass die Art und Weise, wie er mit ihr umging, nicht alle Seiten des Mannes zeigte, der er war. Obwohl er sie freundlich behandelte, war er vielleicht grausam, wenn er ein Schiff oder den Schmuck einer Frau stahl. Er musste den Leuten Angst machen – er musste sie auf irgendeine Weise bedrohen –, warum sollten sie ihm sonst ihr Geld geben?

„Grace? Möchtest du mit mir baden?“

Sie fuhr herum.

Devlin trug kein einziges Stückchen Stoff am Leib. Er war nackt, sein Haar war feucht vom Dampf. Als er es mit der Hand zurückstrich, klebte es, schimmernd wie dunkler Honig, an seinem Schädel. Über seine kräftigen Arme, seine Brust und seine Wange perlten kleine Wassertropfen. Das Kerzenlicht verwandelte die Tropfen in funkelndes Gold, in Feenstaub. Einladend streckte er ihr die Hand entgegen: „Komm zu mir, Grace."

„In deine Badewanne?" Sie sehnte sich danach, die Feuchtigkeit ihres Schweißes und den Staub des Sommers von ihrer Haut zu waschen. Aber mit Devlin in die Wanne steigen ...?

Grace war aus unerklärlichen Gründen nervös. Sie hatten Sex miteinander gehabt. Warum sollte sie also vor einem schlichten Bad Angst haben?

Lag es daran, dass es eine ganz normale Sache und dennoch eine sinnliche Angelegenheit war, die sie sehr genoss – und wenn sie die Wanne mit ihm teilte, würde sie dann nie wieder baden können, ohne an ihn zu denken?

Sie musste das Risiko eingehen.

Nickend durchquerte sie das Zimmer, und dabei schleifte der Saum seines Bademantels hinter ihr her. Sie hatte gedachte, er würde auf sie warten, um sie zur Wanne zu geleiten, aber er eilte grinsend vor ihr durch die Tür, und dann hörte sie das Wasser plätschern, als er in die Wanne stieg.

Während sie durch die Tür trat, konnte sie sich denken, warum er das getan hatte. Er lag in einer riesigen Porzellanwanne, die Beine gespreizt, damit sie sich dazwischensetzen konnte.

Wasser schwappte gegen seine Brust, und Dampf waberte um seine Arme und sein Gesicht. Er hob die Arme und ließ die Unterarme über den Rand der Wanne hängen.

Sein Anblick war unwiderstehlich.

Sein Lächeln war verlockend, und sie zupfte an ihrem Gürtel. Während sie den Knoten löste, starrte sie angestrengt nach unten und schlüpfte schließlich aus dem Morgenmantel. Wieder fühlte sie sich gehemmt und verbarg ihre Brüste und ihr Schamhaar hinter ihren vorgehaltenen Händen.

Dann schwang sie ihr Bein über den Rand der Wanne und hielt sich dabei am kühlen Porzellan fest. Was bot sie ihm nur für einen Anblick, mit ihrem Hintern in der Luft und ihren fleischigen Schenkeln, die sie auf den Badewannenrand stützte? Sie schwankte, während sie ihr anderes Bein in die Wanne zog, und er stützte ihre Hüfte, um sie am Fallen zu hindern und ihr zu helfen, sich in das wunderbar warme Wasser zu setzen.

Hatte er sein Bad auch schon mit den anderen Frauen hier im Haus geteilt? Hatte er ihnen auch so fürsorglich in die Wanne geholfen?

Darüber würde sie nicht nachdenken. Wie es aussah, gab es in Devlins Nähe vieles, worüber sie besser nicht nachdachte.

Besitzergreifend schlang er ihr von hinten die Arme um die Taille und zog ihren Körper dicht an seinen. Ihr Haar fiel hinunter ins Wasser; ihre Brüste schwebten darin.

„Ich will dich noch nicht gehen lassen, Grace." Nun legte er die Hände um ihre Brüste und kniff in ihre nassen Nippel. Die zärtliche Wärme des Wassers, sein harter, muskulöser Körper, der sich an ihren presste – das alles war einfach köstlich.

„Aber ich muss fort", murmelte sie. „Meine Großmutter hält sich als Gast bei einer Gesellschaft im Haus eines Bekannten auf, und sie möchte, dass ich sie dort treffe."

Devlin lehnte sich in der Wanne zurück und streckte ein Bein aus, wobei er seinen Fuß hob, sodass er über den Rand der Wanne hing und von seiner Ferse Wasser auf ein nachlässig auf den Boden geworfenes Handtuch tropfte.

Niemals hätte sie sich auch nur vorstellen können, gemeinsam mit einem Mann ein Bad zu nehmen. Als Venetia und Maryanne sie mit den Annehmlichkeiten des Wohlstands bekannt gemacht hatten, hatte sie das Baden rasch schätzen gelernt. Heißes Wasser, und zwar möglichst viel davon! Parfümierte Seife. Dicke, weiche Handtücher.

Doch das hier war noch angenehmer, noch wunderbarer. Schlichtweg unvergesslich.

Aus dem Augenwinkel sah sie, wie Devlin ein Stück Seife in die Hand nahm und es gedankenverloren zwischen seinen Händen rieb. „Aber bis jetzt hat deine Großmutter in deinem Leben überhaupt keine Rolle gespielt", stellte er fest.

„Als meine Mutter mit einem berüchtigten Künstler durchbrannte, wusste sie, dass ihr dieses Vergehen nicht verziehen werden würde ..." Grace stockte, als er seine seifigen Hände um ihre Brüste legte.

„Aber als deine Mutter in Schwierigkeiten war und ihr so verzweifelt Geld brauchtet, ignorierten ihre Eltern euch."

Das war keine Frage, sondern eine Feststellung.

„Ja, das stimmt."

„Warum willst du sie sehen?", fragte er. „Was erhoffst du dir davon?"

Nichts – sie erwartete nichts, und doch bedeutete es ihr alles. Sie schaute auf seine Hände hinunter, die braun gebrannt waren, und auf seine verführerisch langen Finger. „Meine Großmutter wünscht sich schon lange, mich zu sehen, und nun hat sie endlich den Mut gefunden."

Er zog seine Hände wieder zurück, und sie schwiegen beide lange. Schließlich warf sie erneut einen verstohlenen Blick hinter sich. Devlin schäumte sich wieder die Hände ein und begann, sein rechtes Bein zu waschen. Er wusch sich einfach nur, aber als sie zusah, wie seine Hand an seiner Wade auf und ab glitt, wurde ihr die Brust eng. Sie musste sich auf einen ihrer feuchten Fingerknöchel beißen, als er lässig seinen Fuß einseifte und seine Fußsohle sanft massierte.

In seinem Badezimmer gab es ein großes, verglastes Fenster. Dorthin schaute sie jetzt. Wenn sie sich ein wenig reckte, konnte sie die rotgoldenen Strahlen der untergehenden Sonne sehen, die über der Wiese, den Glockenblumen und den Tausendschönchen spielten. Sie konnte auch zwei seiner Männer erkennen, die vier Kurtisanen hinaus auf die Wiese führten, und sie alle wurden vom strahlenden Licht beschienen.

Offensichtlich verlagerte sich die Orgie nach draußen. Begnügte sich keiner dieser Männer mit einer einzigen Frau?

Mit einem Platschen senkte Devlin sein Bein wieder ins Wasser. „Warum solltest du wegen einer Frau gehen, Liebste, die zwanzig Jahre gebraucht hat, um Mut zu sammeln?"

Sie wusste, dass ihre Stimme wahrscheinlich zittern würde, wenn sie ihm antwortete. So verriet sie sich nur durch das Beben ihrer Finger an seinen harten Schenkeln. Sein Körper fühlte sich an ihrem sündig warm, stark und beruhigend an. „Sie ... sie hat mir erklärt, dass sie mich schon seit Jahren gerne sehen wollte. Mich treffen wollte. Aber mein ... Lord Warren erlaubte es nicht. Und dann wurde ihr klar, dass die einzige Möglichkeit, mich zu sehen, darin besteht, einen geheimen Besuch zu arrangieren. Sie hält sich ohne ihren Gemahl im Herrenhaus von Lord Avermere auf."

„Avermere?" Er wusch sein anderes Bein. „Der ist in Italien."

Offensichtlich war Devlin bestens im Bild über das Kommen und Gehen der vornehmen Gesellschaft. Vielleicht war es auch ein notwendiges Wissen für einen Straßenräuber.

„Nun, dann ist er wohl inzwischen zurückgekehrt", vermutete Grace. „Er würde wohl kaum eine Gesellschaft geben, wenn er nicht zu Hause wäre."

„Dreh dich um, Grace. Lass mich dich ansehen und dich

waschen. Du warst mir gegenüber bisher noch nie schüchtern."

Das war sie sehr wohl gewesen, aber dieses Mal hatte ihr Verhalten nichts mit Schüchternheit zu tun. Er wirkte in seiner Wanne so ... verführerisch und begehrenswert. Zurückgelehnt im warmen Wasser, das Haar nach hinten gestrichen, mit Wassertropfen auf den Lippen – er sah umwerfend aus.

„Vielleicht ist es so einfach bequemer für mich." Und so war es, während sie sich rückwärts an ihn lehnte. „Aber ich nehme an, da ich deine Gefangene bin, wird von mir erwartet, dass ich gehorche. Tut das nicht die Heldin in dem Buch, das du gerade liest – *Clarisse*? Sie gehorcht jedem Befehl ihres Kidnappers."

Sie wusste, dass er stumm in sich hineinlachte, weil seine Brust sich an ihrem Rücken rieb. „Ich habe das Buch zur Entspannung gelesen, nicht als Anleitung für die Behandlung einer Dame, Grace."

Gern hätte sie widersprochen, ließ es aber. Schließlich hatte sie selber schon in erotischen Büchern geblättert und war von den beschriebenen Orgien immer fasziniert gewesen, war sich aber gleichzeitig darüber im Klaren, dass sie bei so etwas nicht mitmachen wollte.

„Warum?", wollte sie wissen. „Ich würde meinen, dass du diese Art von Entspannung nicht nötig hast."

„Ich habe lange nicht mehr an diesen Orgien teilgenommen, Süße." Seine Fingerknöchel glitten an ihrer Wirbelsäule hinauf und lösten auf ihrer Haut erotische Schauer aus. „Ich habe gehofft, du würdest länger bleiben wollen, Grace. Ich werde dich unverletzt an dein Ziel geleiten, aber eigentlich wollte ich ein paar Tage allein mit dir in diesem Schlafzimmer verbringen. Ein paar Tage, in denen wir nichts tun, als unsere Fantasien auszuleben."

„*Deine* Fantasien meinst du. Wie in *Clarisse*?"

„Das hier hat nichts mit dem verdammten Buch zu tun." Tropfen sprühten durch die Luft, als er seine Hände aus dem Wasser hob, und sie wandte sich wieder nach vorn, während er sich mit den Fingern durchs Haar fuhr. „Es ist einfach so, dass ich dich will. Ich bin schon halb verrückt deswegen. Zwei Mal hätte ich fast eine Kugel ins Herz bekommen, weil ich bei einer Reisenden in einer Kutsche blondes Haar erspäht hatte und dachte, das könntest du sein. Ich bin über mehr verdammte Zäune geklettert, als ich überhaupt zählen kann, um mich in Ballsälen an den Wänden herumzudrücken und dich mit meinen Blicken zu suchen."

„Das hast du getan?" Erstaunt und verwirrt suchte Grace Abstand zu seinem heißen Körper.

„Du bist zu mir in die Wanne gestiegen. Ich glaube, du möchtest bleiben, Grace."

„Für eine Nacht. Heute kann ich noch bleiben. Aber morgen früh muss ich gehen. Und ich *werde* gehen."

Dampfschwaden zogen in Devlins Schlafzimmer, und Grace wischte die Wassertropfen fort, die über ihre nackten Schultern und ihre schwellenden Brüste liefen. Doch so heiß die Luft auch sein mochte, in ihrem Inneren schien es noch heißer zu sein.

„Es ist hier im Zimmer viel zu warm, Grace. Lass uns nach draußen gehen."

Seit sie erklärt hatte, dass sie bleiben würde, hatte er nur über Nichtigkeiten gesprochen. Er hatte sich strikt auf das Hier und Jetzt beschränkt. Fragte sie, ob sie wollte, dass er sie wusch. Ob sie ihre Haare waschen wollte. Was ihr bevorzugter Duft war. Dann war das Abendessen serviert worden und anschließend gab es frische Erdbeeren mit Schlagsahne, aber er hatte sie die gesamte Mahlzeit essen lassen, ohne sie oder das Essen auch nur ein Mal zu berühren.

Er hatte zugesehen, wie sie jede Erdbeere eintauchte, mit der reifen, roten Spitze eine weiche Wolke einfing und dann die Schlagsahne ableckte. Wieder und wieder hatte sie das getan, bis seine Anspannung das ganze Zimmer zu erfüllen schien, dann hatte sie in die Beere gebissen und ein kleines Schauspiel daraus gemacht, den Saft aufzusaugen und sich die Lippen zu lecken.

Devlin war nackt, und sie konnte sehen, wie sein Schwanz sich bei jeder Beere, die sie aß, weiter aufrichtete. Zwei Mal hatte sich seine Hand in Richtung seines Unterleibs verirrt, aber er hatte sie zur Faust geballt, anstatt sich zu berühren. Als hätte er versucht, der Qual die Luft abzudrücken.

Grace musste sich eingestehen, dass seine Selbstbeherrschung sie beeindruckte. Inzwischen war es dunkel geworden, und er war immer noch hart. Sein Schwanz stand aufrecht wie ein in die Luft gereckter Säbel, als Devlin, weiterhin völlig unbekleidet, die Türen öffnete, die auf eine Terrasse hinausführten, welche vom Mondlicht beschienen wurde, während darunter unergründliche Dunkelheit lag. Grace schlüpfte wieder in seinen blauen Morgenmantel. Selbst im Schutze der Dunkelheit war sie nicht verwegen genug, dort draußen nackt herumzulaufen.

Er stand am Geländer, und einen Moment lang spiegelte ihre Fantasie ihr sein Bild auf der Brücke eines Schiffes vor, die Hände fest um das Ruder gelegt. Wie mochte es wohl auf dem Meer sein? Ihre Füße hatten nie das Festland verlassen.

Außer in diesem Augenblick – selbst mit der Terrasse unter sich, hatte sie nicht das Gefühl, festen Boden zu spüren. Millionen Sterne standen über ihr am Himmel. Devlin nahm ihre Hand und zog sie zu sich. „Da – das ist der Orion. Und das da der Große Wagen. Dort ist der Nordstern, meine Süße."

„Wie kommt es, dass du so viel über die Sterne weißt?"

Sie wisperte ihre Frage, eingeschüchtert durch die Melodien der Nachtinsekten und das Flüstern des Windes über den Wiesen.

„Durch die Navigation, Liebste. Auf einem Schiff ist astronomisches Wissen äußerst praktisch. Hier mit dir ist es eher … romantisch.“ Er legte seinen Arm um sie. Die Nacht war schwül, und als er sie dicht an sich zog, klebte sein Morgenmantel an ihrer feuchten Haut. Die Seide schmiegte sich eng an ihre harten Brustspitzen.

„Was möchtest du heute Abend tun?“, flüsterte sie. „Willst du, dass ich bei deiner Orgie mitmache?“

„Deine Frage klang ziemlich atemlos. Ist es das, was du möchtest, Grace? Um die Wahrheit zu sagen, möchte ich dich für mich allein.“

Grace schaute über die dunklen Wälder, und ein Windstoß brachte die Blätter zum Zittern und ließ sie wie Silbermünzen aufblitzen. „Das ist es, was auch ich möchte …“ Sie stockte, als er den Gürtel ihres Morgenmantels öffnete.

„Zieh ihn aus.“

Das tat sie, sodass die Nacht sie liebkosen konnte; dann folgte sie, ebenso wie Clarisse, dem nächsten heiseren Befehl. „Beug dich über das Geländer, und zeig mir deinen wunderschönen Hintern.“ Seine Hüften pressten sich an sie, und der lange, harte Stab seiner Erektion stieß in das Tal ihres Pos. „Wenn mir nur diese eine Nacht bleibt, möchte ich die intimsten Dinge mit dir tun, Grace.“ Während er sprach, schob er die Hüften vor und die dicke, geschwollene Spitze seines Schwanzes glitt in ihre feuchte Venusspalte.

Grace schrie vor Leidenschaft auf, während sich ihre heiße, enge Möse um ihn zusammenzog, als sie erneut kam. Mit zusammengebissenen Zähnen ließ Devlin seinen Kopf in den Nacken fallen und schloss fest die Augen. *Kontrolle. Kontrolle.*

Verdammt, er konnte ihr nicht ins Gesicht sehen, als sie kam. Im nächsten Moment würde er sich in sie ergießen.

Grace stieß rückwärts gegen ihn, reizte seinen schmerzenden, dicht vor der Explosion stehenden Schwanz. Es war eine Qual, noch länger durchzuhalten, aber er nahm sie auf sich.

Langsam zog er sich zurück und hielt inne, peinigte sich noch ein wenig mehr, indem er mit seiner Eichel an ihrem äußersten Rand verharrte. Grace schob ihm die Hüften entgegen und sog gierig Luft in ihre Lungen, während Devlin leise vor sich hin lachte. Schließlich glitt er völlig aus ihr heraus, sein Schwanz war wieder frei und richtete sich auf, um an ihrem üppigen Hinterteil zu ruhen.

Sie rieb sich an ihm, und sein Schwengel klatschte gegen ihre Hinterbacken.

Gott …

Schließlich tauchte er seine Finger in sie und rieb ihren Hintereingang. Als sie diese Liebkosung spürte, schnappte sie nach Luft, und er streichelte sie, bis ein tiefes, hungriges Stöhnen über ihre Lippen kam.

„Das gefällt dir“, stellte er mit leiser Stimme fest.

„Es fühlt sich gut an.“

„Du wirst es auch mögen, wenn du meinen Mund dort spürst“, versprach er ihr.

„Devlin, das kannst du nicht wirklich tun …“ Doch ihre Worte verhallten in der heißen, dunklen Nacht, während seine Zunge bereits feucht über ihre runden Backen glitt, nachdem er hinter ihr auf die Knie gesunken war.

Seine Lippen küssten träge die süße, enge Öffnung, und er schmeckte ihre intimsten Aromen. Sauber vom Bad, aber doch erdig und reif.

„Ich habe das hier schon einmal gesehen ... auf einem Bild“, hauchte sie. „Aber ich hatte keine Ahnung, dass so etwas tatsächlich gemacht wird.“

Er wollte erwidern, dass alles möglich war und er alles tun würde, was ihr Lust bereitete, aber stattdessen schob er seine Zungenspitze in ihre Rosette und ließ sie dort herumwirbeln, um diesen empfindlichen Bereich zu reizen.

Ihr Rücken wölbte sich zu einem anmutigen Bogen, über den sich ihr goldenes Haar ergoss. Ihre Lustschreie stiegen zu den Sternen auf. Devlin hielt ihre Hüften fest und zog sie dicht an sich heran, während seine Zunge tief in sie eindrang. Sein Schwanz richtete sich steil auf, und sein Saft tropfte aus der Spitze.

Devlin konnte sich kaum noch länger zurückhalten.

„Das war so gut, so erstaunlich gut“, wisperte Grace, als er aufstand.

Zärtlich strich er an ihrem schmalen Rücken hinunter und legte die Hand um ihren Po. „Ich möchte auf diese Weise Sex mit dir haben.“

„Du bist sehr kühn!“ Doch sie nickte, während sie auf ihrer Unterlippe kaute. „Du denkst, dass ich eine unmoralische Frau bin, nicht wahr? Ich bin sicher, das tust du.“

„Ich denke, dass du die Frau bist, der ich Lust schenken will. Und nun hör auf, über dich selbst zu richten, Liebste. Genieß es einfach.“ Er legte die Hand um seinen Schaft und strich mit der Spitze seines Schwanzes durch das Tal ihres Hinterns.

Sie schob die Hüften nach hinten und wand sich, bis er ihre sich öffnende Muschel berührte. „Ja.“

„Wir machen es ganz langsam“, ermahnte er sich selber und auch sie. „Vertraust du mir?“

„Warum?“, erkundigte sie sich erstaunt. „Sollte ich nicht?“

Über ihre einfache und direkte Frage musste er lachen. „Nun, es gäbe auch den einen oder anderen Grund, mir zu misstrauen.“

Ganz behutsam tastete er sich vor, wobei sein Schaft sich auf eine schmerzhafte, doch erregende Weise bog, als er versuchte, mit seinem saftigen Schwanz in sie einzudringen. Sie war nicht feucht, aber er tropfte heftig. Ein leiser Aufschrei, dann lockerten sich ihre Muskeln, um ihn einzulassen, zogen sich jedoch gleich darauf wieder zusammen. Keuchend schnappte sie nach Luft.

Er streichelte ihren Rücken, küsste die zerbrechliche Linie ihres Nackens. „Ist alles in Ordnung?“

„Es gibt kein Zurück mehr“, erwiderte sie. „Ich muss es jetzt tun.“ Ihre Stimme war leise, verführerisch und entspannt – woran er erkannte, dass sie ihm tatsächlich vertraute.

Warum er um ihr Vertrauen gebeten hatte, wusste er selbst nicht genau.

Doch er konnte jetzt nicht denken – nicht, da er ihre Hitze spürte und ihren verlockend festen Muskelring, der ihn umspannte, reizte und seine geschwollene Eichel zusammendrückte. Er ballte die Fäuste und schob seine Hüften vor, presste, bis sie aufschrie oder nach Luft schnappte, dann zog er sich wieder zurück. Sie führten einen sinnlichen Tanz der Erwartung auf. Er schob sich in sie hinein, und sie nahm ihn auf, bis sie keuchte und zurückzuckte.

Jeder seiner vorsichtigen Stöße fühlte sich an, als würde er einen Docht in siedend heißes Wachs tauchen. Mit heftig pochendem Herzen beobachtete er, wie sein Schwanz Stückchen für Stückchen zwischen den üppigen Hügeln ihres Hinterns verschwand, und dabei wurde seine Kehle immer enger.

Seine Hoden wurden prall und fest, als sie schrie „Ja!“ und er sich vorwärts schob, sie ausfüllte und ausdehnte.

Er ließ seine Hand nach vorne wandern, klemmte sie zwischen ihren Unterleib und das Geländer, fand ihre Klitoris und umkreiste den harten Knopf mit seinem Finger.

Sie rieb sich an seiner Hand, dann zuckten ihre Hüften nach hinten. Sie stieß ruckartig gegen ihn, überraschte ihn mit ihrem Tempo und ihrer Heftigkeit. Dabei wandte sie ihm ihr Profil zu, und er sah die lebhafte Röte auf ihren Wangen.

Wenn sie es hart und schnell wollte …

Kraftvoll stieß er zu, bohrte seinen Schwanz bis zum Ansatz in sie hinein, und sein Kopf hörte auf zu arbeiten, während seine Instinkte das Kommando übernahmen. *Grab dich tief in sie hinein, bis in ihr Herz. Reibe sie, bis sie schreit.*

Sie nahm seinen Rhythmus auf, bewegte sich nun ebenso rasch wie er, und er spürte, wie bei jedem wilden Stoß ihr Venushügel gegen seine Finger prallte.

„Devlin! Dev!“

Sie kam. Wunderschön. Ungezügelt.

Wie eine haushohe Welle schlug sein Orgasmus über ihm zusammen und nahm ihm das letzte bisschen Kontrolle. Seine Hoden zogen sich krampfhaft zusammen, und seine Säfte schossen aus ihm heraus, füllten sie, hüllten ihn ein; und er umklammerte sie, um noch länger in ihr zu bleiben, während sein Gehirn sich aufzulösen schien.

Gott, es war so gut …

Er beugte sich im selben Moment nach vorn, in dem sie sich nach hinten lehnte. Seine Lippen fanden ihre, und er trank ihre Schreie. Ihre Zunge traf auf seine, und sie küsste ihn mit einer Wildheit, die ihm zeigte, wie intensiv ihre Lust gewesen war. Sie forderte ihn heraus und verschlang ihn, weil er dafür gesorgt hatte, dass sie so heftig gekommen war.

Und das gefiel ihm.

„Ich habe nicht vor, dich gehen zu lassen, Grace."

Schläfrig blinzelte sie durch ihre Wimpern. Devlins Worte drifteten in ihr Bewusstsein, aber sie verstand sie nicht genau. Dann hakte sie sich an dem Wort *nicht* fest, fuhr hoch und stellte fest, dass sie in seinem Bett lag – nackt, während er ebenso nackt neben ihr ausgestreckt war. Ihre Beine waren an seine gepresst, ihre Brüste waren feucht und zwischen ihnen rannen Schweißtropfen entlang. Sie starrte ihn an. Seine bernsteinfarbenen Brauen bildeten Querstriche über seinen Augen, die Linie seines Mundes wirkte fest und entschlossen.

„Du musst mich gehen lassen!", schrie sie. Es hätte aufregend und erregend sein müssen, in seinem Bett aufzuwachen. Doch nun fühlte sie sich einfach nur wie eine Gefangene. „Ich bin schon jetzt einen Tag zu spät. Verstehst du nicht? Meine Großmutter wird annehmen, ich komme nicht mehr. Ich habe ihr geschrieben, um ihr mitzuteilen, wann ich eintreffe, aber sie wird denken, ich hätte meine Meinung geändert. Sie wird abreisen. Sie wird verletzt sein …"

„Gut so. Das ist es, was sie verdient hätte." Devlin setzte sich hin und lehnte seine Schultern an den Kopfteil des Bettes.

Grace hob verzweifelt ihre Hände. „Es war nicht ihre Schuld! Wenn ihr Ehemann darauf bestand, dass sie keinerlei Kontakt mit uns haben durfte, was genau hätte sie dagegen tun sollen, o weiser und gebieterischer Captain?"

Er zuckte die Achseln. „Eine Frau kann ihren Willen selbst gegen den starrsinnigsten Idioten durchsetzen."

„Oh, wirklich? Und wie soll das gehen?" Sie lehnte sich zurück und ließ Tränen über ihre Wangen rollen. Ihre Traurigkeit war nur zum Teil gespielt – sie war müde und zitterte, und was sollte sie tun, wenn ihre Großmutter wirklich nicht mehr glaubte, dass sie kam und abreiste?

„Hör auf damit. Du hast kein Recht, wegen einer oberflächlichen und kalten Frau zu weinen."

Grace atmete mit einem lauten Schluchzer ein und sah, dass er zusammenzuckte. „Verstehst du nicht, wie es ist, allein wegen deiner Geburt gemieden zu werden? Weil du die Person bist, die du nun einmal bist?"

„Doch", brummte er und presste seinen Mund zu einer harten Linie zusammen. „Ich bin der Bastard eines Marquess."

„Ja, aber dein Vater erkennt dich an. Lady Prudence behauptet, euer gemeinsamer Vater würde dich ihr und ihrem Bruder gegenüber sogar bevorzugen …"

„Das stimmt nicht, meine Liebe."

„Du kanntest das Haus – du kanntest sogar die Geheimgänge im Haus deines Vaters." Sie jedoch war nur einmal im Haus des Earl und der Countess of Warren gewesen, und zwar inkognito. Gemeinsam mit ihrer Mutter und ihren Schwestern hatte sie an einer der Führungen für Besucher teilgenommen. „Alles, was ich will, ist, mit ihr reden."

Abrupt richtete Devlin sich noch weiter auf und strich sich mit beiden Händen das Haar zurück. „Verdammt und zugenäht, na gut. Ich werde dir diese Gelegenheit nicht nehmen, Liebste."

„Du wirst mich also gehen lassen?" Grace zog eine Grimasse, als sie ihm diese Frage stellte. Wer war er denn, um über sie bestimmen zu wollen? Warum sollte sie seine Erlaubnis einholen? Doch nachdem sie sich ihr ganzes bisheriges Leben ständig auf die Zunge gebissen hatte, wusste sie aus Erfahrung, dass es besser war zu schweigen, als Streit zu suchen.

Er beugte sich vor, stützte sich mit den Ellenbogen auf seine Knie und warf ihr einen schiefen Blick zu. „Natürlich. Morgen früh."

In dieser Haltung sah er so entsetzlich gut aus, dass sie sich zwingen musste wegzusehen. Sofort zu gehen hieß, sein Bett zu verlassen und niemals zurückzukehren.

Es war am besten so. Ganz sicher.

„Gut", erwiderte sie. „Aber ich wäre ohnehin gegangen, mit oder ohne deine Erlaubnis, mein Straßenräuber." Nun, da sie den Sieg errungen hatte, wollte sie noch etwas von ihrem Stolz retten.

Ein verruchtes Grinsen stahl sich auf seine Lippen, und sie krallte die Finger in die Laken – plötzlich überkam sie das Gefühl, auf keinen Fall aus seinem Bett aufstehen zu können. Er rollte sich zu ihr herüber und schlang seine Arme um sie. „Es ist nicht leicht, sich gegen Männer durchzusetzen, die außerhalb des Gesetzes leben, Süße. Denk daran."

Sie wollte widersprechen, doch seine Hüften schoben sich zwischen ihre Schenkel, und der einzige Laut, den sie in der Lage war hervorzustoßen, war ein geflüstertes „Oh".

„Ich bin hart für dich, Grace", erklärte er ihr mit rauer Stimme, und sie spürte, wie sein Schwanz sie anstupste. „Ich bin seit dem Aufwachen hart für dich."

Während sie heftig schlucken musste, erinnerte sie sich, dass Lord Wesley ihr etwas Ähnliches zugeflüstert hatte. Aber Devlin sah nicht wie er selbstgefällig und lüstern aus. Er wirkte … verstört.

Unsicher schaute Grace in seine überraschend ernsten blauen Augen und neckte ihn: „Nach all dem Sex, den wir schon hatten?"

Wo war bloß dieser verwegene Pirat? Warum reagierte er mit tödlichem Ernst auf seine Erregung? Doch dann grinste er und gönnte ihr den äußerst köstlichen Anblick, den er mit Grübchen in den Wangen und Fältchen um die Augen bot. Er zwinkerte ihr zu. „Ja. Ich könnte dich ununterbrochen lieben."

Er stieß zu, und sie war so feucht, so nass, dass er einfach in sie hineinglitt und sie ausfüllte. Sie dazu brachte, laut aufzuschreien.

„Ja“, stöhnte sie. In diesem Moment waren sie in ihrem Fühlen und Denken eins. Sie bäumte sich auf, und ihre Hüften zuckten seinen Stößen entgegen. Er schob seine Hand zwischen ihre beiden Körper und rieb ihre Klitoris, bis sie Sterne sah.

Schluchzend kam sie. Und obwohl sie vorher schon ein Dutzend Mal ihren Höhepunkt erreicht hatte, war es ebenso gut, ebenso besonders, schmolz sie ebenso dahin wie schon jedes einzelne Mal zuvor. Sie schrie auf – und verschluckte ihren Schrei, als Devlin seinen Mund zu einem Kuss auf den ihren presste.

Ein Schauer lief durch Devlins Körper, als er gleichzeitig mit ihr kam, und das war für sie fast so gut wie ihr eigener Orgasmus. Erschöpft, verschwitzt und zerzaust schlang sie ihre Arme und Beine um ihn. Und hielt ihn fest.

Drei nackte Frauen schliefen in einem erotisch anmutenden Wirrwarr aus Körpern und Gliedmaßen auf dem Ruhebett in seinem Arbeitszimmer. Devlin ertappte sich dabei, wie er bei diesem Anblick in sich hineinlachte. Er war amüsiert, aber nicht erregt.

Während er einen Kontrollgang durchs Haus machte, hatte er Grace in seinem Bett zurückgelassen. Zu gern würde er sie abends dort auf seinem Ruhebett schlummern sehen: ein lieblicher Anblick in ihrer cremefarbenen Schönheit, erschöpft von der Liebe, in seidene Decken gewickelt. Er würde seine Arbeit erledigen und sie nebenbei beobachten. Niemals würde es ihm langweilig werden, sie zu betrachten …

„Wer ist sie?“

Als Devlin den Kopf hob, sah er Rogan St. Clair, nur mit

einem Paar Hosen bekleidet, in der offenen Tür stehen. Sein Lieutenant war barfuß und hielt in einer Hand eine Flasche Portwein, in der anderen eine brennende Zigarre.

„Wer ist sie?“, wiederholte Rogan. „Wer ist die Frau, die du als Geisel genommen hast, Captain?“

Devlin schlenderte an den schlummernden Frauen vorbei und goss sich lässig einen Cognac ein. „Sie ist keine Geisel.“

„Deine ausweichende Antwort weckt den Verdacht in mir, dass die üppige Schöne eine ganze verdammte Wagenladung Geld wert ist. Richtig?“

„Wir werden kein Lösegeld für sie verlangen.“

Rogan war ins Zimmer getreten und hatte sich in einen der Ohrensessel in der Nähe des fast heruntergebrannten Feuers geworfen. „Sie stammt aus guter Familie, nicht wahr? Das hört man schon an ihrer Art zu sprechen. Offensichtlich ist sie eine Dame, und ihre Kleider sehen so aus, als wäre sie eine wohlhabende Dame.“

Sein Lieutenant nahm einen Schluck aus seiner Flasche, wischte sich mit dem Handrücken über den Mund und grinste anzüglich. „Und sie hat hübsche Titten. Was willst du mit ihr anstellen, Captain? Die neue Erfahrung machen, wie es ist, eine wohlerzogene Jungfrau in die dreckigen, schwitzigen Freuden des Vögelns einzuweihen?“

Devlin ballte seine Hände zu Fäusten, und es juckte ihn, sie gegen Rogans Nase krachen zu lassen, aber er wusste, dass dadurch St. Clairs Interesse an Grace nur größer werden würde. In Rogans Worten lag ein zorniger Unterton, der Devlin nicht gefiel. War es der Ärger über verlorenes Geld? Oder etwas ganz anderes? „Scher dich zur Hölle, St. Clair“, schimpfte er fröhlich, ließ jedoch in seiner Stimme eine Warnung mitschwingen.

„Ich nehme also an, sie ist keine Jungfrau. Nicht mehr.

Dennoch, was glaubst du, würde ihre feine Familie zahlen, um sie zurückzubekommen?"

Devlin krampfte seine Hand zusammen, und das Cognacglas zersprang zwischen seinen Fingern. Die teure, bernsteinfarbene Flüssigkeit tropfte auf den Boden, zusammen mit seinem Blut. „Ich habe dir dein verdammtes Fell ein Dutzend Mal gerettet, St. Clair. Zwing mich nicht dazu, dich an Ort und Stelle niederzuschießen. Du wirst der Dame mit äußerstem Respekt begegnen. Niemand wird ihr Angst machen oder ihr etwas antun. Und es wird kein Lösegeld für sie verlangt werden."

Rogan sprang auf, und anstelle des jovialen Grinsens stand ihm jetzt blanker Ärger im Gesicht. „Wo ist das Problem, Captain, wenn du doch ohnehin nicht vorhast, ihr etwas anzutun? Du hast vor, sie nach Hause gehen zu lassen, obwohl ihre Familie sicher nur allzu gern dafür bezahlen würde."

Devlin zog den Schlüssel zu einer Schublade hervor, in der er ein Paar hervorragende Duellpistolen verwahrte.

„Sie ist ein verdammtes Vermögen wert", beharrte St. Clair. „Du hast kein Recht, den anderen Männern diese Möglichkeit zu verwehren ..."

Die glänzende Holzkiste krachte so laut auf den Schreibtisch, dass St. Clair verstummte.

„Ich werde dich nicht töten, St. Clair. Stattdessen gebe ich dir die Möglichkeit, um die Sache zu kämpfen."

Rogan zog die Zigarre zwischen seinen Zähnen hervor. „Du hast noch nie vorbeigeschossen, Captain. Ich wäre ein Dummkopf, mich darauf einzulassen." Zornig entblößte er seine Zähne. „Du bietest mir den Kampf nur an, weil du genau weißt, dass du gewinnst."

„Geh zurück zu deiner Orgie, St. Clair. Rette deine Haut."

Mit einem Knurren wandte Rogan sich um und verließ das Zimmer.

Devlin stellte die Kiste zurück in die Schublade, steckte den Schlüssel wieder in die Tasche und begriff, wie unrecht er gehabt hatte und wie sehr Grace sich im Recht befand. Sie konnte nicht in diesem Haus bleiben. So wie er es ihr versprochen hatte, würde er sie am nächsten Morgen gehen lassen. Ihm blieb keine verdammte Wahl.

Also würde er bis dahin keine Minute verschwenden und keine Sekunde getrennt von ihr verbringen.

Oh, sie war wund. Grace' Schenkel taten weh, weil sie so lange um Devlins Hüften geschlungen gewesen waren, aber es war ein wundervoller Schmerz. Obwohl sie sich inzwischen angezogen hatte, lag sie auf dem Sofa und versuchte die Energie aufzubringen, sich zu bewegen. Sie hatte Devlin geritten, während sie mit ihm gemeinsam gefrühstückt hatte – ein echtes Kunststück, wenn man dabei heiße Schokolade trank.

Mit seinem Kaffee hatte er sich auf dem zerbrechlichen Stuhl im Salon zurückgelehnt und sich von ihr wild und ungezügelt reiten lassen. Dann hatte er ihre Klitoris mit seiner vom Kaffee warmen Zunge geleckt, bis sie wieder und wieder explodiert war.

Und nun musste sie ihn verlassen.

Devlin riss die Tür zum Salon auf. „Fertig, Süße?"

Sie nickte. Es war ihre Entscheidung – also musste sie auch bereit sein zu gehen, doch ihr Herz war schwer, als sie aufstand und neben Devlin trat.

Er ging mit ihr hinaus auf die mit Kies bestreute Auffahrt vor dem Haus. Nur ein einziger seiner Männer wartete dort auf sie, an der Kutsche lehnend und rauchend. Er hielt eine Pistole in der Hand, die er an seinem Schenkel ruhen ließ. Es war der Mann mit den rabenschwarzen Haaren, den zwei Frauen gleichzeitig verwöhnt hatten. Er war Devlins Lieutenant, Mr. St. Clair.

Ein Mann, dem ich mein Leben anvertrauen würde, hatte Devlin gesagt. *Auf See hat er mir unzählige Male die Haut gerettet.*

Grace warf dem Kutscher und dem Pferdeknecht ihres Schwagers, die hinten auf der Kutsche saßen, einen besorgten Blick zu. Was mochten sie denken?

Es war gut für Devlin, dass er den Dienstboten erklärt hatte, er habe seine Pläne bezüglich eines Lösegelds geändert und schicke sie zurück – und er hatte die Männer für ihr Schweigen bezahlt. Ihr Schwager war ein mächtiger Earl. Wenn er aus seinem Kutscher und seinem Knecht die Wahrheit herausbekommen wollte, würde ihm das gelingen.

Sie wunderte sich, warum Devlin ihretwegen dieses Risiko einging.

Dann hielt sie die Luft an. Ein gesatteltes Pferd – Devlins riesiges Reitpferd – stand neben der Kutsche. Ein junger Mann hielt seine Zügel.

„Was hast du vor?“, wollte sie von Devlin wissen.

Devlin wandte sich von ihren Dienern ab und grinste sie an. „Ich habe gesagt, du kannst gehen. Ich habe nichts davon gesagt, dass ich dich allein gehen lasse.“

Rogan St. Clair füllte seine Lungen mit dem aromatischen Rauch seiner Zigarre, während er beobachtete, wie der völlig vernarrte Captain Sharpe seiner kostbaren Dame in die Kutsche half. Mit geübtem Auge taxierte Rogan ihre extravagante Kleidung, ihre strahlend weißen Zähne und ihr kultiviertes Verhalten. Was würde sie wert sein? Mindestens zwanzigtausend Pfund. Möglicherweise fünfzigtausend. Und er fragte sich, ob sie die Tochter eines hochwohlgeborenen Earls oder sogar eines Dukes war, dann könnte er sogar hunderttausend Pfund für sie bekommen.

Allerdings würde es schwierig werden. So als wollte man

für eine Königin Lösegeld erpressen. Trotzdem war er sich ziemlich sicher, dass es ihm gelingen würde.

Er war es verdammt leid, sein Leben nach Devlin Sharpes Launen zu richten.

Verdammt leid.

St. Clair hatte zur Mannschaft der *Black Mistress* gehört, lange bevor Sharpe das Schiff zum ersten Mal betreten hatte. Er hätte derjenige sein sollen, der Erster Offizier und schließlich Captain wurde. Himmel, wie es ihn gewurmt hatte zuzusehen, wie Sharpe den Reichtum, den Ruhm und den berüchtigten Ruf gewann, Dinge, die eigentlich ihm zustanden.

Rogan warf seine Zigarre auf den Boden und trat sie mit dem Stiefelabsatz aus, während er zusah, wie Sharpes Hand auf dem hübschen Fußgelenk der Dame ruhte, die soeben in die Kutsche stieg.

Er hätte Sharpe schon vor zehn Jahren in der Karibik die Kehle aufschlitzen und seine Leiche an die Haie verfüttern sollen. Aber er hatte gefürchtet, erwischt und bestraft zu werden, wenn er dem Liebling des Captains die Luftröhre aufschnitt. Zur Hölle, er hatte Captain Hawk treu gedient; er hatte ihm seinen Mut und seine Treue bewiesen, aber Rogan wusste dennoch, dass er für den Mord an einem Mitglied der Mannschaft über Bord geworfen werden würde.

Er hätte Sharpe im Gefecht töten können, wo niemand bemerkt hätte, dass er und nicht die britische Kriegsmarine eine Kugel oder ein Messer in Sharpes Herz befördert hatte. Oder er hätte es während einer der üblichen Sauforgien in einem Hafen tun können, wo sie so viele Frauen gevögelt hatten, wie sie nur konnten, und eine Langzeitwette laufen hatten, wer von ihnen während einer Saison die meisten Frauen zum Orgasmus bringen konnte.

St. Clair war sich verdammt sicher, dass Sharpe die Frauen

gut für ihre gespielten, lautstarken Höhepunkte bezahlt hatte. Zur Hölle, das hatte er ganz sicher getan.

Und so hatte er gewartet, dass seine Zeit kam, anstatt seinen Rivalen zu töten. Rogan hatte gelernt, dass es für einen Mann besser war, Ruhe zu bewahren, als seiner Wut nachzugeben. Sharpe war ein gerissener Pirat und kühner Straßenräuber, und mit der ganzen Bande hatten sie gemeinsam ein Vermögen gestohlen.

Aber nun war es an der Zeit, sich zu holen, was ihm zustand.

„Bevor Sie aufs Pferd steigen, würd ich gern noch mit Ihnen reden, Captain."

An Rogan St. Clairs leisem, wütendem Ton erkannte Devlin sofort, dass die Sache, über die sie am vergangenen Abend gesprochen hatten, noch nicht endgültig geklärt war. Er schaute von Rogans Pistole, die immer noch lässig am Schenkel des Mannes ruhte, in Rogans kalte graue Augen.

Devlin nahm dem jungen Stallknecht die Zügel ab. „Meine Antwort ist immer noch genau dieselbe wie gestern Abend."

Mit einem Grinsen hob sein Lieutenant die Pistole und richtete die Mündung auf Devlins Herz.

„Ich könnte dich auf der Stelle töten, Captain."

Ein Anflug von Panik verwandelte Devlins Blut in flüssige Lava, und er spürte die vertraute Welle der Erregung, die alle seine Sinne schärfte. „Das könntest du, St. Clair, aber damit würdest du nur erreichen, dass man dich sehr schnell aufknüpft, nicht aber das bekommen, was du willst."

„Es könnte aber auch sein, dass die anderen mich nicht aufhängen. Es wäre möglich, dass sie sich mir anschließen. Keinem von ihnen gefällt es, von dir herumkommandiert zu werden, Captain – während du die Geldschatulle unter Verschluss hältst und wir eine milde Gabe bekommen, wenn wir darum betteln. Wir wollen den Anteil, der uns zusteht." Rogan zuckte mit dem Kopf in Richtung der Kutsche, deren Tür offen stand. „Sie ist verdammt viel Geld wert."

„Ich weiß, du bist ein ehrenwerter Mann, St. Clair."

„Aber kein dummer Mann." Er streckte den Arm vor und spannte die Pistole.

Etwas stürzte aus der Kutsche – eine dunkle Gestalt sprang durch die offene Tür, und im nächsten Moment schrie Grace. Schrie so laut, dass St. Clair leicht in ihre Richtung zuckte.

Devlin sprang nach vorn und griff St. Clair in dem Moment an, in dem dieser die Pistole wieder auf ihn richtete, aber die dunkle Gestalt vollendete ihr Werk. Ein Seidenband flatterte im Wind, als Grace' spitzenbesetzte Tasche niedersauste und St. Clair seitlich am Kopf traf.

„Himmelherrgott ..."

Rogans Fluch erstarb auf seinen Lippen, als Devlins Faust das Kinn des Lieutenants traf und dafür sorgte, dass sein Kopf nach hinten kippte. Devlin riss Rogan die Pistole aus der Hand, dann platzierte er eine harte Linke auf Höhe der Eingeweide seines Freundes, um schließlich die Pistolenmündung an Rogans Kopf zu halten.

Sein Lieutenant krümmte sich, als ihn der Schlag im Bauch traf.

„Verschwinde von hier, St. Clair", bellte Devlin. „Wenn du dich umdrehst und so schnell rennst, wie dich deine verdammten Beine tragen, könnte es sein, dass ich dir nicht den Kopf wegblase. Für den Fall, dass du bleibst, verspreche ich dir, es zu tun."

Wilder Zorn ließ St. Clairs Gesicht in einem dunklen, fleckigen Rot leuchten. Wollte er überleben, hieß das, dass er wie ein Feigling Fersengeld geben musste – Devlins Ziel war, ihn zu demütigen.

„Du bist vollkommen verrückt. Mir steht mein Anteil an

der Beute zu, du Bastard.“

Devlin ließ die Beleidigung an sich abprallen. „Du hast einen Treueschwur geleistet. Wir alle haben das getan. Ein Vertragsbruch zieht eine Vertragsstrafe nach sich. Und jetzt verschwinde von hier, verdammt noch mal, oder du wirst sehr viel mehr als nur Geld verlieren.“

Fluchend wandte Rogan sich um und lief in Richtung der Torpfosten die Auffahrt entlang.

Devlin wusste, dass viele Männer Rogan lieber erschossen hätten, als ihn laufen zu lassen. Ein toter Feind war besser als ein lebendiger.

Aber das brachte er nicht über sich.

Er konnte einem Mann nicht das Leben nehmen, um sich sein Leben einfacher zu machen.

Dann sah er Grace' blasses Gesicht vor dem dunklen Hintergrund der Kutsche und verbeugte sich tief vor ihr. „Danke, meine Liebe. Du hast mir das Leben gerettet.“

Sie konnte Salz in der Luft schmecken und war sicher, trotz des Ratterns der Kutschenräder das Tosen der Wellen zu hören.

Verstohlen schaute Grace aus dem Fenster – das hatte sie nun schon eine ganze Stunde lang vermieden. Nach draußen zu sehen bedeutete, dass sie auch Devlin sah, der auf seinem Pferd neben der Kutsche dahintrabte.

Und da war er. So riesig sein Pferd auch war, er sah ebenso kraftvoll aus wie das Tier. Seine Bewegungen waren voller Leichtigkeit und Anmut, und gleichzeitig hielt er die Zügel mit Entschlossenheit und Selbstbewusstsein. Sie war äußerst erleichtert, ihn in Sicherheit, lebendig und unverletzt zu wissen, und sie liebte es, das sanfte Auf und Ab seiner Schultern zu beobachten. Was die Art betraf, wie er die Schenkel gespreizt hatte …

Er fing ihren Blick auf und lächelte. Das Sonnenlicht ließ sein Gesicht in warmem Gold und sanftem Rosé leuchten und verwandelte sein Haar in schimmernde Bronze.

„Das hier ist völlig absurd!", rief sie aus dem offenen Fenster. Nach der schrecklichen Szene vor Devlins Haus hatte sie noch lange Zeit gezittert. Sie hatte sogar vor lauter Nervosität das Seidenband an ihrem Retikül abgerissen. „Du kannst mich nicht diese Straße entlang begleiten. Die Leute werden sofort wissen, was das zu bedeuten hat."

Er senkte seinen Kopf. „Ich bin nicht ständig als Erpresser und Räuber unterwegs, meine Liebe. Es ist durchaus schon vorgekommen, dass ich junge Damen eskortiert habe – um sie vor den übrigen Gestalten zu beschützen, die die Straßen unsicher machen."

„Was du nicht sagst", murmelte sie vor sich hin. Und was machte er dann mit diesen jungen Frauen? Was erwartete er von ihnen als Gegenleistung?

Sein Körper bewegte sich graziös im Takt mit den Pferdehufen. „Und es gab alleinreisende Witwen, die meinen Schutz sehr zu schätzen wussten."

Nun, das beantwortete ihre Fragen. „Zweifellos." Sie zuckte zusammen, als sie die Schärfe ihres Tons bemerkte.

Sein klares Lachen stieg zu den Baumkronen auf. „Ich habe während der vergangenen Stunden mit einer Erektion im Sattel gesessen, Liebste – es ist also nicht nötig, dass du dir Gedanken machst, ob ich genügend gelitten habe."

„Das solltest du auch …", begann sie und freute sich auf die scharfzüngige Neckerei, die nun zweifellos zwischen ihnen beginnen würde, als ihr plötzlich klar wurde, dass er vor Marcus' Dienern das Wort „Erektion" benutzt hatte.

„Sir!", schrie sie in empörtem Ton und zog sich eilig vom Fenster zurück, wie es eine sittsame Frau getan hätte.

Demonstrativ schaute Grace aus dem gegenüberliegenden

Fenster, während ihr Herz wie wild pochte und ihr Magen bei jedem Ruck der Kutsche in die Höhe hüpfte. Er hatte gesagt, er hätte sie entführt, um mit ihr für ein paar Tage eine Affäre zu haben. Es sei ihm um ein wenig Vergnügen und um lustvollen Spaß gegangen.

Doch warum begleitete er sie nun? Warum hatte er gesagt „Grace, ich kann dich nicht gehen lassen"? Natürlich konnte er das. Sobald sie ihr Ziel erreicht hatte, würde er zu seinem Haus zurückkehren, oder etwa nicht?

Sie biss sich auf die Unterlippe, weil sie nicht die geringste Ahnung hatte, was Devlin zu tun gedachte. Den ganzen Tag hatte sie kaum etwas gegessen und wusste, dass sie ihre Verwirrung nicht so rasch überwinden würde. Auch schlafen konnte sie nicht. Sie saß einfach nur da und starrte aus dem anderen Fenster, ohne irgendetwas wahrzunehmen, während sie sich des Straßenräubers, der neben der Kutsche ritt, nur allzu bewusst war …

Als die Kutsche langsamer wurde, fuhr sie hoch. Mit zusammengebissenen Zähnen wandte sie sich wieder dem Fenster auf Devlins Seite zu und schaute hinaus. Sie hatten Portsmouth hinter sich gelassen und folgten nun einer schmalen Straße, die am Ufer des Kanals entlangführte. Ein Straßenschild zeigte an, wo es nach Netley und Southampton ging, und direkt unter diesem Schild hielt die Kutsche.

Sie standen neben zwei steinernen Pfosten – einer davon trug in frischer Farbe die Aufschrift *Land's End.* Der Teil des Landes, der diesen Namen trug, lag nicht hier, sondern viel weiter westlich, diese Inschrift drückte nur die Fantasie des Grundstückseigentümers aus. Grace klopfte gegen das Dach, und die Kutsche bog in den schmaleren Weg zwischen den Pfosten ein. Jetzt konnte sie sich schon fast das Salz von den Lippen lecken, während sie das ferne Tosen der Wellen gegen die Felsen hörte. Das musste das Wasser des

Solents sein, eines Seitenarms des Kanals, welcher die Isle of Wight vom Festland trennte.

Devlin ritt jetzt voraus, da es auf dem schmalen Weg zu gefährlich war, neben der Kutsche zu bleiben. Schön und gut. Jetzt hatte sie wenigstens keinen Grund mehr, aus dem Fenster seine breiten Schultern anzustarren und zu beobachten, wie sein festes Hinterteil gegen den Sattel prallte …

Der Kerl da draußen sonnte sich wahrscheinlich sowieso in dem Gefühl, ununterbrochen von ihr bewundert zu werden.

Grace lehnte sich zurück. Nur noch wenige Stunden, dann würde sie ihre Großmutter kennenlernen. In ihrem Bauch flatterten Schmetterlinge. Sie musste sich innerlich auf diese Begegnung vorbereiten. Darüber nachdenken, was sie sagen wollte. Aber sie hatte Angst – Angst, ihre Gefühle oder etwas anderes von sich zu offenbaren, solange sie nicht sicher war, dass man ihr freundlich begegnete.

Außer „Ich bin Grace" fiel ihr nichts ein, was sie hätte sagen können. Also beugte sie sich wieder zum Fenster hinüber. Wie ein Leuchtfeuer lag der goldene Schein der Nachmittagssonne vor ihnen, aber die Wälder ringsum waren dunkel und schattig, sie wirkten irgendwie bedrohlich. Und etwas stimmte tatsächlich nicht …

Ungepflegte Fliederbüsche mit vertrockneten Blüten wuchsen am Rand des Weges. Sie erkannte auch einige andere Pflanzen, obwohl sie sich nie besonders für Blumen interessiert hatte, solange sie nicht in einem Strauß mit einer Karte ins Haus kamen. Außerdem wuchsen in diesem Park noch üppige Rhododendren.

Eines der Vorderräder geriet in eine Fahrrinne, und sie flog auf ihrem Sitz in die Höhe.

Das Schild mit der Aufschrift *Land's End* am Beginn der schmalen Straße war leuchtend weiß gewesen, dennoch sah dieser Weg aus, als hätte sich jahrelang niemand darum gekümmert. Die Härchen in ihrem Nacken richteten sich auf – so war es wohl auch Clarisse gegangen, als sie in der düsteren Burg ihres Vormunds angekommen war.

Ein Mitglied des Hochadels sollte so ein ungepflegtes Anwesen besitzen? Das erschien … unwahrscheinlich. Andererseits waren nicht alle Adligen wohlhabend. Einige von ihnen waren so arm, wie sie selbst einmal gewesen war – es war für sie einfach nur leichter, sich Geld zu leihen.

Hinter einer Wegbiegung erhaschte sie durch junge Bäume hindurch einen Blick auf Devlin. Wie große Regentropfen rieselten Schattenflecke über seine Schultern und seinen Hut und glitten durch sein goldenes Haar.

Ja, sie war sehr froh, ihn in ihrer Nähe zu haben.

Erneut beschrieb der Weg eine Kurve, und ihre Kutsche und die Pferde versperrten ihr die Sicht nach vorn. Aber sie lehnte sich aus dem Fenster und hielt ängstlich Ausschau. Führte dieses Sträßchen tatsächlich irgendwohin? Es schien sich endlos durch den Wald zu schlängeln. Flecken voller bunter, wilder Blumen verschwanden fast unter wuchernden Kletterpflanzen und zwischen unbeschnittenen Büschen. Dieser Anblick sorgte dafür, dass ihr das Herz bis in den Magen rutschte.

Plötzlich wurde die Kutsche schneller, und helles Licht fiel in schrägen Strahlen auf sie nieder. Kurz darauf wurde die Fahrbahn breiter, und die Pferdehufe bewegten sich über Kies. Die Bäume blieben zurück, eine Lichtung öffnete sich und mitten darauf stand ein großes, lang gestrecktes Herrenhaus aus Stein.

Es war ein etwas heruntergekommenes, aber doch großartiges Herrenhaus – eine architektonische Mischung aus Tudorzeit und gregorianischer Epoche, angebaut an einen antiken Turm.

Das hier war Avermeres Anwesen, der Ausgangspunkt für die Überfahrt per Schiff auf die Insel. Es sah jedoch völlig anders aus, als sie es sich vorgestellt hatte. Grace hatte geglaubt, ein Earl wie Avermere würde sich besser um seinen Besitz kümmern.

Wild wuchernde rote Rosen, die sich bereits für die Nacht geschlossen hatten, kletterten bis zum ersten Stockwerk an den Steinmauern hinauf. Rötliches Licht spiegelte sich im Glas der Fenster, doch dahinter waren die Vorhänge geschlossen. In der Auffahrt stand eine weitere Kutsche, um welche Diener herumliefen, die damit beschäftigt waren, einige Koffer auszuladen.

Grace war sicher, dass es sich nicht um die Kutsche der Countess of Warren handelte. Diese hier war von bescheidenem Schwarz, ohne eine Krone oder ein Wappen auf der Tür. Es waren auch nicht annähernd so viele Koffer zu sehen, wie eine Countess sie benötigte.

Plötzlich war sie wieder furchtbar nervös, obwohl sie selbst nicht wusste, weshalb die Kutsche eines Fremden ihre Nervenenden in Schwingungen versetzte.

Devlin führte sein Pferd neben das Fenster, aus dem sie herausschaute. Die Sonne stand hinter ihm, und die Krempe seines Huts warf einen tiefen Schatten auf sein Gesicht. Sie konnte seine Miene nicht erkennen, aber sie sah seine aufrechte Haltung und bemerkte, dass er ständig den Kopf nach rechts und links wandte, um alles um sich herum im Blick zu haben.

Dicht hinter ihrer Kutsche hörte sie ebenfalls ein Knirschen im Kies und lehnte sich aus dem Fenster, um nachzusehen, was es war.

Soeben hielt ein eleganter Phaeton an, dessen Fahrer hoch über dem Boden saß. Es handelte sich um einen Gentleman mit einem breitkrempigen Hut und einem weiten Mantel. Sie entdeckte einige silbrige Strähnen in seinem Haar, doch trotz der senkrechten Falten um seinen Mund und den Fältchen in seinen Augenwinkeln war er ein gut aussehender Mann. So gut aussehend, dass sie für einen Moment die Luft anhielt. Leuchtend grüne Augen unter schwarzen Wimpern. Volle Lippen umgeben von dunklen Bartstoppeln. Eine Narbe verlief direkt über seinem Wangenknochen. Hinten von der offenen Kutsche sprang ein Pferdeknecht.

„Grace."

Die Tür auf der gegenüberliegenden Seite schwang auf, und die warme Nachmittagsluft strömte zusammen mit den Geräuschen der Natur in die Kutsche. Sie hörte das Flüstern der Blätter und des Grases, das Summen der Insekten und das Muhen der Kühe.

Grace starrte Devlin an, der vor der offenen Tür stand und ihr die Hand entgegenstreckte, um ihr aus der Kutsche zu helfen.

„Es wird Zeit, dass du dich auf den Heimweg machst. Du hast deine Aufgabe erfüllt und mich wohlbehalten an mein Ziel gebracht."

„Das gefällt mir nicht. Der Kerl im Phaeton ist Lord Sinclair, ein notorischer Weiberheld. Er wird in deinem Bett liegen, bevor der Mond aufgeht."

„Devlin! So etwas würde ich niemals zulassen."

„Er fragt nicht um Erlaubnis, Süße. Du brauchst mich hier."

Grace schluckte heftig. Zwei Jahre waren vergangen, seit sie den Fehler gemacht hatte, Lord Wesley zu glauben und deshalb nun für immer einen Makel mit sich herumtrug. Doch zwei Jahre waren nicht so furchtbar lange. Sie wollte nur zu gern glauben, dass sie nicht noch einmal auf einen gewissenlosen Verführer hereinfallen würde, aber sie war sich nicht sicher. Vor zwei Jahren war Devlin gekommen und hatte sie gerettet. Er hatte dafür gesorgt, dass ihr Ruf nicht ruiniert wurde. Sosehr sie auch seinen Schutz wollte, dieses Mal musste sie Devlin wegschicken.

Aber die Wahrheit war – sie wollte nicht, dass er ging. „Devlin“, flüsterte sie. „Du kannst unmöglich bleiben.“

Doch er hatte sie gewarnt, dass er sich nicht an die Gesetze des Königs hielt, und folglich nutzten auch ihre Drohungen, ihre Argumente und die Bitten nichts, zu denen sie sich in einem Augenblick der Verzweiflung hinreißen ließ.

Grace begriff, dass Devlin entschlossen war zu bleiben. Wenigstens hielt er sich im Hintergrund, rauchte eine Zigarre und beobachtete unter der Krempe seines schief auf dem Kopf sitzenden Hutes, wie sie an die Haustür klopfte.

Ein ältlicher Diener öffnete die Tür – ein Butler, nahm sie an, als sie seine vornehme Kleidung betrachtete, obwohl sie erstaunt war, auf einem so schlichten Anwesen einen Butler anzutreffen. Sein Rücken war gebeugt, und als er auf Grace' Frage hin den Kopf zur Seite legte, sah er aus wie ein Fragezeichen in Menschengestalt.

„Wen nannten Sie soeben, Miss?"

„Lady Warren. Sie ist zu Gast bei Lord Avermere. Ich bin ..." Sie verstummte. Durfte sie öffentlich zugeben, dass sie die Enkelin Ihrer Ladyschaft war? „Ich bin Miss Hamilton."

„Ah." Der Mann senkte den Kopf. „Das Fest findet im Haupthaus statt. Das hier ist der Landsitz. Sie müssen über das Wasser, um zum Haus Seiner Lordschaft zu gelangen. Es liegt auf der Insel – direkt westlich von Cowes. Es ist keine lange Fahrt, Miss, und ein Schiff wird bereitgehalten, um die restlichen Gäste überzusetzen, die vor Kurzem eingetroffen sind. Ihr Gepäck muss zum Anleger gebracht werden. Ich schicke Ihnen jemanden, der das erledigt."

Die Tür schloss sich, wurde aber einen Augenblick später abrupt wieder geöffnet. „Das Schiff wird erst in einer Stunde ablegen. Vielleicht möchten Sie sich gerne frisch machen, Miss."

Sie war müde, verschwitzt und schmutzig vom Straßenstaub. Ihr Herz klopfte panisch bei dem Gedanken, dass sie nur eine Stunde vor Abfahrt des Schiffes angekommen war. Was, wenn sie es verpasst hätte? Aber sie nickte und schaute sich nach Devlin um. Er schien in ein freundliches Gespräch mit den Dienern vertieft zu sein. „Ja", sagte sie. „Ich würde mich gerne frisch machen."

Grace folgte dem Butler mit dem gekrümmten Rückgrat, der außerdem auch noch hinkte. Alles in allem konnte sie sich nicht vorstellen, dass ihre schöne, elegante Großmutter irgendetwas in diesem Haus akzeptabel fand. Ihre Schuhsohlen bewegten sich über einen ausgetretenen, unebenen Fußboden. Im Haus roch es nach Küchendünsten – und die Wände verströmten eine unangenehme Hitze. Der Sommer war heiß und trocken gewesen, und das Haus schien all die trockene Wärme aufgesogen zu haben.

Schließlich erreichten sie eine geschlossene Tür, hinter der Stimmen zu hören waren. Doch der Butler ging weiter und blieb vor einer offenen Tür stehen. „Der Westsalon", verkündete er. „Von den Damen bevorzugt."

Grace straffte die Schultern und trat ein, fand aber nur einen kleinen Raum vor, in dem es ein Sofa, zwei Ohrensessel, einen niedrigen Tisch und einen kalten Kamin gab. Außer ihr war niemand anwesend. Ein Schauer überlief sie, obwohl die Sonne durch die nach Westen gelegenen Fenster schien.

All das hier fühlte sich … seltsam an. Nicht richtig. Sie trat an eines der Fenster, doch der Blick ging auf den Garten hinaus. Was machte Devlin wohl gerade? War er fortgeritten, wie er es hätte tun sollen? Oder war er entschlossen, ihr die Stirn zu bieten, zu bleiben und sie dem Risiko auszusetzen, dass über sie getuschelt wurde?

Grace stand ganz hinten zwischen den Menschen, die sich an der Anlegestelle versammelt hatten. Zwei Gentlemen, Lord

Sinclair und Mr. Nelling, ein gut aussehender Stückeschreiber mit rotbraunen Haaren, rekelten sich in Sesseln, die die Diener aufgestellt hatten, und sahen zu, wie die Koffer auf das kleine Boot geladen wurden. Lady Horton saß in einer Sänfte, die im Schatten eines Baumes und eines Sonnenschirms stand. Eine sanfte Brise strich über den Solent und spielte mit den Rüschen des Sonnenschirms und den Blumen auf ihrer Haube. Grace hatte Ihre Ladyschaft – eine berüchtigte Klatschbase mit silbernem Haar und kleinen Augen – schon auf vielen Bällen und Gesellschaften gesehen. Lady Horton hielt ein Buch auf dem Schoß, aber ihre Blicke schossen immer wieder zu den gut aussehenden Gentlemen hinüber, und ihre blassblauen Augen drückten Anerkennung und Bewunderung aus. Neben ihr saß eine hübsche Frau, von der Grace wusste, dass sie Mrs. Montgomery hieß und eine reiche, elegante Witwe war.

Devlin schlenderte auf sie zu und verbeugte sich vor ihr. „Miss Hamilton."

Grace bemerkte, wie Lady Horton ihren Blick auf sie heftete. Augenscheinlich wusste jeder, dass er der Bastard eines Marquess und kein Gentleman war. Wussten sie auch, dass er ein Pirat gewesen war und jetzt ein Leben als Straßenräuber führte?

„Wir sollten nicht miteinander reden, Mr. Sharpe."

„Vor so vielen wachsamen Augen wird es mir kaum gelingen, deinen Ruf zu schädigen."

„Du fügst meinem Ruf in jeder Situation Schaden zu", flüsterte sie. Sie ließ ihren Blick zwischen den Gentlemen und Lady Horton hin und her wandern. „Das hier scheint mir eine seltsam zusammengewürfelte Gesellschaft zu sein."

„Das sind Grüppchen von Übernachtungsgästen doch immer. Was meine Arbeit besonders interessant macht." Er grinste sie an. „Und die meisten haben keinen Straßenräuber auf der Gästeliste ihrer Hausparty." Seine Augen funkelten. „Lady Horton würde mich empfangen."

„Das glaube ich auch. Sie liebäugelt schon ständig mit den anderen Gentlemen da drüben, und ich habe gesehen, wie ihre Augen aufleuchten, während sie dich betrachtet."

„Sie sieht mich als einen Gegenstand von Klatsch und Tratsch, hoffe ich." Er zog eine Grimasse, und sie lachte. Er hatte recht, was die Zusammenstellung von Gästen betraf, die zum Übernachten eingeladen wurden. Es waren immer höchst seltsame Mischungen – was sich manchmal als verhängnisvoll herausstellte.

Sie dachte an die letzte Hausgesellschaft, an der sie gemeinsam mit Lady Prudence teilgenommen hatte, verdrängte aber rasch die Erinnerung an Prudence' hasserfüllte Worte.

Grace betrachtete die auffallende Schönheit von Mrs. Montgomery – einer guten Freundin von Lady Prudence' Mutter. Mit ihrer blassen, blütenblattweichen Haut, ihren tiefroten Lippen und den goldbraunen Haaren, von denen ihr einige zarte Löckchen ins Gesicht fielen, leuchtete sie wie ein blühender Rosenbusch. Über einem Musselinkleid in dunklem Rosé trug sie einen leichten, offenen, zartrosa Mantel. Ihre Kleidung schmiegte sich eng an ihren üppigen, perfekt geformten Körper.

Devlin beugte sich über Grace' Hand, und sie schrak zusammen.

„Ich werde gehen und Lady Horton meinen Respekt erweisen."

„Warum?"

„Um eine Einladung zu erhalten, Liebste", antwortete er dreist. Und mit einem Augenzwinkern wandte er sich um und schlenderte auf Ihre Ladyschaft zu. Natürlich richtete Mrs. Montgomery sofort ihren Löwinnenblick auf ihn und verfolgte jeden seiner Schritte, während er sich näherte. Ihre

Zunge glitt genießerisch über ihre roten Lippen, als stellte sie sich vor, wie sein Mund schmecken würde.

Devlin beugte sich so galant und charmant über Mrs. Montgomerys Hand, dass Grace sich beherrschen musste, um nicht mit den Zähnen zu knirschen. Aber er wandte sich sofort Lady Horton zu, und Grace beobachtete, wie sich die ältliche Klatschbase in eine schnurrende Katze verwandelte.

„Miss Hamilton?“

Vor ihr stand ein junger Mann und drehte seine braune Mütze zwischen den Händen. „Das Boot ist bereit zum Ablegen, Miss.“

Sofort war Devlin wieder an ihrer Seite und führte ihren Arm durch seinen, um sie zum Boot zu begleiten. Er beugte sich tief zu ihr herab, sodass sich seine Lippen verführerisch ihrer Wange näherten. Augenblicklich begann ihre Haut zu glühen, das Tal zwischen ihren Brüsten wurde feucht, und unter ihren Röcken erhitzten sich die Innenseiten ihrer Schenkel. Gleichzeitig mit der würzigen Seeluft sog sie seinen sinnlichen, moschusartigen Duft ein. „Ich habe eine Einladung von Lady Horton erhalten, Liebste. Es gibt also keinen Grund für mich, von deiner Seite zu weichen.“

„Ich habe noch nie ein Schiff betreten“, gestand Grace. „Und ich bin nicht sicher, ob ich meine Jungfernfahrt ausgerechnet jetzt antreten möchte. Auf einem Schiff gefangen mit dem lüsternen Vergewaltiger Lord Sinclair und Mr. Nelling mit den eiskalten Augen?“

„Du kannst immer noch deine Meinung ändern, Liebste und mit mir zurückfahren.“

Sie schüttelte den Kopf. „Nein.“

„Dann verlass dich darauf, dass ich für deine Sicherheit sorgen werde. Du bist immer noch meine Gefangene, Liebste.“

„Wie bitte?“ Mit einem Ruck entzog sie ihm ihren Arm.

Sein verführerisches Grübchen wurde sichtbar. „Ich habe dir noch nicht die Freiheit geschenkt und bin entschlossen, dich nicht aus den Augen zu lassen."

Grace stemmte die Füße in den Boden und versteifte ihr Rückgrat. „Ich bin nicht mehr deine Gefangene."

„Keine Sorge, Liebste. Ich bin ebenso sehr dein Gefangener, wie du meine Gefangene bist."

„Hm." Sie glaubte ihm nicht. Ein Straßenräuber, der sich einen Harem hielt, konnte schwerlich ihr Gefangener sein. Das war ihr völlig klar, und um ihr Herz zu schützen, durfte sie es auch niemals vergessen. Schließlich hatte er ihr ausdrücklich gesagt, dass er nur einige Tage mit ihr verbringen wollte, um der Leidenschaft zu frönen.

Sie hatten ein sinnliches Abenteuer miteinander geteilt. Mehr nicht. Es konnte niemals mehr sein.

Das Boot, mit dem sie und Devlin zum Schiff gebracht werden sollten, schaukelte auf den Wellen. Das Segelschiff lag weiter draußen, im tiefen, dunklen Wasser, vor Anker. Devlin stützte sie, als sie einen zaghaften Schritt in Richtung des kleinen Bootes machte, das in diesem Augenblick schaukelte und ein wenig zur Seite glitt.

Devlins Hand um ihre Taille hielt sie fest und sicher, und einen stolzen Moment lang wollte sie ohne ihn vorwärtsstürmen, um zu zeigen, dass sie allein über sich und ihr Tun bestimmte. Etwas, das sie noch niemals getan hatte. Schließlich hatte die eine Entscheidung, die sie kühn für sich selber getroffen hatte, ihr Leben ruiniert.

Die Matrosen manövrierten das Boot dichter an den Anleger heran, und Devlins Griff wurde noch fester. Er hatte nicht vor, sie loszulassen.

Plötzlich lag ihr nichts mehr daran, ihre Selbstständigkeit zu beweisen. Sie ließ sich von ihm ins Boot helfen. Nachdem sie sicher saß, schwang er lässig sein Bein in den Kahn, stieg geschickt ein und ließ sich ihr gegenüber nieder. Unsicher umklammerte sie die obere Kante des Bootes, und während die Matrosen sie zum wartenden Segelschiff ruderten, sah sie die ganze Zeit starr zum Horizont. Sie mochte kein Wasser. Die Vorstellung, ins Wasser zu fallen, unterzugehen und nach Luft zu schnappen, obwohl es dort unten unmöglich war zu atmen, machte ihr Angst.

Aber Devlins Zuversicht und sein entspanntes Lächeln schenkten ihr Mut. Und gleich darauf stand sie auch schon an der Reling des Segelschiffes. Devlin hatte sie zum Bug geführt, wo sie im Freien stehen konnte, selbst als die anderen Gäste in die Kabine gingen. Die Segel wurden gehisst, und sie bewegten sich über das Wasser hinweg.

Devlin stand neben ihr an der Reling. Hatte er sich als Kapitän eines Schiffs, das in der Südsee kreuzte, so gefühlt? Ihr kam es vor, als würde sie über den Wellen dahinfliegen. „Oh!“, stieß sie hervor. Es war ein schlichter Jubelschrei, und gleich darauf hörte sie Devlins Lachen. Ein breites Grinsen zog über sein Gesicht, das zur Hälfte von seinem im Wind wehenden Haar verdeckt wurde. Sie hielt ihr Gesicht in die Brise, schloss die Augen und genoss die Gischt auf ihren Wangen und ihren Lippen.

Es war so berauschend! So …

Ihr Magen wurde unruhig und begann sich zu heben. Ihr würde übel werden! In einem Moment deutete der Bug des Schiffes zum Himmel, im nächsten zum Meeresgrund.

„Oh Gott …“

„Du bist nicht seefest, Liebste, stimmt’s?“ Devlin trat dichter neben sie und legte ihr den Arm um die Taille. „Schau geradeaus nach vorn, zum Horizont. Sieh nur in die Richtung, in die wir uns bewegen. Dadurch wird die Übelkeit schwächer.“

Grace klammerte sich an die Reling und sah in die Richtung, in die sie *anscheinend* fuhren, denn das schien tatsächlich ihre Übelkeit ein wenig zu lindern. Für einen Moment lehnte sie sich gegen die vertraute Wärme und Stärke seines Körpers. Dann sprang sie zur Seite und schlug sich die Hand vor den Mund, als das Deck unter ihr schlingerte.

Sie durfte sich nicht so rasch bewegen.

Ihr war klar geworden, wie deutlich sein vertrauliches Verhalten ihr gegenüber zeigte, dass er nicht einfach nur ein Mann war, der sie aus Sicherheitsgründen auf ihrer Reise begleitete. Und sie hatte befürchtet, wenn sie sich an ihn schmiegte, würde sie sich auf seine Kleidung erbrechen.

„W…wie hältst du das aus?"

„Es hat mir noch nie etwas ausgemacht, Grace."

Natürlich nicht, und es war ein weiteres Zeichen dafür, dass sie und er in vollkommen verschiedene Welten gehörten.

Die Segel blähten sich im starken Wind und standen weiß vor dem blauen Himmel.

Liebevoll legte er ihr die gespreizte Hand auf den Rücken und stützte sie, während das verdammte Schiff auf und nieder rollte, als wäre es eine riesige, biegsame Schlange und kein hölzernes Wasserfahrzeug.

„Alle anderen sind unter Deck – wahrscheinlich seekrank. Und die Mannschaft hat zu viel zu tun, um zu uns herüberzusehen."

„Du meinst doch nicht … du schlägst doch nicht etwa vor, dass wir … hier Sex haben könnten?"

In seinem tiefen, heiseren Lachen schwang liebevoller Spott mit. „Natürlich nicht, Süße, es sei denn, du bist interessiert …"

„Oh Gott", schrie sie laut und sah ihn entsetzt an. „Das bin ich nicht."

„Ist eine Begegnung mit dieser hochmütigen Frau, die dir vorher keinen einzigen Gedanken geschenkt hat, all die Qual und Angst wert, die du dafür auf dich nimmst?"

„Ist es dir die Mühe wert, mir überallhin zu folgen und mir lästige Fragen zu stellen?"

„Das ist es, Liebste."

Felsen – schwarz und nass von der Gischt – ragten plötzlich zu ihrer Rechten auf, welche Seite das auch immer in der Sprache der Schifffahrt sein mochte. „Sieh nur", rief sie und deutete auf die Klippen. „Sie sehen wie die Finger eines riesigen Monsters aus, das darauf wartet, ein Schiff in die Tiefe zu ziehen."

Der Bug des Schiffes deutete auf die glänzenden, scharfen Kanten und raste darauf zu. Grace hielt die Luft an, vergaß alles, außer dem Wunsch zu überleben, und klammerte sich an Devlins Arm.

„Es sieht nur so aus, als würden wir gleich gegen die Felsen krachen", beruhigte er sie, und damit hatte er natürlich recht, denn das Schiff änderte erneut seine Richtung und glitt in sicherem Abstand an den Klippen vorbei.

Aus den Augenwinkeln nahm sie das Schimmern von Licht wahr und wandte sich in die Richtung, aus der es kam.

Rechtecke aus goldenem Licht – Fenster, in denen sich die Sonne spiegelte – funkelten zwischen dicht beieinanderstehenden Bäumen. Ein prachtvolles Haus lag in der Nähe einer Steilküste, umgeben von einem dichten grünen Wald. Die Reihe der glänzenden Fenster schien endlos zu sein, und während sie an dem Gebäude vorbeifuhren, erreichten sie ruhigeres Gewässer. Der auf den Fenstern liegende Sonnenschein warf auch ein wenig Licht auf die Fassade, doch aus der Entfernung war nichts Genaues zu erkennen.

Doch dann erschauderte Grace, während sie eine kleine Halbinsel umrundeten und in den Schatten des Kliffs eintauchten, wo der Weg zum Anlegeplatz von brennenden Lampen markiert war.

Als der Anker mit einem Platschen ins gekräuselte Wasser geworfen wurde, schlüpfte Devlin aus seinem Mantel und legte ihn ihr um die Schultern.

„Ist dir kalt?"

Das Seidenfutter seines Mantels war noch warm von seinem Körper, doch gegen ihre Nervosität half auch das nicht.

„Ich beginne zu zweifeln." Was dachte sie sich dabei, ihm die Wahrheit zu gestehen, ganz besonders nachdem er die ganze Zeit die Richtigkeit ihres Handelns infrage gestellt hatte? Tränen brannten in ihren Augen. Ihre Großmutter wollte sie sehen, und dieser Wunsch hatte ausgereicht, damit sie sich auf die Reise machte. Nun, da sie das Festland verlassen hatte und kurz davor war, eine abgelegene Insel zu betreten, fragte sie sich, was sie eigentlich tat.

Ihre Nerven drohten, mit ihr durchzugehen.

„Ich werde auf dich aufpassen", erwiderte er schlicht.

Sie legte sich die Hand auf den Bauch. „Lass uns erst einmal dieses verdammte Schiff verlassen."

„Die Countess of Warren", wiederholte Grace. „Ich möchte sie wissen lassen, dass ich angekommen bin."

Devlin lehnte in einer Ecke der Eingangshalle, eine unangezündete Zigarre zwischen Daumen und Zeigefinger. In seiner Nähe machten einige Diener viel Aufhebens um Lady Horton, die in allen Übelkeit erregenden Einzelheiten ihre Seekrankheit beschrieb. Er musste ein Lachen unterdrücken.

Der kahlköpfige Butler sah Grace mit ausdruckslosem Gesicht an. „Ich bitte um Verständnis, Miss", begann er, als sei ihm nichts gleichgültiger als Grace' Verständnis, „aber Ihre Ladyschaft wünscht, auf keinen Fall gestört zu werden. Von niemandem."

Devlin sah, wie Grace' Miene starr und ihre Wangen weiß

wurden. „Ich verstehe nicht. Sie hat mich gebeten, sie hier zu treffen.“

Verdammt. Das hatte er vorausgesehen. Grace’ Großmutter war auch nur eine weitere launenhafte Hexe mit einem Adelstitel.

„Und ich befürchte, man hat mir nicht mitgeteilt, dass Sie zu der anwesenden Gesellschaft stoßen“, fügte der Diener in kaltem Ton hinzu. „Sie werden das gelbe Zimmer nehmen müssen. Es ist der bescheidenste Raum, und der einzige, der noch frei ist.“

Der bescheidenste Raum. Der hochnäsige Kerl hatte diese Worte besonders betont.

„Welches Zimmer bleibt denn dann noch für mich?“ Mit vor der Brust verschränkten Armen trat Devlin vor. Sein einschüchternder, finsterer Blick sorgte dafür, dass der Butler plötzlich doch noch in der Lage war, ein freies Zimmer für ihn aus dem Ärmel zu zaubern, bevor er sich eilig zurückzog.

Eilig verbarg Grace ihren Schmerz hinter einer höflichen Maske, aber er konnte ihn dennoch spüren. Devlin erkannte ihn an der zögernden Art, mit der sie den Arm ausstreckte, als wollte sie den forteilenden Diener noch etwas fragen. Aber sie hielt inne und wandte sich Devlin zu, wohl, weil sie seinen Blick gespürt hatte.

Ganz Gentleman, beugte er sich über ihre Hand. „Erlaube mir, dass ich dich zu deinem Zimmer begleite“, bat er.

„Das solltest du nicht tun.“

„Kein Türschloss der Welt kann mich aussperren.“

Aber seine Neckerei zauberte kein Lächeln auf ihr Gesicht. „Vielleicht ist sie krank“, tröstete er sie.

Es war auch möglich, dass die Countess den Brief abgeschickt und anschließend ihre Meinung geändert hatte. Er wusste, wie ein großer Teil der adligen Damen sich verhielt.

Zur Hölle, er hatte genug von ihnen in seinem Bett gehabt. Ein wenig Klatsch oder die Möglichkeit, einen neuen Liebhaber zu gewinnen reichten aus, und sie vergaßen alles andere.

Nicht dass seine Mutter, die zum Landadel gehört hatte – sie war als Tochter eines glücklosen und ungeschickten Spielers aufgewachsen – anders gewesen wäre. Mit der Zeit hatte er sich daran gewöhnt, unter freiem Himmel zu schlafen, weil sie ihn häufig aus der kleinen Hütte ausgesperrt hatte. Selbst damals hatte ein Schloss ihn nicht aufhalten können – aber er hatte sowieso nicht im Haus sein wollen, wo er ihr Stöhnen hätte anhören müssen. Seine Mutter hatte für die Männer, die sie gevögelt hatten, immer gekreischt und gestöhnt, in der Hoffnung, sie würden so viel Spaß mit ihr haben, dass sie bei ihr blieben.

Doch sie waren niemals geblieben.

„Was, wenn sie mich überhaupt nicht sehen will?“, überlegte Grace laut.

Er bewunderte sie dafür, dass sie Mut genug hatte, ihre Befürchtung auszusprechen. „Darüber müssen wir uns jetzt noch keine Gedanken machen“, beruhigte er sie und bot ihr seinen Arm.

„Danke.“

Grace sprach das eine Wort so leise aus, dass er sich nicht sicher war, ob er es wirklich gehört hatte, aber er hörte sie gleich anschließend „Oh! Verdammt!“ murmeln, während sie abrupt stehen blieb. Devlin musste seinen Blick von ihren großen grünen Augen losreißen, um nachzusehen, was sie so aus der Fassung gebracht hatte.

„Verdammt ist der verdammt richtige Ausdruck“, brummte er. Sein Halbbruder, Lord Wesley, spazierte mit Lady Prudence an seiner Seite den Korridor entlang. Was, zur Hölle, taten seine Halbgeschwister hier? Devlins Nackenhaar richtete sich auf. Vielleicht war Wynsome hier, um

Lady Warren, seine Verwandte, zu besuchen und hatte den Widerling Wesley eingeladen.

Prudence schnappte nach Luft und blieb stehen, wodurch Wesley ebenfalls zum Anhalten gezwungen wurde, sodass auch er nun Devlin und Grace bemerkte. Prudence' Lippen verwandelten sich in einen schmalen, harten Strich; dann schob sie das Kinn vor, und in ihre Augen trat ein eisiger, hochmütiger Ausdruck. Sie wirbelte auf dem Absatz herum und sagte mit gerümpfter Nase zu Wesley: „Lass uns hier entlanggehen."

Als würden sie nicht existieren. Es war das berühmte Schneiden, das die Damen der Gesellschaft anwandten, um ihre Feinde in die Schranken zu weisen.

Devlin lachte bitter auf. In ihren Adern mochte blaues Blut fließen, aber zur Hölle, sie waren kleingeistig und armselig. Er schaute nach unten und sah Grace' Sommersprossen, goldene Flecke auf elfenbeinfarbenen Wangen.

Verdammt, Prudence' unhöfliches Verhalten hatte Grace verletzt, hatte die Ängste und Zweifel, die sie in ihrem Herzen mit sich herumtrug, noch verstärkt. Das wusste er, weil auch er lange genug unter diesen Ängsten gelitten hatte.

Er war kein Gentleman. Er war ein Nichts. Wertlos.

Ihm war klar, dass es das war, was Grace befürchtete. Nicht dazuzugehören, ausgestoßen zu sein.

Aber er würde nicht zulassen, dass Grace sich selbst wegen dieser selbstgefälligen aristokratischen Gesellschaft innerlich in Stücke riss. „Komm mit mir", forderte er sie energisch auf. „In dein Schlafzimmer."

„Du kannst auf keinen Fall mit hereinkommen", protestierte Grace, doch Devlin grinste wie Luzifer persönlich. Ohne ihre Worte zu beachten, tat er einen kühnen Schritt vorwärts und zwang sie auf diese Weise, von der Schwelle zu treten und ihn einzulassen. Wenigstens schaute er zuvor rechts und links den Flur entlang, um sich zu vergewissern, dass ihn niemand sah.

Grace wünschte sich, er würde ein einziges Mal tun, was sie ihm sagte.

Aber natürlich dachte er nicht im Traum daran.

„Nie und nimmer passt du in dieses Bett", verkündete sie und verschränkte die Arme unter ihren Brüsten.

Devlin lachte über diese Feststellung und schlenderte hinüber zum Bett. Er testete es zunächst mit den Händen und einem Knie, bevor er sich rückwärts auf die gelbe Tagesdecke fallen ließ.

Grace schaute ihm dabei zu und sah sich dann um. Ihr gefiel das bescheidene Zimmer mit seinen gelb getupften Tapeten und den mit goldgelber Spitze eingefassten Vorhängen.

Als sie erneut zu Devlin hinschaute, streckte er seine langen Beine, sodass seine Stiefel den Boden berührten. Ihr Blick verirrte sich dorthin, wo seine Hosen sich über seinen Schenkeln, seinen Hüften und seinem Schritt spannten.

„Hast du noch den Brief, den deine Großmutter dir geschickt hat?"

Diese Frage hatte sie nicht erwartet. „Ja." Sie zog ihn aus ihrem Retikül, reichte ihm das zusammengefaltete Blatt und ließ die Tasche auf den Waschtisch fallen. Dort blieb Grace stehen und wartete nervös, während er las. „Es könnte sein, dass eine Zofe kommt, um meine Koffer auszupacken."

Lässig schob er einen angewinkelten Arm unter seinen Kopf und legte den Brief neben sich auf das Bett. Ihre Kehle wurde eng. Am liebsten hätte sie sich auf ihn gelegt.

Doch dieser Wunsch erinnerte sie plötzlich an Wesley, an die Dummheiten, die sie in der Vergangenheit begangen hatte, und ihr Magen zog sich zusammen. Wesleys Hände, die ihre Brüste kneteten. Wesleys schmutziges Grinsen. Seine groben Worte, mit denen er von ihren Titten gesprochen hatte. Und sie, einfältig, wie sie gewesen war, hatte das erregend gefunden.

Warum konnte sie ihn nicht vergessen? Warum erinnerte sie sich immer wieder an diese furchtbare Erfahrung?

Und warum, zur Hölle, mussten Prudence und er ausgerechnet hier auftauchen? Schon ihr ganzes Leben hatte sie sich gewünscht, ihre Großmutter kennenzulernen. Was, wenn Prudence und Wesley mit Lady Warren sprachen und damit alle ihre Möglichkeiten zerstörten?

Den Tränen nahe, musste sie sich am Bettpfosten festhalten.

„Mit diesem Brief stimmt irgendetwas nicht …"

Devlins Worte holten sie zurück in die Gegenwart, und sie sah, dass er die Stirn runzelte.

„Wer weiß, dass du die Enkelin des Earl of Warren bist?", erkundigte er sich.

„Was meinst du damit? Glaubst du, meine Großmutter hat den Brief gar nicht geschrieben? Das macht keinen Sinn. Kaum jemand außer meiner Familie weiß von meiner Verwandtschaft mit ihr. Marcus und Dash natürlich. Marcus' Schwester, glaube ich, ebenso wie Dashs Schwester. Aber die gehören zur Familie."

„Sonst noch jemand?"

„Nein. Warum sollte ich es irgendjemandem erzählen, nur um dafür verachtet zu werden?" Ein heftiger, ziehender Schmerz zog ihren Magen zusammen. „Ich wollte es Prudence sagen, aber ich habe es nicht getan."

„Warum wolltest du es ihr sagen?" Dann begriff er und stöhnte auf. „Um ihr klarzumachen, dass du blaues Blut hast. Damit sie begreift, dass du mit ihr auf einer Stufe stehst."

„Ich weiß nicht. Egal, ich habe nicht mit ihr darüber gesprochen. Ich wusste, dass es besser war, es nicht zu tun. Was genau ist es überhaupt, was dir an dem Brief nicht gefällt?"

„Ich kaufe einer blaublütigen Frau nicht ab, dass sie ihre Gefühle offenbart."

Der kalte, harte Ton, in dem er diese Worte aussprach, ließ sie erschaudern. Offenbar war er sehr verletzt worden. Trotz der Eifersucht, die wie ein Kloß plötzlich in ihrer Kehle steckte, wollte sie ihn fragen, was geschehen war, aber das Bett knarrte, als Devlin sich darauf bewegte.

Liebevoll streckte er ihr die Hand entgegen. „Warum fällt es dir so schwer zu verstehen, dass du niemandem mehr etwas beweisen musst, Süße?"

Grace hasste es, wenn er ihr Ratschläge erteilte. Er war ein Mann. Er konnte tun, was immer er wollte. Vom Waschtisch aus stürmte sie neben das Bett. „Soll ich auch eine Pistole zur Hand nehmen und unschuldige Menschen ausrauben? Soll ich auf diese Weise meine Spuren auf dieser Welt hinterlassen? Ich kann mir den Luxus nicht leisten, wild und rebellisch zu sein."

Er rollte sich auf die Seite, und sein Mantel breitete sich auf der Decke aus. „Du bist wild, Grace ..."

„Das ist nichts, worauf man sonderlich stolz sein kann", widersprach sie. „Du stehst dem Adel nur so kritisch gegenüber, weil sie auch dich niemals akzeptiert haben." Sie wartete, aber er fügte nichts hinzu – keine Erklärung dafür, warum er ganz besonders den blaublütigen Damen nicht traute. Verwirrt vom wilden Galopp ihres Herzens fauchte sie: „Und nun musst du wirklich mein Bett verlassen und zusehen, dass du in dein eigenes findest."

„Ein geheimes Stelldichein gehört zu den Hauptbeschäftigungen der feinen Welt bei Hausgesellschaften." Devlin schwang seine Beine zur Seite und richtete sich auf, doch anstatt aufzustehen, nahm er seine Krawatte ab. „Ich tue nur das, was die Edlen tun, Liebste."

„Und was genau meinst du gerade zu tun?"

„Ich ziehe mich aus."

Devlin sah, wie Grace' zartes Kinn herunterfiel, als er seine Jacke, die Weste, die Stiefel und die Hosen auszog. „Weißt du, ich bin froh, ein Bastard und kein ‚Gentleman' zu sein. Mir ist noch nie einer begegnet, der diese Bezeichnung verdient hätte." Fröhlich grinste er sie an. „Weißt du, was ich mit dem Geld mache, das ich stehle, Liebste?"

Sie presste ihre Lippen aufeinander, sodass ihr sinnlicher Mund zu einem spröden, schmalen Strich wurde. „Du finanzierst damit deinen Harem?"

„Ich helfe mit dem Geld einfachen Leuten, die von unserer Gesellschaft missachtet und ausgenutzt werden. Den gefallenen Frauen, die verstoßen wurden, verwaisten Säuglingen, Männern, die im Krieg verwundet wurden und nun vergessen sind."

„Der Adel ist also grausam, und du bist Robin Hood." Aber ihre wachen, großen Augen verrieten sie, als sie ihren Blick über seinen Körper wandern ließ und seine Haut in Flammen setzte.

„Ich bin kein Heiliger. Ebenso wenig wie es irgendein Angehöriger der besseren Gesellschaft ist." Zur Hölle, sein Bauchgefühl sagte ihm, dass Grace in Gefahr war, tief in ihrem Inneren verletzt zu werden. Er war der Countess of Warren noch nie begegnet, hatte bis jetzt nicht das Vergnügen gehabt, ihre Kutsche anzuhalten, aber er traute ihr nicht.

„Ich werde auf die passende Gelegenheit warten", erklärte Grace mit fester Stimme, „und meine Großmutter kennenlernen."

„Dann komm her und klettere auf mich, während du wartest, Liebste." Als er sich rückwärts auf ihrem schmalen Bett ausstreckte, hörte Devlin das Möbelstück protestierend knarren. Er trug nichts mehr am Leib als seine Unterwäsche, unter der sein Schwanz als harte Wölbung zu erkennen war.

Er sah, wie ihre Augen vor Zorn leuchtend grün funkelten und wie im nächsten Moment heißes Verlangen in ihnen aufflammte. Doch sie schüttelte den Kopf, und er hörte, wie sie den Atem anhielt. „Nein. Ich will es nicht ... auf diese Weise tun."

Da verstand er. So hatte sie es mit Wesley gemacht, und der verdammte Lügner hatte ihr das Herz gebrochen. Ein Schleier legte sich über ihre Augen, und sie senkte die Wimpern. Er rückte auf dem schmalen Bett zur Seite und klopfte mit der Hand auf den vorgewärmten Platz neben sich. „Komm her."

„Du hast nicht vor zu gehen, nicht wahr?"

Als er langsam den Kopf schüttelte, biss sie sich auf die Unterlippe. „Zieh deine Unterwäsche aus." Ihre belegte Stimme war wie ein Streicheln und brachte seinen Schwanz zum Zucken, während sie neben ihm aufs Bett glitt. Ihr Schmerz schien verschwunden zu sein, an seine Stelle war offenbar heißes Verlangen getreten. Sie trug noch ihr Kleid und die lange Jacke darüber. Beides schmiegte sich eng an ihre großen Brüste und die üppigen Hüften. Normalerweise gefiel es ihm am besten, wenn er angezogen und die Frau nackt war, aber er musste sich eingestehen, dass er diese Situation hier genoss.

Er zog seine Unterhose über seinen harten Schwengel und sah zu, wie der dicke Schaft nach oben sprang. Dann kniete Grace sich neben ihn auf das Bett und beugte sich zu seiner geschwollenen Eichel hinunter. „Wenn du nicht gehst, dann ..."

Während er beobachtete, wie ihre vollen Lippen sich ihm näherten, stöhnte er auf. Ihre Zunge schoss hervor und leckte über die Spitze seines Schwanzes, bevor sie sich heiß und nass gegen seine empfindliche Eichel presste. Gott ...

Als die Lust seines pulsierenden Glieds bis in seinen Kopf hinaufstieg, ließ er seinen Kopf nach hinten fallen.

Grace drückte einen heißen, nassen Kuss auf die tropfende Spitze, und sein Schwengel zuckte begeistert.

„Davon habe ich zwei Jahre lang geträumt", wisperte sie.

Devlin blieb die Luft weg. Ihr Mund öffnete sich, glänzend und feucht von seinen Säften. Mit der Zungenspitze fuhr sie sich über die geschwungene Linie ihrer Lippen. „Köstlich", murmelte sie.

Zur Hölle, er wollte, dass es ihr gefiel. Er sehnte sich so sehr nach mehr, dass es wehtat, aber er wollte, dass sie es freiwillig tat …

Dann öffnete sie ihren Mund weit und nahm ihn auf. Hitze umgab die geschwollene Spitze, dann den Schaft, und ihre Zunge reizte die Furchen und Venen. Ihr Mund badete ihn in wunderbarer Wärme und schenkte ihm überwältigende Lust, die ihm das Gefühl gab, er würde sich im nächsten Moment auflösen.

Geräuschvoll saugte sie ihn ein und gab ihn wieder frei, und er hatte noch nie etwas so Erotisches gesehen wie den Anblick seines Schwanzes, der zwischen ihren rosigen Lippen verschwand. Seine Hüften begannen sich ihr in seinem eigenen Takt entgegenzuheben. Er wollte seine ganze Länge in ihren Mund schieben, er brauchte es unbedingt und kämpfte verzweifelt um Selbstbeherrschung.

Aber er wollte ihr nicht wehtun, musste ihr die Kontrolle überlassen.

Schließlich machte sie ihre Wangen hohl, saugte ihn tief in ihre Mundhöhle, während ihre Hand mit seinen Hoden spielte.

„Grace, Gott …" Seine Finger gruben sich in die Tagesdecke, in das Kissen hinein. Er spürte, wie der Stoff riss, und biss bei dem Versuch, seinen Höhepunkt zurückzuhalten, die Zähne zusammen. Nie zuvor hatte er eine so tiefe Hingabe gefühlt, hatte er sosehr um seine Beherrschung kämpfen müssen …

Sie saugte heftig an ihm, Tränen stiegen ihr in die Augen, und ihre geschickten Finger liebkosten seine geschwollenen Hoden und seinen angespannten Hintern.

„Himmel!“ Er bäumte sich auf, als seine Muskeln im Moment seines heftigen Höhepunkts wild zuckten, sein ganzer Körper zitterte, während ihn sengende Hitze und tiefe Lust durchfuhren und er seine Gefühle herausbrüllte. Er brüllte. Er schrie. Er heulte auf, als er seinen heißen Samen verströmte.

Sie trank ihn. Saugte ihn auf. Wollte alles. Und er fiel aufs Bett zurück und stöhnte, als ihre weichen Lippen ihn unaufhörlich reizten, ihre Zunge sich fest an ihn presste und sie immer weiter an ihm sog – und er kam und kam, bis er schließlich so verdammt empfindlich war, dass er Höllenqualen litt.

„Süße …“, bat er sie mit flehender Stimme, ihn freizugeben und sah erstaunt zu, wie sie noch einmal schluckte. Dann packte er sie bei den Schultern, zog sie auf sich und küsste sie heftig, schmeckte seinen Samen auf ihren Lippen.

Doch Grace entzog sich seinem Kuss. „Ich finde, du warst ziemlich laut“, beschuldigte sie ihn.

Verdammt! Diskretion – das hatte er völlig vergessen. „In diesem Stockwerk haben mehrere Damen ihre Schlafzimmer. Mach einfach ein unschuldiges Gesicht, dann wird niemand wissen, dass die Geräusche aus deinem Zimmer kamen.“

Sie stieg aus dem Bett, und er erschauderte, als er ihre Wärme nicht mehr spürte. Ihre Miene war sorgenvoll.

„Ich muss mich von dir fernhalten, Devlin.“

Nach dem, was eben geschehen war, drohte sie nun, sich von ihm fernzuhalten? „Das kommt nicht infrage, Liebste.

Ich habe vor, dir sehr nahe zu bleiben. Dich zu beschützen."

„Indem du meinen Ruf ruinierst? Für mich spielt es keine Rolle mehr, Devlin, aber meine Familie würde entsetzlich leiden. Ich kann nicht nur für den Augenblick leben. Ich darf es nicht riskieren, einen Fehler zu machen. Du musst aufstehen, dich anziehen und gehen."

Devlin blieb auf ihrem Bett liegen. Sie würde ihn herunterzerren müssen. „Ich möchte heute Abend zu dir kommen."

„Tu das nicht. Meine Tür wird abgeschlossen sein und mein Fenster verriegelt."

Falls sie die Tür wirklich abschloss, dachte er jetzt schon daran, sie einzutreten. Doch was würde ihm das bringen? Das war sein verdammtes Problem – die Dummheit, die darin lag, eine anständige Frau zu begehren.

Er stand auf, und das Bett knarrte heftig. Sie hatte recht. Wenn ihre Affäre ans Licht kam, war ihr Ruf ruiniert. Devlin ballte die Fäuste. Verdammter, scheinheiliger Adel. Die Klatschbasen würden ihren Fall genießen – auf die gleiche Weise, wie Lady Prudence genüsslich Grace' Gruß ignoriert hatte.

Die Wangen seiner Geliebten glühten, ihre Brüste hoben und senkten sich heftig. Sie jetzt zu verführen, hätte geheißen, eine Gegnerin zu verführen.

Früher hätte er das aufregend gefunden. Doch jetzt ließ es sein Herz kalt.

Während er in seine Kleider stieg, konnte er es sich nicht verkneifen, ihr einen letzten Rat zu geben. „Die Meinung von Frauen wie Prudence spielt nicht die geringste Rolle."

„Doch", erwiderte sie schlicht. „In meinen Kreisen tut sie das." Sie senkte den Kopf und murmelte: „Zwei Jahre bin ich Lord Wesley sorgfältig aus dem Weg gegangen, und jetzt bin ich im selben Haus mit ihm eingesperrt."

„Wesley?“ Verdammt, sie war gerade eben noch mit ihm im Bett gewesen, und nun dachte sie schon wieder an Wesley. Was zum Teufel war hier los? Devlins Herz pochte wild, als er einen Blick in ihr Gesicht warf. Nachdenklich und voller Sorge nagte sie an ihrem Daumennagel.

Sein Körper verkrampfte sich, als ihn eisige Kälte durchfuhr, während gleichzeitig heiße Wut in ihm aufflammte. Wesley gehörte zu ihrer Welt, er nicht. War es möglich, dass sie immer noch in den Bastard verliebt war? Verdammt und zugenäht! An ihrer gedankenverlorenen Miene und ihrem besorgten Blick konnte er es nicht erkennen. Ihm war es gelungen, mehr oder weniger die Gedanken der Kapitäne der britischen Kriegsmarine zu lesen, wenn sie ihn über die Kanonenrohre hinweg angesehen hatten, aber er war nicht in der Lage, die Gefühle dieses wunderschönen Wesens zu erraten.

Grace sehnte sich nach der Anerkennung durch die adlige Gesellschaft. Das war ein verdammt närrisches Ziel, aber er konnte sie verstehen.

Er durfte es nicht riskieren, alles kaputt zu machen, was Grace sich wünschte, indem er sich mit Gewalt Zutritt zu ihrem Schlafzimmer verschaffte.

Und selbst wenn er sie davon überzeugen konnte, dieses verrückte Ziel aufzugeben, würde er sehr wahrscheinlich sein Leben im Gefängnis beenden. Er konnte ihr keine Zukunft bieten.

Er musste gehen.

11. KAPITEL

Es war fast so etwas wie Ironie des Schicksals, dass er, eine unangezündete Zigarre zwischen den Fingern, in der Dunkelheit ausgerechnet zum Rand der Klippen gegangen war, um von dort aus übers Wasser zu schauen. Vor Jahren hatten Frauen ihn hinaus aufs Meer getrieben, als er kein Geld und keine Zukunft gehabt und den Fehler begangen hatte, sich in eine adlige Frau zu verlieben.

Devlin verschränkte die Arme vor der Brust, während der Wind an ihm zerrte und er in seinen Erinnerungen versank.

Er dachte daran, wie die schöne Countess of Dorchester ihn in ihrem Bett geliebt hatte.

Und welche Befürchtungen sie plagten, jemand würde ihm in ihrer Eingangshalle unvermutet begegnen.

Mondlicht schimmerte auf der Brandung, die unter ihm gegen die Felsen krachte. Salzige Luft wehte gegen seine Lippen und seine Haut – sie schmeckte, als würde er auf der Brücke eines Schiffes stehen. Wolken waren aufgezogen und verdeckten die Sterne.

Devlin verstand, warum Grace sich so sehr wünschte, von ihrer Großmutter akzeptiert zu werden. Er selber hatte gut zwei Jahre, während der gesamten Affäre mit seiner Countess, als er ein junger, bis über beide Ohren verliebter Mann gewesen war, gehofft, sie würde zu ihrer Liebe stehen.

Doch das hatte sie niemals getan.

Am Ende war sie von seiner Leidenschaft und Verehrung gelangweilt gewesen und hatte ihn verlassen. Sie schickte ihm einen Brief, leicht parfümiert mit ihrem unverwechselbaren Duft. Darin stand nur eine Zeile. *Du bist durch Rupert ersetzt worden.* Als jüngster Sohn eines Dukes besaß Rupert die richtigen Eltern, einen Stammbaum und alle Qualitäten eines wertvollen Deckhengstes.

Daraufhin hatte Devlin Hunderte von Frauen verführt und versucht, sich selbst zu beweisen, dass er trotzdem verdammt wertvoll war. Dass er nicht so einfach weggeworfen werden konnte.

Bis er schließlich begriff, dass er es ohnehin niemals glauben würde, ganz egal, wie viele Frauen er in sein Bett holte, um sich von seinem Wert als Mann zu überzeugen.

Also tat er, was jeder Mann mit einem gebrochenen Herzen tat – er ergriff die Flucht und fuhr zur See. Geschickt entging er der Zwangsrekrutierung durch die Kriegsmarine, denn er plante, auf eigene Faust zu reisen. Nach einer durchzechten Nacht fand er sich als Teil der Mannschaft der *Black Mistress* wieder. Dort hatte seine Karriere als berüchtigter Pirat begonnen, der für seine sexuellen Fertigkeiten berühmt wurde, und er hatte herausgefunden, dass Frauen böse Männer zweifellos verlockender fanden.

Die Taschen voll gestohlenem Geld, war er der Schwarm aller Frauen. Auf seinen Reisen im Ausland erfuhr er, dass Sex mehr bedeutete, als eine Frau zu besteigen und seinen Schwengel in ihre feuchte Möse zu stecken und wieder herauszuziehen. Er lernte die Kunst, ihr samtweiches Inneres zu streicheln, bis die Frau an seinen Haaren zerrte und um Gnade flehte. Devlin lernte geheime Tricks der Selbstbeherrschung, die es ihm erlaubten, stundenlang sinnlichen Spielen zu frönen. Eines Tages traf er auf einen Engländer, der seinen eigenen Harem auf einer tropischen Insel besaß – bestehend aus wunderschönen Frauen, ihre Hautfarbe glich der Farbe von Honig. Außerdem hatte er sich einen Sport daraus gemacht, die verführerischen Frauen anderer Seeleute ins Bett zu bekommen.

Das waren Erinnerungen, die ihn zum Lächeln brachten, aber sie wärmten sein Herz nicht.

Raschelndes Laub machte ihn darauf aufmerksam, dass

er sich nicht mehr allein an diesem Ort befand. Als Wesley auf dem Pfad auftauchte, trat er in den Schatten. Dann entdeckte Devlin eine Frau, die Wesley auf dem schmalen Weg zu folgen schien, und knirschte mit den Zähnen. Sie hatte die Arme vor der Brust gefaltet und hielt den Kopf gesenkt, ihr blassgrauer Mantel und ihr goldenes Haar schimmerten im Mondlicht. Er musste ihr Gesicht nicht sehen, um zu wissen, dass es Grace war.

Kam sie freiwillig hierher, um mit Wesley zu reden?

Das musste er herausfinden. Und hatte keine andere Möglichkeit, es zu erfahren, als sich weiterhin im Schatten zu halten und zu beobachten, wie Wesley stehen blieb und sich umdrehte. Auf dem Gesicht seines Halbbruders lag ein Lächeln, das Devlin am liebsten mit der Faust ausradiert hätte.

Wesley ließ seinen Blick über Grace' Kurven wandern, seine Augen funkelten heiß und lüstern, und Devlin schlug mit seiner Faust heftig gegen einen harten Baumstamm.

„Sie verfolgen mich, Miss Hamilton", stieß Wesley hervor. „Denken Sie über mein Angebot nach?"

Die Haare in Devlins Nacken richteten sich auf.

Grace stand mit dem Rücken zu ihm. „Natürlich nicht", antwortete sie auf Wesleys Frage. „Ich wollte mir ein wenig Bewegung verschaffen, und als ich Sie sah, dachte ich, ich könnte zwei Dinge gleichzeitig erledigen."

Sie wollte tatsächlich mit Wesley sprechen? Worüber, um alles in der Welt?

Wesley machte einen Schritt auf sie zu, sie erstarrte und presste die Arme fester vor die Brust, rührte sich aber nicht von der Stelle. Sein Halbbruder hob die Hand an ihr Gesicht und fuhr mit seinem Handrücken über ihre volle Unterlippe.

Was tat sie da? Er sah, wie Wesley sich nach vorn beugte, um ihren Mund in Besitz zu nehmen, und Grace bewegte sich immer noch nicht.

Wie konnte sie das tun? Sie hätte Wesley ins Gesicht schlagen sollen.

Ihre Schultern zitterten, obwohl es ihr gelang, ihren Rücken sehr gerade zu halten. „Fassen Sie mich nicht an."

Also wollte sie ihn nicht.

„Seit unserer gemeinsamen Nacht hast du dich höchst schicklich verhalten, nicht wahr, Grace ..."

„Miss Hamilton", korrigierte sie ihn.

Wesleys Mund senkte sich auf ihren, wobei er die Lippen über seinen Zähnen zu einem kalten Grinsen geöffnet hatte. „Nicht mehr, meine Liebe. Wir waren intim miteinander, und das ist etwas, was nicht ausgelöscht werden kann. Nun bist du ‚Grace' für mich. Und wirst es immer sein." Er ließ eine ihrer Locken zwischen seinen Fingern wippen, und Grace wich zurück. „Du hast mehrere Heiratsanträge abgelehnt. Und soweit ich weiß, bist du auch nicht die Geliebte irgendeines Mannes gewesen. Warum bestrafst du dich selbst, Grace? Wo es doch so einfach wäre, zu mir Ja zu sagen?"

„Zu Ihnen Ja zu sagen, würde heißen, mich selbst zu bestrafen, Wesley."

Warum schlug sie seinem Bruder nicht in sein blasiertes Gesicht?

„Du bist eine gesunde Frau mit gesunden Bedürfnissen, Grace. Du kannst dein Leben nicht allein verbringen."

Devlin verstand ihre Antwort nicht, weil der kalte Seewind über sie hinwegfegte und mit Ästen und Blättern raschelte. Aber er hörte den verdammten Triumph in Wesleys Oberklassenakzent, als er fortfuhr: „Das kannst du nicht, meine Liebe. Du wirst dich beugen – du wirst zerbrechen. Du wirst dich danach verzehren, in das Bett eines Mannes zu steigen, und, um ehrlich zu sein, Süße, irgendwann einmal werden die Angebote nicht mehr so großzügig sein wie meins. Die Stellung als meine geachtete Mätresse – unzählige

Frauen würden mit beiden Händen zugreifen."

Sekundenlang zogen sich Devlins Eingeweide zusammen. Alles, was er Grace geben konnte, war nicht vergleichbar mit dem, was ein Leben als Wesleys Mätresse ihr bieten würde. Eisige Wut tobte in seinem Bauch. Aber was hatte er erwartet? Er war in Schande geboren und hatte sich selbst aus verletztem Stolz noch tiefer in die Schande hineingeritten.

Warum mied Grace Wesley nicht? Verdammt, Süße. *Geh.*

„Was würden Sie mir bieten, Wesley?", fragte Grace mit sanfter Stimme. „Einen Grund, mich selbst jeden Morgen beim Erwachen zu verachten? Sie können mich nicht kaufen. Und Sie werden mich sicher nicht davon überzeugen können, dass ich vor Einsamkeit sterbe, wenn ich nicht mit Ihnen ins Bett steige. Aber das hier ..." Sie wedelte mit einem zusammengefalteten Blatt Papier herum. „Das muss aufhören. Es ist Ihnen egal, ob jemand sieht, wenn Sie mir diese Nachrichten schicken, wenn Sie sich mir zu sehr nähern, wie Sie mein Hinterteil anfassen oder meine Brüste begrapschen. Aber mir ist es nicht egal, und ich werde nicht stillschweigend erlauben, dass Sie das weiterhin tun."

Zur Hölle, dachte Devlin. Er hatte Grace während eines einzigen Dinners allein gelassen. Und während dieser wenigen Stunden war sie von Wesley begrapscht worden und bekam Nachrichten von ihm geschickt?

„Komm in mein Bett", brummte Wesley. „Lass mich für dich sorgen, und dann können wir Spaß miteinander haben."

„Mir wird übel, wenn ich Ihnen zuhöre." Sie drehte sich auf dem Absatz um, raffte ihre Röcke und begann, den Pfad wieder hinaufzugehen.

Wie Devlin es erwartet hatte, stürzte Wesley hinter ihr her und packte sie fest am Arm, um sie zum Anhalten zu zwingen. „Du bist nicht gekränkt. Ich erinnere mich, wie heftig und wild du mich gevögelt hast ..."

Als Grace herumfuhr und ihre Faust gegen Wesleys Brust schnellen ließ, trat Devlin einen Schritt vor. „Sie haben mir gesagt, Sie wollten mich heiraten. Sie haben mir gesagt, Sie *würden* mich heiraten."

Sein Halbbruder lachte rau auf. Grausame Erheiterung funkelte in Wesleys Augen. „Wie konntest du das denn glauben, Liebchen? Natürlich hätte ich dich gern für mich allein gehabt, aber du weißt, dass das nicht ging. Du bist die Tochter eines Erotikmalers und einer Frau, die wegen einer Liebesaffäre aus ihrem Elternhaus gejagt wurde. Du musstest doch wissen, dass es mir unmöglich ist, dich zu heiraten ..."

„Natürlich wusste ich das", erwiderte sie, und Devlin holte zornig Luft.

Er hatte wirklich genug.

Gott sei Dank wirbelte sie plötzlich herum, zog ihre Röcke hoch und zielte mit ihrem Knie auf Wesleys Schritt. Doch sein Halbbruder sprang geschickt zur Seite und packte sie gleichzeitig am Arm, sodass sie das Gleichgewicht verlor.

Devlin trat aus der Dunkelheit in den silberblauen Mondschein. Weder Grace noch Wesley wandte sich ihm zu, da sie einander unablässig anstarrten. Instinktiv bewegte er sich ganz leise, und keiner der beiden bemerkte ihn.

„Du hegst leidenschaftliche Gefühle für mich, nicht wahr, Liebste?" Wesley ließ ihr Handgelenk los, und seine Stimme klang plötzlich weicher. „Du hast mit mir Sex gehabt, obwohl du wusstest, dass wir nicht heiraten können."

„Sie haben mich hinterher mit Ihren Worten verletzt. Boshaft. Mit voller Absicht. Dafür werde ich Sie immer hassen. Ich habe es nicht verdient, dafür, dass ich Ihnen mein Herz geschenkt habe, von Ihnen voller Verachtung behandelt zu werden, Lord Wesley."

„Aber ich verdiene es, dafür gehasst zu werden, dass ich dein Herz gebrochen habe."

Devlin blieb auf dem Pfad stehen, als er hörte, wie Grace scharf einatmete. Der verdammte Wesley wusste genau, was er sagen musste, um Grace zu entwaffnen. Um sie verletzlich werden zu lassen. Um ihre Gedanken und Gefühle auf den Kopf zu stellen.

Der Mond schien ihr ins Gesicht, ließ ihre grünen Augen und ihre geöffneten Lippen überirdisch schön aussehen. Ihre Hand, die sie erhoben hatte, um damit gegen Wesleys Brust zu schlagen, landete kraftlos auf der Schulter seines Bruders. „Warum geben Sie dann nicht einfach auf und lassen mich in Ruhe?"

„Weil ich noch nicht bekommen habe, was ich wollte. Und was ich will, bist du." Wesley baute sich so vor ihr auf, dass seine Beine rechts und links von ihren standen, und zog Grace an seinen Körper. „Ich kenne dich, Grace. Ich weiß, dass du eine lüsterne Frau bist. Und ich weiß, dass du es wild und heiß magst, Grace."

„Nein! Hör auf damit. Hör. Auf. Damit."

Devlin zerrte seinen Bruder an der Schulter herum und brachte seine Faust mit einer gleitenden Bewegung in Kontakt mit Wesleys Kinn. Er ächzte vor Vergnügen, als seine Fingerknöchel gegen die Knochen seines Bruders krachten und Wesley rückwärts taumelte. Mit finsterem Blick maß er seinen Halbbruder und umfasste seine schmerzende Rechte mit der behandschuhten Linken. „Verschwinde von hier, *Mylord*, bevor ich dich töte."

Einen Moment lang dachte er, Wesley würde zurückschlagen. Einen Moment lang hielt er es für möglich, dass Wesley in den vergangenen zwei Jahren ein wenig mutiger geworden war. Aber Devlin wusste, er hatte seinen hochgestellten jüngeren Bruder im Laufe der Jahre zu häufig besiegt, um nicht bewiesen zu haben, dass Reichtum und ein Titel nicht immer dafür sorgten, dass man der Erste war. Wesley spuckte Blut. „Zur Hölle, du verdammter Bastard. Ich sollte dich dem Richter übergeben."

„Du kannst es gern versuchen", stachelte Devlin ihn an.

Doch Wesley wich, mit der Hand sein blutiges Gesicht schützend, auf dem Pfad zwei Schritte zurück. „Ich schenke sie dir." Damit drehte er sich um und rannte davon, während Devlin seinem Bruder höhnisches Gelächter hinterherschickte.

Das Lachen blieb ihm jedoch im Halse stecken, als er den wütenden Ausdruck in Grace' Gesicht sah.

„Was hast du dir dabei gedacht?"

„Dasselbe könnte ich dich fragen. Warum, in drei Teufels Namen, bist du ihm hier heraus gefolgt? Was wolltest du von ihm, Grace? Wolltest du mehr von seinen Lügen hören?"

„Nein. Nein. Hör auf damit, Devlin." Sie stürmte an ihm vorbei und raffte ihre Röcke.

„Hast du gehofft, er würde dir sagen, dass er dich liebt?"

Im selben Moment, in dem die Worte aus seinem Mund kamen, die er niemals würde zurücknehmen können, hätte Devlin sich am liebsten selbst in den Hintern getreten. Das war eine Waffe, die er niemals hätte benutzen dürfen. Seine Bemerkung schmerzte sie so sehr, dass sie nun Wesley – das selbstgefällige, kleine Wiesel – für aufrechter hielt als ihn. Er konnte es in ihren Augen lesen.

Devlin musste sie in seine Arme nehmen und lieben. Er konnte ohne die Freude nicht mehr leben, sie zum Höhepunkt zu bringen und zu sehen, wie sie sich mit ihm in der Ekstase verlor, obwohl sie wusste, dass es besser war, es nicht zu tun.

In diesen Augenblicken fühlte er sich mächtiger als bei irgendetwas anderem, was er jemals getan hatte.

„Grace", sagte Devlin mit weicher Stimme, weil sie immer noch bewegungslos dastand und offenbar nach einer Antwort auf seine Frage suchte, irgendeiner schneidenden Bemerkung, mit der sie ihren Stolz retten konnte. „Grace", wiederholte er ihren Namen mit all der Verehrung und Sehnsucht, die sie verdiente. „Spürst du nicht, wenn ein Mann dich wirklich liebt?"

„Lass mich in Ruhe, Devlin. Ich bin hierhergekommen, um Lord Wesley zu sagen, dass er mit seinen schrecklichen Nachstellungen aufhören soll. Bitte, Devlin, lass mich einfach in Ruhe ..."

Das konnte er nicht. Zur Hölle, er konnte es einfach nicht. Abrupt zog er sie an seine Brust. Der Zusammenprall ihrer Körper ließ sie heftig nach Luft schnappen, und er nutzte seinen Vorteil.

Ihre Lippen waren dicht vor seinen, glänzend vor Feuchtigkeit, üppig und schön. Er spürte den leisen Hauch ihres warmen Atems; dann presste er sie fest an sich und küsste sie mit bedingungsloser Leidenschaft.

Um ihn herum versank die Welt. Der Wind legte sich, das Brausen der Brandung verstummte. Sein ganzes Sein konzentrierte sich auf seinen Mund, der auf ihren heißen, weichen Lippen lag. Auf das Spiel ihrer beider Zungen. Auf die weiche, sinnliche Schönheit ihres Körpers, der sich an seinen presste.

War er deshalb nach England zurückgekehrt? War es das, wonach er gesucht hatte, ohne es zu wissen? Nachdem der Kuss vorüber war, verzog er den Mund, weil ihm die Ironie des Ganzen bewusst wurde.

Er keuchte, weil sie ihm die Luft aus den Lungen gestohlen hatte und die Gedanken aus dem Kopf.

„Ich habe England verlassen, um der Liebe zu entkommen, und kehrte zurück, um etwas viel Stärkeres zu finden als das, wovor ich davongelaufen war. Doch nun habe ich vor, dich um deiner Sicherheit willen bis zur Tür deines Schlafzimmers zu begleiten, Grace."

Grace versuchte, ihren Arm aus Devlins festem Griff zu befreien. „Es muss aufhören. Du kannst nicht mitkommen. Wie soll ich das erklären? Ich hatte Glück, dass niemand gehört hat, wie du heute Nachmittag in meinem Schlafzimmer geschrien hast. Das Risiko kann ich nicht noch einmal eingehen. Ich darf keinen Skandal riskieren, der den Ruf meiner Familie zerstören würde."

Grace schluckte heftig, als Devlins kehliges Lachen sie umgab. Allein dieses sinnliche Geräusch reichte aus, um ihre Nippel unter ihrem Kleid hart werden zu lassen.

„Ich muss mich überzeugen, dass du in Sicherheit bist, Grace."

Ein sanftes Kribbeln überlief ihre Haut, als er seine Finger um ihre legte und ihre Hand keusch in seine Armbeuge schob, um sie dann pflichtbewusst den Pfad entlang zurück zum Haus zu führen.

Offenbar war er entschlossen, sich wie ein Gentleman zu benehmen.

Sie zu beschützen.

Der Seewind wehte sein unmodisch langes, aber wunderbar kühn wirkendes, schönes, blondes Haar um seine Schultern und verbarg sein verruchtes Lächeln hinter ein paar Strähnen.

„Das ist nicht richtig, Devlin. Du kannst mich unmöglich bis zu meinem Schlafzimmer begleiten, ohne einen Skandal auszulösen ..."

Sein stolzes Lächeln und sein betont aufrechter Gang ließen sie unvermittelt verstummen.

„Du versuchst gerade, dir einen Weg zu überlegen, wie es gehen könnte, nicht wahr, Grace?", neckte er sie.

Auf ihren Lippen brannte noch die heiße Lust seines Kusses. „Du bist unverbesserlich."

„Ich bin ein Pirat, Liebste." Er blieb stehen, als sie sich gefährlich dicht dem offenen Gelände näherten, welches das Wohnhaus umgab. Bevor es ihr gelang zu protestieren, legte er die Hände um ihr Gesicht. Das Streicheln seines Daumens löste eine Hitzewelle in ihrem Körper aus.

Es war vollkommen verrückt. Sie musste ihm widerstehen. Wenn sie hier ihren Ruf zerstörte, würde man überall davon erfahren.

Als Devlins Lippen sich ihren näherten, musste sie die Augen schließen. Tränen hingen an ihren Wimpern. Warum musste sie den einzigen Mann fortschicken, der sie so akzeptierte, wie sie war?

Devlin hielt inne. Seine Lippen waren so dicht vor ihren, dass sie sie bereits zu spüren meinte. „Was hat Wesley dir in seiner Nachricht geschrieben? Ich werde dem Kerl die Kehle aufschlitzen."

„Nein! Lass das! Weißt du, ich habe beim Dinner noch einmal versucht, mit Prudence zu reden, und sie hat mich wieder wie Luft behandelt. Was Wesley betrifft ... er wird niemals aufhören, so mit mir umzugehen. Er glaubt, er kann mir die furchtbarsten Vorschläge machen und mich wie eine Dirne behandeln, nur weil ich ihm mein Herz geöffnet habe."

„Hat er das schon einmal gemacht?" Devlins Stimme klang tief und gefährlich. „Du hast gesagt, du seiest ihm aus dem Weg gegangen."

„Ich habe es versucht, bei einigen Anlässen hat er mich dennoch entdeckt. Auf Bällen ist er so energisch und direkt auf mich zugegangen, dass ich nicht anders konnte, als davonzulaufen. Ich hatte nicht den Mut, mich ihm zu stellen." Sie lächelte reumütig. „Ich habe mich jedes Mal im Damensalon versteckt."

„Ich werde ihm die Zunge abschneiden, damit er sie nie mehr benutzen kann, um dich zu verunglimpfen."

„Nein", schrie sie erneut. Würde sie von nun an ständig kämpfen müssen, um ihren gewalttätigen Piraten unter Kontrolle zu halten? Es machte ihr Angst zu erleben, wie dicht er davor war, etwas Furchtbares zu tun. „Ich habe ihm mit meinem Verhalten praktisch die Genehmigung erteilt, mich so zu behandeln, und nun muss ich die Konsequenzen tragen ..."

Devlin legte seinen Finger auf ihre Lippen. „Schluss damit."

Feuriger Zorn brannte in seinen Augen. War er wütend auf Wesley? Oder auf sie?

„Hör auf damit, Grace", schimpfte er. „Ich kann es nicht ertragen, mir immer wieder anzuhören, wie du dir selbst die Schuld gibst. Wenn du das noch einmal machst, *werde* ich dich verlassen."

Das tat weh. Diese Worte hätte er nicht aussprechen sollen – andererseits, was kümmerte es sie, was ein Krimineller über sie dachte? Doch es schmerzte trotzdem. „Das ist mir egal", fauchte sie. „Ich bin dir nicht wirklich wichtig. Ich habe keinen Zweifel daran, dass du noch am Tag, bevor du mich entführt hast, mit all den Frauen in deinem Haus geschlafen hast."

Devlin schlug sich mit der flachen Hand gegen die Stirn. „Hölle, Tod und Teufel! Am Tag, bevor ich dich entführt habe, gab es dich nicht in meinem Leben. Habe ich auch nur eine Frau angesehen, seit ich dafür gesorgt habe, dass wir wieder miteinander vertraut werden?"

„Dass du meine Kutsche zum Anhalten gezwungen hast, nennst du also ‚wieder miteinander vertraut werden'? Was du getan hast, war verrückt. Und du bist wankelmütig. Wie lange schenkst du normalerweise einer Frau all deine Aufmerksamkeit, bis du dich langweilst und eine andere verführst? Eine Woche? Einen Monat? Oder nur ein oder zwei Tage?"

„Bei dir wird es anders sein."

„Das ist es doch immer, Devlin. Ein Mann bereut immer, dass er seiner Frau ins Gesicht geschlagen hat, bis er das nächste Mal betrunken und wütend ist. Ich habe auf dem Land gelebt und meiner Mutter bei ihren Pflichten den Dorfbewohnern gegenüber geholfen. Ich habe genug Männer um ihre toten Ehefrauen weinen sehen, nachdem sie sie mit ihrer Faust ins Jenseits befördert hatten."

„Ich würde dir niemals wehtun."

„Nein, aber du würdest mir das Herz brechen. Das kann ich nicht noch einmal ertragen. Willst du abstreiten, dass jede Kutsche, die du ausraubst, eine aufregende Herausforderung für dich bedeutet?"

Mit einer typisch männlichen Bewegung schüttelte er sehr zurückhaltend den Kopf – offenbar verstand er nicht, was sie versuchte, ihm klarzumachen.

„Natürlich ist es aufregend", erklärte er. „Ich riskiere mein Leben – Männer tendieren dazu, das aufregend zu finden."

„Könntest du ohne diese Aufregung leben? Könntest du mit einem normalen Leben zufrieden sein? Wie kannst du mir Beständigkeit versprechen, wenn du ständig einen Nervenkitzel brauchst?"

„Vielleicht bist du ja Nervenkitzel genug für mich, Grace?"

„Das bin ich sicher nicht immer. Das musst du begreifen."

„Ich denke, du würdest für mich immer aufregend bleiben, Liebste."

In den Fenstern des Hauses schimmerte Licht. Aber es waren die dunklen Fenster, die sie beunruhigten, denn durch diese konnten neugierige Augen sie beobachten.

Sie musste Devlin dazu bringen, sie allein zu lassen, so schwer es ihr auch fiel, weil sie sich nur zu gerne in seine Umarmung geschmiegt hätte. Von ihm gehalten worden wäre. Sich geliebt gefühlt hätte. Oder sich zumindest eingebildet hätte, sie würde geliebt.

„Kannst du mir zwei der Frauen beschreiben, mit denen du vor fünf Jahren im Bett warst?“, erkundigte sie sich in schroffem Ton. „Nur zwei. Wie sahen sie aus? Welche Haarfarbe hatten sie? Welche Augenfarbe? Erinnerst du dich wenigstens an zwei Namen?“

„Manche Frauen sind unvergesslich, Grace. *Du* bist unvergesslich.“

Sie wollte widersprechen, doch er fuhr sie an: „Es ist wahr. Wenn du jetzt für immer gehen würdest, es würde keine Rolle spielen. Ich würde dich niemals vergessen.“

War es möglich … möglich, dass er sie liebte? Doch was machte das für einen Unterschied? Das bedeutete doch nur, dass auch er leiden würde, wenn sie sich trennen mussten. Sie musste den Schlussstrich jetzt ziehen, bevor sie ihre Familie in einen Skandal hineinzog.

Sie musste es tun.

Doch nachdem sie erst von Prudence und Wesley geschnitten worden war und Wesley anschließend versucht hatte, ihr einen Kuss aufzuzwingen, ging es ihr schlecht. Ihr Herz fühlte sich so verkrampft an, als könnte es nicht mehr richtig schlagen, und es fiel ihr schwer zu atmen.

Sie brauchte es jetzt, Devlin in den Armen zu halten. Brauchte seine Berührung. Seinen Duft. Sie konnte selbst auf sich aufpassen – sie war drauf und dran gewesen, Wesley mit aller Macht ihr Knie in die Weichteile zu rammen, als Devlin ihn von ihr weggezogen hatte. Aber hier ging es nicht darum, dass er sie beschützte.

Sie streckte die Hand nach ihm aus.

Strich sie an seinem Arm entlang bis zur Schulter hinauf. Devlin war so viel größer als sie, doch während er sie berührte, beugte er sich vor und zog sie einen Schritt nach hinten, in den Schutz der Dunkelheit. „Liebe mich heute Nacht."

Grace konnte ihm nicht widerstehen.

12. KAPITEL

Ob jemand sie gesehen hatte, als sie gemeinsam in ihr Schlafzimmer gegangen waren? Grace konnte sich nicht sicher sein, als sie neben Devlin unter die Laken schlüpfte. Es war himmlisch, in die raschelnde Wärme neben seinem heißen, nackten Körper zu gleiten. Ihre Hüfte streifte seine, und er rollte sich auf die Seite, um sie zu umarmen.

Die Korridore des weitläufigen Herrenhauses waren still gewesen, es schien, als seien die meisten Gäste schon zu Bett gegangen.

Seine Beine verschlangen sich mit ihren, und seine Härchen liebkosten zart ihre Haut. Ihre Füße strichen an seinen harten Schienbeinen und den muskulösen Schenkeln entlang.

„Willst du wissen, wie besonders du bist?", murmelte er, als er sie mit dem Arm umschlang und ihn unter ihre Brust schob.

Er liebkoste ihren Hals, und sie wisperte: „Wie willst du mir das zeigen?"

„Ich habe mich noch nie von einer Frau fesseln lassen. Möchtest du die Erste sein?"

„Ich soll dich fesseln? Warum?"

Ein leises Lachen brachte seine Brust zum Beben. „Um mich zu schänden, Liebste?"

„Gütiger Gott." Sie hatte solche Szenen in einem Buch gesehen – es war keines ihres Vaters gewesen. Der Einband des Buches hatte weder einen Titel noch den Namen des Künstlers getragen, als würden sich sowohl der Verleger als auch der Urheber des Werkes schämen, mit ihm in Verbindung gebracht zu werden. Die Bilder waren gröber gezeichnet als die ihres Vaters und viele waren unvollendet. Die sexuellen Akte waren vor einem Hintergrund dargestellt, der lediglich skizziert war. Aber die Bilder hatten sie schockiert.

Gefesselte Frauen. Mit verbundenen Augen. Und auch junge Männer, mit gespreizten Armen und Beinen auf Betten liegend, die Hand- und Fußgelenke an Bettpfosten gebunden, und die nackten Schwänze senkrecht nach oben zeigend. Als ihr das Buch zum ersten Mal in die Hände gefallen war, hatte sie es rasch wieder zugeschlagen und an seinen Platz zurückgestellt. Doch Tage später hatte es sie wieder dorthin gezogen, sie hatte sich drei Bilder angesehen, hatte gespürt, wie ihr Herz in ihrer Brust hüpfte, ihr Hals eng wurde und voller Schuldgefühle das Buch wieder weggelegt. Einige Monate lang war es ihr zur Gewohnheit geworden, das böse Buch hervorzuholen, es durchzublättern, mit den Wellen der Schuld zu kämpfen, es wegzulegen, um dann das Bedürfnis zu spüren, es noch einmal anzusehen.

„Nun", sagte Devlin. „Möchtest du es tun?"

Devlin gefesselt? Wie auf einem der Bilder? Sie fand keine Worte, brachte noch nicht einmal ein schlichtes *Ja* heraus, aber sie nickte mit dem Kopf.

„Nicht auf dem Bett?"

Devlin grinste auf ihre Frage. „Es ist meine Fantasie, Liebste. Sei nachsichtig mit mir."

Grace biss auf ihre Unterlippe, während sie die improvisierten Fesseln in den Händen hielt – seine Krawatte, die Bänder ihres Mieders und ihre beiden hauchzarten Strümpfe. „Wirklich, Devlin, der Stuhl da dürfte kaum bequem sein. Warum möchtest du darauf gefesselt werden?"

„Unbequemlichkeit kann erotisch sein."

Sie senkte den Kopf, als würde sie darüber nachdenken. „Das kann ich mir nicht vorstellen."

„Verwöhnte Grace", lachte er.

„Das bin ich nicht", widersprach sie, aber seine Neckerei zeigte die beabsichtigte Wirkung. Sie kam auf ihn zu und ließ alle Fesseln bis auf eine – seine Krawatte – fallen. „Ich war arm. Wie eine Kirchenmaus. Oder schlimmer. Eine Maus hat immer ein Dach über dem Kopf."

Devlin schaute nach unten, sah die Säfte, die bereits aus seinem harten Schwanz tropften, sah den schmalen Sitz und die dünnen Beine des Stuhls, auf dem er saß. Der kleine Stuhl kam ihm sehr zerbrechlich vor.

Grace beugte sich über ihn, ihre Brüste fielen nach vorn und schlugen gegen sein Gesicht. Seine Zunge schnellte automatisch vor und berührte die Spitze ihrer linken Brust. Direkt über ihrem Herzen.

„Oh!"

Er ließ seine Zunge um den weichen, köstlichen Nippel wirbeln, reizte ihn, damit er hart und groß wurde, prall und erregt.

Um seine Hand zu erreichen, musste sie sich noch weiter nach vorn lehnen und drückte ihre Brüste gegen ihn. Er öffnete den Mund so weit es ging, und während er so heftig er nur konnte an ihr saugte, hörte er ihr sehnsüchtig-lustvolles Wimmern.

Das Leinen der Krawatte schlang sich um seine Handgelenke, die er hinter seinem Rücken nebeneinander hielt, damit sie es leichter hatte. Er stöhnte, als er die Fessel spürte, doch der Ton wurde durch ihre Brust in seinem Mund gedämpft. Ihre Hände arbeiteten und streiften dabei seine Haut. Er konnte nicht sehen, was sie tat; er konnte es nur fühlen, und dieses Gefühl ließ ihn steif und angespannt auf dem Stuhl sitzen. Es war, als könnte er jeden Augenblick wie eine Ladung Schießpulver explodieren.

Ihr Körper bewegte sich hin und her, und ihre Brüste schwangen vor und zurück. Hungrig küsste er ihre zarte Haut, während er spürte, wie sie den Stoff um seine Handgelenke straff festzog. Ihr Knie stieß gegen seinen harten

Schwanz und ruhte dann auf seinem Schenkel. Sie musste Hebelkraft anwenden, um ihn wirklich festbinden zu können.

Verdammt, er war so erregt.

Ihr Knie stieß immer wieder gegen seinen Schwanz, er zog eine Grimasse und kämpfte um Selbstbeherrschung. Er konnte unmöglich kommen, nur weil sie ihn mit dem Knie berührte, oder etwa doch?

„So." Sie wand sich auf ihm, bewegte sich äußerst sinnlich, rieb ihre Titten an seinem Gesicht. Dann lehnte sie sich zurück, und er musste seinen Mund von ihren Brüsten lösen.

Während sie auf ihn herabschaute, biss sie mit den Zähnen an ihrer Unterlippe. Eine herrliche, kurvenreiche Göttin im Schein des Feuers.

„Es ist so erregend, dich mit gefesselten Händen zu sehen", flüsterte sie. „Ich bin schrecklich, nicht wahr?"

Süße Grace, die ihre Fantasien offenbarte und dabei so unsicher und schüchtern wirkte.

„Das ist nicht schrecklich. Es ist natürlich. Wir haben alle Fantasien, und unsere geheimsten Fantasien können dunkel und schockierend sein. Und manchmal haben wir welche, die einfach nur verdammt seltsam sind."

Ihr schüchternes Lächeln ließ ihn nach Luft schnappen. „Letztendlich", stellte er fest, „bin ich derjenige, der dir seine Fantasien offenbart."

„Warum möchtest du, ein verwegener Pirat, von einer Frau gefesselt werden?"

„Ich möchte, dass eine Frau mich so sehr will."

Er hörte ihr leises, erstauntes Keuchen und beobachtete die bezaubernde Verwirrung in ihrem Gesicht. Dann lächelte sie ihn kokett an. „Was soll ich denn nun tun, Captain? Dein Mast ist schon aufgerichtet."

Das hatte er nicht erwartet, und sein Lachen schüttelte ihn so, dass er an seinen Fesseln zerrte. Ein Vorschlag wollte über seine Lippen, doch sie strahlte ihn an. „Ich kann tun, was immer ich will, nicht wahr? Denn du bist gefesselt."

Sie ging um ihn herum, wobei ihre vollen Brüste wippten und ihre Hüften wie ein heißblütiges, verführerisches Versprechen hin und her schwangen. Als sie ihre Hände auf seine Knie legte und ihre Brüste gegen sein Gesicht stieß, hielt er den Atem an, doch als er sich aufbäumte, um ihren Nippel mit seinen Lippen einzufangen, zog sie sich zurück.

„Halt deine saftige Muschel an meinen Mund", flehte er mit angespannter Stimme.

Das tat sie, doch in dem Moment, in dem er seine Zunge zwischen die Lippen schob und ihre feuchte Haut berührte, trat sie wieder zurück.

„Süße, es könnte sein, dass du dich selbst mehr quälst als mich."

„Sehr wahrscheinlich", stimmte sie ihm zu. „Aber das ist das Risiko, das ich tragen muss."

„Dreh dich um, damit ich deinen kleinen, hübschen Hintern küssen kann."

Grace kicherte und zog die Brauen hoch, aber sie tat, was er ihr gesagt hatte. Er küsste sie und biss sanft in ihre glatte, weiche Haut. Ließ seine Zunge durch das Tal zwischen ihren Hinterbacken gleiten, bis er die lockigen, blonden Haare erreichte, die ihre Rosette umgaben. Er reizte sie dort, schmeckte ihr reifes, erotisches Aroma, atmete ihren intimen Duft ein.

„Oh!", keuchte sie.

Doch nochmal trat sie zurück, und er knurrte vor Enttäuschung. Seine Hüften bäumten sich ganz von selbst auf; sein Körper arbeitete gegen den Stuhl, brachte die Beine zum Wackeln.

„Ich will dich, Grace. Du wirst mich jetzt sofort ficken müssen, bevor ich explodiere."

Sie hob ihren nackten Fuß, und er zuckte zusammen, als sie ihn in die Nähe seines Schwanzes brachte. Doch dann spielte sie mit ihrem weichen Fuß an seinem Schaft und der geschwollenen Eichel herum.

Gott, das war gut.

Ihre Zehen glitten an ihm entlang und wurden feucht von seinen Säften. Sie konnte kaum das Gleichgewicht halten, und er bebte, während er auf den Schmerz wartete, der mit der Lust zusammen kommen würde.

Mit ihren Zehen zog sie eine Spur bis hinunter zu seinen Hoden. Ihr großer Zeh schob seine Eier herum, bewegte sie in dem Sack, und das Gefühl, das sie damit in ihm auslöste, brachte ihn zum Keuchen.

Er musste sie anbetteln. Sie anbetteln, seinen Schwanz in sich aufzunehmen, in ihre Hitze. Sie anbetteln, ihn hart zu reiten. Zur Hölle, er hatte niemals um etwas gebettelt, nicht einmal um sein Leben, auch nicht wenn eine Pistole auf seinen Kopf gerichtet oder eine Schlinge um seinen Hals gelegt worden war.

Aber er bettelte Grace an.

Erregung und Erstaunen leuchteten wie helle Flammen in ihren grünen Augen. „Aber ich will dich jetzt noch nicht reiten", widersprach sie in spielerischem Ton. „Ich will dich berühren."

Sie strich mit den Rückseiten ihrer Nägel, die lang und ziemlich scharf waren, an seinem Hals entlang. Mit geschlossenen Augen ließ er seinen Kopf in den Nacken fallen, und bot ihr die ganze Länge seiner Kehle dar. „Du könntest auf meinem Schoß sitzen, während du das tust", schlug er vor.

„Das könnte ich", stimmte sie zu.

Aber sie tat es nicht.

Trotz seiner geschlossenen Augen wusste er, dass sie um ihn herumgegangen war, erkannte es am Geräusch ihrer weichen Füße auf dem Boden und daran, wie ihr Vanille- und Lavendelduft an ihm vorbeiwehte.

Sie streichelte seinen Nacken, und er erschauderte, als ein heißer Pfeil an seinem Rückgrat entlangschoss.

„Ich möchte deine Schultern berühren", erklärte sie. „Deine Brust." Ihre Finger legten sich um seine Schultern, glitten dann hinunter zu seinen Nippeln. Sanft kniff sie erst in den einen, dann in den anderen.

Als sie sich tief über ihn beugte und ihr offenes Haar auf ihn niederfiel, öffnete er die Lider. Ihre Hände strichen hinunter zu seinem Bauch, und ihre duftenden Haare streichelten seine Haut und setzten ihn in Flammen. Er war trunken vor Leidenschaft. Mit ihren Lippen an seinem Hals, die Hände um seinen Schwanz gelegt, stieß sie ein heiseres Stöhnen hervor, während sie ihm Lust bereitete. Er liebte es, seinen Schwengel in ihren schmalen, anmutigen Händen zu sehen.

„Bei dir", wisperte sie, „muss ich mir niemals Gedanken darüber machen, wer ich bin oder wer ich sein sollte. Bei dir habe ich das Gefühl, angekommen zu sein." Ihre Hand drückte zu, und sein Saft tropfte heraus und benetzte ihre Handflächen.

„Du gehörst zu mir, Grace. Es ist nur die adlige Gesellschaft, die das nicht versteht. Einzig und allein dass ich bin, wer ich bin, macht es so verdammt unmöglich."

Sie schlang ein wohlgeformtes Bein um ihn, ließ es hoch zu seiner Taille gleiten und strich mit ihrer hübschen Hand über seine Brust. Hitze umgab ihn, ebenso wie ihr unwiderstehliches, erregtes Lachen.

Er bedauerte, dass seine Hände gefesselt waren. Denn er wünschte, er könnte sie an sich ziehen und halten. Aber er konnte nicht mehr tun, als auf dem Stuhl herumzurutschen und zu versuchen, mit seinem Schwanz auf ihre süße Möse zu zielen.

„Himmel", keuchte sie, als sie sich auf ihn niedersinken ließ, ohne ihre Hände zu benutzen. Sie war ebenso feucht wie er von seinen Säften.

Grace ritt ihn langsam, und jede ihrer Bewegungen war von vollendeter Schönheit. Er konnte sie nicht anfassen, aber er konnte seine Zunge benutzen. Er streckte sich, um ihre Wange zu küssen, ihren Hals. Um ihr Ohr mit seiner Zunge zu liebkosen.

Sie suchte ihre Erlösung, bewegte sich heftiger und schneller auf ihm, schob sich nach vorn, um ihre Klitoris an ihm zu reiben, während ihr Schoß ihn fest umschloss. Sie wiegte sich auf ihm und ließ dabei ihre Hand nach unten gleiten, um mit ihrer Perle zu spielen.

Ihre Nägel schrammten an seinem Schwanz entlang und lösten einen scharfen, plötzlichen, überraschenden Schmerz aus, der sein Blut zum Kochen brachte.

„Ja", stöhnte er. „Verschaff dir dein Vergnügen."

Ihr Atem wurde rasch, ihr Stöhnen heiser und heftig.

„Gott ... Gott!", schrie sie.

Ihr Haar flog um ihn herum, als sie sich wild über ihn warf. Schweiß glitzerte auf ihren Wangen, auf ihren Schultern und ihren Brüsten. Sie waren beide klatschnass. Sex umgab sie – er lag in dem kräftigen Geruch, in ihren unterdrückten Schreien und im Rhythmus, in dem der Stuhl auf den Boden stieß.

„Devlin, ja!"

Sie kam, und er genoss einen Augenblick der völligen Erleichterung – es war äußerst wichtig für ihn gewesen, sie zuerst zum Höhepunkt zu bringen –, dann verlor er die Kontrolle, und sein Orgasmus überrollte ihn.

Er fiel zurück gegen die Stuhllehne, und sie sackte über ihm zusammen. Ihrer beider Herzen klopften wie wild, als ihre Brust sich an seine presste, und Devlin liebkoste ihren Hals auf jene besondere Weise, wie er Grace stets hinterher Zärtlichkeiten erwies.

Ihre leisen Lustschreie hörten nicht auf, und sie wand sich auf eine Art auf ihm, die intensivste Empfindungen durch seinen Körper schießen ließ. Schließlich hob sie den Kopf, er lächelte und entlockte ihr damit ebenfalls ein Lächeln, in dem nichts als vollkommene Befriedigung zu sehen war.

Er ächzte. „Würdest du mich jetzt losbinden? Rasch? Ich fange an, mich ein wenig ... ausgeliefert zu fühlen. Als hätte ich ein bisschen zu viel von dem gezeigt, was mich im Innersten bewegt."

Erstaunen lag in ihren Augen. Vielleicht hatte sie nicht erwartet, dass er so ehrlich sein würde.

„Oh, ich bin noch zu zittrig, um die Knoten zu lösen", murmelte sie, während sie sich mit den Fesseln an seinen Handgelenken abmühte. „Ich habe sie zu fest angezogen."

„Es hat sich trotzdem gut angefühlt, Süße", versicherte er ihr. Doch er fragte sich, ob er Grace überreden musste, ihn loszuschneiden.

Seine Hände waren taub, und er ballte seine Finger zur Faust, um wieder Gefühl hineinzubringen. „Hol mein Messer aus der Innentasche meines Mantels, Liebste."

Das tat sie, zog es aus dem Lederfutteral und hielt es sorgfältig am Griff fest. Hinter ihm stehend, mit der Klinge am Stoff – er ahnte es, da er den Zug an seinen Handgelenken spürte – erkundigte sie sich: „Bist du sicher?"

„Aber rutsch nicht ab."

Grace sägte an den Fesseln, die sich in seine Haut einschnitten, während sie sich abmühte. Was dachte sie? Hatte sie das Spiel genossen? Sie schien ihre Freude an der Szene gehabt zu haben, aber welcher Meinung war sie nun, da ihr Verlangen befriedigt war und die Wirklichkeit sie langsam wieder einholte? War sie erschrocken über das, was sie getan hatte? War sie verwirrt?

Der Stoff fiel von seinen Handgelenken ab.

„Was nun, Mr. Sharpe?", flüsterte sie.

Devlin konnte sie nicht fragen, ob sie es genossen hatte, wollte der Wahrheit nicht ins Auge sehen. Reumütig legte er seine abgestorbenen Arme um seine Taille und rieb kurz seine Handgelenke, um das Blut wieder zum Zirkulieren zu bringen. War das nur ein weiterer Beweis gewesen, dass er kein Gentleman war? Welcher Gentleman würde schließlich mit einer anständigen Frau Fesselspiele spielen? Und verdammt, er hatte vergessen ihr zu sagen, dass sie ihm einen Schutz überstreifen sollte.

Was, wenn er sie geschwängert hatte?

Er führte sie zum Bett. Mit einem kätzchenhaften Quieken ließ sie sich rückwärts auf die zerwühlten Laken fallen.

„Nur damit du Bescheid weißt, Liebste, ich habe vor, morgen früh zum Frühstück nach unten zu gehen."

„Devlin, bitte, tu Lord Wesley nichts an. Und sag ihm auch nichts."

Bat sie ihn darum, weil sie einen Skandal befürchtete? Oder weil ihr immer noch etwas an Wesley lag? Zwar hatte sie vorgehabt, seinem Halbbruder ihr Knie zwischen die Beine zu rammen, aber eine verliebte Frau konnte ziemlich in Wut geraten. Doch er wollte sie nicht drängen, ihm zu sagen, wie sie wirklich fühlte. Nicht jetzt. Er wollte es nicht hören.

„Wer ist alles im Haus, Liebste?", erkundigte er sich. „Wer war beim Dinner?"

„Es sind nicht viele Gäste hier. Lord Avermere wird bald eintreffen. Dann sind da natürlich Lady Prudence und Lord Wesley. Wir wurden alle einander vorgestellt, aber Prudence hat natürlich die Nase in die Luft gereckt und mich ignoriert."

„Und Wesley?", brummte Devlin.

„Er grinste mich so ekelhaft anzüglich und dreist an, dass ich ihm am liebsten meine Suppe über den Kopf geschüttet hätte."

Gott, sie brachte ihn zum Lachen. „Ich wünschte, du hättest es getan. Und ich werde auf keinen Fall mehr eine einzige Mahlzeit verpassen, für den Fall, dass du deinen Plan doch irgendwann noch in die Tat umsetzt."

Sie lachte ebenfalls, und ihr Gelächter klang leicht und weich. „Natürlich war auch Lady Horton da. Und ihre Begleiterin, die mir überhaupt nicht aufgefallen ist, als wir auf das Schiff warteten. Ihr Name ist Miss Crayle. Und die äußerst auffällige Mrs. Montgomery war da. Der Rest waren Männer."

„Welche Männer?", verlangte er in scharfem Ton zu wissen.

„Der verwegene Lord Sinclair und Mr. Nelling, der Stückeschreiber, wie du ja weißt. Außerdem der berühmte Porträtmaler Mr. Strandherd."

„Hm. Drei notorische Verführer und einzig und allein Mrs. Montgomery, um intime Treffen zu vereinbaren. Die Dame wird schon bald vollkommen erschöpft sein."

„Devlin!", schalt Grace ihn. „Ich glaube wohl kaum, dass sie sich mit drei Männern vergnügen wird."

„Möglicherweise doch." Er zwinkerte und lächelte angesichts der Röte, die über ihre Wangen zog. Obwohl Grace erfahren war und sich auskannte, war sie doch immer noch schüchtern.

Sie drehte sich von ihm weg und presste ihr Gesicht ins Kissen. „Wahrscheinlich schon."

Es war das falsche Thema gewesen, um mit ihr darüber

zu scherzen, denn es hatte sie an Wesley erinnert. Daran, dass sie direkt von Wesley zu ihm gekommen war, und er wusste, dass sie mit dieser Nacht immer noch nicht ihren Frieden gemacht hatte. Ihn störte es nicht – es berührte ihn immer noch tief, dass sie ihn ausgewählt hatte, um außergewöhnliche Erfahrungen in der Liebe zu machen.

Devlin ließ seine Handfläche über Grace' weiche, mit wenigen, zarten Sommersprossen bedeckte Schulter gleiten. „Ich werde dich auf keinen Fall mit diesen drei Schürzenjägern hier im Haus allein lassen."

Grace wandte sich ihm wieder zu und berührte seine Hand; eine Geste, die ihn mit Wärme erfüllte.

Eigentlich hätte er ihr Bett verlassen und allein in seinem eigenen Zimmer schlafen müssen. Aber er konnte sich nicht überwinden zu gehen.

Devlin rollte sich auf die Seite, presste seinen Körper an ihre kurvige Rückseite und ließ seine zerdrückte Krawatte vor ihren Augen baumeln. „Die Lasterhaften kennen keine Pausen, Liebste. Jetzt bin ich an der Reihe."

13. KAPITEL

„So siehst du, verdammt noch mal, viel zu verführerisch aus."

Devlins raues Knurren ließ Grace auf der Stelle feucht werden, und sie zerrte an den Fesseln, mit denen ihre Handgelenke festgebunden waren. Ihre Strümpfe hielten sie sicher, und sie konnte sich nur ein winziges Stück von den Bettpfosten wegbewegen.

„Vertraust du mir?" Sein Blick war verhangen.

„Ja", erwiderte sie schlicht. Ihre Hände und Füße waren gefesselt, und dennoch fühlte sie sich vollkommen sicher bei diesem Mann.

Erneut versuchte Grace erfolglos, ihre Handgelenke zu befreien – er hatte sie nur locker festgebunden, sodass es ihr nicht wehtat, doch das Gefühl, gefangen zu sein, war durch und durch berauschend.

Zwei seiner Krawatten umschlangen ihre Fußgelenke. Ihm dabei zuzusehen, wie er überprüfte, ob die Fesseln hielten, war unglaublich erregend. Seine Augen leuchteten, als wären blaue Flammen darin gefangen. Senkrechte, scharfe Falten zeigten sich rechts und links von seinen Mundwinkeln, als sein Gesicht die sinnliche Qual widerspiegelte, die sie fühlte. Und silbrige Fäden zogen sich von der Spitze seines Schwanzes bis hinunter zum Laken.

„Ich habe vor zu spielen. Ein sinnliches Spiel." Er stieg aufs Bett, spreizte die Beine über ihr und kniete sich auf beiden Seiten neben ihre Hüften. Sie hielt die Luft an, als der Saft seiner zart geröteten Eichel auf ihren nackten Bauch tropfte. Prickelnd, kribbelnd, spielerisch perlte es über ihre Haut.

Die Muskelstränge seiner Brust hoben sich mit seinem rauen Atem. Das weiche Licht des niedergebrannten Feuers umspielte seinen schönen Körper.

„Was bevorzugst du?“, erkundigte sie sich neugierig. „Gefesselt zu werden oder derjenige zu sein, der die Fesseln anlegt?“ Sie war sich nicht ganz sicher, was sie da überhaupt fragte. Was würde seine Antwort ihr über ihn sagen?

„Ich kann dir dieselbe Frage stellen. Erzähle mir, was du lieber magst.“

Offensichtlich wich er ihr aus. „Ich weiß es nicht. Beides. Je nachdem.“

Sein selbstbewusstes Lächeln breitete sich auf seinem Gesicht aus, und sie kam in den Genuss, seine atemberaubenden Grübchen zu sehen. „Was würdest du wollen, wenn du halb verrückt vor Begierde wärest?“

Fand man auf diese Weise die Wahrheit heraus? Gab man instinktiv sein Innerstes preis, wenn man lüstern war? „Ich würde gefesselt werden wollen.“

Er zwinkerte ihr zu. „Es ist normalerweise die Rolle des Mannes, die Fesseln anzulegen. Sich fesseln zu lassen – das ist eine ganz spezielle Sache, der Männer sich normalerweise nur insgeheim hingeben, und sie bezahlen viel dafür, dass es nicht ans Licht kommt.“

„Und du hast mich gebeten, es zu tun. Möchtest du, dass ich für immer Stillschweigen darüber bewahre?“

„Wem würdest du es sagen, Grace?“

„Niemandem. Es gibt niemanden außer dir, mit dem ich darüber reden kann.“

Für einen Moment verblasste sein Lächeln, und seine Züge nahmen einen harten Ausdruck an. „Danke. Es ist schön zu wissen, dass ich ein ganz besonderes Geheimnis mit dir teile. Nun zu unserem Spiel …“

„Nein. Ich will dich jetzt. Ich möchte von dir ausgefüllt werden.“ War sie verrückt, auf das erregende Spiel zu verzichten, das er ihr versprochen hatte? Aber sie war sich nicht sicher, ob ihr Mut dafür ausreichen würde.

Sie konnte den Ausdruck in seinen blauen Augen nicht erkennen, als er nach unten sah, um sich den Schutz überzustreifen. „Jetzt. Bitte jetzt."

Abrupt und grob schob er seinen steifen Schaft nach unten. Sein großer, schlanker Körper streckte sich so weit es nur ging, damit er gleichzeitig über ihre gefesselten Handgelenke lecken und mit seinem Schwanz ihre pochende Spalte berühren konnte. Mit langen Strichen rieb er seine Eichel an ihrer geschwollenen Perle, bis sie heftig an den Fesseln zerrte und um Gnade flehte. Seine Zunge reizte die empfindliche Haut ihrer Handgelenke.

Hitze und Feuer flossen von beiden Enden ihres Körpers zusammen und explodierten in der Mitte. „Bitte!"

Seine Hüften senkten sich, und er ließ seinen Schwanz in sie hineingleiten – mit einem einzigen Stoß bis zum Anschlag, um sie vollkommen auszufüllen. Dann, als wollte er sich vollkommen mit ihr vereinigen, schlang er seine Beine um ihre und verflocht seine starken Arme mit ihren, um sich schließlich langsam und sachte in ihr zu bewegen.

Grace hatte nicht erwartet, dass er sie so zärtlich lieben würde. Sie war davon ausgegangen, seine Rolle wäre immer die dominante. Doch so schien es nicht zu sein. Sie sehnte sich danach, ihn zu berühren, doch alles, was sie tun konnte, war, ihm ihre Hüften entgegenzuheben, um Devlin zu zeigen, wie sehr sie es liebte, ihn zu lieben. Verzweifelt wand sie sich unter ihm und hoffte, ihre geschwollene, pochende Klitoris würde gegen ihn stoßen.

Das hier machte sie verrückt! Sie wollte ihre Arme um seinen breiten Rücken schlingen. Oder seine rauen Wangen berühren. Oder die Finger in sein Haar graben.

Seine Hände glitten an ihren Armen abwärts und begannen, sie überall zu erforschen – er legte sie auf ihre Brüste, kniff in ihre harten Nippel. Dann schob er seine Finger zwischen ihre beiden Körper und streichelte sie zwischen den Beinen, bis sie nach Atem rang.

„Lass es zu“, murmelte er und liebkoste ihren Hals, rieb ihre Klitoris und rammte seinen Schwanz tief in sie hinein.

Mit ihren Fingern krallte sie sich in die zum Zerreißen gespannten Strümpfe. Schnappte nach Luft. Stöhnte. Schob sich ihm entgegen, wand sich, kämpfte …

„Ich komme! Ich komme!“, keuchte sie. Es geschah so rasch. Warm und köstlich und nass kam die Erlösung über sie. Ihre Gedanken zerflossen. Sie schrie verzweifelt auf. Sie wusste, dass ihre inneren Muskeln seinen Schwanz umklammerten; dann drängte er sich ihr entgegen und küsste sie hungrig.

An seinen zuckenden Hüften und der Art, wie er in ihren Mund hineinstöhnte, erkannte sie, dass er nun ebenfalls kam. Hatte er seine Lippen an ihre gepresst, um die Töne zu dämpfen?

Sie ließ ihre Zunge mit seiner spielen und wünschte, wünschte sich so sehr, sie könnte ihn umarmen. Als er sich zurückzog, nahm sie den Anblick seiner Augen unter den schweren Lidern, seines sinnlichen Mundes und seiner zerzausten Haare gierig in sich auf.

Gefesselt zu sein war aufregend und ziemlich lasterhaft, aber es gehörte nicht zu ihren geheimen Fantasien.

Als er sich den Strümpfen zuwandte und sie sah, wie das Licht auf seinen Muskeln und den feinen blonden Härchen spielte, die seine Arme und seine Brust wie Goldstaub überzogen, wusste sie ganz genau, worin ihre geheimste Fantasie bestand.

Ihn ein Leben lang zu genießen. Ein ganzes Leben voller Spaß und Lust, voller Nähe und Liebe mit ihm, Devlin Sharpe.

Mit einem Piraten. Einem Straßenräuber. Einem Mann, der seinen eigenen Harem besaß.

Schon einmal hatte sie ihr Herz einem ungezähmten, unpassenden Mann vor die Füße geworfen, nur um zu erleben, wie er es rücksichtslos zerbrach.

Sie konnte es jetzt nicht wieder tun.

Was hatte sie sich nur dabei gedacht? Grace blinzelte in das weiche Sommerlicht, das durch die Vorhänge ins Zimmer fiel. Sie atmete tief ein und inhalierte Devlins warmen Duft. Er brauchte fast das ganze schmale Bett für sich allein, und sie hatte sich zum Schlafen eng an ihn gekuschelt.

Am Abend hatte sie sich so tief in den sinnlichen Freuden verloren, dass sie anschließend sofort eingeschlafen und das Risiko eingegangen war, das es bedeutete, wenn Devlin die ganze Nacht bei ihr blieb.

Das Bett wackelte so plötzlich unter ihr, dass sie fast über die Kante gefallen wäre.

Auf der anderen Seite landete Devlin mit einem lauten, dumpfen Ton auf dem Fußboden. Grace zuckte zusammen.

„Verdammt. Ich hatte vor, noch vor Sonnenaufgang zu verschwinden“, schimpfte er. Und ohne auch nur einen kurzen Blick in ihre Richtung zu werfen, sammelte er hastig seine Kleider ein, die noch verstreut auf dem Boden lagen. Dann drehte er sich um und fragte leise: „Bist du wach, Liebste?“

„Ja. Was habe ich nur getan?“, erwiderte sie und zeigte auf die in fröhlichem Gelb leuchtenden Vorhänge, an deren Seiten der Sonnenschein ins Zimmer fiel. Wie spät war es? Vergeblich sah sie sich nach einer Uhr um. „Ich werde meine Familie in einen furchtbaren Skandal hineinziehen.“

„Das wird nicht geschehen, Liebste, dafür werde ich sorgen.“

Grace’ Magen fühlte sich an, als hätte sie einen riesigen Knoten darin. Sie war nervös, hatte Angst, war aber auch verzweifelt, während sie zusah, wie er eilig in seine Hosen stieg. Mit beiden Händen umklammerte sie das Laken vor ihrer Brust und beobachtete, wie er unglaublich rasch sein Hemd anzog und seine Weste überwarf, ohne sich damit aufzuhalten, die Manschetten und den Kragen zu schließen.

Natürlich musste er sich beeilen! Die Sonne war bereits aufgegangen!

Aber warum genossen Menschen heimliche Liebestreffen, wenn man sich hinterher schuldig fühlte und vor Angst umkam?

„Wenn meine Großmutter erfährt, was ich getan habe, wird sie niemals bereit sein, mich zu sehen."

Devlin strich sein Haar zurück und warf seinen Mantel über. „Es ist nicht schlimm, ab und zu ein Risiko einzugehen, Liebste. Willst du wirklich behaupten, du wärest glücklich, wenn du in rosa Rüschen herumlaufen und die Unschuld vom Lande spielen würdest?"

„Es spielt keine Rolle, was ich will. Das habe ich inzwischen gelernt."

„Das tut es doch", widersprach er, und dann konnte sie nur noch seinen breiten Rücken und seinen teuren blauen Mantel anstarren, während er vorsichtig die Tür aufzog, die sich sachte in den Angeln bewegte, Stück für Stück. Schließlich beugte Devlin sich vor und sah aus dem Zimmer – offenbar war er Experte darin, sich lautlos zu bewegen und unerkannt die Lage zu peilen.

Aus dem Flur drangen Stimmen. Und das Geräusch von Schritten, die sich in beiden Richtungen den Gang entlang bewegten. Das Haus war bereits erwacht und die Menschen gingen durch die Korridore.

Devlin trat von der Tür zurück und schloss sie so weit, dass sie nur noch einen Spaltbreit geöffnet war. Dann murmelte er einen Fluch vor sich hin und machte sie vorsichtig ganz zu. „Der Flur ist voller Menschen. Es sind zu viele Zofen und Gäste da draußen.“

Ihr Herz geriet ins Stolpern. „Was wirst du nun tun?“

Devlin legen den Finger gegen seine Lippen. „Du weißt, dass du aufhören musst, dich selbst für das zu bestrafen, was du getan hast, Süße.“

Grace ignorierte seine Worte. „Was *wirst* du nun tun?“

„Aus dem Fenster steigen.“

Sie musste sich verhört haben. „Aus dem Fenster? Dieses Zimmer geht auf die Klippen hinaus.“

Er trat ans Fenster und öffnete es. „Das ist auch nichts anderes, als in der Takelage herumzuklettern.“

„Du bist verrückt“, keuchte sie, als er eines seiner langen Beine nach draußen schwang und sich rittlings aufs Fensterbrett setzte. „Das kannst du nicht machen.“ Er wollte sein Leben riskieren, weil sie Angst vor einem Skandal hatte. „Du kannst da nicht hinunterklettern.“

„Das habe ich auch nicht vor. Ich werde nach oben steigen.“ Mit diesen Worten verschwand er aus ihrem Blickfeld.

Grace zog sich ihr Nachthemd über den Kopf und knöpfte mit zitternden Fingern den Kragen zu. Bevor sie sich nicht wenigstens halbwegs anständig bekleidet hatte, wagte sie nicht, aus dem Fenster zu schauen.

Was würde sie dort sehen? Devlins ... Körper, der am Fuße der Klippen lag? Oder war er wirklich von ihrem Fenster aus auf das Schieferdach geklettert? Die Vorhänge, die noch geschlossen waren, weil Devlin durch den Schlitz in der Mitte aus dem Fenster gestiegen war, blähten sich im Seewind. Unschuldiges Sonnenlicht flutete in ihr Zimmer.

Mit bebenden Händen, die Kehle wie zugeschnürt, zerrte Grace die Vorhänge auseinander. Ihre Augen waren geschlossen. Sie lehnte sich hinaus und schmeckte so viel Salz in der Luft, dass ihre Lippen sofort austrockneten. Sie hatte zu viel

Angst, um ihre Lider zu öffnen.

Sie musste es tun.

Sie musste es wissen.

Tief unter ihrem Fenster krachte die Brandung gegen schwarze Felsen. Das Haus lag gefährlich nah am Rand der Klippe, und sie schaute eine senkrechte graue Wand hinunter. Gott sei Dank war dort unten von Devlin nichts zu sehen. Sie hielt den oberen Teil des Fensters fest und lehnte sich hinaus, wenn auch nicht sehr weit, das wagte sie nicht, da das Brausen des Meeres ihren Kopf erfüllte und der Wind an ihren Haaren zerrte. Direkt über ihrem Fenster warf die Dachrinne einen dunklen Schatten. Es war möglich, dass er an der Steinwand über dem Fenster hochgeklettert war, aber war es ihm gelungen, sich an der Dachrinne festzuhalten und von dort aus weiter nach oben zu steigen?

Ein Übelkeit erregender Gedanke brachte ihren Magen dazu, sich zusammenzuziehen. Was, wenn er nach unten gestürzt war und die See ihn bereits vom Land weg hinaus aufs Meer gezogen hatte?

Nein, dachte sie, die Flut steigt, das Wasser fließt landeinwärts. Und wenn er gefallen wäre, hätte er geschrien, oder nicht?

Mit pochendem Herzen lehnte sie sich wieder zurück. Ihre Hände ruhten noch auf dem Fensterrahmen, aber sie wollte das Fenster nicht nach unten ziehen und schließen. Was, wenn Devlin auf diesem Weg zurückkehren musste? Verrückt. Dumm. Das würde er nicht tun, und dennoch brachte sie es nicht über sich, ihm diesen Weg zu verschließen.

Stattdessen schlüpfte sie in ihren seidenen, zartrosa Morgenmantel, zog den Gürtel um ihre Taille und band ihn fest. Sie hatte dieses Kleidungsstück geliebt, nachdem sie es sich gekauft hatte, als sie Wesley und ihren großen Fehler vergessen wollte – doch jetzt erschien ihr das Rosa frivol und aufdringlich.

Willst du wirklich behaupten, du wärest glücklich, wenn du in rosa Rüschen herumlaufen und die Unschuld vom Lande spielen würdest?

Zum ersten Mal wurde ihr bewusst, dass sie die erwachsene und sinnliche Frau sein wollte, die Devlin in ihr sah. Sie wollte sich nicht hinter auffallendem Rosa und Rüschenbesatz verstecken.

Vielleicht sollte sie aufhören, Rosa zu tragen, aber sie konnte niemals als die Frau leben, die sie wirklich war. Devlin hatte unrecht – sie bestrafte sich nicht selbst. Alles, was sie wollte, war, dass ihr Fehler ihren Schwestern und deren Familien nicht schadete. Sie hatte keine andere Wahl.

Ein leises Klopfen an der Tür ließ sie erstaunt aufblicken.

Devlin?

Wohl kaum. Er würde nicht aufs Dach steigen, um anschließend zurückzukommen und an ihre Tür zu klopfen. Obwohl ihr die Sorge um Devlin Übelkeit verursachte und all ihre Gedanken sich nur um die Frage drehten, ob er in Sicherheit war, ging sie zur Tür und drehte den Messingknopf.

Eine Zofe sank in einen Knicks. „Miss Hamilton, Lady Warren bittet Sie zu sich in ihren Salon."

Grace starrte das braunhaarige Mädchen an. „Sie möchte mich jetzt sehen?"

Die Zofe wirkte gehetzt und nervös. „Ihre Ladyschaft möchte, dass Sie sofort zu ihr kommen. Ich wurde geschickt, um Ihnen zu helfen, falls Sie mich brauchen."

Grace musste heftig schlucken. Sie brauchte dringend Hilfe, denn sie roch nach Devlin – nach dem männlichen Aroma seiner Haut und dem reifen Geruch seines Spermas. „Bitte sorgen Sie dafür, dass mir Waschwasser gebracht wird, und dann werde ich nach Ihnen klingeln, damit Sie mir beim

Anziehen helfen." Sie schloss die Tür und erschauderte. Es war Zeit, in die Rolle der wohlerzogenen jungen Frau zu schlüpfen, doch es würde schwierig sein, die Unschuldige zu spielen, während sie daran dachte, was sie mit Devlin gemacht hatte.

Sie schaute nach unten. Um Himmels willen, sie hatte rote Striemen an den Handgelenken!

Und seine Worte hallten immer noch in ihrem Kopf nach. *Du musst aufhören, dich für das zu bestrafen, was du getan hast.*

Wenn sie in der Welt ihrer Großmutter lebte, musste sie sich tadellos verhalten. Sie würde allein sein müssen. Und dabei war sie nicht einmal in der Lage gewesen, Devlin auch nur für eine Nacht zu widerstehen! Aber welche Zukunft hätte sie in Devlins Welt? So oder so würde sie ihr Leben allein bestreiten müssen, vielleicht mit unehelichen Kindern.

Was sollte sie nun tun? Sie wollte nicht auf die Mildtätigkeit ihrer Familie angewiesen sein, auf ihr Mitleid und ihr Pflichtbewusstsein. Doch anders als ihre Schwestern wusste sie nicht, wie sie sich selbst ihren Lebensunterhalt verdienen sollte.

Vielleicht sollte sie sich ebenfalls der Wegelagerei zuwenden.

Warum zogen das nicht mehr mittellose Frauen mit ruiniertem Ruf in Erwägung? Was hatten sie schließlich zu verlieren?

„Miss Hamilton?"

Grace sprang vor Schreck fast aus ihren Schuhen, als die männliche Stimme sie aus dem Schatten ansprach. Eine kultivierte Stimme. Eine Stimme mit einem Klang, den sie nun erkannte – einem lüsternen Klang.

Sie fuhr zu der Nische herum, aus der die Worte gekommen waren, sicher, dass Lord Wesley im nächsten Moment vortreten und nach ihr greifen würde.

Die halbkreisförmige Einbuchtung in der Wand lag vor einer geschlossenen Doppeltür, und Grace war von dem hellen Sonnenlicht geblendet, das durch die Fenster direkt in den Flur fiel.

Sie erkannte den Gentleman erst, als er sich mit einer eleganten Bewegung über ihre Hand beugte. Dunkles, von silbernen Strähnen durchzogenes Haar fiel nach vorn, als er mit seinen Lippen ihren Handschuh berührte. Er schaute auf und zeigte ihr ein gut aussehendes Gesicht mit schwarzen, geraden Brauen, welche schräg über grünen Augen mit schweren Lidern wuchsen. Es war ein anderes Grün als das ihrer eigenen Augen – ein dunkles, moosfarbenes Grün mit einem geheimnisvollen, goldenen Schimmer.

Der Verführer, Lord Sinclair.

Beim Dinner hatte er seine Aufmerksamkeit Mrs. Montgomery gewidmet. War sie ihm erlegen? Langweilte die schöne Witwe den Verführer schon, und suchte er nun nach einem neuen Opfer?

Er war auf eine vornehme Art attraktiv, dennoch schlug ihr Herz nicht schneller, und sie spürte nichts außer einer wachsenden Welle der Irritation.

„Sie sind eine bezaubernde Frau, meine Liebe“, begann er.

Die Worte wurden in dem Moment schal, in dem sie seine Lippen verließen. Sie wollte keine Schmeicheleien hören, und ihr wurde plötzlich klar, wie sehr sie es liebte, mit Devlin zu reden – mit ihm seine unkonventionellen und faszinierenden Argumente zu erörtern. Nun erkannte sie die gemurmelten Komplimente von Männern auf Beutezug als das, was sie waren, bedeutungslose Plapperei.

Grace entzog Lord Sinclair ihre Hand. „Vielen Dank für

Ihre gefühlvollen Worte, Mylord, aber ich muss nun wirklich gehen.“

Als sie einen Schritt rückwärts tat, folgte er ihr und bewegte sich dabei wie eine geschmeidige Katze.

Was für ein Ärger.

Er versuchte, sie rückwärts gegen die Wand des Korridors zu drängen. Ihre Beine wurden weich, und eine Welle der Schwäche durchlief sie. Sie hatte Angst. Angst, eine Szene zu machen. Gezwungen zu sein, ihn zu verletzen und seine Vergeltung ertragen zu müssen.

Gütiger Himmel, sie zitterte vor Furcht, während sie sich vorstellte, seine beißenden, verletzenden Worte zu hören, nachdem sie ihn abgewiesen hatte.

„Sie haben mich bezaubert, meine Liebe.“ Seine Stimme hatte sich zu einem lüsternen Säuseln gesenkt, von dem sie wusste, dass Männer es in der Hoffnung benutzten, Frauen zu verführen. „Ich würde gern meine Zeit mit Ihnen verbringen, um Ihrem Charme und Ihrer Schönheit zu huldigen. Vielleicht sollten wir gemeinsam die herrlichen Gärten erkunden. Dort gibt es viele wunderschöne Orte, die ich Ihnen gern zeigen würde, obwohl alles und jedes im Vergleich mit Ihrer Schönheit verblasst …“

„Nein!“ Angesichts seiner hoffnungslosen Versuche, sie zu umgarnen, verspürte sie gleichzeitig das Bedürfnis zu lachen und zu schreien.

Ihr Magen hob und senkte sich. Hatte er ihr aufgelauert, weil er dachte, sie sei ein williges Opfer?

„Ich muss gehen und Lady Warren meine Aufwartung machen, Ihre Lordschaft. Bitte lassen Sie mich vorbei.“

„Ihre Ladyschaft kann noch ein paar Minuten warten.“ Das Gold in seinen Augen funkelte, während er sie mit unverhohlener Lüsternheit musterte. Bevor sie die Hand wegziehen konnte, hatte er ihre Fingerspitzen wieder gehoben.

Seine Zunge schnellte vor, glitt über ihre Fingerknöchel und befeuchtete dabei ihren Handschuh, sodass er an der Haut klebte. Er schob ihren Finger in seinen Mund und saugte daran.

„Mylord! Sie haben meinen Handschuh nass gemacht!"

Er ließ ihre Hand los, und bevor sie um ihn herumlaufen konnte, beugte er sich vor, sodass sie zwischen seinem festen, starken Körper und der Wand gefangen war. „Ein Kuss, süße Nymphe. Ich wüsste einen Kuss sehr zu schätzen."

„Ich werde schreien", stieß sie hervor.

„Das glaube ich nicht."

Lord Sinclair schien sich seiner selbst so abscheulich, so vollkommen sicher zu sein, war so verdammt arrogant, dass sie ihr Knie nach oben zucken ließ, in der Hoffnung, seine kostbarsten Teile zu treffen. Allerdings kam sie mit ihrem Bein nur ein winziges Stück nach oben, dann riss ihr Saum. Der Schuft hatte den Fuß auf den unteren Rand ihres Rockes gestellt.

Er war genau wie Lord Wesley. Wie hatte sie vor zwei Jahren nur so blind sein können? Wie hatte sie nur so fasziniert von einem derart rüden Benehmen sein können? Lord Sinclair hielt sie für wertlos, für eine bedeutungslose Frau, deren Daseinszweck nur darin bestand, ihm Vergnügen zu verschaffen und anschließend weggeworfen zu werden.

Wenn sie nur damals begriffen hätte, dass Lord Wesley sie auf diese Weise betrachtete …

Doch dann wäre sie Devlin nicht begegnet. Vielleicht wäre sie inzwischen verheiratet. Glücklich oder unglücklich. In beiden Fällen hätte sie niemals erfahren, wie es sich anfühlte, Devlin zu küssen, ihn in den Armen zu halten, ihn zu lieben, mit ihm zu diskutieren …

Voll Staunen begriff sie, dass sie vor zwei Jahren richtig gehandelt hatte, dass die Erfahrung, Devlin geliebt zu haben, auf irgendeine Weise all den Schmerz wert gewesen war.

Lord Sinclair beugte sich vor, um sie zu küssen, und sein nach Kaffee riechender Atem streifte sie.

Sie stürzte sich auf ihn. „Nein!“ Mit der rechten Hand gab sie ihm eine Ohrfeige, mit der linken schlug sie gegen seinen Hals, der von einem hohen Kragen und der Krawatte geschützt wurde. Ihre rechte Handfläche brannte von der Heftigkeit, mit der sie ihn geschlagen hatte, doch er stieß einen scharfen, erregten Atemzug aus. „Ich mag temperamentvolle Frauen.“

Angst strömte durch ihre Adern und ließ sie fast erstarren. Sie war nicht stark genug, um sich gegen ihn zu wehren. In ihrer Panik wirbelten wirre Gedanken durch ihren Kopf.

Devlin war größer als dieser Mann – im Vergleich war er fast ein Riese, aber sie hatte nie Angst vor ihm gehabt. Nie war ihr in den Sinn gekommen, Devlin könnte sie zu irgendetwas zwingen. Oder ihr wehtun. Er war ein Pirat, und doch hatte sie sich nie vor ihm gefürchtet. Nie hatte sie in seiner Nähe solche Angst verspürt.

Was sollte sie tun – einfach nur dastehen, während Lord Sinclair sie mit Gewalt nahm?

Sein Mund berührte ihren Hals, heiße Lippen fuhren über ihre Haut, und sie stieß ein scharfes, verschrecktes Keuchen hervor.

Wieder überfielen sie verrückte Gedanken – was, wenn ihre Großmutter sie so sah? Was, wenn jemand anders sie hier bemerkte? Sie versuchte, Sinclair bei den Schultern wegzuschieben, aber er reagierte nicht. Außer indem er noch eifriger ihren Hals küsste und leicht hineinbiss. Sein Duft, der Parfümgeruch eines Dandys, verursachte ihr Übelkeit, und die Hitze, die er verströmte, ließ sie fast ohnmächtig werden.

Nein, ihre Schwestern waren niemals in Ohnmacht gefallen. Sie war nicht so damenhaft, dass sie diesen Ausweg gewählt hätte.

Oh Gott. Lady Prudence.

Sie entdeckte ihre frühere Freundin am Ende des Korridors. Prudence hielt ein Buch in ihren behandschuhten Händen und starrte erstaunt auf die Szene, die sich ihr bot. Grace spürte, wie ein entsetzliches Glühen ihr Gesicht in Flammen setzte. Zweifellos dachte Prudence, sie hätte Lord Sinclair zu seinem Verhalten ermutigt. Sie konnte erkennen, wie Prudence ihre Lippen spöttisch verzog.

Dann sah Grace den kleinen Eichentisch, der eine Armlänge von ihr entfernt am Rand des Korridors zwischen zwei Wandleuchtern stand. Darauf hatte eine mit Treibhausorchideen gefüllte Vase ihren Platz. Anstatt Lord Sinclair zu schlagen, griff Grace nach dem Rand des Porzellangefäßes und zog es in ihre Richtung. Hoch und nicht sonderlich standfest, folgte der Tisch der plötzlichen Bewegung der Vase, und beides prallte gegen Lord Sinclair.

Einen unanständigen Fluch ausstoßend, sprang er zurück.

„Hexe!“, spie er ihr entgegen.

„Schurke!“, schrie sie und versetzte ihm eine weitere Ohrfeige. Sie bezweifelte, dass Prudence jemals glauben würde, sie, Grace, wäre im Recht und Seine Lordschaft im Unrecht, aber sie dachte nicht daran, sich einfach davonzuschleichen.

Sie warf ihrer ehemaligen Freundin einen Blick voll kaltem Stolz zu und musterte Seine Lordschaft wütend. Lord Sinclair war damit beschäftigt, mit einem Taschentuch seine mit schleimigem grünem Wasser bespritzte Hose abzutupfen.

Gerade als sie sich auf dem Absatz umdrehen und weggehen wollte, schüttelte Sinclair seine Faust vor ihrem Gesicht.

„Für diese Beleidigung werden Sie mir büßen“, blaffte er.

Erstaunt starrte sie ihn an. Er hatte sich ihr gegen ihren Willen genähert, und ihre Verteidigung sollte eine Beleidigung gewesen sein? Angesichts einer so lächerlichen Sichtweise der Dinge gab es nichts weiter zu sagen, und Grace unterdrückte den Drang, ihm auf seine albernen, modischen Hosen zu spucken.

Sie wollte ihm erklären, dass er derjenige war, der für seinen Angriff auf sie büßen musste, aber das würde er nicht tun. Grace kannte nur drei Männer, die ihn dazu bringen konnten. Die ersten beiden waren die mächtigen Ehemänner ihrer Schwestern, denen sie aber natürlich nichts von dieser Sache erzählen würde.

Der dritte war Devlin Sharpe.

Sie hegte keinerlei Zweifel daran, dass Devlin Sharpe problemlos Lord Sinclair dazu bringen konnte, für sein Verhalten zu büßen.

Doch dieser Gedanke versetzte sie in Schrecken. Ihr wurde schwindelig.

Die einzige Waffe, die ihr zur Verfügung stand, war, einfach wegzugehen und nicht zuzulassen, dass dieser Vorfall sie verletzte. Also tat sie genau das, eilte mit langen Schritten den Korridor entlang, widerstand aber dem Bedürfnis zu rennen.

Am Ende des Flurs wogte ihre Brust, und sie atmete in keuchenden Zügen.

Dieser schreckliche Lord Sinclair! Sie hatte gehofft, wie eine Dame auszusehen, wenn sie ihrer Großmutter zum ersten Mal begegnete.

Ihr war klar, dass sie nun nicht einmal mehr entfernte Ähnlichkeit mit einer Dame hatte.

„Du bist also meine Enkelin." An ihren Worten und ihrem beherrschten, ruhigen Gesichtsausdruck konnte Grace nicht erkennen, wie Lady Warren über diese Tatsache dachte, während diese ihnen mit eleganten Bewegungen Tee in zwei zarte Porzellantassen einschenkte.

„Hm … ja“, erwiderte Grace und wusste, dass ihre Antwort in jeder Hinsicht falsch gewesen war. Seit dem Moment, in dem Lady Warrens Zofe sie ins Zimmer geführt und sie sich linkisch auf den äußersten Rand eines Ohrensessels gesetzt hatte, fühlte sie sich wie ein Schmetterling, der mit Stecknadeln in einem Schaukasten aufgespießt war.

Ihre Ladyschaft legte ihren Kopf auf die Seite, während sie Grace eine der Tassen hinhielt, und es gelang Grace nur mit Mühe, sich unter dem kühlen, forschenden Blick nicht verlegen zu winden. Was sah ihre Großmutter in ihr, und war es ihr gelungen, einen einigermaßen anständigen Eindruck zu machen? Erweckte sie den Anschein, eine Dame zu sein, oder war sie in jeder Hinsicht eine Enttäuschung?

Grace nahm den Tee entgegen, entschlossen, mit ihrer zitternden Hand die Tasse nicht zum Klirren zu bringen.

„Du ähnelst mir“, stellte Lady Warren fest.

Aber war sie erfreut darüber? Grace wusste es nicht. Alle Briefe, die sie geschrieben hatte, waren respektvoll, unterwürfig und voll Hoffnung gewesen. Nun wusste sie nicht mehr ein noch aus und kam sich vor wie ein Schiff, das sich von seinem Anker losgerissen hatte und von Wellen und Wind herumgeworfen wurde. Sie fühlte sich wieder wie auf dem Schiff, welches sie auf diese Insel gebracht hatte, als könnte sie jederzeit den Boden unter den Füßen verlieren, ohne irgendetwas dagegen tun zu können.

„Ja“, erwiderte sie vorsichtig. „Ich denke auch, dass wir einander ähnlich sehen.“ Ihre Großmutter war sehr hübsch. Lady Warrens Haare, in denen sich Blond und Silber mischten, waren zu modischen, eleganten Locken und Wellen gekämmt. Ihr Gesicht wirkte viel jünger, als sie war: Ihre Augen waren von einem klaren, leuchtenden Grün, ihr Teint perfekt, ihre Lippen voll und rot. Ja, sie hatte Falten, aber sie war eine schöne Frau. Eine Frau von Format.

Lady Warren nippte an ihrem Tee, und Grace folgte ihrem Beispiel. Ihr war bewusst, dass sie sich eine intelligente Bemerkung überlegen musste.

Viele Jahre hatte sie auf diesen Augenblick gewartet. Wie konnte sie nun völlig sprachlos sein?

Schließlich setzte ihre Großmutter ihre Tasse ab. „Ich bin erfreut festzustellen, dass du äußerlich nichts von deinem Vater hast. Deine älteste Schwester ähnelt ihm viel zu sehr."

Venetia sah wirklich aus wie ihr Vater. Es überraschte Grace, dass ihre Großmutter grüne Augen hatte – sie hatte immer geglaubt, das sei ein Erbteil ihres Vaters. Rodessons Augen hatten einen exotischen, smaragdgrünen Ton; die ihrer Mutter waren haselnussbraun.

Grace schaute sich in dem prächtigen Salon um, den Avermeres Dienerschaft ihrer Großmutter zugeteilt hatte – auf jeder waagerechten Fläche lag ein aufgeschlagenes Buch. Das war ein Spleen von ihr, wie Grace während ihrer beiden Jahre in der adligen Gesellschaft erfahren hatte. Lady Warren reiste mit einem Koffer voller Bücher und las sie alle gleichzeitig.

Alle Bücher waren noch ziemlich am Anfang aufgeschlagen oder weit vorne mit einem Lesezeichen versehen, als hätte Lady Warren sie nach kurzer Zeit wieder aus der Hand gelegt und sich auf der Suche nach Anregung dem nächsten zugewandt.

Kalte Furcht erfüllte sie. Wie konnte sie eine Beziehung zu einer Frau aufbauen, die nicht in der Lage war, sich auf ein Buch zu konzentrieren?

„Deine andere Schwester ist ziemlich unscheinbar", fuhr Lady Warren fort, „obwohl beide Mädchen sich sehr vorteilhaft verheiratet haben, was den Status ihrer Ehemänner betrifft. Obwohl natürlich Lord Swansborough ein Mann von ziemlich zweifelhaftem Ruf ist."

„Er ist von Kopf bis Fuß ein Gentleman“, verteidigte Grace Maryannes Ehemann. „Er ist vornehm und ehrbar und hat meiner Schwester immer die Treue gehalten. Er ist sehr verliebt in sie.“

„Warum bist du nicht verheiratet?“

Grace’ Finger krampften sich fest um den zarten Griff ihrer Tasse, während sie sich bemühte, nicht zu erröten oder zu stammeln oder so schuldig auszusehen, wie sie sich fühlte. „Bis jetzt ist mir noch nicht der richtige Gentleman begegnet. Ich hoffe auf eine Liebesheirat, wie die meiner Schwestern.“ Sofort bereute sie ihre Worte. Liebe und Leidenschaft hatten ihre Mutter zu ihrer Affäre mit Rodesson getrieben.

Lady Warren presste die Lippen zusammen, und die Linien um ihren Mund wurden tiefer. „Ich weiß ganz genau, weshalb du nicht geheiratet hast. Ich kenne all deine Geheimnisse. *Alle.*“

Grace sah, wie ihre Tasse in Schieflage geriet und brauner Tee auf ihre Röcke spritzte. Rasch hielt sie die Tasse wieder gerade. „Was meine Sie?“, erkundigte sie sich und war bemüht, verwirrt auszusehen. *Sie konnte es nicht wissen … nicht die Sache mit Lord Wesley … und das mit Devlin …?*

„Mein Großneffe hat mir von deinem schamlosen Verhältnis zu Lord Wesley erzählt.“

Schamlos. Genau das war sie – *schamlos.*

Selbst Lord Sinclair dachte so, und er konnte nicht wissen, was sie getan hatte. Oder doch?

„Du bist die Tochter deines Vaters“, fuhr Lady Warren fort. „Du bist unmoralisch, skandalös und schamlos. Monatelang hast du mir Briefe geschrieben, hast darum gebettelt, von mir anerkannt zu werden. Wie kannst du das erwarten, nachdem du dich so unverzeihlich schockierend verhalten hast?“

Grace wäre am liebsten auf allen vieren davongekrochen. Doch sie zwang sich zu sagen: „Lord Wesley hat mir die Ehe angeboten. Es war eine Lüge, doch er bot sie mir an, und ich hatte den Antrag angenommen."

„Er bot dir an, *dich* zu heiraten?"

Grace sprang auf und sah zu, wie ihre Teetasse zu Boden fiel und der Tee auf den Teppich floss. Es war ihr völlig egal. „Warum haben Sie mich hierherkommen lassen, Lady Warren? Wenn Sie ohnehin nur vorhatten, mich zu verletzen und zurückzustoßen, warum haben Sie das nicht mit Ihrer Feder getan?"

„Hätte eine Ablehnung dich aufgehalten?"

„Ihr Brief erwähnte eine Aussöhnung!"

„Das war, bevor ich die Wahrheit über dich erfahren habe. Der schäbige Lump Rodesson hat meine Tochter verführt und eine Dirne aus ihr gemacht. Du bist als Dirne geboren!" Ihre Ladyschaft wedelte mit ihrer eleganten Hand. „Ich verbiete dir, mir jemals wieder zu schreiben. Und falls du vorhast, mir damit zu drohen, unser verwandtschaftliches Verhältnis in der Gesellschaft herumzuerzählen ..."

„Das würde ich niemals tun", rief Grace. „Warum sollte ich das machen? Ich will Sie nicht verletzen oder erpressen. Alles, was ich wollte, war, meine Großmutter kennenzulernen." Grace schluckte mühsam. Devlin hatte recht gehabt, natürlich, denn er wusste, was es bedeutete, nicht zur guten Gesellschaft zu gehören. Ihre Großmutter hatte nie vorgehabt, sie zu akzeptieren. Sie wollte nur sichergehen, dass sie nicht in einen Skandal hineingezogen wurde. Lady Warren hatte sie hierherkommen lassen, um sie zu vernichten.

Wut stieg in ihr auf. Aber sie würde sich nicht vernichten lassen.

Mit so viel Stolz, wie sie zusammenkratzen konnte – denn in ihrem Magen brannte bitter die Galle, und ihr Hals war so eng, dass sie wusste, jeden Moment würden ihr Tränen in die Augen steigen –, richtete Grace sich kerzengerade auf. Sie drehte sich um und entfernte sich von ihrer Großmutter.

Kurz vor der Tür blieb sie stehen. Nein, sie konnte nicht einfach davonlaufen. Also wirbelte sie herum und sah Lady Warren an. „Sie haben Ihre Tochter aus dem Haus gejagt und sie nie wieder bei sich aufgenommen. Sie haben Ihre Enkelinnen abgelehnt. Hat Sie das glücklich gemacht?"

„Wie bitte?"

„Hat es Sie glücklich gemacht?", wiederholte Grace. „Hat es Sie glücklich gemacht, so hart zu richten und zu verurteilen? Im Ernst, was hat es Ihnen eingebracht?"

„Ich habe den guten Namen der Familie meines Mannes erhalten."

„Ich wollte Sie lieben, und Sie haben mir nur gesagt, ich solle meine Zeit nicht verschwenden, also werde ich es auch nicht tun. Aber ist der Earl of Warren das wirklich wert?"

„Deine Mutter hat den Fehler begangen."

„Ja, aber ein Fehler muss nicht ein Leben lang bestraft werden."

„Es ist zu spät", stieß Lady Warren hervor. „Es ist einfach zu spät."

„Komm hier herein, Mädchen!"

Grace, die den Flur entlangeilte, wurde langsamer, als sie das herrische Kommando einer Frauenstimme hörte. Sie fuhr herum und spürte, wie ihr Herz in ihrer Brust hüpfte und wild pochte. Sie musste voller Stolz reagieren, sie musste …

Ihr Blick begegnete Lady Hortons blauen Augen.

„Oh." Es war nicht ihre Großmutter. Ihre Großmutter war ihr nicht gefolgt, um sich bei ihr zu entschuldigen.

„Und wo ist Mr. Sharpe?", wollte Lady Horton wissen. „Musste er aus dem Fenster steigen?"

Grace starrte hilflos in die blauen Augen der älteren Dame und sah das boshafte Glitzern in ihnen, welches das Vergnügen an skandalträchtigem Klatsch hervorrief.

„Natürlich weiß ich davon, Mädchen." Lady Horton gab ihr ein Zeichen, in ihr Schlafzimmer einzutreten.

„Was meinen Sie?", fragte Grace und hoffte, unschuldig und verwirrt zu wirken.

Doch als Ihre Ladyschaft mit der Zunge schnalzte, begriff sie, dass ihr Versuch gescheitert war.

„Du und Mr. Sharpe", erklärte Lady Horton. „Ich muss sagen, er ist eine treffliche Wahl für eine Affäre. Gesetzlosigkeit fördert bei einem Mann die Leidenschaft im Bett."

„Eine Affäre! Ich bin eine … eine Jungfrau. Ich …"

„An der Art, wie Mr. Sharpe dich angeschaut hat, war deutlich zu erkennen, dass er dich schon ohne Kleider gesehen hat."

Grace errötete. Wusste jeder im Haus davon? Hatte sie ihren Ruf nun vollkommen zerstört?

Sie stand so aufrecht da, wie sie nur konnte. „Haben Sie vor, mich zu verdammen und zu verurteilen? Ich werde keinen weiteren Angriff auf meinen Ruf erdulden …"

„Nein, meine Liebe. Ich habe selbst eine Schwäche für Piraten", erwiderte Lady Horton heiter. „Nun, was hast du für Pläne mit Mr. Sharpe?"

Dieses Mal musste sie ihre Verwirrung nicht spielen. „Pläne?"

„Lüsterne Damen denken meistens nicht daran, dass die Affäre schon bald zu Ende gehen könnte. Hast du daran gedacht? Was erwartest du von ihm?"

Sie konnte nicht glauben, dass sie diese Unterhaltung mit einer adligen Dame führte, die eine vollkommen Fremde für sie war. Sie wusste, Lady Horton wollte sie warnen. Aber das interessierte sie nicht. „Ich will nichts. Es gibt keine Affäre. Er ist ein Straßenräuber …"

Ein Lächeln legte sich um die schmalen Lippen Ihrer Ladyschaft. „Er ist ein Mann, der zu tiefer Leidenschaft fähig ist. Ich wünschte, ich hätte das Glück gehabt, so einen Mann zu heiraten."

Grace runzelte die Stirn. „Ich erwarte nicht, dass er mich heiratet, falls das Ihre Frage an mich ist. Ich würde ihn niemals darum bitten, ich würde einen Antrag nicht annehmen. Ich will nicht heiraten. Momentan ist es mir sogar gleichgültig, wenn ich in einen Skandal gezogen werde."

Lady Hortons Augen funkelten fröhlich. „Miss Hamilton, ich gebe Ihnen den guten Rat, Ihre Erwartungen nicht zu niedrig zu schrauben."

Grace fand Devlin am Rand der Klippe, von wo aus er, eine brennende Zigarre zwischen den Zähnen, gedankenverloren auf die wilde Brandung hinabsah.

Er wandte sich um, obwohl sie meinte, kein Geräusch gemacht zu haben. Sie spürte das Gewicht seines Blicks auf ihrem Körper, während er auf sie zuging.

„Gott, du bist so schön."

Ihr Hals wurde eng. Seine Worte klangen ehrlich, und sie wollte sie gerne glauben. Er sagte genau das, was sie jetzt brauchte.

Sie brauchte ihn wieder. Brauchte ihn, damit er sie ihre Fehler und Schwächen vergessen machte.

„Ich möchte von hier fort", erklärte sie schlicht. Als die Zigarre aus seinem vor Überraschung verzogenen Mund fiel, über den Rand der Klippe und hinunter ins Meer wehte, spürte sie eine Welle der Genugtuung. Sie hatte einen Straßenräuber schockiert. Einen Piraten. Dann überkam sie wachsendes Unbehagen – vielleicht hatte er Angst, dass sie eine … eine Zukunft mit ihm wollte. Aber das wollte sie auch überhaupt nicht. Sie besaß keine Zukunft. Im Hier und Jetzt leben, hatte er gesagt. Das würde sie von nun an tun.

„Nimm mich mit zurück in deine Welt. Ich möchte sie erleben, mit allem, was dazugehört."

14. KAPITEL

Devlin ballte seine Hände zu Fäusten und ging auf dem Fliesenboden der Halle auf und ab, während Grace ihre Handschuhe anzog und anschließend vor dem Spiegel stehen blieb, um den Sitz ihrer Haube zu überprüfen. Aus ihrem Gesicht war jegliche Farbe gewichen, ihre Augen waren umschattet, und sie starrte ihr Spiegelbild voll kühler Entschlossenheit an.

Obwohl sie nach dem Treffen mit ihrer Großmutter am Boden zerstört war, hatte Grace ihn angefleht, die Gräfin nicht zur Rede zu stellen. Mit knirschenden Zähnen hatte er ihr zugestimmt, aber nur, weil er ihr nicht noch mehr Kummer bereiten wollte.

„Ich will einfach nur mit dir nach Hause fahren", hatte Grace ihn gebeten.

Er hatte knapp genickt. „Was auch immer du möchtest, Süße." Doch er wusste, dass er die Sache nicht auf sich beruhen lassen konnte. Das durfte nicht sein.

Diese verdammte Hexe, Lady Warren.

Draußen im Hof luden einige Diener ihre Koffer in den Wagen, der sie zum Anleger bringen würde.

Rings ums Haus peitschte der Wind um die Bäume. Das Meer würde unruhig sein, und er hatte Grace den Rat gegeben, lieber noch zu warten.

„Du bist nicht besonders seefest, Liebste", hatte er sie mit sanfter Stimme erinnert.

Sie hatte ihn kläglich angelächelt. „Wie taktvoll, Devlin. Du willst damit sagen, dass ich mich übergeben werde."

„Die Wellen werden hoch und der Wind heftig sein. In einem Augenblick wirst du hinauf zum Himmel blicken, und im nächsten Moment werden wir in ein dunkles Wellental stürzen. Wir können bleiben und abwarten, ob sich das Wetter bis morgen ändert."

Beim Gedanken an hohe Wellen wurde ihr Gesicht bleich. Doch obwohl sie ihre Angst durch ihr Zittern verriet, bestand sie auf der Abreise. „Nein, ich will heute noch fort. Ich kann es nicht ertragen, hier auch nur eine Minute länger zu bleiben. Ich gehöre nicht hierher. Ich will hier nicht sein."

Grace trat vor ihm durch die Tür nach draußen. Der Wind zerrte an ihrer Haube – er löste einige der Bänder und wehte sie nach oben, sodass sie rosafarben vor dem grauen Himmel tanzten.

Auf der riesigen Veranda vor der Eingangstür blieb sie stehen und schaute sich um. „Ich habe mir geschworen, mich nicht umzudrehen. Doch hier stehe ich nun und sehe in die Richtung, wo das Zimmer meiner Großmutter liegt. Sicher sieht sie nicht nach draußen, um einen letzten Blick auf mich zu erhaschen. Sie wird froh sein, wenn ich fort bin."

Bäume beugten sich im Wind, und die unteren Zweige fegten über die Auffahrt. Bunte Blütenblätter wirbelten durch die Luft und bildeten exotische Muster.

„Gütiger Himmel, das Wetter ist schrecklich", stellte Grace fest, doch sie umklammerte die Bänder ihrer Haube und hastete dem wartenden Wagen entgegen, der sie zum Dock bringen sollte.

Devlin wusste, dass es ihm nicht gelingen würde, sie von ihrem Entschluss abzubringen. Alles, was er tun konnte, war, ihr zu helfen und sie zu unterstützen. Als die Kutsche auf dem Kiesweg in Richtung Strand dahinschwankte, klammerte sie sich am Rand des Gefährts fest und nicht etwa an ihm. Er ließ seine Hand in ihre gleiten – zuvor hatte er seinen Handschuh ausgezogen und schob nun seine Finger unter den Rand ihres Handschuhs, wo er den ängstlichen Schlag ihres Pulses fühlen konnte.

In ihren Augen war jedoch von ihrer Angst nichts zu sehen, in ihnen spiegelte sich nur ihr furchtbarer Verlust.

Grace umklammerte ihre Haube noch fester, als der Wind daran zerrte. Eine elegante Blüte löste sich von einem der Bänder und flog davon, bevor er danach greifen konnte.

Das arme Mädchen hatte von einer liebevollen Familienzusammenführung geträumt, und er wusste, wie stark und sehnsüchtig solche Träume waren, Träume, die die ganze Kindheit lang genährt und bewahrt wurden. Diese Fantasien überstanden sogar die harte Realität des Erwachsenendaseins. Er hatte sich sein ganzes Leben lang danach gesehnt, anerkannt zu werden – und, in gewisser Weise, hatte er seinen Traum wahr gemacht. Ihm gehörte die Bewunderung seines Vaters, des Marquess of Rydermere. Zur Hölle, er hatte den Cognac seines Vaters getrunken, hatte die Hand seines Vaters geschüttelt und begriffen, dass sein Traum sehr viel kostbarer gewesen war, als es die Wirklichkeit jemals sein konnte. Die wortlose Billigung, mit der sein Vater sein wildes, wagemutiges Leben betrachtete, änderte nicht das Geringste daran, dass er ein Bastard war. Ebenso wenig heilte dadurch sein Kummer über den frühen Tod seiner Mutter. Es machte ihn nicht zu einem anderen Mann. Er war durch seine Lebensumstände geformt worden. Hätten sich die Träume seiner Kindheit verwirklicht, als er noch ein Kind gewesen war, wäre er jetzt ein vollkommen anderer Mensch.

Devlin wusste nicht, wie er das Grace erklären sollte, und er bezweifelte, dass sie es hören wollte. Gerade eben erst war ihr größter Traum zerstört worden.

Er wünschte sich, er könnte das für sie in Ordnung bringen, die Situation verändern und alles wieder so werden lassen, wie es früher gewesen war.

Aber verdammt, er war pragmatisch genug, um zu wissen, dass das nicht möglich war. Doch er fühlte sich, wie er sich lange nicht gefühlt hatte, nicht, seit er sich hinaus aufs Meer geflüchtet hatte. Ihn überkam das Gefühl, dass er die

Welt nicht einfach so akzeptieren sollte, wie sie war. Dass er, verdammt noch mal, etwas daran ändern sollte.

Der Wagen hielt. Die Brandung schlug hoch über den Kai, und mit jeder Welle stieg salzige Gischt über der Ufermauer auf. Der Himmel war eine flache, schiefergraue Scheibe.

„Es gibt nichts, wovor du Angst haben müsstest, Liebste“, versprach er ihr, doch sie sah ihn an und zog eine Grimasse.

„Außer davor, mich direkt auf meine Schuhe übergeben zu müssen?“

Sie übergab sich tatsächlich, mehrere Male, in einen Eimer in der kleinen Kabine, die man ihnen zugewiesen hatte. Er hielt sie fest, streichelte ihr Haar, hielt es ihr aus dem Gesicht, als ihr Magen sich hob. Hinterher gab er ihr jedes Mal Wasser, damit sie ihren Mund ausspülen konnte, und wischte ihre Lippen mit einem feuchten Tuch sauber.

Schluchzend und voller Scham versuchte sie sich aus seiner Umarmung zu befreien. Er wusste, sie wollte, dass er fortging, damit er sie so nicht sah – krank und verletzbar.

Doch es war besonders wichtig für ihn, ihr jetzt beizustehen, und deshalb ließ er sich nicht wegschicken.

Sie umfuhren eine Untiefe, den gefährlichen Ausläufer eines Felsens, der als Wellenbrecher vor der Hafeneinfahrt fungierte – das wusste er, weil dort das Wasser ruhiger war. Als sie den Hafen erreicht hatten und der Anker ausgeworfen wurde, schaukelte das Schiff auf den Wellen, und er half Grace sanft auf die Füße. Ihr Kleid war nicht beschmutzt, aber er wusste, dass sie sich schrecklich fühlte.

Also hob er sie hoch und trug sie an Deck. Die Arme fest um sie geschlungen, stieg er mit ihr in das wartende Ruderboot hinunter. Dort ließ sie sich einfach nur auf den Sitz fallen.

Als sie nun endlich die Anlegestelle vor dem Herrenhaus erreicht hatten, nahm Devlin sie erneut in die Arme und trug sie zum Haus.

„So schlecht geht es mir nicht", krächzte sie. „Ich kann gehen."

Doch er schüttelte den Kopf. „Ich werde dafür sorgen, dass es dir bald besser geht."

Die Dienerschaft im Haus war an den Umgang mit kranken Gästen gewöhnt und befolgte eilfertig Devlins Befehle. Ein heißes Bad wurde bereitet und saubere Kleider aus Grace' Koffer bereitgelegt. Während ihre Habseligkeiten in die Kutsche umgeladen wurden, die ihr Schwager ihr zur Verfügung gestellt hatte, nahm sie eine Mahlzeit zu sich und trank leichtes Ale dazu, bis wieder Farbe in ihre Wangen stieg.

Devlin plauderte nur über Nebensächlichkeiten, während er sich um sie kümmerte. „Iss noch ein wenig Brot, aber warte, bis dein Magen wieder stärker ist, bevor du so viel Butter darauf streichst. Lass mich dir noch ein wenig Tee einschenken." Er fütterte sie mit Weizenkuchen, verwöhnte sie mit seinem Lächeln und gab vor, leichteren Herzens zu sein, als er es in Wirklichkeit war.

Denn wenn sie sich gestärkt hatte und sie unterwegs waren, würde er Grace sagen müssen, was er mit ihr vorhatte.

„Warum willst du zurück in ein Haus, in dem Orgien gefeiert werden, Süße?"

Devlin hörte selber die Verletzlichkeit in seiner Stimme, als er ihr diese Frage stellte, doch in dem Bemühen, verwegen und ruhig zu wirken, lehnte er sich lässig in dem mit Samt bezogenen Sitz der Kutsche zurück. Unter seinen bloßen Händen fühlte sich der Stoff weich an, aber er wusste, dass der Samt es nicht mit Grace' glatter Haut aufnehmen konnte.

Grace wandte den Blick vom Fenster ab und ließ die Zunge langsam über ihre Lippen gleiten. Sein Unterleib zog sich zusammen, doch er wusste, dass die Bewegung unbewusst gewesen war. Sie war Ausdruck ihrer natürlichen Sinnlichkeit und keine Berechnung und verschlug ihm gerade deshalb den Atem.

Da Rogan St. Clair nicht mehr zu seiner Bande gehörte, gab es keinen Grund, sich Sorgen zu machen, wenn er Grace mit in sein Haus nahm – niemand sonst würde es wagen, seine Autorität infrage zu stellen.

Warum bereitete ihm die Vorstellung dennoch solches Unbehagen? Ihm war so unwohl dabei, dass er einen anderen Plan gefasst hatte, einen, der Grace nicht gefallen würde.

„Warum, Grace?", wiederholte er, in der Absicht, sie sanft von seiner Idee zu überzeugen.

Sie hob ihr Kinn, und ihre trotzige Haltung wirkte unendlich liebenswert auf ihn. „Ich möchte bei deinen Orgien mitmachen. Ich möchte alles tun, was dich erregt."

„Es erregt mich, mit dir zusammen zu sein. Mehr brauche ich nicht", erklärte er ihr und zuckte mit den Schultern.

Sie verschränkte die Arme vor der Brust, als wollte sie ihr Herz schützen. „Das glaube ich dir nicht. Würdest du mich nicht gern all diese lustvollen, erotischen Dinge tun sehen?"

„Nein."

Ihre Brauen schossen nach oben. „Du würdest es nicht gern sehen? Warum nicht?"

„Es ist meine Pflicht, dich zu beschützen, Süße."

„Vor was? Schließlich gehöre ich nicht zur guten Gesellschaft."

„Deine Familie sieht das anders, Liebste."

„Meine Schwestern sind glücklich, weil sie Männer geheiratet haben, die sie lieben, und diese Männer sind adelig, das stimmt. Aber es ist die Liebe, die meine Schwestern glücklich macht, nicht die soziale Stellung. Sie sind verheiratet und haben Kinder, das ist etwas, was ich nie haben werde. Es wartet nichts auf mich, wofür du mich beschützen müsstest."

Devlin rieb sich mit der bloßen Hand über sein stoppeliges Kinn. Zur Hölle, er musste sie aus einem ganz bestimmten Grund beschützen.

Er konnte sie nicht teilen.

„Wenn ich meinen Verstand beisammen hätte, würde ich dich nach Hause bringen. Und da ich tatsächlich über Verstand verfüge, wirst du auch genau dort hinfahren. In *dein* Zuhause, nicht in meins."

Heftiges Erstaunen spiegelte sich in ihrem Gesicht. Dann zeigte sich ihre Verwirrung in einem bezaubernden Stirnrunzeln, das ihn augenblicklich seine Entscheidung infrage stellen ließ. Konnte er sie wirklich fortschicken?

Sie schüttelte den Kopf, sodass ihr zerzaustes Haar sie schimmernd umwehte. „Ich gehe nicht zurück, Devlin Sharpe. Dazu kannst du mich nicht zwingen."

„Du wärest überrascht, wie gut ich das kann."

Ihr Blick musterte verzweifelt fragend sein Gesicht; in ihrer Miene konnte er deutlich lesen, wie sehr sie sich anstrengte, ihn zu verstehen. Ihre Wangen erröteten, und das leuchtende Rosa brachte ihre blasse Haut zum Leuchten.

„Was, wenn ich dir ein Geständnis mache?", gurrte sie mit sanfter Stimme.

Allein wegen dieses einen Satzes und ihres bewusst verführerischen Tons zog sich erneut sein Unterleib zusammen, sein ganzer Körper spannte sich an und bereitete sich auf den sexuellen Akt vor. Das Funkeln erotischer Vorfreude in ihren klaren grünen Augen brachte fast sein Herz zum Stillstand.

„Ich habe es sehr genossen, als du mich gefesselt hast. Es hat mir gefallen, als du mir Spiele gezeigt hast, bei denen ich mich deiner Macht unterwerfen muss. Du warst derjenige, der mich entführt und darauf bestanden hat, dass du eine Affäre mit mir willst. Nun will ich eine. Fessle mich, Devlin, und lass uns noch einmal deine Sehnsüchte ausleben."

Himmel. Er hatte Tränen erwartet. Nicht eine Sirene, die ihn in seinen Untergang lockte.

„Der einzige Grund, aus dem ich dich jetzt fesseln würde, Grace", brummte er, „wäre, dich auf die Türschwelle deines Schwagers, des Earl of Trent, zu legen." Bei dieser Vorstellung tat ihm das Herz weh, aber ihm blieb keine andere Wahl. „Du willst mit mir in mein Haus zurückkehren, weil du verletzt bist, Grace. Aber ich kann nicht zulassen, dass du Entscheidungen triffst, während du so sehr leidest."

„Bist du sicher?" Sie hatte ihre Stimme zu einem kehligen Flüstern gesenkt, das einen so heftigen Blutfluss in Richtung seines Schwanzes auslöste, dass er fast vom Sitz hochgesprungen wäre, weil er den verzweifelten Wunsch verspürte, seine Hose zu lockern.

„Würde es dir nicht gefallen, mich noch einmal zu fesseln?", fuhr sie in lockendem Ton fort.

Sofort sah er das Bild vor sich. Wie ihre gespitzten Lippen sich seinem Schwanz näherten, während ihre Augen einen sinnlichen Glanz ausstrahlten. Wie ihre Zunge spielerisch über die tropfende Spitze seines Schwengels fuhr ...

„Ich möchte so gern an dir saugen, bis du in meinem Mund kommst, Devlin. Ich möchte ..."

„Verdammt noch mal, hör auf damit, Grace!"

„Er hält sie für eine Dame, doch in Wirklichkeit ist sie nur eine Hure. Sie ist nicht besser als ich. Nicht besser als irgendeine von uns."

Lucy spreizte ihre Beine noch weiter, während Rogan St. Clair sich mit seiner Zunge an der Innenseite ihrer Schenkel nach oben arbeitete. Sie stemmte ihre Fersen in das weiche, abgenutzte Laken und grub die Fingernägel in die Matratze, während Devlins verbannter Lieutenant ihre Beine so weit auseinanderdrückte, dass ihre Muskeln schmerzhaft brannten.

Als seine Haare über ihre Haut strichen, schloss sie die Augen. Seine dichten schwarzen Haare waren kürzer als Devlins, von denen sie wusste, dass sie sich seidiger anfühlten. Rogans Haare waren drahtig und von einem tiefen Blauschwarz. Seine Zunge war nass und warm, so wie die eines jeden Mannes, und Lucy bebte vor Lust, als er mit seiner Zunge erst an der Innenseite ihres rechten Schenkels aufwärtsstrich und dann dem linken Schenkel die gleiche Behandlung zukommen ließ. Auf und ab leckte er und stöhnte, als er ihre Haut schmeckte.

„Es liegt nur an ihren teuren Kleidern und an ihrer Art zu sprechen ...“

„Sei still, Süße“, befahl Rogan, und sie öffnete die Augen. Er hielt den Kopf über ihre erregte, sehnsüchtig wartende Spalte, die Zunge bereits vorgestreckt.

Und sein großer, dicker Schwanz stand waagerecht vor.

Aber es war nicht Devlins Schwanz.

Rogans Schwengel war schwer; er zeigte mit seiner dunkelroten Spitze nach unten und schwang zwischen seinen Beinen hin und her, drohend und Angst einflößend. Die dicke Eichel war pilzförmig.

Devlins Schwanz stand aufrecht, beschrieb einen sanften Bogen in Richtung seines Nabels und hatte eine hübsch geformte Spitze, die zum Küssen schön war.

Lucy seufzte. Sie war erregt. Sie wollte unbedingt vögeln. Brauchte den Sex.

Wieder schloss sie die Augen.

„Du denkst an Captain Sharpe, nicht wahr?“, brummte Rogan.

Sie schüttelte den Kopf, weil sie sicher war, dass er zornig werden würde, wenn sie es zugab.

Er beugte sich herunter und blies seinen heißen Atem

zwischen ihre empfindsamste Stelle. Mit flatternden Lidern stöhnte und bebte sie.

„Ich werde deine heiße, sahnige Muschi verspeisen, Süße. An wen wirst du dabei denken? An Devlin? Oder an mich?"

Lucy wand ihr nacktes Hinterteil auf dem grob gezimmerten, schlichten Bett – dem zweitbesten, das im *Swan* zu bekommen war, dem Gasthaus, das am dichtesten an Devlins Herrenhaus lag. Ihre Träume von Devlin hatten sie feucht werden lassen, und sie wusste, dass Rogan sie riechen konnte. Auf ihren Schenkeln glänzten Spuren ihrer Säfte wie Honig. Schmerzlich sehnte sie sich danach, ausgefüllt zu werden, und ihre sinnlichen Bewegungen waren als Einladung gedacht. „An dich", wisperte sie.

„Du bist verliebt in Devlin, nicht war, Mädchen?"

Nachdem er die Worte ausgesprochen hatte, stieß er zischend den Atem aus und reizte damit ihre zartrosa Schamlippen. „Nein", log sie.

„Ich werde dich ordentlich rannehmen, Mädchen. Ich werde deine Muschi und deinen Hintern mit meinem harten Schwanz ausfüllen und dich zum Schreien bringen. Und wenn du ein braves Mädchen bist, bringe ich dir Devlin."

Mit den Fingern strich er durch das Tal zwischen ihren Hinterbacken, die von der Matratze flach gedrückt und fest aneinandergepresst wurden. Seine dicken Fingerspitzen ließen sie erschaudern, als er mit ihnen zwischen ihren Pobacken bohrte.

„Was meinst du mit ‚Mir Devlin bringen'?"

„Wenn du mir hilfst, Liebste."

Rogan reizte ihren engen Hintern – an einer Stelle, an der sie nicht gerne berührt worden war, bis Devlin ihr beigebracht hatte, sich für die Zärtlichkeiten zu entspannen und die Lust zu genießen. Wegen der Schmerzen, die sie durch brutale Männer schon erlitten hatte, war sie sehr ängstlich gewesen. Seit sie elf Jahre alt war, hatten Männer sie benutzt. Männer, denen es gefiel, ihr wehzutun. Die ein schwaches, junges, enges Mädchen wollten, um sie ohne jedes Gefühl und jede Rücksicht zu nehmen, sodass sie vor Schmerzen schrie und in Panik kreischte ...

Devlin war so gut zu ihr gewesen. Sie hatte ihn verzweifelt geliebt. Doch nun wollte er die blonde Dirne, weil sie eine Dame war, sie selbst hingegen war kein bisschen damenhaft. Devlins Geliebte war wie die verhurten Edelfrauen, die Dev mit in ihre Betten nahmen. Doch Dev sah nur ihre vornehme Art zu sprechen und die feinen Manieren, die solchen Damen beigebracht wurden, nicht wie sie wirklich war.

Lucy kannte die Wahrheit. Sie wusste, dass die adligen Damen nicht besser waren als die Dirnen am Hafen. Tatsächlich waren manche der Edelfrauen weitaus schlimmer – sie waren habgieriger, grausamer und seltsamerweise auch ängstlicher. Aber Devlin wollte eine *Dame.* Er besaß alles, was er sich nur wünschen konnte, außer einer adligen Dame, die ihn liebte.

Rogan schob seinen kleinen Finger in ihren Po. Instinktiv spannte Lucy sich an und biss sich auf die Unterlippe, auf merkwürdige Weise durch den Schmerz beruhigt. Rogan drückte stärker. Zwang ihren Körper, sich zu öffnen. „Du hilfst mir, nicht wahr, Lucy?“

„Dir helfen? Was soll ich denn tun?“

„Devlins neue Liebe ...“

Bei dem Wort zuckte Lucy zusammen. Rogan glaubte, dass Devlin sich verliebt hatte. Nein, er war nur geblendet von den feinen Kleidern der Hexe, von ihrer feinen Sprache und ihrem feinen Getue.

„Eine Dame wie sie ist eine Menge Geld wert“, fuhr Rogan fort. „Ich dachte zuerst, Devlin hätte sie hierhergebracht, um Lösegeld für sie zu fordern, nicht um sie zu vögeln.

Aber unser Idiot von einem Hauptmann verzichtet freiwillig auf ein Vermögen. Ich nicht.“ Er beugte sich vor, nahm ihr Schamhaar zwischen die Zähne und zog daran, bis ihr Tränen in die Augen stiegen. Dann ließ er wieder los. „Möchtest du, dass ich die Dame aus dem Weg schaffe?“

„Sie aus dem Weg schaffen?“

Rogan biss in die Innenseite ihres Schenkels, und als er die Haut wieder freigab, sah Lucy die tiefen roten Abdrücke, die seine Zähne hinterlassen hatten. Was würde er tun, wenn sie sagte, sie wolle ihm nicht helfen?

„Sie entführen“, erklärte er. „Sie Devlin wegnehmen und zurück zu ihrer Familie bringen und uns für unsere Mühe entlohnen lassen.“

„Wirst du sie verletzen?“

„Das wird nicht nötig sein, mein Liebchen.“ Rogan grinste, und auf seinen fahlen Wangen erschienen Grübchen. „Ihre Familie wird bezahlen, um sie zurückzubekommen. Sie selber wird nicht mitbekommen, dass wir sie entführt haben, und ihre Familie wird nur erfahren, dass Devlin ihr Entführer war.“

Lucy erstarrte unter Rogan, als er ihre Klitoris mit dem Daumen rieb und gleichzeitig seinen Finger tiefer in ihren Hintern schob. Sie schnappte nach Luft, als sein dicker Finger sie ausfüllte, sie dehnte. „Devlin würde ins Gefängnis kommen.“

„Dann nennen wir ihnen eben Devlins Namen nicht. Und das Mädchen wird ihrer Familie nichts von ihm erzählen. Nicht, wenn sie verliebt in ihn ist und mit ihm gevögelt hat. Jetzt entspann dich, Liebste, damit ich dafür sorgen kann, dass du feucht und bereit bist für meinen Schwanz.“

Lucy schloss die Augen und atmete flach ein und aus. Sie stellte sich Devlin vor, während Rogan eines ihrer Beine über seinen Arm legte und anfing, seinen geschwollenen

Schwanz an ihrem Hintern zu reiben. Er strich mit ihm von ihrer Perle bis zu ihrer Rosette, und sie versuchte, versuchte, versuchte sich zu entspannen, sich für ihn zu öffnen und für ihn zu stöhnen, obwohl ihre Kehle eng und ihr Körper starr war.

Er stieß zu, schob sich mit einem einzigen Ruck in sie hinein, und sie grub ihre Fingernägel in ihre Handflächen.

Sie wünschte sich so sehr, es würde ihr gefallen.

„Ich will hier keine Pause machen. Wir könnten zu deinem Haus durchfahren“, protestierte Grace, während sie Devlin durch den engen Gang des Gasthauses folgte. Aber dieser dickköpfige Mann ging weiter den Flur entlang, ohne sich auch nur umzudrehen.

„Wir fahren nicht zurück in mein Haus, Liebste“, erklärte er energisch, während er seinen Blick an einer Reihe gestrichener Türen entlangwandern ließ. Devlin hatte sich und Grace als Ehepaar ausgegeben, und sie hatte rasch ihre rechte Hand über den Finger gelegt, an dem sie einen Ehering hätte tragen müssen. Würde jemand mit scharfen Augen erkennen, dass sich unter dem Handschuh kein Ring abzeichnete?

Spielte das überhaupt noch eine Rolle?

Ja, das tat es. Ihre Schande würde ihren Schwestern wehtun.

Devlin blieb vor der vorletzten Tür im Flur stehen. Die Messingzahl, die darauf festgeschraubt war, lautete 6. Der Boden unter ihren Füßen war von den Füßen Hunderter von Reisenden abgenutzt.

Grace senkte ihre Stimme zu einem fast unhörbaren Wispern. „Es gibt nichts, wovor ich noch geschützt werden müsste. Es ist nichts mehr daran zu ändern, dass ich eine Dirne bin. Ich will zu deiner Welt gehören.“

Er stemmte seine Faust gegen die Tür, die Finger fest um

den eisernen Schlüssel gelegt. Ungeschickt versuchte er, den Schlüssel ins Schloss zu schieben. „Nein, Grace."

„Dev ..."

Ein einzelner Wandleuchter warf gelbes Licht auf sie. „Es ist mir egal, ob du an einer Orgie teilnehmen möchtest, Grace", brummte er. „Ich werde es nicht zulassen."

Unglücklich schüttelte sie den Kopf und spürte, wie ihre Brust sich schmerzhaft zusammenzog. „Das Urteil über mich ist bereits gefallen. Das lässt sich nicht mehr rückgängig machen. Selbst das fehlerloseste Verhalten kann nichts an der Tatsache ändern, dass ich nicht mehr unschuldig bin. Ich kann nicht heiraten. Und meine Großmutter hat mich eine Hure genannt."

Als sie unverblümt das furchtbare Wort aussprach, sah sie, wie er zusammenzuckte. Er wandte sich ihr zu, und sein Mund war nur noch ein schmaler Strich. „Benutze nie wieder dieses Wort. Noch nie habe ich eine Frau so genannt."

„Das glaube ich dir nicht." Sie glaubte es wirklich nicht. Männer verurteilten. Frauen verurteilten. Menschen waren nun einmal so.

„Es ist die Wahrheit. Meine Mutter schlief jede Nacht mit einem anderen Mann. Sie klammerte sich verzweifelt an diese Männer, in der Hoffnung, einer von den Dutzenden, mit denen sie vögelte, würde sie retten. Ich habe sie nie als Hure bezeichnet, obwohl alle anderen es taten. Sie war verzweifelt. Sie war bemitleidenswert, traurig und voll Angst."

Der Schlüssel drehte sich im Schloss, Devlin betätigte den Knauf, und die Tür öffnete sich. „Verstehst du das nicht, Liebste? Ich nehme dich nicht wieder mit zu mir, zu meinen lüsternen Männern, weil ich dich für mich allein haben will."

Bevor sie den Mund öffnen und ihm eine Frage stellen konnte, drängte er sie ins Zimmer.

Seine gespreizte Hand lag auf ihrem Hinterteil, und diese Berührung war ihr so vertraut, so selbstverständlich, dass ihr Herz wie wild schlug und ihr Hals eng wurde.

„Dann ist dies also unsere letzte gemeinsame Nacht?“ Nur mit Mühe brachte sie die Worte heraus.

„Es geht nicht anders“, erwiderte er.

Grace zerrte heftig an den Knöpfen ihres Umhangs und spürte, wie ihr Tränen in die Augen stiegen. „Dann mach schnell und zieh dich aus“, befahl sie, und die Wut in ihrer Stimme war deutlich zu hören. „Wir haben nicht viel Zeit.“

Devlin nahm den Schmerz in ihrer Stimme wahr. In dieser Nacht mit ihr zu schlafen, würde ein Fehler sein. Er hatte kein Recht dazu, während sie so wütend und verletzt war.

Mit gesenktem Kopf streifte sie ihren Umhang ab. Das Licht der Lampe strich über die zarte Linie ihres Nackens und verwandelte die Elfenbeinfarbe ihrer Haut in den berauschenden Farbton von Champagner.

Verdammt, seine Hände machten sich an seinen Hosenknöpfen zu schaffen, bevor er wusste, was er tat. Weiche Strähnen ihres goldenen Haars kräuselten sich in ihrem Nacken, als sie ihren Umhang fallen ließ, und während er an seinen Knöpfen riss, küsste er ihren Hals. Sanft. Vorsichtig. Genießerisch.

Sie war hier bei ihm, weil es ihr schlecht ging. Das war ihm klar.

Auch schon das erste Mal, als sie mit ihm geschlafen hatte, war sie ihm voll Kummer und Sorge in die Arme gefallen.

Mit seinen Lippen folgte er der Linie ihres Halses bis zu ihrer glatten Schulter, bis zum spitzenbesetzten Ausschnitt ihres Kleides.

„Lass mich zuerst meine Sachen ausziehen“, sagte er. Er wusste, es gab kein Halten mehr für ihn, kein Zurück.

Devlin hatte zwar als Pirat sein Unwesen getrieben, aber es gab Schätze, die er niemals plündern würde.

Während Grace an ihrem gebrochenen Herzen litt, sollte er sie nicht nehmen. Es war zu gefährlich, es wieder zu tun.

„Und dann ziehst du mich aus." Sie zog die Nadeln aus ihren Haaren, und die weichen Locken fielen hinunter auf ihren Rücken, während er seine Jacke und seine Weste öffnete.

Ebenso wie in jener Nacht damals, nahm ihr ehrliches Verlangen ihn gefangen.

Er war verloren.

Und dann stand er nackt vor ihr.

Heiß und voll Begehren glitt ihr Blick über seinen Körper. Er hatte nicht erwartet, dieses Mal so viel Feuer und Lust in ihren Augen zu sehen. Sie schluckte so heftig, dass er es hören konnte.

Immer noch trug sie ihr Kleid, bestehend aus weißem Musselin und Spitze, das sich an ihre vollen Brüste schmiegte und ihre herrlichen Kurven umschmeichelte. Sie sah aus wie ein Engel. Als käme sie direkt vom Himmel.

„Es wird mein letztes Mal sein. Das allerletzte Mal, das ich mit einem Mann zusammen bin", flüsterte sie, während sie sich auf ihn zu bewegte. Der hauchdünne weiße Stoff schwang bei jeder Bewegung ihrer Hüften mit. „Verstehst du, was ich meine?"

Verwirrt starrte Devlin sie an, während sie mit der Handfläche am geschwollenen Schaft seines nackten Schwanzes entlangstrich. Er war nicht in der Lage, einen klaren Gedanken zu fassen, als er den heißen Druck ihrer Hand an seinem Schwengel spürte und sie gleich darauf seine pulsierende Eichel umschloss.

„Ich werde niemals einen anderen Geliebten haben", erklärte sie traurig. „Wie könnte ich? Ich bin dazu verdammt, eine alte Jungfer zu werden. Als Staubfänger im Regal herumzustehen. Ich kann nicht heiraten, und als anständige Frau, die offiziell eine Jungfrau sein muss, kann ich mir keinen Liebhaber nehmen."

Einen Liebhaber nehmen. Als sie diese Worte aussprach, knirschte er mit den Zähnen, auf seinen Handflächen und seiner Stirn bildete sich Schweiß.

„Grace ..." Zur Hölle, nein! Sie sollte heiraten. Damit konnte er leben. Er konnte besser in dem Wissen seiner Wege gehen, dass sie sich gut verheiratete und als Dame lebte, aber sie als einsame Jungfer zu sehen, schmerzte ihn mehr als alles andere.

„Es ist wahr", flüsterte Grace. „Dies wird die letzte Nacht sein, in der ich mit einem Mann schlafe. Und weil es so ist, möchte ich dich von oben bis unten erforschen. Ich möchte alles machen, wovon ich jemals geträumt habe, wenn ich mir vorstellte, mit einem Mann zusammen zu sein."

Als hätten ihre Worte ihn verzaubert, griff Devlin nach ihren Handgelenken und legte ihre Hände auf seine nackte Brust. „Welche Dinge hast du dir mit mir vorgestellt, Grace?"

Grace genoss die Wärme seiner Haut unter ihren Händen. „Ich denke daran, wie ich jedes Fleckchen deines Körpers küsse, aber bis jetzt war ich zu schüchtern, es zu tun."

„Du musst nicht schüchtern sein." Seine Stimme war ebenso heiß und seidig wie seine Haut.

„Dann fange ich hier an." Kichernd stellte sie sich auf die Zehenspitzen, sodass ihr Kleidersaum um ihre Knöchel wippte. Sie hatte schon vorher die Schuhe ausgezogen, und auf ihren Strümpfen rutschte sie ein wenig auf dem ausgetretenen Fußboden weg, als sie mit den Lippen sein Ohrläppchen berührte und leicht daran zupfte.

Sein leises Lachen glitt an ihrem Rücken abwärts und brachte ihre Zehen zum Kribbeln.

Mit ihrer Zunge folgte sie den Umrissen seines Ohrs und stellte fest: „Du hast sehr hübsche Ohren. Bis jetzt bin ich noch nie auf den Gedanken gekommen, dass die Ohren zur Anziehungskraft eines Mannes beitragen könnten, aber ich glaube, es ist so. Und deine sind immer unter deinen herrlichen Haaren versteckt."

Devlin strich sich die Haare hinter die Ohren, und sie stellte sich wieder auf die Fußsohlen, um sein Kinn zu küssen. „Nun werde ich dich an einer Stelle küssen, die ich noch nie zuvor geküsst habe."

Sie spürte, dass sich sein Körper unter ihren Händen anspannte, und war erstaunt, wie plötzlich und heftig er auf ihre Worte reagierte. Sein Schwanz zuckte aufwärts, sodass die Eichel an ihrem Bauch entlangstrich. Dabei hatte sie nichts Erotisches gesagt. „An welche Stellen deines Körpers denkst du?", erkundigte sie sich und war selber erstaunt über ihre Direktheit. Wollte sie darauf wirklich eine Antwort haben?

„Überrasche mich."

Über seine Worte lachend, rollte sie die Augen auf eine kokette Weise – jedenfalls hoffte sie, dass es so wirkte – und kniete sich hin, wobei sie ihre Hände an seinem Körper abwärts gleiten ließ, um sich abzustützen. Ihre Finger wanderten über seinen harten Bauch, stießen gegen seinen Schwanz und brachten ihn zum Wippen. Mit den Fingerspitzen folgte sie der Linie seiner muskulösen Schenkel.

Devlin atmete scharf ein, und sie wusste, was er glaubte, was sie vorhatte zu tun.

Doch sie küsste nur kichernd sein rechtes Knie. Es machte ihr Spaß, ihn zu necken. Sie leckte mit der Zunge über die rauere Haut seiner Knie und zeichnete seine Narben nach. Dann hielt sie sich an seinen Schenkeln fest und arbeitete sich zur Rückseite seiner Beine vor. Im selben Moment, in dem sie mit der Zungenspitze in seine Kniekehle tupfte, keuchte er erstaunt auf.

„Das fühlt sich gut an“, stellte er schlicht fest. „Das hätte ich nie gedacht.“

Grace ließ ihre Zunge dort tanzen, dann blickte sie nach oben und sah, dass sein Po sich im Takt ihrer Liebkosungen anspannte und wieder lockerte.

Ihn wagemutig umarmend, arbeitete sie sich an den Rückseiten seiner Beine hinauf und hauchte einen Kuss auf die sanfte Kurve zwischen Schenkel und Hintern. Er war dort ganz heiß, und sie folgte der Linie seines Körpers mit ihren Lippen und ihrer Zunge nach oben.

Ein leises Lachen belohnte sie, und sie packte seine straffen Pobacken und drückte sie zusammen. Auch von hinten betrachtet hatte er einen herrlichen Körper, bestehend aus harten, geraden Flächen und sanften Kurven.

Sie folgte jedem ihrer Einfälle – küsste mit den Zähnen seinen Hintern, strich mit der Zunge an seiner Wirbelsäule entlang und saugte an der Wölbung nach innen, massierte seine Schultern und folgte den Verästelungen der Venen auf seinen starken Armen. Jede ihre Erkundungen entlockte ihm einen anderen Ton – ein raues Ächzen, ein rollendes Stöhnen, ein lüsternes Lachen, ein erregtes Keuchen.

Hingebungsvoll nahm Grace seinen Geschmack und seine Düfte in sich auf – saugte jeden auf und war sicher, sie würde ihn nie vergessen. Irgendwann beugte sie sich vor, lehnte ihre Stirn an seinen heißen Rücken und blinzelte ihre Tränen fort. Es waren diese Erinnerungen, die sie festhalten und auskosten wollte, und sie wusste, sie wollte so viel mehr als nur Erinnerungen …

Sie musste etwas Mutiges tun und sich nur darauf konzentrieren.

Also strich sie mit ihren Fingern durch das Tal in seinem

Hintern und spürte, wie seine Muskeln sich zusammenzogen. Er erschauderte, als sie die feinen Haare zwischen seinen harten Pobacken streichelte, und sie hörte nicht auf.

„Meine Beine werden weich“, gestand er, wandte sich zu ihr um und lächelte sie um Verzeihung bittend an.

„Nun, Sie sollten durchhalten, Mr. Sharpe, denn nun möchte ich Ihre ... Vorderseite kosten.

Er senkte den Kopf, um ihr zuzuschauen, und sie sank vor ihm auf die Knie. Seine Hände strichen zärtlich durch ihr Haar, und er ließ seine Finger durch die Strähnen gleiten.

Einen Moment hielt sie inne, schob dann langsam die Zunge zwischen die Lippen und sah, wie er sie beobachtete.

Sanft leckte sie hinten an seinem Schwanz entlang, an dem Grat, der an seiner Rückseite entlanglief. Um die Spitze zwischen die Lippen zu nehmen, musste sie sich an seinen Schenkeln festhalten und hochziehen.

„Gott. Ja“, stöhnte er. Seine Hände krallten sich fester in ihre Haare.

Ruckartig bewegte sie den Kopf hin und her, spielte mit ihrer Zunge an ihm und saugte heftig. Ihr stieg das Wasser in die Augen, als sie spürte, wie seine Eichel die Rückseite ihrer Kehle reizte. Seine Hände streichelten sie so liebevoll – das bedeutete sicher, dass es ihm gefiel.

Dieser volle, reife, erotische Geschmack – sie würde ihn nie vergessen. Sie würde nie vergessen, wie es sich anfühlte, als er ihren Kopf so fest packte, dass er ihr an den Haaren zog.

„Ah, Grace, ich will nicht auf diese Weise kommen. Ich will mit dir im Bett liegen, ich will, dass es die ganze Nacht dauert, und du hast mich jetzt schon fast auf den Gipfel gebracht.“

Devlin konnte selbst kaum glauben, dass er Grace davon abgehalten hatte, ihre köstliche Erforschung seines Schwanzes fortzusetzen, aber er wusste, dass er nicht länger durchhalten konnte. Sie machte diesen Akt für ihn zu etwas ganz Besonderem, Einzigartigem und Neuem, und er war unglaublich erregt gewesen.

Er hatte sich gefragt, ob er noch bei Verstand war, während er ihr beim Ausziehen half.

Dann war er neben sie in das knarrende Gasthausbett gesunken und hatte sich umgedreht, um sie zu umarmen.

Eine allerletzte Nacht.

Ihre letzte gemeinsame Nacht, in der sie sich lieben konnten. Das war verrückt. Und was sollte er danach tun? Er konnte sich nicht vorstellen, jemals wieder das Bett mit einer anderen Frau zu teilen. Mit dem deutlichen Gefühl, sein Eigentum zu berühren, legte er die Hände um ihre Brüste. Es mochten Grace' Brüste sein, aber es war, als würden sie auch ihm gehören.

Dann löste er seine Lippen, die vor Erregung angespannt waren, und legte sie um Grace' Nippel.

Er betete sie an.

Dann schob er die Hand nach unten, teilte ihre Schamlippen und ließ seinen Finger in sie hineingleiten. Sie hatte ihm Lust bereitet, aber sie war feucht vor Erwartung, und als er das saugende Geräusch hörte und gleich darauf spürte, wie der heiße Saft über seine Finger rann, war es um Devlin geschehen.

Er legte sich auf sie, schob seinen Schwanz in sie hinein, und sie schlang die Arme fest um seinen Hals. Sie bewegten sich gemeinsam, als hätten sie ein Leben lang miteinander Sex gehabt.

Mit einem rauen Keuchen stieß er in sie hinein und reizte sie gleichzeitig mit seinen Fingern; dabei flüsterte er dicht an ihrem Ohr und erzählte ihr, wie schön es für ihn gewesen war, als sie ihn geleckt hatte. Sie hielt die Luft an und stöhnte, während sie sich die Szenen vorstellte, die er ihr beschrieb. Mit Worten, Zärtlichkeiten und seinem zustoßenden Schwanz bereitete er ihr vollkommenes Vergnügen. Er spürte ihre Anspannung. Spürte den Druck ihrer Fingernägel auf seinem Rücken. Trank ihre Schreie.

Glühendes Feuer durchlief ihn. Nie zuvor hatte er sich so sehr verloren, war so tief in Lust und Verlangen eingetaucht, war so vollkommen von einer Frau besiegt worden – von keiner – und er schloss seine Augen und nahm ihren Mund mit einem langen, intensiven Kuss, als sein Orgasmus in ihm explodierte und ihn blind, zitternd, taub und desorientiert zurückließ. Es war, als wäre er im Sog eines Ozeans gefangen, wäre in einen Orkan geraten oder in einen reißenden Strom geworfen worden.

Er hörte ihre Schreie, hörte, wie sie atemlos und freudig seinen Namen keuchte.

Dann zog er sich zurück, immer noch pulsierend und wunderbar empfindlich, und ließ sich stöhnend neben Grace auf die Matratze fallen.

Eng schmiegte sie sich an ihn, und er legte seinen Arm über sie. Er spürte Nähe, Hoffnung, Liebe, das Bedürfnis, sie zu umarmen. In seinem Kopf wirbelten die Gedanken einfach nur noch durcheinander.

Grace stieß einen süßen Seufzer aus, zog die Laken über sie beide und schloss die Augen. Ihr sanftes Lächeln und ihr entspanntes Gesicht sahen bezaubernd aus und leuchteten vor Befriedigung.

Ah, wunderbare, geliebte Frau.

Devlin fühlte sich verdammt verloren. Was blieb ihm noch, wenn er sie nicht mehr hatte?

Mit Geld konnte er sich Ansehen erkaufen. Vielleicht gelang es ihm, sich wie jemand zu benehmen, der zum Adel gehörte. Er war kein Adliger, und sie würden ihn niemals akzeptieren, aber, verdammt, sie würden sein Geld mögen.

Grace lechzte danach, in dieser grausamen Welt akzeptiert zu werden, und das war etwas, das er ihr nicht geben konnte. Wenn er sie heiratete, würde er damit dafür sorgen, dass sie niemals ein Teil der besseren Gesellschaft werden konnte.

Ihre Schwestern hatten adlige, mächtige Männer geheiratet. Den Earl of Trent. Viscount Swansborough. Wenn Grace mit ihm verheiratet war, würde sie niemals auf einer Stufe mit ihnen stehen.

Es würde ihm das Herz brechen, Grace gehen zu lassen. Aber er musste es tun. Er war ein Straßenräuber – selbst wenn Grace bei ihm blieb, wie konnte er weiter ein ungesetzliches Leben führen, wenn er Frau und Kinder hatte? Damit würde er sie einem viel zu großen Risiko aussetzen. Aber sein Ruf und seine Macht rührten daher, dass er ein Straßenräuber war.

Was, wenn er sich dagegen entschloss? Wenn er sein Leben als Bandit aufgab? Wenn er aufhörte, Kutschen auf den Straßen des Königs anzuhalten und auszurauben, wenn er niemals mehr zur See fuhr?

Zur Hölle, wer würde er dann sein?

Er war nicht bereit, ein ganz gewöhnlicher Mann zu werden.

„Ich verstehe nicht, warum wir mitten in der Nacht abreisen müssen!“

Was sollte Grace nur mit diesem Mann tun, der sie vollkommen verrückt machte? Jetzt stahl er ihr sogar ihre letzte gemeinsame Nacht. Anstatt diese Nacht mit ihr im Bett zu verbringen, bestand er darauf, dass sie noch am Abend abreisten.

Nie zuvor hatte sie ihn so … zerzaust gesehen. Er saß

neben ihr und war sich so oft mit den Fingern durch sein goldenes Haar gefahren, dass er Straßen darin geschaffen hatte. Und seine Augen, diese leuchtend indigoblauen Augen, starrten trübe und wie in einem bösen Zauber gefangen vor sich hin.

„Was ist *los*, Devlin?"

„Wir müssen abreisen", wiederholte er, wie schon ein Dutzend Mal zuvor, während er ihr beim Anziehen geholfen und anschließend die Koffer nach unten getragen hatte. Dann befahl er Marcus' Kutscher, sein Ale und seine Pastete stehen zu lassen und alles vorzubereiten, damit sie so schnell wie möglich wieder auf die Straße zurückkehren konnten.

Der verblüffte Mann verstand ebenso wenig wie Grace, was los war.

Devlin stahl ihr ihre letzte Nacht.

Sie konnte an nichts anderes denken, während die Kutsche auf der Landstraße des Königs dahinholperte. Durchs Fenster starrte sie die Wälder an, die sich im Mondlicht endlos am Straßenrand erstreckten.

Schließlich wandte Devlin ihr seinen besorgten Blick zu. „Es tut mir leid, Grace, aber ich kann es nicht. Ich kann nicht aufhören, der zu sein, der ich bin."

Aufhören, der zu sein, der ich bin?

„Was meinst du?", erkundigte sie sich erstaunt. „Wovon redest du?"

„Wenn es einen Weg gäbe … ich habe darüber nachgedacht, mein Leben zu ändern, mich Recht und Gesetz unterzuordnen und als anständiger Gentleman auf dem Land zu leben. Als wir nebeneinander im Bett lagen, dachte ich, die Lösung gefunden zu haben."

„Du meinst, du willst aufhören, ein Leben als Straßenräuber zu führen? Meinetwegen?"

„Hmhm."

Hmhm. Was sagte ihr das? Was war geblieben von all ihren Diskussionen, in denen er ihre ganzen Vorurteile hinterfragt hatte, all ihre Regeln und jeden ihrer Gedanken? Alles, was er ihr nun anzubieten hatte, war „Hmhm"?

„Aber ich kann es nicht tun, Grace. Ich liebe die Spannung der Jagd, die Macht des Sieges. Das ist es, wofür ich so lange gelebt habe. Ich kann es mir anders nicht mehr vorstellen …"

„Hör auf!", schrie sie. „Ich habe verstanden."

Devlin war nicht bereit, für sie sein Leben als Straßenräuber aufzugeben. Er hatte gestanden, dass er die Spannung liebte, das Abenteuer und die Aufregung, die ihm das bot, was er tat.

Für ein langweiliges Leben mit ihr konnte er das nicht aufgeben.

„Hör einfach auf", wiederholte sie. „Ich will nichts mehr davon hören."

Es machte alles kaputt. Die sinnlichen Erinnerungen. Wenn sie sich nun vorstellte, wie sie vor dem Standspiegel seinen Schwanz geleckt oder mutig mit der Zunge seinen Po erforscht hatte, spürte sie kein Feuer und keine Erregung. Oder vielmehr tat sie es doch, aber es tat ihr gleichzeitig auch weh. Es tat ihr weh zu wissen, dass sie ihm nicht genügte.

Und sie kam sich wie eine Idiotin vor, weil er sehr wohl genug für sie war. Sie wäre bereit gewesen, ihn zu heiraten, obwohl es den Verlust ihrer Familie für sie bedeutet hätte. Venetia und Maryanne würden sie dann schwerlich noch bei sich empfangen können. Würde ihre Mutter sie verstoßen? Ihre Mutter mochte zwar mit Rodesson in Italien sein, aber Grace wusste, dass sie eine gute, respektable Ehe für sie gewollt hatte. Ihre Mutter wollte, dass Grace bekam, was sie selbst nicht hatte haben können.

Wenn ihre Familie sie wegen einer Ehe mit Devlin verstieß, würde das die hochmütige und kalte Countess of Warren nicht erstaunen. Von der Familie ihrer Mutter wurde Grace bereits verachtet.

Doch sie genügte ihm nicht. Verletzt verschränkte sie die Arme vor der Brust und grub ihre behandschuhten Fingerspitzen in ihre Oberarme. Wie konnte er es wagen? Er hatte sie entführt! Er war derjenige gewesen, der behauptet hatte, er könne ohne sie nicht sein. Sie war bereit gewesen, um das Vergessen zu kämpfen und ohne ihn zu leben, aber er hatte sich wieder in ihr Leben gedrängt.

„Was hast du, Liebste?“, erkundigte sich Devlin, und in seiner Miene war deutlich seine Besorgnis zu lesen. Er verließ den Platz neben ihr und setzte sich auf die Bank ihr gegenüber, und obwohl er offensichtlich vorzog, Abstand zu ihr zu halten, sagte sie sich, dass es ihr egal war.

Ungläubig starrte sie in sein gut aussehendes Gesicht. „Wie kannst du mich das fragen? Was denkst du denn, was ich habe, um alles in der Welt? Denkst du, ich bin so blöd, dass ich nicht verstehe, was du mir in Wirklichkeit sagen wolltest?“

Ihr kühner Pirat schaute plötzlich sehr wachsam aus. „Was wollte ich denn in Wirklichkeit sagen?“

„Du hast mir gesagt, dass ich dir zu dumm und zu langweilig bin und dass es schlimmer wäre, mit mir verheiratet zu sein, als in Newgate im Gefängnis zu sitzen. Und jetzt tust du, als wüsstest du nicht, worum es geht. Ich sollte …“

„Ich wollte dich nicht verletzen, Liebste. Das Problem ist, dass ich nicht gut genug für …“

„*Anhalten und Geld her!*“

Als draußen auf der Straße der schroffe Ruf erklang, hielt die Kutsche ruckartig an, und Grace wurde Devlin entgegengeschleudert. Er fing sie auf, doch sie wehrte sich gegen seine Umarmung.

Devlin sah vollkommen erstaunt aus, als er mit Grace auf seinem Schoß zum Fenster rutschte. Seine Arme waren wie Eisenbänder, seine Brust fühlte sich hart an und bewegte sich im Takt seiner raschen Atemzüge. „Was ist da los, zum Teufel?"

„Es sieht so aus, als würden wir gerade ausgeraubt, mein berüchtigter Straßenräuber", fuhr Grace ihn an.

15. KAPITEL

„Ich sollte dir deinen verdammten Kopf wegpusten."

Grace stieß einen lauten Schrei aus, als Lord Wesley mit seiner Pistole auf Devlins Herz zielte. Sie sah den Lauf der Pistole leicht hin und her schwanken. Wesleys Worte klangen verwischt. Er war betrunken. Blind vor Zorn.

Gütiger Gott, war er ihnen von der Isle of Wight bis hierher gefolgt? Warum?

Verzweifelt schaute sie den Fahrweg auf und ab, aber dicht stehende Bäume versperrten die Sicht zur Hauptstraße, und sie sah kein einziges Haus in der Nähe. In der Umgebung gab es nichts außer Feldern und Wiesen, flachen grauen Flächen, die sich bis zu den bedrohlichen schwarzen Schatten der Wälder am Horizont erstreckten.

Wesley hatte sie gezwungen, von der Hauptstraße in diesen Weg einzubiegen, indem er sein Gewehr auf den Kutscher gerichtet hatte, aber Grace vermutete, dass es Wesley nur gelungen war, sie anzuhalten und hierherzubringen, weil Devlin es zuließ. Sie hätten weiterfahren können; irgendetwas hätte er tun können, dessen war sie sich sicher. Er schien viel zu rasch nachgegeben zu haben.

Nun stand sie neben Devlin auf dem stillen Weg, den Blick auf die Mündung der Pistole eines betrunkenen Mannes gerichtet.

„Hände hoch, du Bastard! Du verdammter Verbrecher!", schrie Wesley.

Ohne jedes Zögern gehorchte Devlin und hob seine Hände, aber Grace zuckte zusammen, als sie im Mondlicht die kalte Wut in seinen Augen sah. In ihrer Familie war immer sie die Person mit dem Hang zum Drama gewesen, diejenige, die zu Gefühlsausbrüchen und Szenen neigte, aber nun erkannte sie, dass Männer viel dramatischer waren, als sie es in ihren kühnsten Träumen sein konnte. Was zweifellos nicht ungefährlich war.

Einer dieser beiden Männer würde den anderen töten!

Hatte Devlin aus diesem Grund so rasch nachgegeben – um die Gelegenheit zu schaffen, seinem Bruder gegenüberzutreten? Und ihn möglicherweise zu töten?

„Du weißt, dass ich ein verdammt guter Schütze bin", stieß Wesley hervor.

„Na, na, Bruder", erwiderte Devlin mit leiser, drohender Stimme. „Wenn einer von uns nach Vergeltung rufen kann, bin ..."

„Halt's Maul", fauchte Wesley.

„Was soll das hier werden, Wes?" Devlins Stimme durchschnitt die Nacht, eine Nacht erfüllt von unheimlichem Heulen und Schreien, von geheimnisvollem Knarren und Klagen, während Zweige sich im Wind bewegten und die Pferde nervös im Straßenstaub scharrten. „Geht es um die Tracht Prügel?"

„Verdammter Mistkerl!"

Grace zuckte zusammen. Ihre Kehle war so trocken, dass sie kaum atmen konnte.

Warum, um alles in der Welt, musste Devlin seinen Bruder reizen, während der mit einer geladenen Pistole herumfuchtelte? Der Wind schob Wesleys hohen Kastorhut nach vorn, sodass sein Gesicht im Schatten lag und sie die Wut darin nicht mehr erkennen konnte. In der heftigen Brise kräuselte sich sein stumpfes blondes Haar, während der Wind Devlins goldenes Haar nach hinten wehte.

Grace schaute so rasch zwischen den beiden Männern hin und her, dass ihr davon ganz schwindelig wurde. Devlins Miene war völlig ausdruckslos, wie die eines Mannes beim Kartenspiel. Wesley schaute sie an und grinste anzüglich; sein Blick fühlte sich an, als würden Spinnen über ihre Haut kriechen. Und sie wusste, dass er ihr Unbehagen absichtlich heraufbeschwor.

Wesley wollte Devlin wütend machen. Wollte ihn dazu bringen, ihn anzugreifen, damit er einen Grund hatte, auf ihn zu schießen.

Aber Devlin senkte kühn seine rechte Hand und umschloss ihre Finger auf eine Art, die sie nicht verstand. Versuchte er ihr Mut zu machen, oder wollte er seinen Halbbruder irritieren?

„Du hast einer jungen Dame die Unschuld genommen, Wes“, bemerkte Devlin, „und ich beabsichtige, dich meinen Stiefel spüren zu lassen und dir einen kräftigen Tritt in den Hintern zu verpassen.“

„Devlin!“ Sie schrie leise auf, und er drückte ihre Hand. In seinen dunkelblauen Augen spiegelte sich das Mondlicht, als er ihr einen beruhigenden Blick zuwarf.

Bluffte er? Bluffte, während ein geladenes Gewehr auf sein Herz gerichtet war? Warum – warum war er bereit, sein Leben zu riskieren, nur um seinen bösartigen Halbbruder aus dem Konzept zu bringen?

Um sie zu beschützen? Sie schluckte krampfhaft.

Wesley streckte den Arm vor, wie Rogan St. Clair es getan hatte, als er drohte zu schießen, und Grace hatte das Gefühl, als würde die Welt um sie herum vor ihren Augen verschwimmen und zur Seite wegkippen. Verzweifelt kämpfte sie gegen eine Ohnmacht und aufsteigende Panik an.

„Ich sollte dich erschießen“, knurrte Wesley seinen Bruder an. „Es wäre so leicht zu behaupten, dass du mich ausrauben wolltest und ich geschossen habe, um mich zu verteidigen, du verdammter Verbrecher.“

Grace trat dichter an Devlin heran, um ihn zu beschützen, und seine Hand ruhte auf ihrer Taille, stark und sicher, aber auch kontrollierend. Als sie versuchte, sich ihm zu sehr zu nähern, schob er sie weg.

„Und warum willst du mich tot sehen, Bruder?“, erkundigte sich Devlin. „Bist du wirklich der Meinung, dass unser Vater mich dir vorgezogen hat?“

Wesleys Gesicht erbleichte, und Grace hörte, wie ihr ein leiser, gepresster Ton entfuhr. Er riss den Kopf herum, um sie anzusehen, und seine Augen funkelten in der Dunkelheit. „Komm hier herüber, Grace, oder ich schieße deinem Geliebten ein Loch ins Herz.“

Devlin, dessen Hand warm auf ihrem Rücken lag, schüttelte den Kopf. „Es ist alles in Ordnung, Liebste. Bleib hier bei mir.“

Wesley machte einen drohenden Schritt vorwärts. „Dann wirst du sterben, Sharpe. Komm hierher, Grace!“

Wieder fasste Devlin nach ihrer Hand und umschloss sie mit seiner. Sie versuchte, sich seinem festen Griff zu entziehen – mit dem er jetzt fast die Knochen ihrer Hand brach –, indem sie einen zittrigen Schritt auf Wesley zu machte.

„Bleib hier, Süße!“, bellte Devlin.

Sie wünschte inständig, das tun zu können. Doch wenn sie zu Wesley ging, konnten sie dadurch vielleicht Zeit gewinnen. Ihr Herz schlug ihr bis zum Hals, da sie wusste, dass Wesley sie nur benutzen wollte, um Devlin zu quälen. Er hatte sie schon einmal herzlos benutzt, und sie hatte keine andere Wahl, als es ihn noch einmal tun zu lassen. Sie musste Devlin dazu bringen, das zu verstehen.

All das hatte sie durch ihr liederliches Verhalten heraufbeschworen. Es war ihre Schuld, und sie konnte es nicht ertragen, dass Devlin den Preis dafür zahlte.

„Nein“, flüsterte sie Devlin warnend zu. „Ich kann nicht. Was, wenn er dich erschießt? Er ist der Sohn eines Marquess. Er kann tun, was immer er will, auch dich töten, und er würde niemals vor Gericht gestellt.“

„Genau, und deshalb will ich, dass du dich hinter mich stellst, Liebste.“

„Verdammt noch mal“, polterte Wesley. „Beweg deinen Hintern herüber zu mir, Grace.“ Er hob die Pistole, sodass sie genau auf Devlins Stirn deutete.

Wieder versuchte sie, sich aus Devlins Griff zu befreien. „Ich wage es nicht, ihm nicht zu gehorchen.“

Zum ersten Mal, seit sie aus der Kutsche gestiegen waren, sah sie anstelle von Zorn in Devlins Augen Angst und Schmerz. „Du kannst es, Liebste. Du musst nicht tun, was er dir befiehlt. Er hat hier nichts zu sagen.“

Die Augen zu gefährlichen, dunklen Schlitzen verengt, ließ er ihre Hand los. Sie zitterte, doch sie wusste, sie musste all ihren Mut zusammennehmen und zu Wesley gehen. Doch bevor sie einen Schritt machen konnte, schlenderte Devlin auf seinen betrunkenen, wütenden Halbbruder zu.

Erschrocken streckte Grace den Arm aus, doch der Stoff von Devlins Mantelärmel glitt ihr durch die Finger. Devlin hatte seine Finger in den Bund seiner Hose gehakt und trug ein spöttisches Lächeln auf den Lippen. „Du kannst mich erschießen, Bruder“, rief er mit ruhiger Stimme, „aber ich bin bereits eine Legende, nicht wahr? Ich bin der berüchtigte Pirat und Straßenräuber, unantastbar aufgrund meiner mutigen und edlen Dienste für die britische Marine. Ich werde immer berühmter sein als du …“

„Halt den Mund!“ Wesley fuchtelte mit der Pistole und machte einen Schritt auf Devlin zu. Aber Devlin blieb nicht stehen; unaufhaltsam näherte er sich seinem Bruder.

Verzweifelt sah Grace sich um, sah zum Kutscher und zum Pferdeknecht hinüber. Waren die beiden Diener nicht bewaffnet? Oder kümmerte es sie nicht, wenn Devlin erschossen wurde, weil Wesley ein Adliger war? Sie hatte zu viel Angst, um mit den beiden zu sprechen, zu viel Angst, ihr Flehen um Hilfe oder sogar nur der Klang ihrer Stimme würde Wesley dazu bringen zu schießen.

Ihre Schwester Venetia hatte sich entschlossen einem Angreifer entgegengestellt, als sie an Marcus' Seite in Gefahr geraten war. Und Maryanne war mutig genug gewesen, sich den Weg in die Freiheit zu erkämpfen, nachdem ein Verrückter sie entführt hatte. Ihre beiden Schwestern hatten ihren Verstand eingesetzt und erreichbare Gegenstände fantasievoll als Waffen eingesetzt.

Aber ihre Schwestern waren erfindungsreich, im Gegensatz zu ihr. Sie selber war einzig und allein auf die Wirkung ihres Aussehens angewiesen.

Nein – nun war die Zeit gekommen, über sich hinauszuwachsen. Jetzt war es Zeit, etwas zu tun. Etwas Kluges.

Grace schaute sich um. Die Äste der Bäume? Etwas aus der Kutsche? Aber wie sollte sie an irgendetwas herankommen, ohne dass Wesley es bemerkte?

Ihre Brust hob und senkte sich mit ihren keuchenden Atemzügen. Sie sah an sich herab. Ihre Brüste. Wesley hatte sich nur für ihre Brüste interessiert. Was, wenn Grace sie plötzlich entblößte? Konnte sie ihn damit ablenken?

Da sie ohnehin für eine Dirne gehalten wurde, wäre ein solches Verhalten zweifellos passend.

Ihre Finger machten sich an den mit Stoff überzogenen Knöpfen ihres Umhangs zu schaffen.

„Das ist es, du Flittchen", rief Wesley, und seine Stimme hallte in der Dunkelheit wider. „Zieh deine Kleider für mich aus. Würdest du mich hier auf dem Boden ficken, um Devlin zu retten? Würdest du dich vor mir hinknien und an mir saugen?"

Grace fuhr zurück, und ihre Finger krampften sich bewegungslos um die Knöpfe. Sie verstand nicht, warum er sie so sehr hasste. Schließlich war sie diejenige, deren Ruf ruiniert und deren Leben zerstört worden war. Es gab für sie keine Möglichkeit mehr zu heiraten und eine Familie zu gründen. Wegen dieses Mannes hatte sie alles verloren. Warum drängte es ihn so sehr danach, sie zu demütigen?

Blind vor Zorn, stürmte sie auf ihn zu. „Du dreckiges, widerliches Stück Müll“, kreischte sie. Denn genau das war er. Er war kein bisschen besser als sie. Nicht besser als ein Haufen dampfender Pferdeäpfel. „Erschieß mich, wenn du willst, du Feigling! Du Mistkerl!“ Sie stürzte sich auf ihn, entschlossen, ihm die Augen auszukratzen.

Dann, zu ihrem Entsetzen, schubste Devlin sie zurück. Sie stolperte und ruderte mit den Armen, um das Gleichgewicht zu halten. Devlin fuhr wieder zu Wesley herum und sein Arm zuckte nach vorn.

Hatte er mit etwas geworfen?

Eine Explosion dröhnte ihr in den Ohren, ließ Vögel kreischend auffliegen und die Pferde schrill wiehern.

Devlin!

Sie fiel rückwärts, als ihre Absätze sich in ihren Röcken verfingen, und landete hart auf ihrem Hinterteil. Ihre Hände flogen nach hinten und schlugen auf den Kies. Devlin!

Um sie herum erhoben sich Schreie – jetzt endlich bewegten sich der nutzlose Kutscher und der Knecht vorwärts. Es war zu spät! Viel zu spät. Sie würgte an ihrer Angst und blinzelte mit den Augen. Verdammte Tränen – warum stiegen sie ihr gerade jetzt in die Augen und machten sie blind, obwohl sie unbedingt etwas sehen musste?

War sie von ihrem Sturz und vor Angst benommen?

Devlin kam auf sie zu, eine Silhouette vor den hellen Strahlen des Mondes. Er war ein riesiger, dunkler Umriss, und sein Mantel flatterte um ihn herum.

„Grace, Liebste, geht es dir gut?“, rief er, während er ihr die Hand entgegenstreckte. „Es tut mir so leid, dass ich dich gestoßen habe.“

Sie konnte ihre Hände nicht hochheben; alles, wozu sie in

der Lage war, war ein Blinzeln in seine Richtung. Die Pistole war abgefeuert worden. Sie hatte das Mündungsfeuer gesehen, hatte den Knall gehört. Wie konnte Wesley danebengeschossen haben?

Aber das hatte er. Tatsächlich? Oder fantasierte sie? Träumte sie?

Devlin fiel neben ihr auf die Knie, und sie sah ihrer eigenen Hand zu, die sich ihm entgegenstreckte. Ihre Finger, die in zerrissenen, dünnen Handschuhen steckten, pressten sich an seine warme Haut. Gegen seine Wange. Sie strich mit ihrer Hand hinunter zu seinem Kinn und seinem Hals, wollte seinen Herzschlag spüren.

Als ihre Finger über seine Lippen glitten, huschte sein Atem über ihre Hand.

„Du lebst?"

„Natürlich, Liebste." Doch er zuckte zusammen.

Sie schaute nach unten und sah, dass er die Hand gegen seine Seite presste. Oh Gott, Wesleys Schuss hatte ihn getroffen. In seinen Bauch – sie wusste genug, um zu wissen, dass ein Bauchschuss einen Mann langsam umbrachte.

„Er hat mich gestreift. Das ist alles."

Wesley! Wild schaute sie sich nach ihm um, konnte ihn aber nirgends entdecken. Dann hörte sie einen kraftvollen, rhythmischen Ton, das Geräusch von Hufen auf hartem Waldboden.

Devlin grinste sie breit an. Sein Lächeln ließ seine bezaubernden Grübchen aufblitzen, und Grace wollte weinen, als sie sie sah. „Ich habe mit einem Messer nach ihm geworfen, Liebste. Ich trage an verschiedenen Stellen welche bei mir – eines in meiner Weste, eins in meinem Ärmel und einige in meinen Stiefeln. Die Klinge traf ihn am Arm, deshalb hat er sein Ziel verfehlt."

„Gott sei Dank." Grace schluckte, als die Bäume um sie

herum plötzlich zu fliegen schienen und die Welt nach rechts kippte. Was war los?

Devlin legte seinen Arm um sie. „Er sprang auf sein Pferd und verschwand."

„Wir müssen dich verbinden, Devlin." Was, wenn es nicht nur ein Streifschuss war? Sie schaute in Devlins blaue Augen und suchte nach Anzeichen einer ernsthaften Verletzung. Doch er schenkte ihr sein wunderbares Lächeln.

„Wir sind in der Nähe meines Hauses, Liebste. Dorthin werden wir jetzt fahren. Also bekommst du schließlich doch deinen Willen."

Er stand auf und zog sie mit sich hoch, und sie zwang sich, fest auf beiden Füßen zu stehen. Wenn es ihm mit einer Schusswunde gelang, konnte auch sie ganz sicher den Mut dazu finden. „Devlin, ich will meinen Willen nicht durchsetzen", gestand sie liebevoll. „Alles, was ich will, ist, dich in Sicherheit zu wissen."

„Aber du bist verletzt, Devlin, und musst dich ausruhen. Ich werde meinen Rock ganz sicher nicht für dich hochheben!"

Mit dem Laudanum im Blut, das durch seine Adern raste und seinen Kopf brummen ließ, lachte Devlin über Grace' Besorgnis und ihre Entrüstung. Sie trat so weit von seinem Bett zurück, dass er sie nicht mehr erreichen konnte, ohne sich ernsthaften Schmerzen auszusetzen, und drohte ihm mit dem Finger.

„Süße, ich werde von dem vielen Laudanum bald bewusstlos werden, aber vorher möchte ich noch meine Zunge zum Einsatz bringen. Ich hungere nach dir." Er wollte sie so sehr, dass es an Wahnsinn grenzte. Lag es daran, dass er hätte erschossen werden und sterben können? Dem Tod ins Auge zu blicken, erregte ihn immer, aber er hatte niemals zuvor mit einer Frau geschlafen, obwohl er verwundet war.

Seine ursprünglichen Gedanken – dass er kein Recht hatte, sie zu verführen, wenn er sie anschließend gehen lassen musste – konnten sein Verlangen nicht auslöschen. Sein Körper stand in Flammen; in ihm tobte eine unermessliche Begierde.

Grace runzelte die Stirn. „Bist du sicher, dass Mr. Kennedy ein guter Arzt ist, der weiß, was er tut?"

„Er hat mich schon ein Dutzend Mal zusammengeflickt. Ich vertraue ihm und bezahle ihn gut. Nun komm her und zwing mich nicht, aus dem Bett zu steigen."

Ihre Worte hallten immer noch in seinem Kopf wider. Ihr lieblicher, sanfter, schöner Klang war wie ein Lied. *Alles, was ich will, ist, dich in Sicherheit zu wissen.*

Noch nie hatte eine Frau so etwas zu ihm gesagt. Niemand hatte das überhaupt jemals getan.

Grace schob seinen Bettvorhang aus grünem Samt zur

Seite und trat wieder neben ihn. Ihre Fingerknöchel strichen zart über seine nackte Schulter. Dann drehte sie ihre Hand um und liebkoste ihn mit der Innenseite.

Zärtlich küsste er ihre Fingerspitzen und schmeckte das leichte Rosenaroma von Seife – da das Haus voller Frauen war, stellte es kein Problem dar, Seife für Grace zu besorgen. Unter dem Verband tat seine Seite weh, doch das Laudanum dämpfte den Schmerz. Die ganze Zeit hatte er nur daran denken können, sich in sinnlichen Freuden zu verlieren, doch dann sah er die Schatten der Sorge in ihren Augen. „Was hast du, Liebste?“

„Lord Wesley hat versucht, dich zu töten, und er wird ohne Strafe davonkommen, nicht wahr? Es ist verrückt, absolut verrückt, dass er für sein Verhalten nicht bezahlen muss.“

„Ich habe ihm einen Dolch in den Arm gestoßen, Liebste. Wenn ich dafür nicht bezahlen muss, bin ich schon zufrieden.“ Er schenkte ihr ein Grinsen und hoffte, es würde ihr ein Lächeln entlocken.

„Glaubst du, er wird noch einmal versuchen, dich zu erwischen? Oder dich anzeigen?“

Nachdenklich rieb Devlin sein Kinn. Er wurde langsam müde, und es gab etwas, das er unbedingt tun wollte, bevor er einschlief. „Das wird Wesley nicht tun.“ Er unterdrückte ein Gähnen.

Sie kaute auf ihrer Unterlippe, eine liebreizende und unschuldige Angewohnheit. „Ich habe gehört, was du zu Lord Wesley gesagt hast ...“

„Mach dir nicht die Mühe, in meiner Gegenwart seinen Titel zu nennen, Süße.“

„Was du über deinen legendären Ruf gesagt hast, den er niemals haben wird. Bist du deshalb Pirat geworden? Raubst du deshalb Kutschen aus? Um ein berühmter Mann zu sein, über den die Leute sich Geschichten erzählen?“

Die Arznei umnebelte ihn, zog ihn in den Schlaf, doch Devlin kämpfte darum, sich zu konzentrieren und ihr zu antworten. Grace verdiente eine Antwort. „Ich wurde Pirat, weil ich mich eines Abends betrank, bis zur Bewusstlosigkeit betrank und anschließend im Frachtraum eines Schiffes wieder aufwachte."

„Du wurdest verschleppt und dazu gezwungen?"

„Nein, das macht die Marine, Liebste, und ich war geschickt genug, ihnen, selbst in volltrunkenem Zustand, aus dem Weg zu gehen. Aber ich schuldete Captain Jack Hawk viel Geld für die Unmengen an feinem französischen Cognac, die ich gesoffen hatte."

„Er hat dich erpresst, Pirat zu werden?"

„Nein, ich war mehr als bereit dazu – ich wollte hinaus aufs Meer flüchten. Die *Black Mistress* hatte den Ruf, ein schnelles Schiff zu sein, und von ihrem Kapitän wusste man, dass er mehr als nur ein ruchloser Dieb war. Hawk plünderte Schiffe aus Freude an der Sache. Er sah die Seeräuberei sportlich, und ich lernte von ihm, wie gut man in etwas ist, wenn man es liebt."

Zu seinem Erstaunen nickte sie, und in ihren Augen stand ehrliches Verständnis. „Du hast herausgefunden, wohin du gehörst." Sie seufzte. „Jeder, den ich kenne, weiß das. Mein Vater wusste immer, dass er seine Kunst ausüben will, ganz gleich, welche Widerstände er überwinden musste. Und nun hat er festgestellt, dass ein Leben mit meiner Mutter sein Ziel ist, also ist es jetzt der Lebensinhalt meiner Mutter, mit ihm ein freies Leben in Italien zu führen. Meine Schwestern haben besondere Begabungen, und sie haben die Freiheit, ihre Talente zu nutzen. Aber ich weiß nicht, wohin ich gehöre, Devlin."

„Manchmal geht es um mehr als einen Ort, an den man gehört, Grace. Es geht darum, den Mut zu haben, seinen eigenen Weg zu gehen. Ich dachte, wohlerzogene Damen zu verführen, würde einen glücklichen Mann aus mir machen, aber es fühlte sich nur an, als würden sich vergiftete Pfeile in mein Herz bohren. Ich kämpfte um etwas, das ich nicht haben konnte."

„Und du hast dich darüber beklagt, dass ich etwas auf die Meinung meiner Großmutter gebe."

„Ich sprach aus Erfahrung. Ich habe zugelassen, dass die aristokratische Gesellschaft mich verletzte. Es dauerte lange, bis ich begriff, dass im kleinen Finger des Piraten Captain Hawk mehr Edelmut steckt, als ein Dutzend Männer wie Wesley besitzen. Ich will nicht, dass du so bist, wie ich einmal war. Ich will nicht, dass du tust, was meine Mutter getan hat."

„Eine Affäre mit einem Adligen haben."

Noch nie hatte er mit irgendjemandem über seine Mutter gesprochen. Nun aber musste er es tun, damit Grace verstand, was er ihr sagen wollte. „Meine Mutter hat von meinem Vater jede verdammte Beleidigung und jede Verletzung hingenommen und sie wortlos geschluckt. Und soll ich dir sagen, warum sie das tat? Warum sie sich von ihm misshandeln ließ, bis sie vor Schmerzen wie gelähmt war?"

„W…warum?"

„Weil er ein verdammter Aristokrat war. In meinen Adern fließt blaues Blut, Süße, doch wenn ich ein Mann mit Moral bin, so liegt das an dem Blut meiner Mutter."

Mit einem Arm zog er sie an sich heran und rollte sich auf seine gesunde Schulter. „Jetzt lass mich dich lecken, meine Liebste."

Er zog ihre schweren und widerspenstigen Röcke hoch und stieß einen Seufzer der Erleichterung aus, als er ihre Haut entblößt hatte und sah, dass sie keine Unterhose trug. Dann ließ er ihre Röcke wieder fallen, sodass sie über ihm und ihren Schenkeln ein Zelt bildeten. Ihr süßer Venushügel, beschattet von weichen, goldenen Locken – welche Versuchung. Er liebte es, ihren Duft einzuatmen, liebte es zu wissen, dass sie feucht und glänzend für ihn war. Seine Reisen durch die Südsee hatten ihn gelehrt, dass der Schoß einer Frau so köstlich wie saftige, reife Früchte war, und dass derjenige sich als glücklichen Mann betrachten konnte, dem häufig die Freude zuteilwurde, die Frucht seiner Geliebten zu lecken.

Doch sein Körper schmerzte, als er seinen Mund an ihre feuchte Spalte presste und nach ihrer Klitoris suchte, um daran zu saugen. Er musste sich auf den Rücken rollen und Grace dabei mit sich ziehen.

Auf einem Bein balancierend, schwang sie ihr Bein zur Seite, und zu seiner Erleichterung traf ihr Knie die Matratze und nicht seine Brust. Er umklammerte mit beiden Händen ihren nackten Hintern und zog sie an seinen Mund, während er saugte, schlemmte und ihren erdigen, salzigen Geschmack genoss.

„Devlin – oh! Du musst aufhören! Ich will dir eine Frage stellen!“

Irgendetwas musste er falsch gemacht haben – es musste am Laudanum liegen, das seine Fähigkeiten einschränkte, warum sonst sollte Grace ihn bitten aufzuhören, seine leidenschaftlichsten Zuwendungen zu unterbrechen?

Sie zog sich von ihm zurück, und mit all den Medikamenten in seinem Blut hatte er nicht genug Kraft, sie weiter gegen seinen Mund zu pressen.

„Oh Gott, Grace“, murmelte er. „Ich habe das gerade so genossen.“

„Ich muss es jetzt wissen, Devlin. Lady Prudence hat mir erzählt, dass du den Gentleman getötet hast, den sie liebte. Ist das wahr? Du hast mir gesagt, du seiest edel, und ich glaube es dir – ich weiß, du bist es. Aber warum solltest du dann einen Mann töten?

„Es war ein Duell ..."

„Prudence behauptet, es sei Mord gewesen."

„Lady Prudence glaubt, was sie glauben möchte, weil sie verliebt war. Es fängt schon damit an, dass ihr Verehrer kein Gentleman war – er war das jüngste von vier Kindern des Duke of Kingsmere. Er war ein träger Knabe mit charmantem Auftreten und einem Hang zu jungen Frauen. Sehr jungen Frauen. Mädchen, großäugige, unschuldige Mädchen, und auf jeden Fall gefielen sie ihm umso besser, je verschreckter sie waren. Das war im Sommer 1817, und Prudence war erst siebzehn. Ich war nach England zurückgekehrt, und mein Vater lud mich in sein Haus ein, da er großmütig beschlossen hatte, den berüchtigten Piraten Captain Sharpe als seinen Sohn anzuerkennen. Als Kind hatte ich in seinem Haus gespielt, als meine Mutter noch seine Geliebte gewesen war. Er zahlte sogar für meinen Schulbesuch ... bis er meiner Mutter überdrüssig wurde. Lady Prudence und Lord Wesley waren wütend über meine Rückkehr. Sie hassten mich, wie es zu erwarten gewesen war, aber ich mochte Prudence dennoch. Sie ähnelt mir ein wenig ..."

Grace starrte ihn verwirrt an. „Prudence ist dir ähnlich?"

„Rebellisch bis zu dem Punkt, an dem es wirklich dumm wird. Sie war vernarrt in den Kingsmere-Knaben, und er führte sie an der Nase herum und versuchte, sie ins Bett zu bekommen, damit er sie hinterher heiraten konnte. Doch dann, eines Abends, eilte Prudence von einem Stelldichein nach Hause und lief mir über den Weg."

Die Erinnerung an jene Nacht stieg vor seinem inneren Auge auf: Wie Prudence vor Entsetzen erstarrte, als sie ihn sah, wie sie verzweifelt ihren Kopf abwandte.

Er hatte sie am Arm festgehalten, als sie versuchte, an

ihm vorbeizulaufen, weil er aus Erfahrung wusste, dass sie sich vor ihm verstecken wollte. In ihrem hübschen Gesicht waren an ihrem rechten Auge und auf ihrer Wange Blutergüsse zu sehen, schreckliche blaue, purpurfarbene und gelbgrüne Flecke. Aus einem Schnitt in ihrer Lippe war Blut geflossen und hatte dunkle Streifen auf ihrer blassen Haut hinterlassen.

Sein Magen hatte sich zusammengezogen. *Wie bei seiner Mutter.* Er hatte sie kraftlos auf ihrem Bett liegend vorgefunden, ihr teures, spitzenbesetztes Unterkleid in Fetzen um sich herum. Er war vierzehn gewesen, mit gestohlenem Ale im Blut. Sie war tot; er hatte sofort gesehen, dass sie tot war.

Als er ihren Arm berührte, spürte er das kalte Fleisch und zuckte entsetzt zurück, um gleich darauf seinen von Ale durchtränkten Mageninhalt auf den Fußboden zu würgen.

Der Körper seiner Mutter war von Blutergüssen übersät. Nie zuvor hatte er jemanden mit so vielen Anzeichen erlittener Brutalität gesehen. Einige der Male – die auf ihrem leicht gerundeten Bauch – zeigten die Umrisse einer Stiefelsohle.

„Hat jemand deine Mutter getötet?“ In Grace’ Stimme klang Entsetzen mit.

Nun glitt er in die Arme des Laudanums, zu geschwächt von seinen Gefühlen, um sich noch länger gegen den glückseligen Frieden zu wehren. „Ja“, krächzte er.

„Wusstest du – wusstest du, wer es getan hat?“

„Schließlich habe ich ihn gefunden. Er war der reiche Kerl, den ich auf der Great North Road ausgeraubt habe. In jener Nacht hatte ich vor, ihn zu erschießen, die Rolle des Straßenräubers auszunutzen, um ihm den Kopf wegzublasen …“ Er stockte. „Zur Hölle, tut mir leid, Süße“, murmelte er.

„Es ist in Ordnung, Devlin. Hast du ihn erschossen? Er hat es verdient. War er wie Lord Wesley aus adliger Familie und deshalb der Meinung, er müsste sich nicht an die Gesetze halten?"

„Ich tat es nicht. Letztendlich war ich nicht in der Lage, ihn kaltblütig umzubringen." Nach all den Jahren voller Schmerz und Schuldgefühle, weil er nicht in der Lage gewesen war, seine Mutter zu beschützen, war er nicht fähig gewesen, den Abzug zu betätigen. Nach all den Tagen, an denen er gemeint hatte, den nächsten Sonnenaufgang nicht mehr ertragen zu können, hatte er festgestellt, dass er den Mann, der ihm die Hölle auf Erden bereitet hatte, nicht töten konnte.

„Was ist geschehen?", drang Grace in ihn.

„Er suchte und fand mich, entschlossen, Vergeltung zu üben. Monatelang hatte ihn innerlich das Bedürfnis zerfressen, mich zu zerstören, weil ich ihn gedemütigt hatte. Er griff mich aus dem Hinterhalt an, als ich ein Gasthaus verließ, er wurde begleitet von einem halben Dutzend mit Schlagstöcken bewaffneter Männer. Ich sah das Ungeheuer, das meine Mutter getötet hatte. Auf irgendeine Weise musste auch sie ihn *gedemütigt* haben; vielleicht hat sie die Affäre beendet, weil sie Angst vor ihm hatte, woraufhin er sie dann umbrachte."

„Aber wie bist du ihm entkommen?"

„Ganz einfach, Liebste. Ich bot seinen Männern Geld an, damit sie ins Gasthaus gehen und trinken konnten. In seiner Wut hob er einen der Schlagstöcke auf und ging auf mich los. Um mich zu verteidigen, blieb mir nichts anderes übrig, als ihm das Genick zu brechen."

An den Rändern seines Gesichtsfeldes waberte Nebel, und er konnte kaum noch die Lider offenhalten. „Hasst du mich jetzt, Grace? Hältst du mich für einen Mörder?" Er fühlte sich so verletzbar, dass seine Stimme zitterte.

„Du hast Prudence' Verehrer zum Duell gefordert, weil

du glaubtest, er würde sie schlagen, so wie dieser furchtbare Mann es mit deiner Mutter gemacht hatte. Du tatest es, um Prudence zu beschützen."

„Aber sie weigerte sich, mir zuzuhören. Sie glaubte, die Wut und Gewalttätigkeit ihres Liebhabers würden die Tiefe seiner Liebe zeigen, so wie meine Mutter es von jenem verdammten Viscount geglaubt hatte. Prudence glaubte, wenn sie sich ihm vollkommen hingab, wenn sie ihm Freude bereitete, wenn sie alles tat, um ihn in jedem Augenblick seines Lebens glücklich zu machen, dass er sie dann lieben und ihr nie mehr wehtun würde. Und ich habe den jungen Unhold nicht ermordet – er hat als Erster geschossen. Er hielt sich nicht an die Regeln, und glücklicherweise war er vor lauter Feigheit so nervös, dass er seine Pistolenkugel in einen Baumstamm schoss."

Verdammt, er verlor langsam das Bewusstsein, und es gab noch so viel, was er ihr sagen wollte, sagen musste. „Ich habe dir erzählt, dass ich auf einem Schiff landete, weil ich betrunken war, Grace, aber ich habe mich betrunken, weil ich dachte, dass ich eine adlige Frau liebe, die Countess of Dorchester."

Undeutlich erkannte er, wie Grace' Mund zu einem schmalen Strich wurde.

„Ich liebte sie nicht wirklich, mein Engel. Aber ich glaubte es." Stockend, mit der Erschöpfung kämpfend, erzählte er ihr alles. Dass er sich als würdig erweisen wollte, mit der Countess in der Öffentlichkeit aufzutreten. Von ihrer herablassenden Nachricht, mit der sie die Affäre beendete.

Grace ließ ihre Hand an seinem Gesicht ruhen, und er genoss es, ihre Haut zu spüren, genoss das Gefühl, nicht allein zu sein, welches ihre Berührung ihm schenkte.

„Ich dachte, ich würde sie von ganzem Herzen lieben, und es trieb mich in den Wahnsinn, dass sie mir das Gefühl gab, ich sei ihrer unwürdig und aufgrund meiner Herkunft kein ganzer Mann. Sie riss meine Welt aus den Angeln, brach mir das Herz in tausend Scherben, bis ich keinen ruhigen Moment mehr hatte, weil mein Herz und meine Seele mich in jedem wachen Moment quälten."

„Und das hieltest du für Liebe?" Von irgendwo über ihm liebkoste ihn Grace' sanfte Stimme.

„Sieh mich nicht so schockiert an. Du zeigst mir, was Liebe ist." Er leckte sich über die Lippen, schmeckte ihr sahniges Aroma und wünschte sich inständig, die Kraft zu haben, sich wieder zwischen ihren Schenkeln zu vergraben. Dann wandte er den Kopf und küsste ihre Hand. „Ich weiß, dass ich die Countess niemals geliebt habe und dass ich dich liebe, Grace. Sie gab mir das Gefühl, kein ganzer Mann zu sein. Du weckst in mir den Wunsch, nach Höherem zu streben."

„Wir sind gekommen, um Ihnen beim Auskleiden zu helfen, Miss. Dürfen wir eintreten?"

Grace hielt inne. Sie hatte einen hoffnungslosen Kampf mit den Schnüren ihres Korsetts ausgefochten und bereits verzweifelt in Erwägung gezogen, sich in Devlins Badezimmer zu stehlen und eine scharfe Rasierklinge zur Hilfe zu nehmen. Aus dem angrenzenden Schlafzimmer drang sein Schnarchen zu ihr. Das Laudanum hatte ihn vollkommen außer Gefecht gesetzt.

Devlin hatte ihr gesagt, sie solle niemanden in ihr Zimmer lassen.

Und natürlich wollte sie ihn nicht darum bitten, ihr die lästige Unterwäsche auszuziehen. Er war viel zu müde gewesen, und genau in dem Moment sprach er diesen bemerkenswerten Satz aus.

Du weckst in mir den Wunsch, nach Höherem zu streben.

Stimmte das? Wie konnte das sein, da er ihr doch deutlich klargemacht hatte, er könne sein Leben als Straßenräuber nicht aufgeben?

Die Kante ihres Korsetts, die sich durch ihre Anstrengungen verdreht hatte, bohrte sich in ihre Brüste. *Autsch!* Sie konnte nicht die ganze Nacht in diesem Ding ausharren.

Was, wenn die Frauen vor der Tür nackt waren? Schließlich liefen viele von ihnen unbekleidet im Haus herum.

Und wie sehr sie sich wünschte, sie wäre es auch.

Nun, nicht nackt, aber ohne ihr Korsett.

Devlins Welt war eine Welt ohne Korsetts, das hatte sie bereits festgestellt. Die Welt hingegen, zu der sie lange Zeit so gern gehört hätte, die Welt ihrer eiskalt urteilenden Großmutter, war so eng geschnürt, dass keine Frau es wagte, laut zu lachen oder tief durchzuatmen.

„Miss?", wiederholte die Stimme vor der Tür.

Niemand machte sich hier die Mühe vorzugeben, man würde sie für eine verheiratete Frau halten.

Sicher war es Devlin vor allem darum gegangen, dass sie keine Männer in ihr Zimmer ließ.

Grace ging zur Tür, spürte dabei deutlich die Stäbe ihres Korsetts – die ihr mehr als nur ein unbehagliches Gefühl bereiteten – und öffnete.

Vor ihr standen zwei hübsche Frauen; früher hätte Grace sie als Mädchen bezeichnet – die Mädchen aus Devlins Harem –, aber inzwischen hatte sie beschlossen, sie als Frauen zu betrachten. Beide trugen Seidengewänder, die in der Taille eng zusammengebunden waren, sodass man deutlich ihre üppigen Kurven erkennen konnte. Die eine hatte einen bronzefarbenen Morgenmantel an, der gut zu ihren sommersprossigen Wangen und dem kastanienbraunen Haar passte. Sie war die Frau, die so empört und wütend gewesen war, als sie gesehen hatte, dass Devlin Grace wieder mit hierherbrachte.

Nun jedoch glitt sie lächelnd in Grace' Schlafzimmer. „Ruht Devlin?“, erkundigte sie sich mit leiser Stimme. „Ich glaube, Kennedy hat ihm eine ordentliche Menge Laudanum gegeben.“

Grace nickte, und auch die andere Frau trat ein und schloss die Tür hinter sich. Sie hatte einen kleinen grünen Samtsack bei sich, den sie neben der Tür abstellte. Grace erkannte in ihr eine der Frauen, die sich um Rogan St. Clair gestritten hatten. Diese Frau hieß Bess, sie hatte offen fallende schwarze Locken, die ihr bis zur Taille reichten, mit dazu passenden, dramatisch wirkenden, langen schwarzen Wimpern, schwarzen Brauen und dunkelroten Lippen.

„Ich bin Lucy. Sie müssen müde sein, Miss“, sagte das Mädchen mit den kastanienbraunen Haaren mit einer sanften schönen Stimme. „Nachdem Sie auf der Straße überfallen wurden und sich so sehr um Devlin sorgen mussten.“

Lucy legte ihre schmale Hand auf Grace' Rücken und schob sie zu ihrer Überraschung vorwärts. „Kommen Sie zum Spiegel, und ich helfe Ihnen aus Ihrem Kleid.“

Seufzend folgte ihr Grace. Sie war tatsächlich müde. Aber warum sollte Lucy ihr helfen wollen?

„Wie heißen Sie, Miss?“, erkundigte sich Lucy.

„H...“ Sie stockte. Jeder in diesem Haus hatte sie schon gesehen, aber sie wussten nicht, wie ihr Name lautete. „Heatley“, schwindelte sie.

„Miss Heatley“, sagte Lucy, „ich werde Sie von diesem Korsett befreien.“

Ihre Finger arbeiteten flink, und schon bald konnte Grace tief durchatmen. Lucy schaute durch den Vorhang ihrer glänzenden, rotbraunen Haare in den Spiegel, und ihre Blicke begegneten sich. „Er wird sich bald erholen, wissen Sie. Devlin. Er überlebt alles.“

Die lässige, besitzergreifende Art der Frau versetzte Grace

einen schmerzhaften Stich, den sie zu ignorieren versuchte.

„Leben Sie schon lange hier bei Devlin?“ Grace versuchte die Frage klingen zu lassen, als würde die Antwort sie nur sehr am Rande interessieren, doch gleichzeitig fragte sie sich, warum sie sich so quälte.

Die Korsettschnüre in den Händen, hielt Lucy inne. Ein gedankenverlorenes Lächeln verwandelte sie – in eine verliebte Frau. „Den größten Teil meiner entscheidenden Lebensjahre habe ich hier verbracht. Er hat mich gerettet. Natürlich, so wie er uns alle gerettet hat.“

Und auch sie hatte er aus größten Schwierigkeiten befreit, ging es Grace durch den Kopf. Deshalb hatte sie sich in ihn verliebt, doch sie war nicht die Einzige. Hatte er tatsächlich alle Frauen hier im Haus gerettet? Sie hatte geglaubt, er würde sie einfach bezahlen, oder sie wären wie die Frauen, die der Armee von Lager zu Lager nachreisten – Frauen, die sich unwiderstehlich von größeren Ansammlungen von Männern angezogen fühlten. Doch es schien, als würde hinter der Beziehung zwischen Devlin und diesen Frauen viel mehr stecken. Er errettete Frauen – auch mit Prudence hatte er das getan. Er war nicht in der Lage gewesen, seine Mutter zu beschützen, also hatte er sie stattdessen gerächt und rettete nun an ihrer Stelle alle anderen Frauen, die seinen Weg kreuzten.

Grace zuckte zusammen, als eine eiskalte Hand nach ihrem Herzen griff.

Und nun versuchte Devlin, sie erneut zu retten und sie nach Hause zu ihrer Familie zu bringen, wo sie seiner Meinung nach hingehörte. Vielleicht war sie für ihn nicht mehr als eine Frau, die Hilfe benötigte.

„Hat er Ihnen jemals gesagt, Sie seien eine Frau, die in ihm den Wunsch weckt, nach Höherem zu streben?“, erkundigte sie sich bei Lucy.

„Was? Wonach könnte Devlin denn noch streben? Er ist berühmt! Er ist wie Robin Hood." Lucy half ihr aus dem Korsett heraus. Oh, es fühlte sich so gut an, das Ding los zu sein.

Grace sah Bess an. „Wie hat Devlin Sie gerettet?" Sie hätte von seinem Großmut beeindruckt sein müssen, aber um ihr Herz fühlte es sich eng an, als hätte sie das Korsett noch an und würde ihre Brust zusammendrücken.

„Ich habe auf den Docks gearbeitet. Ich besaß nicht einmal ein Zimmer zum Schlafen, wenn ich keinen Mann dazu bringen konnte, eines zu bezahlen, damit ich ein Bett hatte. Aber die meisten nahmen mich einfach an eine Tür oder eine Wand gelehnt, bevor sie in die nächste Kneipe gingen."

„Sie sind nicht wirklich Miss Heatley, nicht wahr?" Es war Lucy, die ihr diese Frage stellte. Sie zwinkerte Bess zu, die zur Tür tänzelte und dabei unter dem Morgenmantel ihre Hüften sinnlich schwang. Aus dem Samtbeutel zog Bess zwei Flaschen Wein.

„Natürlich bin ich das."

Geschickt entkorkte Bess eine der Flaschen und reichte sie Lucy, die sich umwandte und sie mit einem großzügigen Lächeln Grace hinhielt. „Hier, nehmen Sie einen Schluck."

Grace legte ihre Hand um das kühle Glas. Noch nie hatte sie direkt aus der Flasche getrunken, aber ein solches Verhalten – es erschien ihr primitiv und sinnlich – passte in die Welt eines Piraten, und so führte sie die Flasche zum Mund.

Der Wein war sicher sehr gut. Lucy machte eine hastige Bewegung, und sie ließ die Flasche wieder sinken. Anschließend widerstand sie der Versuchung, sich die Lippen mit dem Handrücken abzuwischen, was wohl kaum als gutes Benehmen zu bezeichnen gewesen wäre. Bereits von den wenigen Schlucken, die sie zu sich genommen hatte, fühlte sie sich berauscht und hätte am liebsten losgekichert.

Es war wirklich Zeit, dass sie zu Bett ging.

Sie sehnte sich danach, sich neben Devlin zusammenzurollen, doch er war verwundet, und sie hatte Angst, ihm wehzutun.

Bess reichte ihr die zweite, noch unberührte Flasche, und sie nahm wieder einige Schlucke. Der Wein war köstlich, ein Beweis für Devlins exquisiten Geschmack in Dingen, die mit Sinnlichkeit zu tun hatten.

In vino veritas. Sie war hoffnungslos verliebt in Devlin, ebenso wie Lucy, und das verwirrte sie so sehr, dass sie noch etwas mehr trank.

Dann gab sie Bess die Flasche zurück, im selben Moment, in dem Lucy die erste geleert hatte.

„Ich bin ein bisschen benommen", gab sie zu. „Ich denke, ich sollte jetzt schlafen gehen."

Lucy umfasste ihre Handgelenke, führte sie zum Bett und half ihr, sich darauf niederzulegen. Die vier Pfosten begannen sich langsam um sie zu drehen, als sie sich auf der Matratze ausstreckte. Devlins Wein zeigte eine ziemlich starke Wirkung.

„Devlin ist ziemlich angetan von Ihnen. Wenn Sie zu seiner Welt gehören wollen, werden Sie lernen müssen, was ihm am besten gefällt."

Nun begann das ganze Zimmer zu rotieren, und Grace konnte kaum noch die Lider offenhalten.

Lernen, was ihm am besten gefällt?

Das brachte sie dazu, den Versuch zu unternehmen, sich aufzurichten.

Lucy öffnete den Gürtel ihres Morgenmantels und ließ das seidene Gewand zu Boden gleiten. Zum Vorschein kam ihr üppiger Körper, nur noch bedeckt von einem hauchdünnen Unterkleid, das über ihren großen Brüsten spannte. Geschmeidig wand sie ihren kurvenreichen Leib um den mit zahllosen Schnitzereien geschmückten, vergoldeten Bettpfosten. „Wir haben so viel Spaß. Devlin und die anderen Männer kümmern sich um all unsere Bedürfnisse – wir haben hübsche Kleider, köstliches Essen, unsere Freiheit. Und Vergnügen. So viel Vergnügen. Die Männer lieben es, wenn wir uns ganz unseren sinnlichen Bedürfnissen hingeben. Sehen Sie zu …“ Sie lächelte schelmisch. „Und Sie werden etwas Besonderes erleben.“

Bess griff nach dem hübschen Samtsack und stellte ihn vor die Bettkante. Er sah schwer aus, offenbar war nicht nur Wein darin. „Sie haben uns von überall auf der Welt die faszinierendsten Spielzeuge mitgebracht.“

Sie hob einen Gegenstand, den Grace im ersten Moment für den Stoßzahn eines Elefanten hielt. Dann sah sie die geschnitzte Form und errötete. Es sah aus wie zwei Penisse, die an den Enden zusammengefügt waren.

Lucy hatte ein Fläschchen Öl aus dem Sack gefischt, und Grace schluckte mühsam. In ihrem Kopf drehte sich alles, und sie wusste, sie hätte die Frauen wegschicken sollen, doch als sie es versuchte, schüttelte Lucy den Kopf. „Es wird ein großer Spaß“, versicherte sie mit einem perlenden Lachen.

Lucy rieb bereits das eine Ende des Phallus mit Öl ein, während Bess ihre anmutigen Finger mit Öl benetzte. Als Bess gleich darauf Lucys Unterkleid hob und anfing, Lucys intimste Stellen mit ihren öligen Fingern zu massieren, erstarrte Grace vor Entsetzen. Auch weil Lucy vollkommen rasiert war.

Doch sie konnte nicht anders, als zuzusehen, wie Bess’ Finger zwischen Lucys feucht glänzende, rosige Schamlippen glitt.

„Oh, wie ich fühle, bist du schon ganz nass“, gurrte die dunkelhaarige Bess.

Lachend packte Lucy ein Ende des Elfenbeinphallus und presste es gegen ihre Öffnung. Mit einem einzigen Ruck schob sie es in sich hinein und keuchte, während ihr Gesicht rot anlief. „Oh, ich liebe es, wenn einer schnell zustößt."

Bess warf ihren Morgenmantel ab und enthüllte ihre nackten Kurven. „Aber zuerst ..." Sie zwinkerte Grace zu und nahm etwas anderes aus dem Sack. Gleich darauf befestigte sie eine Art Metallklammern an ihren Nippeln, zuckte und stöhnte, während sie um ihre steifen, bräunlichen Brustwarzen zuschnappten.

„Die Männer lieben es, uns beim Spielen zuzusehen." Bess lachte, während sie zwei geschnitzte Spielzeuge hochhielt, beide tränenförmig, jedoch mit einem breiten Griff am schmalen Ende. Sie wandte sich um, sodass Grace ihr üppiges Hinterteil sah. Und ohne weitere Umstände schob sie sich eines der riesigen Spielzeuge zwischen die Hinterbacken.

Grace war sicher, dass sie Schmerzen erleiden musste, während sie keuchend das Ding immer wieder hervorzog und tief hineinschob – in ihren Hintern.

Grace war so erstaunt, so verwirrt ... so erregt, dass es in ihrem Kopf drunter und drüber ging. Ihre Haut schien plötzlich zu eng für ihren Körper zu sein und war fast unerträglich empfindlich. Sie war unbefriedigt geblieben, weil sie Devlin davon abgehalten hatte, sie weiter zu lecken, und nun befand sie sich in erotischen Nöten.

Mit einem Aufschrei stieß Bess das Spielzeug in sich hinein, dann tanzte sie herum und wackelte mit ihrem Hinterteil, während Lucy jubelte und applaudierte.

„Und jetzt vögele mich, Lucy!"

Und genau das taten sie dann auch. Bess legte sich quer über das Fußende des Bettes, die bizarren Klammern über ihren harten Nippeln aufragend, die Beine einladend weit gespreizt. Da das eine Ende des Spielzeugs aus Lucy herausragte, verfügte sie über einen Schwanz, den sie in Bess hineinschieben konnte.

Angesichts der aufreizenden Geräusche, mit denen Lucy in ihre Freundin hineinpumpte, errötete Grace. Und als Lucy bis zum Anschlag in Bess steckte, begann sie hart zuzustoßen.

„Langsamer", warnte Bess sie. „Du wirst zu rasch kommen."

„Aber das will ich doch", schrie Lucy.

„Nicht bevor du dafür gesorgt hast, dass ich komme!" Bess lachte.

Lucy wandte sich an Grace. „Du brauchst ein Spielzeug. Du bist sicher erregt."

Oh, das war sie. Doch es war nicht richtig, sich das hier anzusehen. „Ich sollte euch allein lassen."

„Aber wir lieben es, Zuschauer zu haben", rief Lucy. „Du könntest eines der Spielzeuge in deinen Hintern schieben."

„Durch die Form bleibt es fest stecken." Bess zwinkerte. „Du könntest zwei Spielzeuge gleichzeitig in dir haben. Das macht fast so viel Spaß, wie sich mit zwei von Devs Männern gleichzeitig im Bett zu amüsieren. Wenn auch nicht ganz so viel Vergnügen, wie mit vieren gleichzeitig."

Lucy lachte über diese Worte, und Grace sah, wie sie sich ihrem Höhepunkt entgegenarbeiteten, während sie beide lustvoll stöhnten und seufzten.

Oh, sie stand in Flammen.

Sie wünschte so sehr, Devlin wäre nicht verletzt.

Mit einer Abfolge wohlklingender, weiblicher Quietscher kamen Lucy und Bess zum Orgasmus.

Und alles, was Grace blieb, war Frustration.

„Sie ist ebenso wenig eine Miss Heatley, wie ich eine bin", murmelte Lucy. Devlins Geliebte hatte geschickt ihren wahren Namen geheim gehalten, sogar nach all dem Wein. Selbst nach der Vertrautheit, die entstand, wenn eine Frau zwei anderen beim Sex zusah. Lucy hatte gehofft, dadurch würde Grace sich sicher fühlen, als Freundin unter Freundinnen, und sie würde ihren Schutzschild fallen lassen.

Aber es hatte die anständige Frau nur noch wachsamer gemacht.

Doch dann hatte Lucy eine Eingebung.

Devlin stand unter der Wirkung von Laudanum! Es hatte eine Weile gedauert, ihn so wach zu bekommen, dass er ihr zuhörte, und sie musste sehr klug vorgehen, aber Lucy hatte ihn schließlich trickreich so weit gebracht, dass er den Namen seiner Geliebten flüsterte.

Grace Hamilton.

Alles, was sie nun noch tun musste, war, Rogan den Namen wissen zu lassen.

17. KAPITEL

Etwas Raues schlang sich um ihre Handgelenke.

Grace wand sich auf ihrem Bett. Sie war aus ihrem Traum herausgerissen worden, unter dem Laken war ihr entsetzlich warm, ihr Atem ging rasch, und ihre Möse fühlte sich an, als wollte sie im nächsten Moment explodieren.

Und nun wollte Devlin sie fesseln.

„Ja“, flüsterte sie. Allein seine Berührung würde ausreichen, sie kommen zu lassen. Sie hatte von ihm geträumt. Hatte geträumt, dass sie sich auf seinem Schiff befand. In ihrer verschwommenen Traumwelt stand sie am Steuer und schaute über das endlose Meer. Und sie war diejenige, die die Richtung des Schiffes bestimmte, was sie bereits an den Rand des Orgasmus gebracht hatte, und Devlin hatte ihren Rock gehoben, war mit seinen Händen an der Innenseite ihrer Schenkel nach oben geglitten und hatte sie zwischen ihren Beinen zärtlichst liebkost.

Es war ein höchst erotisches Spiel – wie sie versuchte standzuhalten, während er ihre Perle streichelte. Und natürlich musste sie die Kontrolle über das Schiff behalten, selbst als er sie unerbittlich rieb und ihre Beine unter ihr fast nachgaben. Aber sie musste Haltung bewahren, und nie zuvor war sie so wagemutig gewesen.

In ihrem Traum hatte er mit seinem langen, schönen Schwanz an ihren Schamlippen entlanggestrichen, und sie hatte ihre Beine weiter gespreizt, wollte ihn in sich spüren.

Und dann war sie aufgewacht, und sie brauchte nur noch ein wenig mehr Reibung, nur noch ein paar winzige Liebkosungen, und sie würde …

„Still“, befahl eine barsche Stimme. Ihre Lider flogen auf, und sie öffnete die Lippen, aber schon legte sich eine Hand fest über ihren Mund. Das war nicht Devlin. Er würde niemals so brutal sein …

In ihrem Kopf wirbelten die Gedanken wie verrückt durcheinander. Der Mann an ihrem Bett verharrte viele Herzschläge lang mit seiner Hand auf ihrem Mund. Wartete er darauf festzustellen, wie sehr sie sich wehren würde? Oder lauschte er nach Geräuschen aus Devlins Zimmer?

Blind kratzte sie über die Hand, die sich auf ihren Mund drückte. Sie strengte sich an, in der tiefen Dunkelheit etwas zu erkennen, doch es gelang ihr nicht. Grace hatte keine Ahnung, wer der Mann war.

Wie stark stand Devlin unter dem Einfluss des Medikaments? Würde er sie hören, wenn sie schrie?

Ihr verzweifeltes Drehen, Winden und Treten zeigte keinerlei Reaktion.

„Ruhig jetzt, meine Liebe", murmelte die Stimme des Mannes, der ihr immer noch den Mund zuhielt. Ein fauliger Gestank stieg ihr in die Nase, und ihre Augen begannen zu tränen.

Instinktiv wollte sie sich wegdrehen, aber sein Knie stemmte sich auf ihre Brust, und sie konnte sich nicht mehr rühren.

Ein feuchtes Tuch glitt über ihre Wange, und beim nächsten Atemzug betäubte der beißende Geruch ihre Sinne und verwandelte ihr Gehirn in Baumwolle. Angst verlieh ihr die Kräfte der Verzweiflung, und sie schlug auf den Mann über sich ein. Ihre Nägel kratzten hoffnungslos über seine Kleidung.

Der Lappen legte sich auf ihre Nase und ihren Mund. Ihre gedämpften Schreie drangen einige Augenblicke an den Seiten des Tuches hervor, doch dann atmete sie heftig ein, der Lappen füllte ihre Mundhöhle, und in ihrem Kopf waberten Nebelschwaden.

Grace streckte den Arm aus und versuchte verzweifelt, ihren Fall in die Dunkelheit aufzuhalten.

Doch der schwarze Abgrund war überall um sie herum und verschluckte sie.

Devlin war immer noch benommen von dem Laudanum, und seine ganze linke Seite schmerzte. Sein Halbbruder Wesley hatte auf sein Herz gezielt. Hätte Devlin nicht mit dem Dolch nach ihm geworfen, wäre er jetzt tot.

Schrecklich – Grace wäre Wesley dann schutzlos ausgeliefert gewesen.

Verschlafen strich er sich sein zerzaustes Haar aus den Augen und lehnte sich an den Türrahmen zwischen seinem und Grace' Zimmer. Seine Beine trugen ihn nur unsicher und zitterten unter ihm, noch nicht bereit, sein Gewicht zu tragen. Er lehnte sich fester gegen den Rahmen, um sich aufrecht zu halten.

Wo war sie?

Warum war sie nicht in sein Zimmer gekommen, wenn sie bereits wach war?

Leise Schritte auf dem Flur ließen ihn erstarren, er lauschte, bemüht, selber keinerlei Geräusche zu verursachen. Konnte das Grace sein? Unbehagen lief kribbelnd an seinem Rückgrat hinunter, als die Schritte sich leise auf seine Tür zubewegten.

Devlin bezweifelte, dass Grace heimlich in sein Zimmer schleichen würde, aber irgendjemand tat es soeben.

Was war mit Grace geschehen?

Er stieß sich vom Türrahmen ab und glitt rückwärts an der Mauer entlang. Indem er sich so leise wie nur möglich bewegte, stützte er sich mit den Armen an der Wand ab und gelangte auf diese Weise neben seine geschlossene Zimmertür, die auf den Gang hinausführte, wo die Geräusche herkamen. Seine Beine fühlten sich nicht mehr ganz so schwach an, und er riskierte, sich auf sie zu verlassen und aufrecht zu stehen, ohne sich abzustützen. Erfolgreich.

Nun schaute er hinunter auf den Türknauf.

Verdammt, er hatte seine Tür abgeschlossen. Langsam

drehte er den Schlüssel herum. Er sorgte dafür, dass in seinem Haus stets alles in Ordnung gehalten wurde, und das kaum hörbare Geräusch, mit dem das Schloss sich öffnete, übertönte er mit einem leisen Ächzen. Wer auch immer vorhatte, in sein Zimmer zu schlüpfen, würde denken, dass er in seinem medikamentenschweren Schlaf vor sich hin stöhnte. Der Knauf drehte sich langsam und gab dabei nur ein sanftes Klicken von sich; dann bewegte sich die Tür fast lautlos in den Angeln. Ein Lichtkegel fiel aus dem Flur ins Zimmer. Als Erstes sah er schlanke Finger und den Saum eines grünen Kleides.

Devlin bereitete sich auf den Sprung vor. Lucys Blick war auf das zerwühlte Bett geheftet – nachdem er aufgestanden war, hatte er die Decken wieder nach oben geschlagen, sodass nicht sofort zu erkennen war, dass er nicht mehr darin lag. Sie trat ganz ins Zimmer, und sein Moment war gekommen.

Als er seine Hand gegen ihren Mund presste, erstarrte Lucy vor Schreck. Obwohl seine Knie immer noch weich waren, zerrte er sie vorwärts, während er gleichzeitig mit dem Fuß die Tür schloss. Etwas flatterte aus ihrer Hand zu Boden. Aus dem Augenwinkel sah er ein weißes Tuch, und seine Nase erkannte den Geruch eines Mittels, mit dem sie ihn hatte bewusstlos machen wollen.

„Süße", murmelte er in Lucys Ohr, während er sie zu seinem Bett zog. „Ich dachte, du liebst mich."

Sie wehrte sich nicht, was ihn überraschte und beunruhigte. Lucy war keine Frau, die sich kampflos ergab.

Devlin warf sie aufs Bett. „Nicht schreien, Lucy. Verschwende nicht deinen Atem. Ich bezweifle, dass irgendjemand angerannt kommt, um dich vor mir zu beschützen."

Stolz hob sie ihr Kinn, und ihre rotbraunen Locken umgaben ihr trotziges Gesicht. Offensichtlich glaubte sie, jemand würde sie retten.

Gefasst lehnte er sich gegen den Bettpfosten und sah zu, wie ihr Blick von ihm zur Tür huschte, aber ihr musste klar sein, dass sie es auf keinen Fall aus dem Zimmer schaffen konnte. Er zitterte, zitterte vor Schmerzen, vor Zorn und vor Angst und verschränkte die Arme vor der Brust, um es vor ihr zu verbergen.

„Was hast du mit Grace gemacht, Lucy?" Er hatte Mühe, seine Stimme unter Kontrolle zu halten. Selbstbeherrschung hatte ihn zu einem erfolgreichen Piraten gemacht und dafür gesorgt, dass sich keine Schlinge um seinen Hals legte.

Aber nie zuvor hatte er erlebt, dass sein Körper derart zitterte; nie zuvor hatte sein Herz so heftig geschlagen; er wusste nicht, wie es sich anfühlte, von einer derartig eiskalten Wut durchlaufen zu werden.

Lucy lächelte.

„Hexe!", brüllte er und sprang aufs Bett, sodass sein Körper über ihrem war. Schmerz durchfuhr ihn. In ihren weit aufgerissenen Augen stand echte Angst. „Du bist nur nützlich für mich, weil du weißt, wo Grace ist. Wenn du nicht vorhast, es mir zu sagen, werde ich mehr als glücklich sein, meine Wut an dir auslassen zu können."

„Das t...tust du nicht, Devlin. Du hast noch nie eine Frau geschlagen."

Er spürte, wie seine Lippen sich zu einem wilden Knurren verzogen. „Es war noch nie jemand in Gefahr, den ich wirklich liebte. Es ist mir egal, dass du eine Frau bist, Lucy." Er senkte den Kopf, bis sein Mund dicht vor ihrem war. „Alles, was ich sehe, ist böse, und ich will dich zur Strafe erdrosseln."

„Dev! Nein!"

„Wo ist sie?" Er änderte seine Haltung, sodass seine Knie zu beiden Seiten der bebenden Lucy aufgestützt waren. Dann legte er die Hände um ihren Hals. Seine Hände waren so groß und ihr Hals so schmal, dass es ein Leichtes gewesen wäre, sie zu töten.

Er hatte Prudence' Geliebten umgebracht, und es war ihm nicht schwergefallen. Weil es notwendig gewesen war, und weil sein Opfer zu jenen kranken Kerlen gehört hatte, die jungen Mädchen nachstellten, sodass er ohne größere Schwierigkeiten sein Gewissen hatte ausschalten können. Es war sinnvoll gewesen, so zu handeln. Während seiner Jahre als Pirat hatte er viele Männer getötet.

Und nicht einer dieser Männer hatte ihm angetan, was Lucy ihm angetan hatte; keiner hatte ihm sein Leben, seine Seele, sein Licht genommen – zur Hölle, seinen einzigen Grund aufzuwachen und sich dem neuen Tag zu stellen.

Das war es, was Grace für ihn geworden war.

„Wo ist sie?" Er drückte fest zu, fest genug, um ihr wehzutun und ihr Angst zu machen.

„Ich weiß es nicht!"

„Keine Spielchen, Lucy. Vergeude nicht meine Zeit."

Sie umklammerte seine Handgelenke und zerrte ohne jede Wirkung an seinen Armen. „Ich weiß es nicht!", schrie sie wieder, aber Devlin war nicht geneigt, ihr zu glauben. Doch er wusste, er musste Geduld haben. Er lockerte seinen Griff so weit, dass sie einen tiefen, verzweifelten Atemzug tun konnte.

„Du weißt es, Lucy. Ich sehe in deinen Augen, dass du mir etwas verheimlichst."

Sie begann, ihren Kopf zu schütteln, also verstärkte er mit einem frustrierten Knurren den Druck auf ihre Kehle wieder. Seine Bewegungen wurden mechanisch; ein kaltes, unmenschliches Gefühl der Unausweichlichkeit hatte von ihm Besitz ergriffen. Lucy war eine verdammte Idiotin, eine grausame und gefühllose Hexe, und wenn sie ihren Tod willig in Kauf nahm, würde er ihr dazu verhelfen.

Etwas flackerte in ihren entsetzten Augen auf, als wäre sie endlich zu der Einsicht gelangt, dass er nicht vorhatte aufzuhören.

„Sie ist bei Rogan", keuchte sie. „Er hat mir nicht verraten, wo er sie hinbringt – nach allem, was ich für ihn getan habe, sagte er, er würde mir nicht trauen, wenn ich ihm nicht helfe, dich zu bekommen."

„Also ..." Verdammt, er hatte seine Karten falsch ausgespielt. „Rogan war also hier, um mich mitzunehmen, nachdem du mich betäubt hast."

„Ja, ich glaube."

„Du glaubst." Machte es irgendeinen Sinn, Rogan zu verfolgen? Er bezweifelte es – Rogan hatte wahrscheinlich einen Teil der Szene zwischen Lucy und ihm durch die Tür belauscht. Oder war Lucy schlicht und einfach von Rogan hereingelegt worden? Sollte diese kleine Darbietung nur den Zweck haben, ihn in Wut zu versetzen und dazu zu bringen, unüberlegt die Verfolgung aufzunehmen?

Devlin erlöste Lucy von seinem Würgegriff. „Bekommt er Unterstützung von irgendeinem meiner Männer?"

„Nein. Er konnte ihnen nicht trauen, und so hat er sich seine eigene Bande zusammengestellt. Ich kenne keinen von ihnen."

Sein Gewissen schlug, als er sah, wie Lucy zusammenzuckte, während sie mit der Hand ihre Kehle berührte. Tränen flossen über ihre Wangen, aber damit verschaffte sie sich wohl nur Erleichterung. Dennoch hasste er den Gedanken, eine Frau verletzt zu haben, die er einmal als Freundin betrachtet hatte. Eine verspielte Geliebte, eine charmante Gesellschafterin, eine Frau mit einem leidenschaftlichen Herzen – er hatte Lucy immer gemocht.

Mit einem langen Zischen stieß Devlin die Luft aus seiner Lunge. Sein ehemaliger Lieutenant hielt Grace für höchst wertvoll, daher würde er ihr nichts tun. Wenigstens jetzt noch nicht.

„Was genau plant er?", erkundigte sich Devlin bei Lucy. „Will er sie mir gegen ein Lösegeld wiedergeben?"

„Oh nein, sein Plan ist, das Lösegeld ihrer Familie abzunehmen und sie dorthin zurückzubringen. Er sagt, du seiest ein verdammter Dummkopf, das nicht zu tun."

Devlin rollte sich von Lucy herunter und sprang vom Bett. „Gütiger Gott, wie konntest du dabei mitmachen?"

„Ich wollte sie loswerden! Sie hat sich zwischen uns gestellt und ..."

„Zwischen uns beiden ist nie etwas Ernsthaftes gewesen, Lucy. Warum, glaubst du, habe ich zugesehen, wie du mit den meisten der anderen Männer hier geschlafen hast? Du gehörst zu meiner Familie, aber ich habe dich nie auf diese Weise geliebt."

Sie begann zu schluchzen, und ein Schwall hysterischer, selbstmitleidiger Tränen war das Letzte, was er jetzt gebrauchen konnte.

„Wirst du mich nun davonjagen?", wimmerte sie. „Wirst du mich t...töten?"

„Nein, Lucy, du kleiner Dummkopf. Ich werde dich nicht töten, und ich werde dich nicht mit nichts als den Kleidern, die du am Leibe trägst, auf die Straße hinausjagen. Obwohl du mich hintergangen hast, kann ich mich nicht überwinden, so etwas zu tun. Es sei denn ..."

Er ließ den Satz unvollendet in der Luft hängen, und Lucys Finger irrten wieder zu ihrer verletzten Kehle.

„Aber du wirst dich nicht von der Stelle rühren, bis ich Grace sicher und gesund zurückhabe."

Lucy streckte die Hand aus und legte die Finger auf seinen Arm, eine verdammt gewagte Geste, wenn man bedachte, wie er darum kämpfen musste, sein Temperament unter Kontrolle zu halten.

„Es tut mir so leid, Devlin“, schnurrte sie.

„Das tut es nicht, Lucy, meine Liebe. Ich kann sehen, dass du sogar jetzt noch berechnend bist.“ Es stimmte. Sie hoffte, dass Grace endgültig fort war und sie die Beziehung zu Devlin irgendwie wieder in Ordnung bringen konnte.

Devlin ging hinüber zu seinen Kleidern, jeder Schritt bereitete ihm Höllenqualen. Seine Seite schrie vor Schmerzen. Lucy aufs Bett zu werfen, hatte seinen Verletzungen nicht gerade gutgetan. Er musste zu Grace gelangen und sie retten. Rogan neigte zur Feigheit – was, wenn er beabsichtigte, Grace zu töten, nachdem er das Lösegeld bekommen hatte? Mit Sicherheit würde er befürchten, sie könnte ihn identifizieren.

Wenn Rogan sich entschieden hätte, Grace gegen ein Lösegeld wieder zu Devlin zu bringen, würde er ihr kein Härchen krümmen. Aber Devlin konnte sich vorstellen, welchen Plan Rogan gefasst hatte. Er wollte das Geld für Grace kassieren und ihre Familie glauben machen, dass Devlin Sharpe sie entführt und getötet hatte. Devlin hegte keinen Zweifel daran, dass Grace’ Familie ihn jagen und töten würde, wenn sie der Meinung waren, dass er die Verantwortung für ihre Entführung trug.

Das musste Rogans Plan sein: sich das Lösegeld zu beschaffen und gleichzeitig ihn loszuwerden, sodass er das Kommando über die Bande übernehmen konnte.

Und das hieß, Grace schwebte in großer Gefahr.

Als Erstes musste er nun herausfinden, wo, zur Hölle, Rogan sich aufhielt.

„Du musst ein bisschen Wasser trinken, mein Engel. Ich kann nicht zulassen, dass du mir jetzt wegstirbst, nicht wahr?“

Amüsiert, selbstgefällig, spöttisch – die Stimme brachte Grace zum Zittern, als sie mühsam die Augen aufschlug. Rogan St. Clair, nackt bis auf eine Hose, hielt ihr eine Tasse Wasser an die Lippen. Aus trüben Augen erkannte sie, wie die klare Oberfläche sich kräuselte, und ihre Kehle schien sich vor Durst zusammenzuziehen.

Grace wusste, dass sie hätte trinken sollen; ihre Lippen waren vor Trockenheit gesprungen, ihre Kehle ausgedörrt. Sie war schwach vor Hunger und Durst. Doch sie wollte sich der Hand des brutalen Kerls nicht nähern.

Seltsamerweise heftete sich ihr Blick auf den angeschlagenen Rand der Tasse und die dunklen Risse im Porzellan. Licht sickerte durch die Bretter, die vor das Fenster genagelt waren, und ihr Körper schmerzte von dem kalten Dunst, der durch die Holztür drang. Ihre Nase kräuselte sich bei all den Gerüchen – dem Übelkeit erregenden Gestank des nassen Bodens, dem Tierkot und dem strengen Ammoniakgeruch ihres eigenen Urins.

Die Tasse sah so klein und zerbrechlich aus, als könnte er sie versehentlich zerdrücken. Seine Hände kamen näher. Wohlgeformte Hände, anmutige Hände – doch diese Hände waren so grausam gewesen. Ihre Wangen brannten immer noch von seinen Schlägen. An ihrer Schläfe pochte ein schmerzhafter Bluterguss. Ihre ausgetrockneten Lippen waren unter seinen Hieben bereitwillig geplatzt und hatten heftig geblutet.

Es war Stunden – vielleicht Tage – her, seit sie geschlagen worden war.

„Trink das Wasser", fauchte er. „Oder ich gieße es dir mit Gewalt in den Hals."

Sie wollte den Becher mit Wasser nehmen, aber ihre Handgelenke waren noch gefesselt, und ihre Knöchel waren an Ringe in der Wand gekettet; sie war zu schwach, um ihr Gewicht zu bewegen, sich gegen den Zug der Ketten zu stemmen und ihre Lippen an die Tasse zu legen.

Ihre Lider waren fast geschlossen – sie konnte es nicht ertragen, diesen Mann anzusehen. Sie fürchtete sich davor, seinem Blick zu begegnen, denn sie wusste nicht, was er tun würde. Seit er sie geschlagen hatte, war sie nicht wieder von ihm berührt worden.

Es war so entsetzlich gewesen.

Der erste Hieb mit seiner Handfläche in ihr Gesicht hatte sie fassungslos gemacht. Nicht nur wegen der Schmerzen und der Gewalt seines Schlages. Sie verstand nicht, warum er das tat. Er schien einfach verrückt geworden zu sein.

Der zweite Schlag traf sie, ihre Lippe platzte, und sie dachte, sie müsse sterben.

Dann versuchte sie wegzulaufen, aber er trat ihr mit seinen Stiefeln gegen die Beine, brachte sie zu Fall und schlug sie dann wieder und wieder. Nur ins Gesicht.

Dann verschränkte er die Arme und lächelte auf sie herunter. *Lächelte.* Ihr eines Lid schwoll bereits an; ihre Lippen und ihre Nase bluteten heftig. Und er nickte zufrieden mit dem Kopf. „Das sollte genügen. Und nun brauchst du ein wenig Ruhe“, bemerkte er fröhlich.

Und das machte ihr die meiste Angst.

Sie war darauf vorbereitet, von ihm totgeprügelt zu werden. Aber sein plötzlicher Wechsel zur Freundlichkeit, als er sie zu einem schmalen Bett trug und viel Aufhebens darum machte, sie mit einer Decke zuzudecken, weckte in ihr das Gefühl, verrückt geworden zu sein.

Selbst als er die Schellen um ihre Knöchel legte, rieb er ihre Haut, als wollte er verhindern, dass sie sich unbehaglich fühlte.

Gott, es war so furchtbar gewesen!

Wofür sparte er sie sich auf? Sie wusste es immer noch nicht.

Nun berührte die Tasse ihre wunde Lippe, und sie zuckte

zusammen. Seine Hand schob sich in ihr zerzaustes Haar und hielt ihren Kopf fest, während er einen schmalen Wasserstrahl ihre Kehle hinunterlaufen ließ.

Wie gut er darin war, dachte sie bitter. Er schien zu wissen, wie man ihr genug gab, aber eben nicht so viel, dass sie würgen musste.

Sie wusste, wer dieser Mann war, obwohl sie ihn erst zwei Mal gesehen hatte. Das eine Mal auf der Orgie in Devlins Haus, und das zweite Mal in dem schrecklichen Moment auf der mit Kies bestreuten Auffahrt vor dem Haus, als er gedroht hatte, Devlin zu erschießen. In jenem Augenblick, in dem sie instinktiv gehandelt und ihre Tasche durch die Luft geschleudert hatte.

„Du musst auch essen."

Durch ihre geschwollenen Lider sah sie leuchtend orangefarbene Streifen aus Sonnenlicht durch die Ritze des zugenagelten Fensters fallen. Sie hatte keine Ahnung, wo sie war. Der Boden, auf dem sie gelegen hatte, war rau und bestand aus ausgetretenen Holzdielen, zwischen denen Dreck hervorquoll. Die Wände waren grob verputzt, und vor den wenigen Fenstern waren Bretter befestigt. Das Ganze wirkte wie eine schlichte, längst verlassene Hütte.

Sogar den immer noch in der Luft hängenden Geruch von Tieren konnte sie wahrnehmen – wenigstens waren es keine Schweine gewesen –, was bedeutete, dass früher jemand hier gelebt und hinter dem Haus Tiere gehalten hatte.

„Heute ist die Nacht der Nächte, meine Schöne", säuselte St. Clair. Er nahm einen Löffel von irgendetwas aus einer Schüssel. Es war das Essen, welches hier vor einiger Zeit auf dem Herd gekocht hatte. Sie hatte sich daran gewöhnt, Essen zu riechen, das sie nicht zu sich nehmen würde, doch ihr Magen hatte sich vor Hunger zusammengezogen.

Ihr Kiefer verkrampfte sich schmerzhaft, als der Löffel sich ihrem Mund näherte und ihr das Aroma in die Nase stieg. Ihr Magen schien sich umzudrehen.

Sie wollte essen, aber konnte sie es auch?

Und was, wenn Drogen in dem Essen waren? Oder wenn es vergiftet war?

Doch als sie zögerte, rammte St. Clair ihr den Löffel zwischen die Lippen und schob ihn so grob weiter, dass sie es vorzog, ihren Mund zu öffnen, anstatt ihre Zähne zu verlieren.

„Ich versuche nicht, dich zu töten, mein Engel“, erklärte er ihr in jovialem Ton. Es war dieser Ton, den sie am meisten hasste. Er schien ihr damit sagen zu wollen, dass er ein Geheimnis kannte, von dem sie keine Ahnung hatte – es gab einen Witz, den sie nicht verstand. Einen grausamen Witz, in dem sie eine Hauptrolle spielte.

St. Clair legte den Kopf schief und studierte im schwachen Licht ihr Gesicht. Dabei verzog sich sein eigenes Gesicht zu einem Grinsen, das sich ganz allmählich über seinen Zügen ausbreitete, wie verschüttetes Wasser auf dem Boden unter ihr.

„Ich werde dich ein wenig herrichten müssen“, stellte er fest, „und dafür sorgen, dass du die Kraft hast, den Earl of Trent zu treffen.“

Marcus? Unvermittelt rutschte ihr ein Stück Fleisch die Kehle hinunter.

Sie hustete. Hustete und hustete, aber der Klumpen bewegte sich weder vor noch zurück.

Vielleicht würde sie gar nicht lange genug durchhalten, um Marcus zu sehen.

Das Klirren von zerschellendem Porzellan ließ sie zusammenzucken, und hilflos versuchte sie, trotz des Fleischstücks in ihrem Hals ein paar Worte hervorzuwürgen. Eine Faust schlug ihr auf den Rücken, und sie atmete tief und keuchend ein. Das Fleisch war plötzlich nach unten gerutscht und blockierte nicht mehr ihre Kehle. Tränen traten ihr in die Augen.

„Ich kann nicht zulassen, dass du dich zu Tode würgst."

„Devlin." Sie stieß mühsam seinen Namen hervor, obwohl ihr Hals von dem Fleisch und dem heftigen Husten wundgescheuert war. „Sie ... bringen mich ... zu Devlin?"

„Nein, meine Liebe. Es ist Zeit für dich, nach Hause zurückzukehren. Obwohl Devlin ein Vermögen für dich gezahlt hätte. Ich bezweifle nicht, dass er alles, was er besitzt, für dich geboten hätte. Aber dem verdammten Bastard könnte es auch gelingen, dich zurückzuholen, ohne mir das Lösegeld zu zahlen. Das würde deine Familie nie riskieren. Und sie können sich problemlos die Summe leisten, die ich für dich verlangen werde. Du musst dir keine Sorgen machen, meine Liebe."

Grace hatte Mühe, seinem Redefluss zu folgen. Er glaubte, Devlin würde all sein Hab und Gut für sie geben?

„Wie viel?"

„Siebzigtausend."

Sie musste erneut würgen. Das war ein Vermögen. Ein unglaublich großes Vermögen!

„In Edelsteinen – die sind leichter zu transportieren als eine Riesensumme in Guineas. Und einem Bankwechsel würde ich nicht trauen. Nein, meine Liebe, morgen früh wirst du dich wieder zu Hause in der Sicherheit deiner luxuriösen Welt befinden, und ich werde meine große Zukunft beginnen."

Mühsam öffnete sie die Lippen, doch er stopfte einen weiteren Löffel mit Essen dazwischen. Konnte er wirklich so leicht ein Lösegeld für sie bekommen? Selbst eine Summe, bei der ihr schwindelig wurde, wenn sie nur daran dachte?

Und was dann? Wie sollte sie erklären, was geschehen

war? Konnte sie lügen und ihre Familie glauben machen, dass sie zwar bei Devlin gewesen war, er sie aber nicht angerührt hatte?

Wenn die Ehemänner ihrer Schwestern, der Earl of Trent und Viscount Swansborough, erfuhren, was sie mit Devlin getan hatte, was würden sie dann mit ihm anstellen?

Niemals würden sie eine Heirat mit einem Straßenräuber erzwingen. Das wusste sie.

Aber würden sie Devlin tot sehen wollen?

Devlin nahm das Messer von seinem Schreibtisch und schlenderte hinüber zu dem jungen Will Havestock, der von Horatio und Nick gegen das überfüllte Bücherregal gedrängt wurde.

Während er das Messer in seiner Hand rotieren ließ, stellte Devlin sich vor den zitternden Jungen. „Auf See würde ich einen Verräter auf einer herausgerissenen, über die Reling gelegten Planke mit verbundenen Augen ins Wasser laufen lassen, Will. Oder ich würde ihm etwas hübsches Schweres um den Fuß binden und ihn einfach über Bord werfen lassen. In den wunderbar warmen Gewässern der Karibik würde er wohl kaum lange genug leben, um unterzugehen. Ein Tropfen Blut im Wasser, und die Haie würden herbeieilen, um ihn in Stücke zu reißen."

Der junge Will zuckte zusammen, und jegliche Farbe wich aus seinem Gesicht.

Devlin betrachtete ihn mit grimmiger Zufriedenheit. Ein einziger Blick hatte genügt, um den Knaben weich werden zu lassen. Ein verzweifelter Blick auf die gefesselte Lucy, die Devlin ihnen allen präsentiert hatte. Dem Jungen war seine Angst deutlich anzusehen.

Und dann waren nur noch ein paar fantasievolle Drohungen nötig gewesen, um den jungen Mann zu dem Geständnis zu bewegen, dass er Rogan St. Clair geholfen hatte.

„Aber ... aber ...", stotterte Will.

„Nun, es ist klar ersichtlich, dass wir uns nicht auf dem Wasser befinden und keine Haie in der Nähe sind, denen ich dich vorwerfen kann. Obwohl es ein Leichtes wäre, dich zu fesseln und als Köder für Wölfe zu verwenden. Interessanter Gedanke. Oder, wenn dir das besser gefällt, könnten wir es rasch hinter uns bringen, und ich könnte dir an Ort und Stelle eine Kugel zwischen die Augen schießen. Ich könnte dir auch die Kehle aufschlitzen, aber ich möchte nicht, dass dein Blut auf die Bücher spritzt."

Will schwankte beim Stehen. Horatio und Nick hielten ihn aufrecht.

„Aber es gibt eine Möglichkeit, wie du dich retten kannst, Knabe. Bring mich zu Rogans Versteck, und ich lasse dich leben."

Will schüttelte den Kopf.

Devlin hielt die Spitze seines Messers gegen Wills Kehle. „Wie schrecklich, all das Blut aufwischen zu müssen. Ich werde es Lucy machen lassen." Er zog das Messer zurück, als wollte er Wills Kehle durchschneiden ...

„Warten Sie! Warten Sie! Ich kann Sie dorthin bringen, Captain. Ich verspreche es."

„Sehr gut, Knabe. Sag mir erst, wo es ist, und dann führe mich hin. Und sei sicher, ich schneide dir den Bauch auf und lasse dich ganz langsam verbluten, wenn du irgendwelche Geräusche machst, Rogan ein Zeichen gibst oder mich in die Irre führst."

Will nickte.

Devlin kämpfte gegen die heiße, bittere Galle, die in seiner Kehle aufstieg. Nie zuvor hatte er eine Angst gekannt, die ihn so schwach machte, nicht einmal als er vor einer Kanone gestanden und darauf gewartet hatte, zum Vergnügen der britischen Kriegsmarine sein Leben zu lassen.

Er hatte mit Will ein Spiel gespielt, hatte vorgegeben, zuversichtlich und in jener Stimmung heiteren Übermuts zu sein, in der Männer sich oft befanden, bevor sie töteten. Es hatte funktioniert.

Doch was, wenn er zu spät kam?

Gott, was, wenn er wirklich zu spät kam?

„Devlin wird für dieses Verbrechen hängen, und ich kann nicht dulden, dass der Plan schiefgeht, weil du mir Unannehmlichkeiten bereitest und die Wahrheit ausplauderst."

Aus ihrer Position – in Ketten gelegt, gefesselt und vor Rogan St. Clairs schwarzer Kutsche auf die Knie gezwungen – starrte Grace durch ihre schmutzigen, zerzausten Haare zu St. Clair hinauf und spürte, wie ihr Herz sank.

Unannehmlichkeiten. „Aber – Ihr Geld?", flüsterte sie in dem Wissen, dass er vorhatte, sie zu töten und mit dem verzweifelten Wunsch, ihn überzeugen zu können, es nicht zu tun.

St. Clair stand mit gespreizten Beinen da, die Stiefel dicht vor ihren Knien aufgepflanzt. Sie hatte keine Ahnung, wo sie sich befanden – er hatte ihr die Augen verbunden, um sie hierherzubringen und ihr erst jetzt die Augenbinde abgenommen. Ringsum erstreckten sich dunkle Wälder, und durch ihr Unterkleid biss sie die kalte Nacht. Das war alles, was sie trug, ihr zerrissenes Unterkleid, und es hatte sich mit ihrem Schweiß, ihrem Urin und ihrem Blut vollgesogen. Wenigstens hatte er nicht versucht, sie zu vergewaltigen. Gott sei Dank schien er in dieser Hinsicht kein Interesse an ihr zu haben.

Sie waren allein, aber sie wusste, dass er über Männer verfügte. St. Clair betrachtete sie amüsiert, und Grace wünschte inständig, sie könnte ihm wieder ins Gesicht spucken. Sie hatte es schon einmal getan und dafür einen so heftigen Schlag bekommen, dass sie vor Schmerz ohnmächtig geworden war. „Sie werden Ihr Geld nicht bekommen, wenn ich …“

„Das ist das Schöne an dem Plan, meine Liebe. Ich werde dich immer noch als Tauschobjekt anbieten können. Sie werden mir das Geld geben, weil sie glauben, es sei der einzige Weg, dich in Sicherheit zu bringen. Sie werden das Risiko nicht eingehen, dich zu verlieren. Aber du wirst bereits tot sein.“

Ein Windstoß strich über ihre eiskalte Haut. Sie hörte Männerstimmen, sie redeten, lachten und warteten darauf, dass St. Clair die Sache mit ihr erledigte. Verloren in der Dunkelheit, allein, hungrig, müde, sehnte sie sich danach zu weinen. Nicht über Rogan St. Clair, sondern über ihre eigene Dummheit. Sie war aus Brighton, von Venetia und Maryanne, fortgelaufen, weil sie das Gefühl gehabt hatte, in der Familie keinen Platz zu haben, weil sie das Glück ihrer Schwestern nicht mehr mit ansehen wollte. Sie war geflohen, weil sie nicht mehr die ganze Zeit lügen wollte.

Einfach fortgelaufen war sie und hatte nie daran gedacht, was für ein kostbares Geschenk es war, dass sie ihre Familie liebte und von ihrer Familie geliebt wurde.

Sie hatte sich selbst um eine Ehe, Kinder und eine Zukunft betrogen.

Aber sie würde nicht zulassen, dass dieser übel riechende Schurke sie um ihr Leben betrog.

Sie durfte nicht aufgeben.

Eine Waffe! Ein Plan! Sie musste versuchen, nach etwas zu greifen. Selbst mit gefesselten Händen, die Finger taub vom Druck des Seils, musste sie einen Weg finden, ihn anzugreifen.

St. Clair beugte sich über sie und griff nach ihrem Arm, wobei er die Finger fest in ihre Haut krallte. Sie war dort so wund, dass der Druckschmerz an ihrem Rückgrat hinabschoss. Er zog sie auf die Füße.

„Es wird Ihnen niemals gelingen zu fliehen!", schrie sie, und die Wut verlieh ihrer Stimme, ihrer trockenen und rauen Kehle zum Trotz, Kraft und Volumen. „Meine Familie wird sich auf keinen Fall hereinlegen lassen. Wenn ich sterbe, werden Sie gar nichts bekommen!"

Er schüttelte ihren Arm. „Oh doch, das werde ich, meine Liebe. Selbst wenn ich keinen Penny bekomme, werde ich die Befriedigung haben, Devlin hängen zu sehen."

Gott, er war verrückt. Verrückt nach Rache. Wieder gewann ihre Wut Oberhand. „Warum wollen Sie Rache? Weil er Sie aus seinem Haus geworfen hat, als Sie Lösegeld für mich fordern wollten? Sie haben keine Ahnung, wie es ist, wirklich zu leiden. Alles zu verlieren. Zu …"

„Sei still." Er trat zurück, ließ sie, wo sie war, an der kühlen, polierten Seitenwand der Kutsche lehnend, und legte seine behandschuhte Hand um einen Griff, der aus einem Lederhalfter an seiner Seite ragte.

Ihr Herz setzte einige Schläge lang aus, als er eine lange Klinge hervorzog. Sie glänzte im Mondlicht, und Grace konnte erkennen, dass sie besonders fein und perfekt geschliffen war.

Oh Gott.

„Tut mir leid, mein Engel, aber dein Tod muss grausam sein. Und die Klinge gehört Devlin."

„Nein, warten Sie! Lassen Sie mich am Leben, und ich werde dafür sorgen, dass Sie viel mehr Geld bekommen, als Sie sich jemals erträumt haben!" Sie stieß die Worte hervor und betete dabei, dass er innehalten würde. Zeit. Sie brauchte Zeit.

„Ich werde genug Geld haben." Er packte ihr Haar und zog ihren Kopf nach hinten, und sie hatte keine andere Wahl, als nachzugeben und ihren Hals zu einem lang gezogenen, verletzlichen Bogen zu krümmen.

Er drückte die Klinge leicht gegen ihre Kehle, dann ließ er sie sanft nach links gleiten.

Ein rascher Schnitt, und sie würde tot sein.

18. KAPITEL

Das Messer drückte gegen Grace' nach hinten gebogene Kehle, und sie erstarrte in seinem Griff, hatte entsetzliche Angst zu zucken, sogar zu atmen. St. Clair schien zu warten. Genoss er ihre Angst? Konnte es sein, dass er über ihr verzweifeltes Angebot, ihm Geld zu beschaffen, nachdachte?

Auf der in einiger Entfernung liegenden Straße scheuten die Pferde einer vorbeifahrenden Kutsche, und ihr plötzliches Wiehern erschreckte Grace so, dass sie fast in das Messer hineingezuckt wäre. Sie zwang sich, ruhig zu bleiben, während die nächtlichen Geräusche im Wald widerhallten – das Schnauben der Pferde, das Klirren des Zaumzeugs, das Quietschen der Kutschenräder auf dem Straßenstaub.

Sie musste es wagen, musste die Worte über die Lippen bringen, obwohl die Bewegung ihrer Kehle ihre Haut gegen das Messer drückte und ihre Luftröhre sich anfühlte, als wäre sie mit Wolle verstopft. „Ein Vermögen, wenn Sie mich gehen lassen", keuchte sie. „Fünfzigtausend Pfund mehr. Das ist die Summe, die ich zu dem, was Trent Ihnen gibt, hinzufüge."

Konnte sie wirklich fünfzigtausend versprechen? Alles, alles, wenn es ihn nur dazu brachte aufzuhören. Wenn sie dadurch nur Zeit gewann.

„Ah, Engel", säuselte dieser bösartige Mann an ihrem Ohr. „Ich kann nicht anfangen, meinen Triumph zu versteigern."

Oh Gott, er war entschlossen, seinen Racheplan durchzuführen. Und sie hatte nichts, womit sie ihn aufhalten konnte. Ihre Schwestern besaßen spezielle Talente und hatten ihr besonderes Wissen genutzt, so war es ihnen gelungen, sich selbst zu retten.

Aber sie besaß nichts.

Grace hatte immer gebetet, dass ihr hübsches Aussehen ihr helfen würde, aber Rogan St. Clair war nicht im Geringsten an ihrem Äußeren interessiert. Sich auf ihr Aussehen zu verlassen, war immer ihr einziger Plan gewesen.

Und dann kam ihr eine Idee, und ihr wurde klar, dass sie ihn bei seinen Rachegelüsten packen musste, nur dann würde er sie nicht mehr ignorieren. „Töten Sie mich nicht", schrie sie auf, „denn wenn Sie mich gehen lassen, werde ich Devlin für Sie töten. Ich tue alles, locke ihn in die Falle, die Sie ihm stellen. Ich erschieße ihn selbst, wenn es das ist, was Sie wollen. Alles ... wenn Sie mich am Leben lassen."

Das Messer drückte sich in ihr Fleisch. „Das würdest du tun, wirklich tun, du falsche Hexe? Zur Hölle, dabei würde ich gern zusehen. Er ist vollkommen blind vor Liebe zu dir, und du bist bereit, ihm mitten ins Herz zu schießen, um deine eigene Haut zu retten."

Es funktionierte.

„Ja", schluchzte sie. „Ja."

St. Clair war abgelenkt, und das gab ihr ein paar Sekunden, um ihn anzugreifen.

Sollte sie ihm ins Handgelenk beißen oder versuchen, ihm in die Hoden zu treten?

Er hatte innegehalten, und ihr gesamter Atem war aus ihrer Lunge geströmt. Nun gluckste er vor sich hin. „Zur Hölle, das wäre ein Spaß. Er würde alles für dich opfern, Engel. Ich denke ..."

Die Hoden. Das würde am ehesten funktionieren.

„St. Clair, du verdammter Bastard. Lass sie gehen."

Grace bewegte in dem Moment ihren Fuß nach hinten, als Devlins Stimme die stille Dunkelheit durchschnitt. Sie krallte sich in Rogans Arm und hielt sich fest, während ihr Absatz nach hinten und aufwärts in weiches Fleisch stieß. Hinter ihr schrie Rogan auf. „Au! Zur Hölle, verdammt!"

Sie stieß sich von seinem Arm ab und spürte, wie die Klinge über ihre Haut glitt und einen kalten Strich quer über ihren Hals zog. Dann wurde die Wunde heiß und begann plötzlich schmerzhaft zu brennen, während sie gleichzeitig fühlte, wie Blut an ihrer Kehle hinabrann.

Es war keine schlimme Wunde, aber sie tat weh! Wenigstens lag sein Arm nicht mehr um ihren Hals. Sie war fast erstarrt vor Angst – Angst, dass er das Messer wieder an ihre Kehle legen, dass er vor Wut zustechen und sie töten würde.

Doch das Messer hing in Rogans Hand, während er hinter ihr keuchte und stöhnte. Falls sie ihn für sein ganzes Leben zum Krüppel gemacht hatte, war ihr das auch egal. Sie raffte den zerrissenen Rock ihres Unterkleids, tat alles, um aus seiner Reichweite zu fliehen und konnte ihm entkommen.

„Grace, Gott sei Dank …" Devlins tiefe, besorgte Stimme löste einen Schauer der Erleichterung in ihr aus, warm strömte Freude durch ihren Körper. Um festzustellen, wo er war, drehte sie sich um und stieß gegen seine Brust, denn er kam gleichzeitig auf sie zu. Er hielt eine Pistole in der Hand, die er auf Rogan richtete, welcher auf die Knie gesunken war. Mit der Linken zog Devlin sie an seine Brust.

Zitternd sank sie gegen sein Leinenhemd und klammerte sich an die dicht gewebte Wolle seines offenen Mantels. Es war Devlin, wahr und wahrhaftig Devlin, und sie atmete gierig seinen wundervollen, vertrauten, männlichen Duft ein.

Nur einer seiner muskulösen Arme hielt sie fest, doch sie hatte das Gefühl, als würde sie von einem unsichtbaren Schild geschützt. Devlins Berührung schenkte ihr das Gefühl der Sicherheit. Nie zuvor hatte sie ein so deutliches Empfinden von Nähe und Zugehörigkeit gehabt wie in diesem Moment seiner Umarmung.

Dann erinnerte sie sich an seine Wunde, strich mit ihren Fingern abwärts und berührte seinen Verband. Obwohl er hoch aufgerichtet dastand, musste er furchtbare Schmerzen haben; aber er war gekommen, um sie zu retten, trotz seiner Verletzung und trotz der Gefahr, in die er sich begab.

Das erschütterte sie mehr als die Tatsache, dass Rogan sie entführt hatte.

Völlig aufgewühlt und in dem Wissen, dass das Mondlicht auf ihr Gesicht fiel, hob sie den Blick und sah, wie Entsetzen in seine Augen trat, als er ihre Verletzungen bemerkte. „Himmel, hat er dir das angetan?" Er streckte den Arm vor, und Grace schrie auf, weil sie wusste, dass er sich zum Schießen bereit machte.

„Ich werde dich umpusten, du verdammter Bastard!"

St. Clair hob kraftlos den Kopf. Sie hatte furchtbare Angst vor ihm gehabt, aber sie fürchtete sich auch davor zuzusehen, wie Devlin ihn erschoss. „Devlin, bitte nicht."

Er zögerte genau in dem Moment, in dem er mit dem Daumen den Hahn spannen wollte, und senkte die Pistole ein winziges Stück. Auf seiner Stirn bildeten sich tiefe Furchen, rechts und links von seinem Mund erschienen senkrechte, dunkle Falten, welche die Anspannung und den Schmerz in seinem Inneren widerspiegelten. Tiefe Schatten lagen unter seinen Augen. „Er hat es verdient."

Das stimmte, aber ihr Herz war vor Entsetzen wie erstarrt. Wie würde Devlin sich fühlen, nachdem er ihn erschossen hatte?

„Du kannst ihn nicht kaltblütig erschießen – du musst ihn in die Hände des Gesetzes geben."

„Ich will, dass er für das bezahlt, was er dir angetan hat."

„Aber ich will nicht, dass du es tust!"

Krack!

Hinter ihnen knackte ein Ast, und Devlin fuhr herum. Eine Explosion zerriss die Luft, Licht flammte auf, und Devlin schoss zurück. Das Schießpulver seines Gewehrs blitzte im Dunkeln. In Grace' Ohren dröhnte es, als er sie zur Seite zerrte.

Jemand hatte auf sie geschossen!

Devlin schlang den Arm um ihre Taille und zwang sie zu rennen. Blätter klatschten ihr ins Gesicht, als sie den Weg verließen und in den Wald eindrangen. Ihre nackten Füße stolperten über den unebenen, felsigen Boden. Einzelne, scharfkantige Steine schnitten ihr in die Fußsohlen, und sie biss sich vor Schmerzen die Lippen wund. Büsche, Gestrüpp und Dornenzweige griffen wie gierige Finger nach ihrem Unterkleid.

„Wie kommt es, meine Liebste, dass du entschlossen bist, mich zu retten, obwohl ich doch derjenige bin, der dich retten will?"

Die Frage überraschte sie. „Dich retten? Wie denn? Wir rennen gerade um unser Leben."

„Du hast mich davon abgehalten, den Mann zu töten, der dich verletzt hat, weil ich dir wichtiger bin als ..." Devlin hielt inne und wandte sich abrupt in eine andere Richtung. Ihre Lungen brannten, als der Boden unter ihren Füßen steil nach oben führte. Die belaubten Zweige und dornigen Äste wichen zurück, und sie bemerkte, dass sie einen schmalen Pfad erreicht und das dichte Unterholz hinter sich gelassen hatten. Der schwache Schimmer des Mondlichts fiel auf den aufwärts führenden Weg.

Aber er trieb sie an, über den Weg hinweg, und dann flohen sie wieder durch das dichte Gestrüpp.

Schließlich blieb er stehen und legte ihr sanft die Hand auf den Mund.

Die schreckliche Erinnerung an St. Clairs Misshandlungen war noch ganz nah, und ihre Lippen schmerzten noch, aber sie begriff, dass Devlins Geste eine Warnung sein sollte. Eine Warnung, die wortlos geschehen musste. Sie akzeptierte das und blieb stumm. Um sie herum raschelten die Blätter, und in ihren Ohren war das Rauschen des Windes.

Seine Lippen berührten ihr Ohr. „Ich muss noch höher hinauf, Liebste, und herausfinden, wo die Straße liegt."

Die Straße. Freiheit.

Falls St. Clair sie nicht vorher wieder einfing.

„Wer hat auf uns geschossen?", keuchte sie.

„Einer seiner Männer. Wie viele hat er bei sich?"

Da sie es nicht wusste, schüttelte Grace den Kopf. Schließlich hatte St. Clair ihr die Augen verbunden gehabt, und sie war in einer Kutsche transportiert worden, in der das Klappern vieler Pferdehufe und das Rattern der Räder alle anderen Geräusche übertönt hatte.

„Zum Glück", murmelte Devlin, aber sie verstand nicht, was er damit meinte. Vor ihnen ragte eindrucksvoll und lang gestreckt ein hoher Felsen auf. Durch die Schatten, die auf ihn fielen, und einzelne, glänzende Kanten wirkte er wie ein schlafendes Ungeheuer, das darauf wartete, sie zu verschlingen. Grace schüttelte ihren schmerzenden Kopf und kämpfte gegen ihre absurden Ängste. Devlin zog sie nach rechts, und sie begriff, dass er um den Felsen herumgehen wollte.

Dann entdeckte sie, dass er eine zweite Pistole hervorgezogen hatte. Das Mondlicht spielte auf dem Lauf. Sie erschauderte.

Falls Devlin die Waffe benutzen wollte, würde sie ihn als Helden betrachten. Sie wollte, dass er das wusste …

„Pst", mahnte er sie.

Doch niemand lauerte hinter der Felswand.

„Bleib dicht am Felsen – halt dich in seinem Schatten", befahl ihr Devlin. Seitlich der Steinwand fiel der Boden steil ab, und sie und Devlin standen auf einem schmalen, sandigen Grat, der um den Felsen herumführte. Ein falscher Schritt, und sie würden in den Abgrund stürzen, aber von diesem

Pfad aus konnten sie über die sie umgebenden Bäume hinweg sehen. Auf der Straße dort unten warteten mehrere Kutschen. Die Lampen an den Wagen brannten und warfen ihr goldenes Licht auf zwei hochgewachsene Männer – zwei Gentlemen, umgeben von Dienern.

Grace hielt die Luft an.

Die Ehemänner ihrer Schwestern. Marcus, der Earl of Trent, und Dash, Viscount Swansborough.

Sie beobachtete, wie beide ihre Pistolen überprüften, und ihr Herz schlug ihr bis zum Hals. Rogan St. Clair hatte die beiden glauben gemacht, dass sie von Devlin entführt worden war, und er nun ein Lösegeld verlangte. Sie sollten denken, Devlin hätte sie geschlagen.

Ein weiterer Mann, ein beleibter Gentleman mit einem hohen Kastorhut, trat auf die beiden zu. Devlin stieß einen leisen Pfiff aus.

„Wer ist das?", erkundigte sie sich flüsternd.

„Der Dorfrichter, Liebste."

„Das ist es, was St. Clair wollte", wisperte sie. „Geld für mich bekommen und gleichzeitig Rache an dir nehmen."

Grace hörte, wie sein leiser, zorniger Fluch die Nacht durchschnitt.

Devlins Lippen strichen über ihr Haar, während er aus seinem Mantel schlüpfte. Das warme Gewicht legte sich über ihre Schultern, und er umarmte sie zärtlich.

„Es tut mir so leid, dass ich dich in mein Leben hineingezogen und in Gefahr gebracht habe, Grace. Wenn ich mir vorstelle, dass ich der Meinung war, ein mächtiger Mann zu sein, der in der Lage ist, die Leute zu kontrollieren, die ihm Loyalität schulden. Ich habe mich überschätzt, und du musst den Preis dafür zahlen …" Devlin beugte sich über sie, und für einen Moment hatte sie das Gefühl, mit ihm allein auf der Welt zu sein. Als wäre alles andere um sie herum versunken – der verrückte Lieutenant und selbst ihre zornige Familie. Seine Fingerknöchel strichen so zärtlich über ihre Wange, dass sie ein Schluchzen unterdrücken musste.

„Wenn du mich nicht als Geisel genommen hättest", erklärte sie ihm mit leiser Stimme, „wäre ich Hals über Kopf zu meiner Großmutter gefahren, nur damit sie mir das Herz brechen und meine Seele verletzen kann. Wärest du nicht dort gewesen und hättest dich um mich gekümmert, ich weiß nicht, was ich dann getan hätte."

Sein warmer Atem streichelte ihre Wange. Seine Lippen folgten der heißen Spur, eine Flamme auf ihrer Haut. Hitze, die ihr Herz und ihre Seele durchdrang.

„Na komm", murmelte er. „Schieb deine Arme in meinen Mantel. Wir müssen dich warm halten."

Grace tat, was er ihr sagte und fühlte sich sofort wie verzaubert, wie immer, wenn sie seine Kleidung trug. Vielleicht war es dumm. Aber sie wusste, dass sie niemals die Ehrfurcht verlieren würde, die sie in seiner Nähe spürte.

Devlin griff nach ihrer Hand und geleitete sie einen Pfad entlang, der von dem Felsen fort und den Hügel hinunterführte.

Sie geriet ins Rutschen und zuckte zusammen, als der Sand sich an ihren wunden Füßen rieb. „Was hast du vor?"

Er hob sie auf seine Arme. „Ich werde dich zurück zu deiner Familie bringen, wo du in Sicherheit bist."

„Das kannst du nicht tun! Sie haben den Richter bei sich." Grace wehrte sich gegen seine Umarmung – obwohl sie wusste, dass er sie hochgehoben hatte, um ihre Füße zu schonen.

„Ich muss sicher sein, dass du beschützt wirst, Grace. Dann werde ich losziehen, Rogan finden und ihn in Stücke reißen."

„Ich kann nicht zu ihnen zurückgehen!" Sie hatte vergessen, dass sie sich still verhalten mussten, und der schrille Schrei, den sie ausstieß, bohrte sich wie ein Messer in ihr eigenes Herz. Dumm. Wie dumm! Sie würde noch dafür sorgen, dass sie beide den Tod fanden. „Ich gehöre nicht mehr in die Welt meiner Schwestern und ihrer Männer. Ich will bei dir sein. Ich kann dir helfen, St. Clair Einhalt zu gebieten, und wir können gemeinsam fliehen …"

Doch Devlin, übergossen von Mondlicht, schüttelte den Kopf. „Du wärest nicht glücklich, dieses wilde, gesetzlose Leben mit mir zu teilen, weitab von deiner Familie und außerhalb der Gesellschaft, in der dir ein Platz zusteht. Ständig würdest du das Gefühl haben, dass dir etwas fehlt."

„Hast du dich immer so gefühlt?" Sie hatten schon ein gutes Stück zurückgelegt, und das Ende des Weges näherte sich unaufhaltsam. Grace würde in dem Augenblick, in dem sie Marcus und Dash sah, laut rufen müssen, um den Männern klarzumachen, dass Devlin unschuldig war …

„Ja", stimmte er zu.

Grace wartete auf eine weitere Erklärung. Hoffte auf mehr. Sie wusste, was sie all die Jahre vermisst hatte, hatte erst vor Kurzem verstanden, was sie bei Devlin fand. Es war das Gefühl der Zusammengehörigkeit. Das Gefühl, am richtigen Ort zu sein. Und jetzt wusste sie auch, dass der richtige Ort für sie der Ort war, an dem sie bei Devlin sein konnte.

„Am Ende dieses Weges werden wir auf sie stoßen." Das war Marcus' Stimme.

Wenn Devlin sie nicht getragen hätte, wäre sie zur Salzsäule erstarrt. Gleich würden sie Marcus und Dash erreichen. Innerhalb weniger Augenblicke würden sie dem Richter gegenüberstehen.

Sie würde die Wahrheit sagen.

Doch wie sollte das Devlin helfen, dem Richter zu entkommen, der ihn für all seine anderen Verbrechen bestrafen wollte?

Vorsichtig setzte Devlin sie auf den Boden, und sofort stellte sie sich vor ihn, um ihn zum Stehenbleiben zu zwingen. „Lass mich gehen. Ich werde allein zu ihnen laufen und ihnen sagen, dass ich St. Clair entflohen bin. Lass den Richter und seine Männer Rogan St. Clair jagen, während du fliehst."

„Süße, ich bin kein Gentleman, aber ich bin ein ehrenhafter Mann. Ich werde nicht fliehen, während du noch in Gefahr bist."

Grace stieß ein verzweifeltes Zischen aus. Devlin hielt ihren Arm so fest, dass sie sich nicht losreißen konnte. Durch die Bäume konnte sie bereits den Kies und den Lehm der Straße erkennen, die zum Greifen nah war. Sie konnte sehen, wie die anderen Männer auf sie zukamen. „Marschierst du immer geradewegs in die Gefahr?", flüsterte sie wütend.

„Immer."

„Und du entkommst ihr immer unversehrt?"

„Ich bin ihr immer bei lebendigem Leibe entkommen, aber nie unversehrt." Devlin blieb stehen, und sie schöpfte Hoffnung. Vielleicht war er zur Vernunft gekommen, ließ sie gehen und versteckte sich.

Er umfasste ihr Gesicht. Die Rundung ihrer Wangen passte perfekt in seine großen, rauen Hände – ein weiteres Zeichen dafür, dass sie zusammengehörten, stellte ihr dummer Kopf fest.

„Ich liebe dich, Grace. Ich liebe dich mit allem, was ich zu geben habe. Keine andere Frau würde in der größten Gefahr Fragen stellen, die mich mitten ins Herz treffen. Du bist der kostbarste Schatz, den ich jemals versucht habe zu erringen, und ich hatte kein Recht, mich dir zu nähern. Kein Recht, dich zu entführen, Süße." Das Mondlicht fiel durch das Laub der Bäume und spielte um sein breites, reumütiges Lächeln.

„Doch welcher Mann kann widerstehen, nach den Sternen zu greifen, wenn er sie sieht?"

Sie brachte kein Wort hervor.

Das war seine Art, sich von ihr zu verabschieden.

Er liebte sie.

„Devlin, ich ..."

„Hast du das gehört?" Grace erkannte Dashs gedehnte Sprechweise. Er war ihnen so nahe, dass sie vor Schreck heftig zusammenzuckte. Jetzt nahm sie auch die anderen Geräusche wahr – ein Knirschen, dann ein leises Knacken. Sie hatte sich in Devlin verloren und nichts außer seiner Stimme gehört ...

Neben ihnen brach St. Clair durch das Unterholz, und Grace schrie auf. Mit seinen schwarzen Haaren und der dunklen Kleidung war er in der Dunkelheit fast unsichtbar, doch seine Pistole war gut zu erkennen. Unbeirrt zielte er auf Devlins Schläfe. Sobald er sicher war, dass Devlin sich nicht bewegen würde, zuckte sein Arm zur Seite, und nun deutete der Lauf auf ihren Kopf.

Grace starrte ihn an und spürte, dass ihre Augen weit aufgerissen und ihre Beine unfähig waren, sich zu bewegen.

Die Explosion dröhnte ihr in den Ohren und sorgte dafür, dass ihre Beine unter ihr nachgaben. Es fühlte sich an, als wären erst ihre Glieder zu Boden gestürzt, gefolgt von ihrem Körper.

Tot. War sie tot? St. Clair sollte bis in alle Ewigkeit in der Hölle schmoren – er hatte sie fortgerissen, nachdem sie gerade alles gefunden hatte, was sie sich wünschte. Alles, was sie brauchte. *Devlin.*

Warum spürte sie keinen Schmerz? War sie so rasch im Jenseits gelandet, dass sie nichts gefühlt hatte?

Starke Arme zogen sie hoch. Ihr Kopf tat weh, und sie spürte einen schmerzhaften Stich, doch sie hob nur zögernd die Hand zum Schädel. Eigentlich sollte sie keinen Kopf haben, oder doch?

Um sie herum erhoben sich rufende Männerstimmen. Ringsum krachten die Zweige der Büsche, aber sie konnte sich nicht von dem Anblick abwenden, den sie vor sich im Mondlicht deutlich erkennen konnte.

Rogan St. Clairs Körper lag lang ausgestreckt am Boden, und dort, wo seine Brust gewesen war, klaffte nur noch ein schwarzes Loch.

Devlin hatte St. Clair erschossen, bevor dieser sie hatte erschießen können.

Erneut drohten ihre Beine wie Strohhalme einzuknicken. Aber sie musste die Kraft finden, sich auf den Füßen zu halten. Genau wie auf dem wankenden Schiff, gelang es ihr, an Devlins Seite aufrecht stehen zu bleiben.

St. Clairs Männer – ein schmutziger, zerzauster, vierköpfiger Haufen – umringten sie. Doch Dash und Marcus sowie der Richter und dessen Männer hatten nun auch den Wald erreicht, bewaffnet mit Pistolen, Gewehren und Messern. Glücklicherweise hielten Männer, die einem Verräter dienten, in der Regel nicht viel von Loyalität. Sie zogen es vor, sich eilig zu ergeben, aus Angst, ihr Leben zu verlieren.

Dennoch kam es zu einem chaotischen Durcheinander, während die Männer festgenommen wurden und einige von ihnen zu fliehen versuchten. Die Räuber brachen durchs Gestrüpp, und überall schrien, grunzten und fluchten Männerstimmen. Marcus rief nach seiner Schwägerin: „Grace! Wo bist du, Grace?“

„Verdammt!“, rief Dash. „Ich kann sie nicht finden.“

Devlins Hände legten sich sanft um ihr Gesicht, und sie zuckte zusammen – dann sah sie, wie er sein Gesicht schmerzhaft verzog, als er ihre unfreiwillige Grimasse bemerkte.

Doch seine Hände waren stark und warm, und Grace wollte sie auf ihren Wangen spüren.

Seine Lippen senkten sich auf ihre.

Er wollte sie küssen? Jetzt?

„Devlin“, flüsterte sie, während sie ihm ihren Kopf in Erwartung der Berührung seiner Lippen entgegenhob. „Wir haben keine Zeit. Du kannst verschwinden, bevor Trent und Swansborough mich finden. Wenn du dich beeilst, kannst du dann schon fort sein.“ Selbst als sie diese Worte hervorstieß, sehnte sie sich danach, ihre Arme um Devlins Hals zu schlingen, ihn festzuhalten und zu küssen ...

Aber sie durfte es nicht tun. Sie musste ihn fliehen lassen.

Fast schon konnte sie ihn schmecken, obwohl seine Lippen noch einen Fingerbreit von ihren entfernt waren, sie atmete die Wärme seines Mundes ein und spürte, wie jede Vernunft sie verließ. Schwankend stellte sie sich auf die Zehenspitzen und presste eilig ihre Lippen auf seine. Ein paar Sekunden. Das war alles, was sie haben konnte.

Devlins Hand legte sich auf ihren Nacken und hielt sie besitzergreifend fest, während er gleichzeitig ihre Taille umschlang. Sie schmiegte sich fest an ihn. Nur ein paar Sekunden wollte sie seine Größe auskosten, seine Stärke – den Körper, den sie so gut kannte und so sehr bewunderte.

Sein Mund spielte mit ihren Lippen, vereinigte sich mit ihnen, und sein Kuss nahm all ihre Gedanken und Empfindungen gefangen. Ihre Zunge tippte spielerisch gegen seine, und sie kicherte in seinen Mund hinein, als er in ihren stöhnte. Er konnte all ihre Zweifel und Ängste fortküssen, aber nicht das Schicksal.

Sie hatten sich schon viel zu lange geküsst ...

Hastig zog sie sich zurück. „Du musst dich beeilen ...“

Doch er schüttelte nur den Kopf. „Nein, Grace. Du hast mich einmal beschuldigt, so arrogant zu sein zu meinen, ich würde über dem Gesetz stehen."

Angst kroch über ihre Haut wie die Kälte eines Wintertages; und ihr Körper fühlte sich plötzlich taub an. Er hatte nicht vor zu fliehen.

„Süße, ich wusste, es würde mir das Herz brechen, dich gehen zu lassen, aber ich glaubte, ich hätte den Mut, es zu tun. Ich bin ein steckbrieflich gesuchter Mann – wie könnte ich außerhalb des Gesetzes leben, wenn ich eine Frau und Kinder hätte? Damit würde ich eine Frau wie dich einem viel zu großen Risiko aussetzen. Ich würde unsere Kinder in Gefahr bringen."

Kinder? Er hatte über eine Heirat nachgedacht; über eine gemeinsame Zukunft.

„Ich weiß. Ich will, dass du fliehst und frei bist", drängte sie ihn.

Wieder vereinigte sich sein Mund zu einem verzehrenden Kuss mit ihrem, und als er sie wieder freigab, flüsterte er: „Ich werde mein altes Leben für dich aufgeben. Ich habe vor, wie ein ganz gewöhnlicher Gentleman zu leben, Grace. Ich habe vor, zu einem Mann zu werden, der das Recht hat, dir einen Heiratsantrag zu machen."

„Du willst wirklich aufhören ..."

„Aber das reicht nicht, Grace. Als jemand, der auf der Flucht ist, kann ich nicht dein Ehemann werden."

Sie begann zu zittern. „Was meinst du?"

„Ein steckbrieflich gesuchter Mann ist nicht gut genug für dich. Ein Mann, der mutig genug ist, den Preis für seine Taten zu bezahlen, würde es sein."

Überrascht trat sie einen Schritt zurück. Er wollte seine Strafe hinnehmen, um würdig zu sein, ihr einen Antrag zu machen. „Aber sie werden dich hängen!"

Das wilde Grinsen legte sich erneut um seine Lippen. „Es geht um alles oder nichts, Grace. Entweder, ich komme als ehrlicher Mann zu dir, oder ich kann dich überhaupt nicht haben."

„Devlin Sharpe, rühren Sie sich nicht von der Stelle!" Eine Stimme dröhnte über Grace hinweg, und sie stand wie erstarrt da, als der Richter und drei bewaffnete Männer auf sie zuschritten.

Gütiger Himmel, würde Devlin gehängt werden?

„Devlin Sharpe ist der Held und nicht der Verbrecher! Warum können Sie das nicht begreifen, Gentlemen!", schrie Grace, während sie vorwärtsstürmte, um den Richter, Sir Charles Ball, davon abzuhalten, Devlin abzuführen. Doch Marcus packte sie fest bei den Schultern, und seine starken Hände hinderten sie an jeder weiteren Bewegung.

„Hör auf damit, Grace."

Aber Verzweiflung, Angst und Entsetzen durchströmten sie. „Er ist nicht derjenige, der mich entführt, verletzt und geschlagen hat! Rogan St. Clair war es ..."

„Wir wissen, dass St. Clair dafür verantwortlich ist", versicherte Marcus ihr. Er versuchte sie mit seiner tiefen Stimme zu beruhigen und zu trösten, aber sie wurde nur noch verzweifelter. Warum konnten sie Devlin dann nicht gehen lassen?

Die Männer des Richters umringten Devlin – zwei beugten sich zu seinen Füßen hinunter, legten ihm die Eisenbänder der Fußschellen um und schlossen sie ab. Ein weiterer Mann ließ ein Paar Handschellen um Devlins Handgelenke schnappen. Die Ketten, mit denen seine Hände und Füße gefesselt waren, sahen dreckig und rostig aus, aber sie hatte Devlin noch nie stolzer gesehen.

War es Trotz? Doch plötzlich bemerkte sie, dass er nicht den Richter ansah; er schaute sie an, und für einen Moment setzte ihr Herzschlag aus. Er wirkte unsicher und schien auf etwas zu warten – doch worauf? In Ketten abgeführt zu werden?

Marcus hatte seinen Griff nicht gelockert, sodass sie Devlin kein letztes Mal umarmen konnte. Sie warf Dash einen verzweifelten Blick zu – der Ehemann ihrer Schwester Maryanne hatte in dem Ruf gestanden, ein finsterer und gefährlicher Mann zu sein, als er sich in Maryanne verliebte. Angeblich hatte er in seinem Leben wildesten und skandalösesten Sex gehabt.

Aber selbst Dash schüttelte energisch den Kopf. „Er ist ein Straßenräuber, Grace. Es ist unwahrscheinlich, dass er ohne Gerichtsverhandlung freigelassen wird."

Dash besaß dunkle Augen, die von dichten schwarzen Wimpern überschattet wurden, und in der nächtlichen Dunkelheit konnte sie den Ausdruck darin nicht erkennen. Der Ton seiner Stimme erschien ihr warnend.

Sie wand sich unter Marcus' Händen. Mit einem gezielten Tritt hatte sie sich aus Rogan St. Clairs Griff befreit, doch sie bezweifelte, dass es ein besonders kluger Plan war, ihren gut aussehenden und selbstherrlichen Schwager zu treten. Und was würde sie damit gewinnen? Einen Augenblick der Freiheit, gefolgt von einem raschen Schubs in eine Kutsche, deren Tür er und Dash wahrscheinlich sofort verriegeln würden.

Beide Männer schienen sich mühsam zurückzuhalten. Sie mochten beide glauben, dass sie nicht von Devlin verletzt worden war, aber sie ahnten sicher, dass Devlin und sie miteinander geschlafen hatten. Grace verteidigte ihn so wild entschlossen, was sollten sie sonst denken?

Und sowohl Dash als auch Marcus würden für ihre Ehre kämpfen.

„Aber Devlin hat wichtige Dinge für die britische Marine getan!", schrie Grace. „Sie haben ihm vergeben, dass er ein

Pirat war. Er hat mich gerettet, hat mir das Leben gerettet, und ich bin die Schwägerin eines Mitglieds des Hochadels. Könnte er dafür nicht begnadigt werden?“

Der Blick des Richters ging in ihre Richtung, und ihr Herz machte vor lauter Hoffnung einen Sprung, als sie Sympathie in seinen Augen sah. Die Spur eines Lächelns legte sich um die Lippen des alten Mannes. „Ich bezweifle, dass wir Mr. Sharpe werden hängen sehen, Miss Hamilton, doch er wird vor Gericht gestellt werden.“

„Aber dann wird er ins Gefängnis kommen!“

Außer sich vor Sorge wandte sie sich um und schaute Devlin an, der von den Ketten niedergedrückt dastand. Warum verteidigte er sich nicht? Sie nahm an, dass er sich schon aus schlimmeren Situationen freigekämpft hatte.

Aber er wollte nicht kämpfen. Sie sah in sein Gesicht und verstand. Er glaubte, dass er für sie zu einem ehrlichen Mann werden musste, und das konnte ihm nur gelingen, indem er begnadigt oder bestraft wurde.

Verflixter Kerl! Sie wollte das nicht. Sie wollte ihn.

Die Anerkennung der Gesellschaft bedeutete ihr absolut nichts mehr.

„Devlin“, schrie sie, und es kümmerte sie nicht, dass sie von Männern umringt waren, die ihr zuhörten, die sie vielleicht auslachen würden, die sie vielleicht bereits für eine Dirne oder eine Verrückte hielten. „Ich liebe dich, Devlin. Ganz gleich, was geschieht, ich liebe dich.“

Marcus zog sie sanft mit sich und zwang sie, in seine Kutsche zu steigen. Die Männer des Richters zerrten Devlin grob zurück und von ihr fort.

„Ich habe kein Recht, es dir zu sagen, Grace“, rief Devlin aus. „Aber ich liebe dich.“

19. KAPITEL

„So! Bist du nun zufrieden? Er verrottet in Newgate, während er auf seinen Prozess wartet!“

Grace sah, wie ihre älteste Schwester Venetia mit den Augen rollte. Sie wusste, dass ihr Wutanfall als eine weitere dramatische Szene abgetan wurde, und dass ihre Schwestern keine Ahnung von den Qualen hatten, die sie durchlitt. Zornig griff sie nach einer kleinen, chinesischen Vase mit leuchtend roter Glasur und warf sie an die Wand.

Die Vase explodierte in einem Schauer roter Porzellanstücke.

„Jetzt reicht's.“ Venetia sprang auf und kam auf sie zu. „So ein kindisches Verhalten würde ich nicht einmal meinem Sohn durchgehen lassen.“ Ihre Schwester stürmte mit dem Gebaren einer herrischen Gräfin auf sie zu, aber schließlich war sie auch genau das. Venetia, die ihr zweites Kind erwartete, leuchtete von innen heraus, und ihre ungezähmte Künstlernatur schien von einer gebieterischen Mütterlichkeit vollkommen verdrängt worden zu sein.

Grace war in dem Glauben aufgewachsen, dass ihre Mutter, Olivia, sich all die Jahre danach gesehnt hatte, wieder in die adlige Gesellschaft aufgenommen zu werden und ihre unerfüllten Träume hinter ruhiger Gelassenheit verbarg. Schließlich wusste Grace, wie es sich anfühlte, Träume aufzugeben. Sie hatte viele romantische und dramatische Träume gehabt – einen Prinzen zu heiraten, die umschwärmteste Dame auf dem wichtigsten Ball der Saison zu sein, bei Hofe eingeführt zu werden – all die Fantasien, die ein junges Mädchen hegte.

Grace hatte geglaubt, ihre Mutter würde von der Welt träumen, die für sie unerreichbar geworden war. Und Grace dachte, ihre Mutter meinte deshalb, sie, als ihre Tochter, sollte von einer vorteilhaften Ehe mit einem gut aussehenden, adligen Mann und von finanzieller Sicherheit träumen. Weil es der Traum war, der sich für ihre Mutter nicht erfüllt hatte.

Doch nun begriff sie, dass ihre Mutter immer nur von Freiheit geträumt hatte. Sich in Rodesson zu verlieben, war nur die praktische Umsetzung dieser Suche nach Freiheit gewesen. Wieso hatte ihre Mutter niemals versucht, in ihr Elternhaus zurückzukehren?

War der Grund gar nicht die Angst, von der drachenartigen Countess of Warren zurückgewiesen zu werden, sondern wollte Olivia schlicht und einfach nicht zurück?

Grace wurde aus ihren Gedanken gerissen, als Venetia sie energisch zum Kanapee schob.

„Jetzt setzt du dich hin, Grace“, befahl Venetia ihr. „Wenn wir einen intelligenten Plan schmieden wollen, müssen wir auch intelligent handeln.“

Dennoch setzte Grace sich nicht, sondern stand vor dem zierlichen, mit Seide bezogenen Sofa und kam sich vor wie eine Gefangene auf der Anklagebank.

„Offenbar hast du dich also in den Piraten Captain Devlin Sharpe verliebt und er sich in dich.“ Venetia hatte sich mit dem Rücken gegen den Kaminsims gelehnt und sah aus, als hätte sie Schmerzen, weil das geschnitzte Holz gegen ihr Rückgrat drückte, doch Grace wusste, dass es Venetia vor allem schmerzte, ihren Einfluss verloren zu haben. Venetias tapferes Ziel war es gewesen, auf ihre jüngere Schwester aufzupassen und sie aus Schwierigkeiten herauszuhalten, doch sie hatte versagt.

„Ich gehe davon aus, dass Mr. Sharpe dir die Unschuld genommen und dich damit ruiniert hat“, stellte Venetia fest.

„Nein. Ich lasse nicht zu, dass du Dinge kritisierst, über die du nichts Genaues weißt“, protestierte Grace.

„Und wenn du von ihm als Pirat sprichst, solltest du ihn dann nicht Captain Sharpe nennen?“, mischte sich Maryanne ein, die bis jetzt stumm geblieben war. „Wenn er allerdings als Straßenräuber unterwegs war, sollten wir ihn Mr. Sharpe nennen.“

Fast hätte Grace losgekichert, als sie den vernichtenden Blick sah, den Venetia ihrer Schwester zuwarf. Da ihre Mutter sich in Italien aufhielt, bemühte Venetia sich verzweifelt, ihre Rolle einzunehmen.

Grace konnte das nicht schweigend hinnehmen. „Warum nennen wir ihn nicht einfach Devlin?“, rief sie frustriert.

Doch nun zeigte Venetia ihr ungezügeltes Künstlernaturell. „Ein Straßenräuber und ein Pirat! Alles, was er tun müsste, um seinen skandalösen Ruf noch zu steigern, wäre, das Parlament in die Luft zu sprengen!“

„Er ist wohl kaum ein Verräter, Venetia. Die britische Flotte steht in seiner Schuld“, betonte Grace. „Außerdem hat Devlin mich nicht ruiniert.“

„Du und Mr. … Devlin habt also nicht miteinander geschlafen?“

Ihre beiden Schwestern sahen sie mit gerunzelten Brauen und zusammengekniffenen Lippen an, und in ihren Gesichtern waren deutlich ihre Zweifel zu lesen.

„Doch, das haben wir getan, aber Devlin hat mich gerettet.“

„Vor Mr. St. Clair, was sehr edel und heldenmütig war“, erklärte Venetia, „aber es geht im Moment um sein lüsternes Verhalten …“

„Nein, er hat mich schon damals gerettet. Ich wollte heiraten – vor Jahren, bevor du Marcus kennengelernt hast, Venetia. Ich hatte vor, unsere Familie zu retten, und war auf der Suche nach einem reichen Ehemann.“

„Nun, Mutter dachte stets, das würde dir gelingen“, stellte

Maryanne fest. „Du warst immer sehr hübsch – die Hübscheste von uns allen."

Venetia prustete durch die Nase und verschränkte die Arme vor der Brust. „Ich fand nicht, dass es die Lösung sein konnte, dich in eine Ehe zu drängen. Also fing ich an zu malen."

„Ich weiß, was du für uns alle getan hast, Venetia. Aber ich dachte, ich sollte auch mithelfen."

Maryanne griff nach Grace' Hand. „Du musstest dich nicht dem nächstbesten Mann in die Arme werfen ..."

Grace hob eine kleine Porzellanfigur hoch, die einen Violine spielenden Harlekin darstellte. Falls es nötig war, würde sie damit werfen. Konnten ihre Schwestern sie nicht einfach ausreden lassen? Wenn sie sich Gehör verschaffen wollte, blieb ihr als einzige Möglichkeit immer nur, eine Szene zu machen. „Ich wollte mich verheiraten und dann ... dann verliebte ich mich. Jedenfalls glaubte ich, verliebt zu sein. Ich liebte Lord Wesley, den Bruder meiner Freundin Lady Prudence. Als ich zu ihrer Hausgesellschaft ging ..."

„Du hast ihm deine Unschuld geschenkt?", keuchte Venetia.

„Und was ist mit Devlin?", fügte Maryanne hinzu.

„Du hast mit beiden Männern geschlafen?"

Angesichts der schockierten Mienen ihrer beiden Schwestern verlor sie fast den Mut, ihnen die ganze Geschichte zu erzählen. „Nicht gleichzeitig!", schrie sie.

Doch dann fiel ihr auf ... ihre beiden Schwestern waren errötet und blickten nach ihrem Kommentar höchst verlegen drein.

„Nein!" Protestierend hob Maryanne beide Hände. „So etwas haben wir niemals getan. Aber, nun ja, Männer lieben es, im Schlafzimmer ihre Fantasien auszuleben."

„Dann habt ihr kein Recht, mich zu verurteilen", rief

Grace. „Ja, ich habe Wesley meine Unschuld geschenkt. Er versprach mir die Ehe. Ich sagte Ja, und wir schliefen miteinander, und hinterher … hinterher lachte er mich aus. Es war nur um eine Wette gegangen, einen Scherz. Und es gab nichts, was ich hätte tun können. Unser entfernter Cousin erfuhr davon, Lord Wynsome. Es war einfach fürchterlich …"

„Grace …"

Ihre beiden Schwestern eilten zu ihr, um sie zu umarmen. Doch Grace stellte den Harlekin wieder weg und trat einen Schritt zurück. „Ich will zu Ende erzählen! Nachdem Wesley mir die schreckliche Wahrheit an den Kopf geworfen hatte, rannte ich aus dem Zimmer und lief Devlin in die Arme. Er erriet, was geschehen war und sorgte dafür, dass beide Männer niemals ein Wort über die ganze Sache verlieren würden. Er verprügelte seinen adligen Halbbruder Wesley sogar!" Grace dachte an die schreckliche Szene mit Wesley zurück, als er ihre Kutsche angehalten und tatsächlich vorgehabt hatte, sie zu schänden, um Devlin wehzutun.

„Kein Wunder, dass Lord Wesley England verlassen hat", murmelte Venetia.

Grace wirbelte herum und lief auf und ab, wobei sie um die schönen Möbel strich, die im Salon von Venetias Haus in Brighton standen. Sie musste in Bewegung bleiben – sie wollte noch nicht nachgeben und sich umarmen lassen. „Und so nahm ich Devlin in jener Nacht in mein Bett. Ich wusste, dass es falsch und skandalös war. Aber er hat sich mir gegenüber so edel verhalten, und ich wollte, dass das, von dem ich dachte, es würden meine einzigen Erinnerungen an die Liebe sein, gut und nicht furchtbar sein würde."

Maryanne zwang ihr eine Umarmung auf. „Wir verurteilen dich nicht, Grace. Es ist wohl kaum deine Schuld, dass Lord Wesley dich belogen hat, aber …"

Umschlungen von den dünnen Armen ihrer Schwester –

Maryanne war größer als sie und sehr schlank – fragte Grace vorsichtig: „Aber?"

„Bist du sicher, dass du Devlin liebst? Dass es nicht einfach nur dein gebrochenes Herz war?"

„Seit jener Nacht sind zwei Jahre vergangen, und es gab nicht einen Tag, an dem ich nicht an Devlin gedacht habe." Grace hörte die Tränen in ihrer eigenen Stimme und schluckte krampfhaft. „Ich bin mir sehr sicher, dass ich ihn liebe. Ganz egal, wie sehr ich auch versuchte, diese intensive, überwältigende Sehnsucht nach ihm vor mir selbst zu leugnen, ich konnte sie niemals vergessen, und ich weiß, ich werde sie immer spüren."

„Weißt du … wie Devlin über das denkt, was zwischen dir und Lord Wesley passiert ist?", erkundigte sich Maryanne mit sanfter Stimme. Sie legte den Arm um Grace' Taille.

„Ja", fügte Venetia hinzu. „Das ist sehr wichtig."

„Er gibt mir nicht die Schuld daran, wenn es das ist, was du meinst. Er hat es mir nie vorgeworfen." Sie fragte sich, ob ihre Schwestern das tun würden. Wenn sie ihre besorgten Mienen betrachtete und die Blicke sah, die sie einander zuwarfen, war Grace sich sicher, dass beide sich wünschten, sie wäre vorsichtiger gewesen, vorausschauender, … pflichtbewusster. Aber Devlin hatte sie nie für das verurteilt, was sie getan hatte.

Venetia lächelte. „Es hört sich an, als wäre er ein guter Mann. Aber wir haben den Verdacht, dass du nicht von hier fortgefahren bist, um zu Lady Prudence' Hausparty zu gehen – sondern uns belogen hast. Wolltest du zu Devlin?"

Grace spürte, wie ihr Tränen in die Augen stiegen. „Nein. Ich hatte an die Countess of Warren geschrieben. Unsere Großmutter."

Venetia erstarrte. „Warum?"

„Ich wollte die Kluft schließen, wollte den Streit und Ärger beenden. Ich wollte sie kennenlernen."

„Hast du sie getroffen?", erkundigte sich Maryanne.

Obwohl sie den Kloß in ihrem Hals spürte, brachte Grace hervor: „Ja, aber sie wies mich zurück. Von Lord Wynsome hatte sie gehört, wo ich hineingeraten war. Sie nannte mich eine Dirne; sie verbot mir, unser Verwandtschaftsverhältnis bekannt werden zu lassen."

„Diese schreckliche, alte Hexe!", schrie Venetia.

Grace wischte sich über die Augen, in denen Tränen brannten. Sie hatte gedacht, ihre Schwestern würden wütend auf sie sein und nicht auf ihre gemeinsame Großmutter. „Sie hatte mir einen Brief geschickt, in dem sie schrieb, dass sie ihre Enkelinnen sehen möchte. Dass es ihr Ehemann, der Earl, all die Jahre verboten hatte. Doch als ich sie traf, war sie kalt und grausam. Ich konnte das einfach nicht verstehen."

„Und Devlin war dort."

Grace runzelte die Stirn. „Ja, er war da. Er wollte nicht, dass ich die Countess traf. Er wollte verhindern, dass ich verletzt werde."

Venetia klopfte sich mit den Fingerspitzen gegen die Lippen, dann nahm sie Grace bei der Hand und führte sie zum Sofa. Dieses Mal ließ Grace sich willig nieder, sank in die mit Seide bezogenen Kissen, und ihre Schwestern setzten sich links und rechts neben sie.

„Wie hast du Devlin gefunden, oder war er es, der dich gefunden hat?", fragte Venetia. „Oder hast du ihn zwei Jahre lang heimlich getroffen?"

„Ich glaube nicht, dass sie das getan hat." Maryanne warf Venetia einen offenen Blick zu. „Ich denke, wenn sie ihn getroffen hätte, wäre sie nicht so unzufrieden und ruhelos gewesen, wie sie es während dieser Zeit war."

Venetia lächelte ironisch. „Das stimmt wohl."

Grace wusste, es gab keine andere Möglichkeit, als die

Wahrheit zu sagen, und sie fühlte sich ihren Schwestern gegenüber so mutig wie nie zuvor. Zum ersten Mal fühlte sie sich als Gleiche unter Gleichen, nicht wie ein lästiges Kleinkind. „Devlin hielt meine Kutsche an. Er hatte mich zwei Jahre lang beobachtet."

„Und aus welchem Grund hielt er dich an?"

„Um eine Affäre mit mir zu beginnen."

„Er hat dir also niemals einen Heiratsantrag gemacht."

Grace schüttelte den Kopf und ließ sich gegen die Lehne des Sofas sinken. Sie wollte über dieses Thema nicht reden. Natürlich hatte er ihr keinen Antrag gemacht. Aber er hatte ihr erklärt, dass er ihr nichts bieten konnte, da er ein steckbrieflich gesuchter Mann war. Dass er als *ehrlicher* Mann oder gar nicht zu ihr zurückkehren würde.

Sie wäre erleichtert gewesen, wenn in diesem Moment eine Säuglingsschwester eines der Kinder nach unten gebracht hätte, entweder Venetias kräftigen, sechs Monate alten Sohn Richard Nicholas Charles Wyndham oder Maryannes Baby Charles Dashiel Blackmore, der gerade mal ein Monat alt war. So lange Namen für so winzig kleine Männer.

Jeder der kleinen Jungen hätte eine Pause bedeutet, die sie verzweifelt brauchte.

Venetia verschränkte die Arme unter ihren Brüsten, kniff sehr ernst ihre haselnussbraunen Augen zusammen und zog eine rotbraune Braue hoch. „Er hat dir also keinen Heiratsantrag gemacht, nicht wahr?"

„Ich will meine Mitgift einlösen." Grace sah Venetia mutig ins Gesicht. „Ich habe vor, mit meiner Mitgift ein Schiff zu kaufen und Devlin zu befreien, ganz gleich, ob er mir die Ehe versprochen hat oder nicht."

„Ihn befreien!" Maryannes Brauen schossen in die Höhe. Ihre Schwester schrieb erfolgreich Romane über Abenteuer und Leidenschaft, die alle von den Kritikern verrissen, von den Lesern aber geliebt wurden. „Was genau meinst du mit ‚ihn befreien‘?“

„Ihn aus dem Gefängnis herausholen und aus England fortschaffen“, erwiderte Grace selbstbewusst.

„Du wirst nicht fortlaufen“, erklärte Venetia. „Das verbiete ich ganz entschieden.“

Grace war im Begriff, zum Kaminsims zu laufen und nach dem Zwilling der Vase zu greifen, die sie bereits zerbrochen hatte, und sie zwischen ihren Händen zu zerdrücken. Aber sie hielt inne. Schließlich war sie eine erwachsene Frau und musste nicht vor lauter Wut mit Porzellan um sich werfen. Was sie musste, war, ihr Leben selbst in die Hand zu nehmen.

„Warum verbietest du es mir?“, wollte sie wissen. Sie würde ihre älteste Schwester nicht anschreien, aber Venetia hatte kein Recht, ihr irgendetwas zu verbieten. Dieses eine Mal würde Grace ihrer Schwester tatsächlich zuhören, anstatt eine dramatische Szene aufzuführen. „Weil er ein Pirat ist?“

„Nein – weil ich mir nicht einmal vorstellen mag, dass du ein so gefährliches Leben führst, gejagt von der britischen Kriegsflotte! Weil ich will, dass du hierbleibst und glücklich bist. Dass du das Glück findest, das Maryanne und ich gefunden haben …“

„Ich denke, das ist das Problem, Venetia“, warf Maryanne ein, und Grace warf ihr einen überraschten Blick zu. Ihre mittlere Schwester schlug sich normalerweise auf Venetias Seite, da diese die dickköpfigste der drei Schwestern war. „Grace möchte eine völlig andere Art von Glück. Sie will Abenteuer.“

„Abenteuer werden furchtbar überschätzt“, rief Venetia. „Willst du noch mehr Nächte erleben, in denen du mit vorgehaltener Waffe festgehalten wirst? Willst du zusehen müssen, wie Devlin vor deinen Augen erschossen wird?“

Grace zuckte bei diesen Worten zusammen, und Maryanne warf Venetia einen zornigen Blick zu. „Du bist diejenige, die alles viel zu dramatisch sieht. Ich bin sicher, wenn Grace und Devlin von hier fortsegeln würden und Devlin niemandem mehr Schwierigkeiten bereitete, würden der König und die britische Marine sich seinetwegen keine Umstände mehr machen."

„Aber das hieße, dass sie niemals zurückkommen würde! Wir würden sie nie wiedersehen! Genau wie Mutter gesagt hat, sie würde nicht nach England zurückkehren, wird auch Grace für immer in einem anderen Land bleiben."

„Aber so ist nun einmal das Leben." Maryanne fasste um Grace herum und legte spontan die Hand auf Venetias Arm.

„Ich wollte, dass wir eine glückliche Familie sind."

Grace wusste, dass sie selbst für sich eintreten musste – sie konnte nicht länger das jüngste Kind spielen und andere für sich sprechen lassen, während sie trotzig für sich behielt, in welchen Punkten sie zustimmte und in welchen nicht. „Das werden wir sein, wir werden nur nicht am gleichen Ort leben."

Venetia seufzte. „Ich weiß, dass ich mich dumm aufführe. Es ist nur, dass ich die Möglichkeit hatte, dafür zu sorgen, dass du ein perfektes Leben führen kannst, Grace …"

„Es gibt keinen Grund, weshalb es nicht perfekt sein sollte, Venetia", mischte Maryanne sich ein.

„Aber wie willst du Devlin aus Newgate herausbekommen? Ich bezweifle, dass es mit Bestechung funktionieren wird – er ist ein viel zu wichtiger Gefangener. Und du weißt nicht, ob er dich überhaupt mitnehmen will. Er hat dir nichts versprochen."

Grace hörte, wie Maryanne zischend einatmete.

„Devlin hat mir sein Herz versprochen", erwiderte Grace und weigerte sich, dem Impuls nachzugeben, wieder mit Vasen herumzuwerfen. „Um mich zu beschützen, war er bereit, sich gefangen nehmen zu lassen! Er hätte fliehen können, um sich selbst zu retten, aber er wollte lieber dafür sorgen, dass ich in Sicherheit bin. Meinetwegen war er bereit, eine Gefängnisstrafe oder sogar den Galgen zu riskieren. Er hat sich festnehmen und ins Gefängnis werfen lassen, um meiner wert zu sein. Ich glaube an ihn, auch wenn das keine von euch tut."

„Ein Pirat, der bereit ist, seine Freiheit aufzugeben, muss sehr verliebt sein", stellte Maryanne fest.

Venetia hatte die Stirn in Falten gelegt, die Brauen gefurcht, und zum ersten Mal fand Grace, dass ihre älteste Schwester haargenau wie ihre Mutter aussah. Venetia – die immer gedacht hatte, ihr künstlerisches Talent bedeute, dass sie ihrem Vater, dem skandalumwitterten Künstler, glich.

Vielleicht war nichts genau so, wie sie alle immer gedacht hatten.

Grace war immer der Überzeugung gewesen, sie würde glücklich sein, wenn sie eine gute Ehe einging und dafür sorgte, dass ihre Mutter wieder den ihr zustehenden Platz in der Gesellschaft einnehmen konnte. Nun verursachte allein die Vorstellung ihr Übelkeit. Sie hatte immer geglaubt, sie wäre diejenige, die ihrer Mutter am meisten glich – wohlerzogen und nicht dazu neigend, Skandale zu verursachen.

Aber vielleicht waren ihre Schwestern die Verantwortungsbewussten, und sie war, tief in ihrem Herzen, die Wildeste von ihnen.

Venetia hatte gerade den Mund geöffnet, und Grace war in Erwartung eines Vortrags erstarrt, als ein Diener in die Tür trat. „Eine Besucherin ist für Miss Grace Hamilton eingetroffen", erklärte er mit einer Verbeugung. „Lady Prudence Collins. Sie wurde in den westlichen Salon geführt."

Nachdem sich die Tür hinter dem Diener geschlossen

hatte, starrte Venetia ihre Schwester überrascht an. „Lord Wesleys Schwester? Was könnte sie von dir wollen?“

„Ich vermute, sie will mir die Schuld am gescheiterten Versuch ihres Bruders geben, als Straßenräuber zu leben, und daran, dass er aus England geflohen ist“, erklärte Grace leichthin und ließ ihre beiden Schwestern mit vor Staunen weit geöffneten Mündern zurück.

Vor langer Zeit wäre sie bei Prudence’ Anblick vor Entzücken übergesprudelt. Ganz selbstverständlich und ohne jede Schwierigkeit hätten sie angefangen, sich miteinander zu unterhalten, zu lachen, zu tratschen, einander zu umarmen. Ihre Freundschaft mit Lady Prudence hatte Grace glauben gemacht, sie würde auch in diese Welt gehören – in die privilegierte Welt, die Welt des blauen Blutes, der Eleganz, der Adelstitel und des Reichtums.

Absichtlich langsam schritt Grace den Flur in Venetias Haus entlang. In Weiß und Pastell gestrichen, wirkte der Korridor hell und luftig; die Londoner kamen nach Brighton, um drückende Hitze gegen Luft und Sonne einzutauschen. Wer hatte gerade jetzt weniger in diesem Haus zu suchen? Prudence oder sie?

Eine der Türen zum westlichen Salon stand offen, und Grace hielt inne. Das Rascheln von Seide war zu hören. Grace strich ihre Röcke glatt, obwohl es sie nicht interessierte, was die Frau von ihr dachte, die einst ihre Freundin gewesen war, sie dann aber auf gemeinste Weise geschnitten hatte.

Sie brauchte einfach nur ein wenig Zeit. Zeit, um sich zu sammeln.

Dann trat sie in den Salon, hocherhobenen Hauptes, mit durchgedrücktem Rückgrat und den eleganten Bewegungen einer Dame. Ein einziger Blick in Prudence’ Richtung, und sie zögerte – Ihre Ladyschaft trug ein aufwendiges Kleid und darüber ein eng anliegendes Jäckchen aus himmelblauer Seide mit Borten, die in der Sonne funkelten. Ihre Haube schien aus einem Rosenbouquet zu bestehen, das von Bändern zusammengehalten wurde.

Nein, von Kleidern würde sie sich nicht einschüchtern lassen – nicht nachdem sie ein Messer an der Kehle und eine auf ihren Kopf gerichtete Pistole überlebt hatte.

„Hallo, Prudence. Darf ich nach dem Grund deines Besuches fragen?“ Als Begrüßung waren diese Worte weder ehrerbietig noch höflich. Doch sie entsprachen der Wahrheit. Alles, was Grace interessierte, war der Grund, aus dem Prudence gekommen war.

Beim Klang ihrer Stimme wirbelte Lady Prudence erschrocken herum. Sie hatte am Fenster gestanden und in den sonnendurchfluteten Garten hinausgestarrt. Ihre schwarzen Locken glänzten, und ihre graublauen Augen waren hart und undurchdringlich wie das Meer vor einem Sturm.

„Mein Bruder ist auf den Kontinent geflohen, und der Name unserer Familie ist durch den Skandal in den Schmutz gezogen worden. Das ist deine Schuld und die dieses schrecklichen Banditen Devlin Sharpe!“ Hoch aufgerichtet und zitternd stand Prudence da, wie ein schmaler Baum, der von stürmischen Winden gepeitscht wurde.

„Dein Bruder ist auf der Flucht vor seiner eigenen Feigheit“, erwiderte Grace. Sie konnte sich nicht überwinden, die Wahrheit nicht auszusprechen, weil sie wusste, dass Prudence sie ohnehin nur beschimpfen und anschreien wollte. „Nicht zu vergessen, sein ekelhaftes Verhalten unschuldigen Frauen gegenüber.“

„Wovon redest du?“, fauchte Lady Prudence. Offensichtlich war Prudence der Meinung, wegen ihres niedrigeren gesellschaftlichen Standes musste Grace es hinnehmen, grundlos beschimpft zu werden, aber sie weigerte sich, das zu tun.

„Lord Wesley hat unsere Kutsche angehalten“, fuhr Grace fort. „Er war ziemlich betrunken, hätte beinahe Mr. Sharpe erschossen und wäre beinah selbst getötet worden.“

„Dieser Mörder verwundete ihn …“

„Nein, Prudence, sei still. Devlin hat mir von deinem Verehrer erzählt. Er erzählte mir von den Blutergüssen, die du von den Prügeln deines Liebhabers davongetragen hast. Prudence! Wie konntest du das nur hinnehmen?“

Prudence wich zurück. Ihre Hände flogen an ihre Kehle, als könnte sie nicht glauben, dass Grace sie angriff. „Das ändert alles nichts an der Tatsache, dass Sharpe ihn getötet hat …“

„Dein Verehrer hat die Regeln gebrochen und als Erster geschossen.“ Sie wollte Prudence nicht verletzen; sie wollte nur, dass sie die Wahrheit erfuhr.

„Er hat ihn getötet.“

„Das stimmt, aber begreifst du nicht, dass Devlin es tun musste, um dich zu beschützen?“

Tränen schimmerten in Prudence’ Augen, und in Grace regte sich so heftig das Mitgefühl, dass es sie fast körperlich schmerzte. Sie bewegte sich auf ihre ehemalige Freundin zu, um ihr eine Umarmung und Unterstützung anzubieten, doch Prudence hob die Hand, als wollte sie Grace ohrfeigen.

„Fass mich nicht an!“, schrie Prudence. „Du hast Wesley verhext. Du hast ihn mir weggenommen, hast sein Herz gestohlen.“ Ihre kostbaren Röcke raffend, zog Prudence sich zur Fensterbank zurück.

„Das ist doch verrückt. Wesley hat mich verfolgt, um Devlins Gefühle zu verletzen – ich bedeute ihm nicht das Geringste. Tatsächlich denke ich, dass er nur an sich selbst und an niemanden sonst denkt. Deshalb hat er dich alleingelassen, Prudence. Er ist geflohen, um sich selbst zu hätscheln, seine Wunden zu lecken und sich wie ein verwöhntes Kind zu benehmen – unglücklicherweise ist er bei all dem nicht erwachsen genug, auch nur einen Gedanken an dich zu verschwenden."

„Das ist nicht wahr. Du hast ihn zerstört, du berechnendes Biest. Ich habe dich gewarnt, aber du warst trotzdem hinter ihm her, hast ihn verführt und ..."

„Das reicht!", schrie Grace. „Ich lasse nicht zu, dass du so mit mir sprichst. Wusstest du, dass dein Bruder zu einem Herrenklub gehörte, dessen Mitglieder sich auf die Verführung unschuldiger Mädchen spezialisiert hatten? Sie wetteten miteinander, das Leben von wie vielen tugendhaften Mädchen sie zerstören konnten." Sie hatte ihrer Familie davon erzählt, allerdings nicht genau erklärt, woher sie es wusste. Und sie wurde von Schuldgefühlen gequält, weil sie zwei Jahre geschwiegen hatte. „Die Ehemänner meiner Schwestern, der Earl of Trent und Viscount Swansborough, haben dafür gesorgt, dass es diesen schrecklichen Klub nicht mehr gibt. Ich bin sicher, Wesley ist geflohen, weil er Angst vor dem hatte, was sie mit ihm machen würden. Weil er ein Feigling ist. Es ist seine eigene Schuld, dass er in einen Skandal verwickelt ist. Er verdient eine viel härtere Strafe, als die Flucht aus England."

Prudence war blass geworden.

Grace fuhr mit sanfterer Stimme fort: „Prudence, du musst deinen eigenen Weg durchs Leben gehen – du solltest Liebe finden, heiraten, eine Familie gründen. Du solltest nicht andere für die Fehler verantwortlich machen, die du und Wesley begangen haben. Du musst Verantwortung übernehmen und dich bemühen, es besser zu machen, du musst nach dem Glück streben."

Prudence stürmte zur Tür und nahm dabei einen Weg, der

um Ohrensessel und achteckige Tische und Sofas herum von Grace weg führte.

Finde deinen eigenen Weg durchs Leben. Diese Worte hatte Devlin zu ihr gesagt.

Während sie zuschaute, wie Prudence aus dem Zimmer rannte, wurde Grace klar, dass sie sich keine Sorgen darüber gemacht hatte, was Prudence von ihr dachte. Ihre Sorge galt einzig und allein Prudence.

Inzwischen war ihr gleichgültig, was die adlige Gesellschaft von ihr dachte.

Sie hatte das Gefühl, als wäre das unter ihrer Würde. Liebe, Hoffnung und Güte waren viel wichtiger.

„Du siehst, ihr Plan ist, Devlin aus dem Gefängnis herauszuholen. Ich kann mir ihre Gedanken lebhaft vorstellen – sie wird sich hineinschleichen und ihn irgendwie befreien, und das wird alles sehr abenteuerlich und aufregend sein. Sie hatte schon immer eine Schwäche für alles Dramatische, und sie weigert sich, auch nur daran zu denken, wie gefährlich das ganze Unternehmen sein wird."

Venetia warf ihrem Ehemann einen äußerst flehenden Blick zu und seufzte gleichzeitig innerlich. Alles, was sie jemals gewollt hatte, war, sich selbst und ihre Familie zu retten.

Und nun wollte ihre ungestüme jüngere Schwester die Retterin sein. Aber Grace war zu naiv, um zu begreifen, wie gefährlich das war.

„Am Ende wird sie noch umgebracht", brummte Marcus, und Venetia spürte, wie Erleichterung sie durchlief. Sie war sich sicher gewesen, dass Marcus sie verstehen würde.

„Ich bezweifle, dass es dir gelingt, sie von ihrem Plan abzuhalten." Dash legte den Arm um Maryanne und küsste sie auf den Scheitel. Warum er das gerade in diesem Moment tat, war klar – Maryanne hatte aus Liebe zu ihm sehr viel riskiert, ebenso wie er alles für Maryanne riskiert hatte.

„Ich kann nicht zulassen, dass sie sich Hals über Kopf in diese Gefahr stürzt“, stöhnte Marcus. Venetia sah die graue Strähne in seinem Haar, von der er scherzhaft behauptete, er habe sie dem um ihn versammelten Trio der Rodesson-Töchter zu verdanken.

„Ich glaube, es gibt einen Weg, Devlin zu befreien“, fuhr Marcus fort. „Er hat im Geheimdienst viel für die britische Marine getan – sicherte Landstriche, kämpfte im Untergrund. Und er bewahrte diese Geheimnisse, obwohl er in anderer Hinsicht ständig das Gesetz übertrat.“

„Er versuchte, seinen eigenen Weg durchs Leben zu gehen!“ Maryanne beugte sich vor und wedelte mit den Händen, um alle Anwesenden einzubeziehen. „Haben wir uns nicht alle darum bemüht? Jeder Einzelne von uns? Wir mussten zunächst einmal alle Fehler machen, um schließlich unseren Platz im Leben zu finden. Ebenso wie es unsere Mutter und Rodesson getan haben.“

Venetia schaute in Maryannes entschlossene Augen und nickte. Sie bewunderte ihre jüngere Schwester sehr, die immer sehr still gewesen war und inzwischen bewiesen hatte, dass sie über ein tiefes Verständnis der menschlichen Natur verfügte. Kein Wunder, dass Maryannes Geschichten so beliebt waren.

Dash lehnte sich zurück, und sein dunkles Äußeres wirkte vor dem Hintergrund des elfenbeinfarbenen Sofas höchst dramatisch. Er war ganz in Schwarz gekleidet, was früher seine inneren Qualen widergespiegelt hatte, nun aber bedeutete, dass er vorhatte, die ganze Nacht lang mit Maryanne verruchte Spiele zu spielen. Es war eines ihrer geheimen Zeichen, und Venetia lächelte.

Sie wollte so sehr, dass Grace glücklich war. Allerdings

hatte sie gewollt, dass Grace glücklich und *in Sicherheit* war.

Doch selbst nach allem, was sie über Partnerschaft, Vertrauen und Liebe gelernt hatte, musste sie vielleicht noch den Moment erkennen, wenn es an der Zeit war loszulassen.

„Ich glaube, es gibt einen Weg", erklärte Dash in schleppendem Tonfall, „Grace genau das zu beschaffen, was sie will."

„Was ist es?" Venetia sprang ihn fast an. Was hatte er sich ausgedacht?

Dash sah Marcus an. „Glaubst du, du könntest die Krone überzeugen, Devlin seine Verbrechen zu vergeben?"

„Wenn wir beide uns darum bemühen und eingedenk der Tatsache, dass ich dem König eine Menge Geld geliehen habe, als er noch Regent war – ich glaube, es könnte funktionieren." Er rieb sein Kinn auf jene Weise, die Venetia liebte. Sie liebte es, ihn in seine Gedanken versunken zu sehen, während er Pläne schmiedete. „Dann könnte eine Heirat zwischen Grace und dem freigelassenen Devlin stattfinden, aber sie würde immer noch einen Mann heiraten, der als Pirat bekannt ist und von dem man annimmt, dass er ein Straßenräuber ist ..."

Dash hob die Hand. „Grace braucht ihr Abenteuer. Ich schlage vor, wir geben es ihr."

Marcus ächzte. „Verdammt, ich glaube, ich verstehe, worauf du hinaus willst, Swansborough."

Venetia starrte die beiden Männer an. Sie wusste, dass sie sich schon einmal miteinander verschworen hatten, um dafür zu sorgen, dass sie und Marcus ihr Glück finden konnten. Und sie sah das teuflische Grinsen, das sich zunächst um Dashs hübschen Mund legte und sich dann langsam, verführerisch auf den schönen, verlockenden Lippen ihres Ehemannes widerspiegelte.

Marcus' türkisfarbene Augen leuchteten auf, und Venetia

spürte, wie sämtliche Luft aus ihrer Lunge strömte. Er tat es immer noch, ihr gut aussehender Ehemann – er brachte ihren Atem zum Stocken. Und er sagte ihr, wenn sie zusammen im Bett lagen und er in ihr Ohr flüsterte, dass sie dasselbe mit ihm tat.

Sie hielt Marcus' Blick fest, war sich seiner so bewusst – der kräftigen Form seines Kinns, der weichen, leicht gebräunten Haut seines Halses, der schönen Linien, die seinen Mund und seine Augen umrahmten.

Maryanne klatschte in die Hände, und Venetia fuhr aus der Betrachtung der prachtvollen, von dunklen Wimpern beschatteten Augen ihres Mannes hoch. „Ich glaube, das wird das beste Komplott, zu dem wir uns jemals zusammengeschlossen haben", rief Maryanne.

Und da begriff Venetia, worum es in einer glücklichen Familie ging. Es ging nicht darum, die Menschen, die man liebte, dorthin zu führen, wo sie nach dem eigenen Empfinden sein sollten. Es ging um Akzeptanz, Unterstützung und Liebe.

„Wir werden unserer Schwester helfen, einen Piraten zu heiraten", warnte sie die anderen, doch sie wusste, dass es längst zu spät war. Sie konnte nicht dagegen sein, dass Grace glücklich wurde, und das konnte auch keiner der anderen.

„Wirklich, Venetia", bemerkte Maryanne mit spöttisch zur Schau getragenem Hochmut, „welchen Wert soll die Ehe denn haben, wenn man nicht mit einem Mann verheiratet ist, der es wert ist, gezähmt zu werden?"

„Glaubst du, er kann gezähmt werden?", stieß Venetia hervor.

„Nicht in den wichtigen Punkten." Dieser ironische Kommentar kam von Dash, der seine Frau angrinste. „Und in den anderen muss er nicht gezähmt werden. Er ist wie alle wilden Männer – er war auf der Suche nach einer Frau, um die er kämpfen konnte."

„Kämpfen? Aber gegen wen – es sind nur wir, gegen die er kämpfen muss, ist es nicht so?“, erkundigte sich Venetia. „Weil wir diejenigen sind, die nicht zustimmen sollten.“

Marcus schüttelte den Kopf. „Ich verstehe, was Dash meint. Er meint, dass Devlin mit sich selbst kämpfen musste, um die Stärke zu finden, Grace für sich zu beanspruchen – er musste seine eigenen Dämonen bekämpfen.“

„Dämonen, die ihn sein Leben lang dazu gebracht haben, das Gesetz zu brechen“, betonte Venetia. Konnte Devlin Sharpe, der seine Laufbahn als Pirat beendet hatte, um Straßenräuber zu werden, sich ändern? „Wie kann die Tatsache, dass er sich hat festnehmen lassen, bedeuten, dass er um Grace kämpft?“

„Er versucht, seine Ehre zu retten, und ich glaube, das war sein Leben lang etwas, von dem er dachte, er wäre nicht in der Lage dazu“, erklärte Marcus. Wie immer hatte Venetia beim Klang seiner tiefen Stimme das Gefühl, sie würde warme Zärtlichkeiten auf ihrer Haut spüren.

„Grace hält ihn für einen Helden.“

„Und auch Grace muss zur Heldin werden.“

Venetia warf die Hände in die Luft. „Na gut, ich stimme zu, was auch immer ihr euch ausgedacht habt. Aber ich glaube, die Wahrheit ist, dass keiner von euch beiden Männern, die ihr inzwischen auch Väter seid, jemals wirklich erwachsen geworden ist!“

„Natürlich nicht“, stimmte Dash in gedehntem Ton zu. „Ist das nicht der Grund, warum ihr uns liebt?“

„Hast du vor, dir den Weg in das Gefängnis freizuschießen?“, erkundigte sich Bess, während sie mit einer silbernen Pistole durch die Luft wedelte, um sie den im Kreis um sie herum stehenden Frauen stolz zu präsentieren.

„Nein! Und steck das weg!“ Grace schaute die Newgate Street hinunter, dorthin, wo das Gefängnis lag.

„Halt dich im Schatten“, warnte Grace, doch Katie, eine weitere der sechs Frauen aus Devlins Harem, sprang vor Aufregung auf und ab, sodass ihre blonden Locken tanzten. Die Frauen hörten nicht auf Grace’ Warnungen. Zwar blieben sie im Schatten der Gebäude, die an der Kreuzung zwischen Newgate Street und Old Bailey standen, wie sie es befohlen hatte, aber sie waren kein bisschen vorsichtig, still oder unauffällig.

Katie näherte sich Grace mit wogendem Busen, packte sie am Arm und vertraute ihr an: „Devlin ist schon einmal aus dem Gefängnis geflohen, doch ich weiß nicht genau, wie er das gemacht hat.“

Als Grace den Kopf wandte, legte sich sachte eine Hand auf ihren anderen Arm, und sie schaute direkt in Lucys große Augen, in denen Schuldbewusstsein und Sorge standen. „Danke, dass ich Ihnen helfen und mitkommen durfte, Miss Hamilton. Obwohl ich nicht verstehe, warum Sie das tun, nachdem ich Sie verraten habe.“

War es eine verrückte Idee von ihr, ausgerechnet Devlins aus sechs Frauen bestehenden „Harem“ zu bitten, ihr zu helfen, ihn aus dem Gefängnis zu befreien? Ihre Familie war davon überzeugt. Ebenso wie Devlins Männer – sie hielten Grace für wahnsinnig, weil sie sich auf einen Schwarm schöner Frauen verließ, in denen die Männer nur verspielte Kurtisanen sahen. Doch Grace verstand, warum Devlin die Frauen aufgenommen hatte und für sie sorgte. Sie alle verdienten es, mehr als Dirnen zu sein. Jeder Frau stand es zu, auf der Welt ihren eigenen Platz einzunehmen. Über ihr eigenes Leben zu bestimmen.

Das hatte er sich auch für sie gewünscht – dass sie den Mut fand, ihren eigenen Weg zu gehen.

„Devlin würde daran glauben, dass Sie eine zweite Chance verdient haben", erklärte Grace.

„Dann kennen Sie Devlin viel besser als ich, Miss Hamilton", flüsterte Lucy. „Ich dachte, er würde mir niemals vergeben."

In den langen Schatten, die die Gebäude warfen, sah Lucy unsicher und ängstlich aus. Grace bemerkte die nervösen Blicke, mit denen Lucy die übrigen Frauen musterte und die kühle, verlegene Art, mit der die anderen sich in Lucys Nähe bewegten.

Hatte sie sich getäuscht? Würden der unausgesprochene Zorn der Frauen und Lucys Schuldbewusstsein in eine Katastrophe münden?

Grace wusste, dass sie keine Zeit mehr zum Reden, Herumtrödeln oder zum Nachdenken über Probleme und Sorgen hatten. Energisch versammelte sie die Frauen um sich. Alle trugen Hosen und eng anliegende weiße Hemden. Keine trug ein Korsett, sodass ihre üppigen Busen ungebändigt unter dem Batist auf und ab hüpften. Die Hemden waren nicht bis oben zugeknöpft, und die Aufreihung tiefer Dekolletés war sehr verführerisch.

„Kennen Sie alle die Rolle, die Sie zu spielen haben?"

Jede der Frauen – Lucy, Bess, Katie, Annie, Sally und Nan – nickte. Alle strahlten vor Stolz und Aufregung.

„Dann gehen wir jetzt", befahl Grace.

Nie zuvor hatte sie etwas so Aufregendes getan – abgesehen von ihren erotischen Ausschweifungen mit Devlin.

Das hier war fast ebenso köstlich, aber doch nicht ganz. Sie bestimmte, was getan wurde, genau, wie es in ihrem Traum gewesen war, in dem sie am Steuer von Devlins Schiff gestanden hatte. Sie war so aufgeregt, dass sie das Gefühl hatte, fliegen zu können! Nun konnte sie auch Devlin verstehen, warum er sein Leben als Pirat nicht aufgeben könne, um ein ganz normaler Mann zu werden.

Grace ging zum Gefängnistor. Es war Spätsommer, und der Gestank, der aus dem Gebäude drang, drehte ihr fast den Magen um. Es hieß, dass in einigen der Zellen verwesende Körper aufbewahrt wurden, bis die Angehörigen genug Geld zusammenhatten, um sie auszulösen. Gott, es war so schrecklich, sich vorzustellen, dass Devlin in einer dieser Zellen war.

Sie hob den schwarzen Türklopfer und ließ ihn gegen das Tor fallen. Der harte Schlag vibrierte durch ihre Füße und zuckte dann an ihrem Rückgrat aufwärts.

„Wer ist da?", verlangte eine der Wachen zu wissen und trat aus der Wachhütte, um nachzusehen, wer vor der Tür stand. Er war ein stattlicher Mann, und als Nan und Katie, zwei Blondinen mit großen Brüsten, gurrend auf ihn zukamen und ihm etwas zu trinken anboten, konnte er seinen Blick nicht von ihren Kurven losreißen. Der zweite Wachsoldat war jünger und hatte sich lässig an die Steinmauer gelehnt, richtete sich jetzt aber prompt kerzengerade auf.

Katie stand nun vor dem älteren Wachmann, und zwar so dicht, dass seine Nase fast gegen ihren Busen stieß.

Sie deutete auf Nan, die sich einladend mit den Händen über die üppigen Hüften strich. „Meine Freundin und ich, wir möchten unsere Männer sehen, die hier eingesperrt sind. Das ist kein Problem, nicht wahr? Und ihr werdet auch etwas davon haben, wenn wir auf eure Hilfe zählen können."

Nan hob eine Flasche mit feinem Cognac.

Nur wenige Sekunden kämpfte der Mann gegen sein Pflichtbewusstsein an. „Kommt her, meine Schönen“, säuselte er dann.

Katie nahm Nan die Flasche aus der Hand, tat einen überzeugend großen Schluck von dem starken Getränk und tänzelte nach vorn. „Das werden wir ganz sicher, mein Herr“, erwiderte sie heiter.

„Du, Thomas.“ Der Wachmann schob den Jüngeren in Richtung Tür. „Begleite die Mädchen ins Gefängnis.“

„Was springt für mich dabei raus?“, verlangte Thomas zu wissen.

Bess sprang vor und presste ihren Körper gegen seinen. „Wenn du ein guter Kerl bist, wirst du deine Belohnung bekommen“, flüsterte sie mit einer Stimme, die in der warmen Nachtluft wie ein schwüles Schnurren klang.

„Es stinkt da drinnen“, wandte er ein. „Ich brauche einen guten Grund, um reinzugehen.“

Grace sah, wie Bess ihre Hand abrupt zwischen die Schenkel des jungen Mannes schob und ihn durch die Hosen streichelte. Er stieß ein erschrockenes, erstaunlich hohes Quietschen aus, dann stöhnte er.

„Soll ich dich daran hineinführen?“, neckte ihn Bess.

Doch er schob ihre Hand weg. „Ich will die Hure eines Sträflings nicht …“

Katie zog vor dem anderen Wachmann einen Schmollmund. „Wenn ihr zwei Herren uns nicht helfen wollt …“

Der ältere Mann trat Thomas mit seinem in einem schweren Stiefel steckenden Fuß ins Hinterteil. „Setz dich in Bewegung, du grüner Bengel.“

Grace baute sich vor Thomas auf und drückte ihm einige goldene Guineas in die Hand. „Reicht das aus, um den Gestank zu vergessen?“

Der hagere Jüngling nickte, zog eine Grimasse, die ein

paar fehlende Zähne enthüllte, und steckte das Geld in die Tasche. Er zog seinen Schlüssel hervor, der mit einer glitzernden Kette an seiner Taille befestigt war. Grace hielt die Luft an, als der Schlüssel sich im Schloss drehte und er die schwere Holztür aufzog. Sie war Devlin nun schon sehr viel näher, aber sie musste ihn noch auf die andere Seite bringen, musste Steinmauern, vergitterte Fenster und dicke Eichentüren überwinden.

Abgelenkt von zwei schönen Frauen, schaute der ältere Wachmann nicht einmal in ihre Richtung. Grace seufzte erleichtert auf, während sie durch die Tür zwischen die Steinmauern traten, hinter denen Devlin gefangen saß. Als der Geruch, der den Flur erfüllte, sie von allen Seiten umgab, musste sie beinah würgen.

„Zu welchen von ihnen wollt ihr?", erkundigte sich der junge Mann mürrisch.

Bess drückte seine Hinterbacken zusammen, und seine pockennarbigen Wangen röteten sich; dann zupfte sie an ihrem weiten Ausschnitt, sodass er einen Blick auf ihre Brüste erhaschen konnte.

Grace nutzte die Tatsache, dass der Wachmann durch Bess' Darbietung abgelenkt war. „Zu Mr. Devlin Sharpe."

Sie befürchtete, Thomas würde sich weigern und erklären, dass er sie zu diesem speziellen Gefangenen nicht bringen konnte.

Aber er starrte sie nur gleichgültig an. „Und zu wem noch?"

„Zu niemandem sonst", erwiderte Bess. „Nur zu Devlin."

„Ihr alle? Nur für ihn?"

„Wir sind sein Harem, mein Junge", erklärte Annie augenzwinkernd. Er starrte die Wellen langen roten Haars an, die offen über ihre Schultern flossen.

„Hört mal", protestierte Thomas und schwenkte seine

kostbaren Schlüssel durch die Luft. „Ich glaube nicht, dass ihr …“

„Oh, wir alle wissen doch, dass die Männer, die es sich leisten können, ihre Frauen hier empfangen“, blaffte Annie, während sie beide Hände gegen die magere Brust des jungen Wachmanns stemmte und ihm einen verärgerten Schubs verpasste.

„Das reicht“, mischte Grace sich ein. Ihr Herzschlag pochte so laut in ihren Schläfen, dass sie sicher war, das Geräusch müsste von den Steinwänden widerhallen. Sie zog noch ein paar Münzen hervor, deren Gold im schwachen Licht funkelte, und hielt sie der Wache hin. „Bring uns einfach nur zu seiner Zelle.“

„Verdammte Frauen“, murmelte Thomas, doch er winkte sie mit dem gekrümmten Zeigefinger weiter. „Hier entlang, und seid leise.“

Mit schlurfenden Schritten führte er sie zu einer schmalen Treppe und schleppte sich Stufe für Stufe hinauf. Grace musste sich auf die Lippe beißen, um sich davon abzuhalten, ihn anzuschreien, er möge sich rascher vorwärtsbewegen. Sie folgte ihm dicht auf den Fersen, an der Spitze der anderen Frauen, bereit, ihm mehr Geld zu geben, falls es nötig sein sollte.

Die Treppe war eng wie ein Tunnel, der direkt in die Hölle führte, obwohl sie auf den in Stein gemeißelten Stufen nach oben stiegen. Stöhnen und Ächzen hallte durch die schmale Öffnung, und die Geräusche wurden wild zwischen den Steinwänden hin und her geworfen. Grace musste heftig schlucken – sie erinnerte sich an die Nacht, in der Devlin sie über die geheime Treppe in Lord Wesleys Haus zurück zu ihrem Zimmer begleitet hatte.

Sie verdankte Devlin so viel.

Er war der Erste gewesen, der ihr eine flüchtige Ahnung von Abenteuer verschafft hatte.

Thomas blieb vor einer Zellentür stehen, zog seinen Schlüsselring hervor und schob den Schlüssel ins Schloss.

„Wenn du ein braver Junge bist, lassen wir dich zugucken", rief Annie.

Das erregte die Aufmerksamkeit des jungen Mannes. Mit rotem Gesicht fuhr er herum, doch Sally, die über den kräftigsten Schwinger verfügte, schlug ihm mit einem Knüppel auf den Hinterkopf. In einem Durcheinander aus schlaffen Gliedern sackte er auf den Boden.

Grace ging um ihn herum und kämpfte gegen das in ihr aufsteigende Schuldgefühl. „Du hast ihn doch nicht umgebracht?"

„Ich bin keine Amateurin", erklärte Sally. „Ich habe in meinem Leben schon viele Männer niedergeschlagen und weiß ganz genau, wie man das macht."

„Meine Damen – was, zur Hölle, macht ihr hier?"

Als sie Devlins Stimme hörte, rannte sie los, durch die enge Öffnung zwischen den Eisenstangen. Aber Lucy, Bess und Annie waren bereits in seiner Zelle, und in dem Moment, in dem sie hineinstolperte, deutete Bess auf sie. „Es war Miss Hamiltons Idee. Wir sind deine Retterinnen."

Devlin blinzelte verwirrt. „Grace? Du hast das hier organisiert?"

Er wirkte gesund und unversehrt. Sein Gesicht war unrasiert und mit karamellfarbenen Stoppeln übersät, aber seine Haut sah erstaunlich sauber aus. Seine Haare fielen ihm offen auf die Schultern, doch sie waren nicht zerzaust oder ungekämmt. Er trug seine Hosen, ein Hemd und Stiefel, und obwohl seine Kleidung schmutzig war und ungewaschen roch, füllte er die Sachen immer noch mit seinem kräftigen Körper aus.

Tatsächlich war er erst seit zwei Wochen im Gefängnis, aber sie hatte befürchtet, dass er sich bereits mit Typhus infiziert hatte und dahinsiechte.

Gott sei Dank schien er nicht sehr gelitten zu haben.

Dann bemerkte sie, dass er sie ansah.

Sein Blick glitt an ihr entlang, verweilte auf ihr, labte sich an ihr. Er betrachtete ihre Kleidung – das enge weiße Hemd und die hautengen Hosen – mit einer sich verzehrenden Sehnsucht, die er keiner der anderen Frauen gezollt hatte, welche sich in seiner engen Zelle drängten.

„Eine Einzelzelle. Und sie haben dir Wasser zum Waschen gegeben." Es war, als hätte sie ihn jahrelang nicht gesehen, und sie versteckte ihre Gefühle hinter Nichtigkeiten.

„Ich habe Geld, Liebste. Und jemand hat gezahlt, um sicherzustellen, dass ich gut behandelt werde."

Langsam kam er auf sie zu, und ihr Herzschlag beschleunigte sich mit jedem seiner Schritte, bis er sie in seine Arme riss und sie sicher war, dass ihr Herz endgültig aufgehört hatte zu schlagen. Die anderen Frauen umringten sie, seufzten und stießen „Aahs" und „Oohs" aus, als seine Lippen sich auf ihre senkten.

Grace schlang die Arme um seinen Hals, wickelte eines ihrer Beine um ihn und hielt ihn fest. Es war wunderbar – er presste ihre Möse gegen seine Erektion und drängte sich an ihren Körper.

Schließlich löste Devlin sich von ihr. Sie kannte diesen Gesichtsausdruck – die scharfen Linien lustvoller Qual um seinen Mund, das leuchtend blaue Feuer des Verlangens in seinen Augen. „Wenn du nicht sofort anfängst, mich hier herauszuholen, landen wir noch da drüben auf der Gefängnispritsche, Liebste."

Sie griff nach seiner Hand. „Dann komm."

„Wie lautet dein Plan?"

„Ablenkung und Bestechung."

Devlin stieß ein überlegenes Lachen hervor, das Lachen eines Piraten – als würde die Welt ihm zu Füßen liegen, und er wüsste, dass er den Tod an der Nase herumgeführt und überlebt hatte. „Ein exzellenter Plan." Aber er fing ihr Handgelenk ein. „Ich kann dich unmöglich einer so großen Gefahr aussetzen, Grace. Ich habe dir gesagt, dass ich nicht als verfolgter Mann zu dir kommen werde."

„Und ich bin zu dir gekommen. Du bist ein verfolgter Mann – verfolgt von mir."

Als er die Stirn runzelte, schaute sie ihn mit ernster Miene an. „Das hier ist es, was ich will, Devlin. Ich möchte lieber mein Leben auf der Flucht verbringen, als ohne dich leben. Ich kann dich nicht aufgeben." Sie legte die Hand um seine stoppelige Wange und lächelte, als sie spürte, wie sein Bart ihre Handfläche kitzelte. „Das hier ist mein ganz eigener Lebensweg, Devlin. Das Abenteuer und du. Ich werde auch ohne dich ein abenteuerliches Leben wählen, falls ich es muss, aber komm mit mir. Du gehörst zu mir und ich zu dir."

„Ich will dir auf deinem Weg folgen, Grace."

Als sie diese schlichte Bemerkung hörte, die ihr sagte, dass er mit ihr zusammen sein wollte, nickte sie strahlend. „Aber ich bestimme die Richtung. Vergiss das nicht, Captain Sharpe", neckte sie ihn. „Du hast mich oft genug gerettet. Jetzt bin ich an der Reihe."

„Ich werde daran denken, Grace", versprach er. „Rette mich."

Von den Wänden des Korridors hallten Schreie und Rufe wider. Ein paar der anderen Gefangenen waren erwacht, einige in benachbarten Zellen, sodass sie die Frauen sehen konnten. Sally und Annie hatten den zu Boden gefallenen Wachmann in die Zelle gezerrt, aber es gab für die männlichen Insassen immer noch genug weibliches Fleisch in engen Kleidern zu sehen, um erregt und aggressiv zu werden.

Sie klopften gegen die Eisenstangen, schrien und riefen

den Frauen etwas zu. Bettelten sie an, zu ihnen zu kommen. Einige, die schon so lange im Gefängnis saßen, dass sie angefangen hatten zu vergessen, dass sie menschliche Wesen waren, brüllten Beleidigungen oder grölten einfach nur.

Durch diese Hölle zu fliehen, würde verdammt schwierig sein. Doch Devlin wusste, dass sie irgendwie nach draußen gelangen mussten – er konnte nicht zulassen, dass Grace gefangen genommen und wegen Fluchthilfe eingesperrt wurde.

Obwohl es ihn kostbare Sekunden kostete, bückte sich Devlin zum Boden hinunter und hielt seine Fingerspitzen gegen die Kehle des Wachmanns, um nach dem Herzschlag zu suchen. Es pochte gegen seine Haut, langsam und schwach, aber jedenfalls war ein Puls vorhanden.

Er hob den Kopf und sah, wie Grace' Stirn sich runzelte und ihr Mund vor Sorge schmal wurde. „Ist er ...?"

„Bewusstlos, aber am Leben, und ich beneide ihn nicht um die Kopfschmerzen, die er haben wird."

Sally hielt den Schlüssel hoch. „Wir müssen uns beeilen", drängte sie von der Zellentür her. Sie beugte sich vor und schaute den Korridor hinauf und hinunter. Die Eisenstangen dröhnten, als die Männer mit ihren Tassen dagegen schlugen.

Grace warf Devlin einen Seitenblick zu, als sie hinter Lucy, Bess und Annie durch die Tür eilten. „Ich habe gehofft, du würdest den Weg nach draußen kennen – den sichersten Weg. Immerhin ist es nicht das erste Mal, dass du von hier fliehst. Obwohl ich den Bauplan des Gefängnisses studiert habe. Marcus hat mir eine Kopie davon besorgt."

Devlin spürte, wie seine Brauen nach oben schossen. „Dein Schwager, ein Earl, hat dir die Baupläne gegeben?"

Sie nickte. „Meine Familie unterstützt diesen Plan."

„Deine Familie muss verrückt sein", bemerkte er trocken. Das war unglaublich. Der Earl of Trent und Viscount Swansborough hatten Grace erlaubt, sich einem derartigen Risiko auszusetzen?

Unmöglich.

Annie schubste ihn von hinten an. „Beweg dich, Dev, du Trottel. Sonst werden wir erwischt."

„Wie bist du die vorigen Male entkommen?", erkundigte sich Sally. Die Frauen behielten den Gang im Auge. Warum waren wegen all des Krawalls noch keine Wachen aufgetaucht?

„Ich kletterte aus meinem Fenster und stieg aufs Dach, von dort lief ich bis zum Ende der Newgate Street und sprang dort hinunter. Und nein – ich habe nicht vor, euch alle mit aufs Dach zu nehmen."

„Aber was sollen wir tun?" Die klagende Stimme gehörte einer Frau mit langen, kastanienbraunen Haaren, die sich beide Hände vor den Mund hielt.

Er musste zweimal blinzeln, bevor er in ihr Lucy erkannte. Grace hatte Lucy hierher mitgebracht – eine verdammt großmütige Handlung. Bewunderung stieg in ihm auf, während er die Frau ansah, die er liebte – Grace Hamilton.

„Es muss noch einen anderen Weg nach draußen geben", vermutete Sally.

„Ja", stimmte Grace ihr zu. „Den Haupteingang."

„Mit der Wache davor?"

„Wir haben den Knüppel, und es ist nicht schwer für uns, ihn abzulenken. Außerdem hat er wahrscheinlich inzwischen die ganze Flasche Cognac getrunken."

„Ich weiß nicht, ob es uns gelingt, ihn so sehr abzulenken, dass wir mit einem Gefangenen aus der Tür spazieren können", zweifelte Annie.

„Wir dürfen uns nicht selbst unterschätzen", wies Grace sie an. In ihren Augen funkelte helle Aufregung, sodass sie im schwachen Licht zu leuchten schienen.

Devlin lachte. „Das ist wohl wahr", stimmte er zu, während er den Arm um ihre Taille legte. Er zog sie an sich und saugte ihre Wärme mit seinem müden und wunden Körper auf, was ihm das Gefühl gab, als hätte eine Flamme seine Seele entzündet. Dennoch war es verrückt, das Risiko einzugehen. Es gab noch andere Wachen. Doch das Feuer breitete sich in ihm aus und brannte ebenso ungezügelt wie zu der Zeit, als er noch Pirat gewesen war.

Grace übte diese Wirkung auf ihn aus – in ihrer Nähe spürte er dieselbe wilde Erregung, die er einst gefühlt hatte, wenn er sein Leben riskierte, um das zu bekommen, was er haben wollte.

Lächelnd hob Grace ihm ihr Gesicht entgegen. „Ich kenne die Gänge, die wir nehmen müssen, um nicht zu dicht an den Zellen vorbeizukommen."

Er grinste. „Dann los. Auf zum Haupteingang."

Es war zu einfach gewesen, doch Devlin war entschlossen, Grace nicht den Spaß zu verderben.

Als sie ihm gegenüber auf den mit blauem Samt bezogenen Sitz sank, endlich in der schlichten schwarzen Kutsche, seufzte sie glücklich auf. „Wir sind in Sicherheit. Wir sind frei!"

Sie hob die Hände und ließ sie mit gekreuzten Handgelenken über ihrem Kopf an dem weichen, glatten Samt ruhen. Als er sie in dieser Haltung sah, kamen ihm so viele unanständige Gedanken, dass er auf der Stelle hart wurde. Er musste lächeln, als er sah, wie zufrieden sie mit sich und der Welt war. Nie hatte er dieses Gefühl kennengelernt – ein Herz, das vor lauter Liebe überlaufen wollte –, bei keiner anderen Frau als bei Grace. Himmel, wie sehr er diese Frau anbetete.

„Und wo bringst du mich hin, Captain Hamilton?"

Grace lachte, und ihre grünen Augen funkelten wie die einer Fee. Sie hatte die Beine gespreizt, und die engen Hosen brachten ihre herrlichen Schenkel wunderbar zur Geltung. An ihrem verschmitzten Lächeln erkannte er, dass sie ganz genau wusste, wie verführerisch sie aussah. „Zum Dock. Zu meinem Schiff."

„Dein Schiff?"

„Ja. Ich habe von meiner Mitgift ein Schiff gekauft, damit wir England verlassen und dorthin segeln können, wo du in Sicherheit bist. Meine Familie hat dafür gesorgt, dass wir nicht verfolgt werden. Deine Männer sind schon an Bord des Schiffes, und wir werden heute Abend in See stechen."

Erstaunt schüttelte Devlin den Kopf. Wo war die anständige junge Dame, die den Wunsch gehabt hatte, zur strengen und korrekten Welt des Adels zu gehören? Wo war die Frau, deren großer Wunsch es gewesen war, einen Gentleman zu heiraten? „Du hast es genossen, meine Flucht zu planen, nicht wahr?"

In den Sitz gekuschelt, auf dem ihr goldenes Haar vor dem dunkelblauen Samt leuchtete, lächelte sie ihn an. „Ja. Und ich finde, ich habe meine Sache gut gemacht. Ich habe den Kauf der *Green-Eyed Siren* in die Wege geleitet, und deine Männer Nick und Horatio haben mir versichert, sie sei ein gutes Schiff. Sie meinten, der Name würde dir besonders gut gefallen …"

„Das ist wahr." Devlin konnte nicht widerstehen – rutschte hinüber zu ihr und presste seine Schenkel gegen sie. Ihr Knie zwischen seine Beine geklemmt wiegte er es sachte, eine Geste, die als zärtliche Bezeugung von Freundschaft und Liebe, nicht aber als erotische Annäherung gedacht war.

Grace rutschte zur Seite und lehnte sich zurück, sodass sie in der Ecke zwischen Sitz und Kutschenwand ruhte. „Ich brachte die Kutschen hierher und regelte alles mit deinem

Harem. Ich hatte erwartet, die Frauen würden nicht auf mich hören wollen, aber sie taten es doch. Jede von ihnen, ohne Ausnahme, war großartig."

„Süße. Es gefällt mir, wie du in Hemd und Hose aussiehst."

„Wenn sie hauteng anliegen, meinst du." Grace spielte mit den Bändern, die hätten geschlossen sein müssen, um ihr Hemd ... anständig wirken zu lassen. Der offene Kragen erlaubte einen verführerischen Blick auf pfirsichweiche Haut, einen Schwarm bernsteinfarbener Sommersprossen und die köstliche Rundung ihrer Brüste.

„Das Hemd und die Hosen stehen dir – sie enthüllen mehr als einfach nur deine herrliche Figur, Liebste. Sie zeigen deine wilde Seite, die sinnliche, abenteuerlustige Frau, die ich anbete." Er beugte sich über sie, größer und stärker als sie, doch sein Herz lag in ihrer Hand. „Weißt du, warum ich ins Gefängnis gegangen bin?"

Klar und grün wie eine üppige, tropische Insel begegneten ihre Augen voller Vertrauen und Freude seinem Blick. „Erzähl es mir", wisperte sie.

„Ich hatte vor, zahm und ruhig für dich zu werden. Jetzt bin ich nicht sicher, ob ich wild genug sein kann, um es mit dir aufzunehmen, Grace."

Ihr Gelächter – das wenig damenhafte, laute – erfüllte die Kutsche. „Du bist ein Straßenräuber. Und der wildeste Mann, den ich ..."

„Ah", unterbrach er sie. „Aber ich bin ein alter Mann."

„Das bist du nicht!", widersprach sie, runzelte aber dennoch die Stirn. „Mir ist aufgefallen, dass ich alles für dich riskiert habe, aber nicht einmal weiß, wie alt du bist. Ich nehme an, das ist ziemlich einfältig, aber es ist mir egal. Nun, wie alt bist du?"

„Achtundzwanzig."

„Das ist wohl kaum alt!“, rief sie und begann gleich darauf zu kichern. Im nächsten Moment hob sie mit ernster Miene die Hand und krallte sie in sein Leinenhemd. „Sie hätten dich hängen können, das weißt du.“

Er war nur zwei Wochen von ihr getrennt gewesen, aber ihre Lippen trieben ihn zum Wahnsinn. Allerdings roch er immer noch den fauligen Gefängnisgestank in seinen Kleidern und zuckte zurück. Er brachte es nicht über sich, sie zu berühren. Nicht, wenn er völlig verdreckt war, wenn er aussah und roch wie ein Verbrecher. Er setzte sich aufrecht hin und betrachtete sie von oben. „Ich glaube nicht, dass sie das getan hätten, Grace. Ich wäre nicht zum Tod durch den Strang verurteilt worden, da der König selber von vielen der geheimen, subversiven Taten weiß, die ich im Namen Englands begangen habe.“

Devlin spürte, dass die Kutsche langsamer wurde, also lehnte er sich über Grace, um aus dem Fenster zu spähen und einen ersten Blick auf die *Green-Eyed Siren* zu erhaschen.

„Sie ist wunderschön“, murmelte er. „Ebenso wie ihre Namensschwester.“

Grace reckte sich und presste ihren Mund gegen seinen unbedeckten Hals. Er fing ihre Handgelenke ein. „Nein, Süße. Ich bin furchtbar dreckig.“

Sie lachte. „Das ist mir egal. Ich nehme dich, wie ich dich kriegen kann.“

„Grace …“

Aber ihre Lippen, die sich auf seine senkten, waren von einer so sinnlichen, verlockenden Perfektion, dass er keinen klaren Gedanken mehr fassen konnte. Ihr heißer Mund, ihre Zunge, die mit seiner spielte – es war der Himmel.

Das hier war es, wofür er um die Welt gesegelt war, in der Hoffnung, es irgendwann zu finden.

Perfektion. Das Gefühl, zu jemandem zu gehören.

Liebe.

Devlin beendete den Kuss, als Horatio die Kutschentür aufriss. Er war der Mann, dem er gleich nach Rogan St. Clair am meisten vertraut hatte. Und es sah aus, als hätte er sich in Horatio nicht getäuscht, der ihn nun beiseitezog, während seine anderen Männer und die Frauen Grace an Bord des Schiffes halfen. Auf Horatios von einem Handschuh bedeckter Handfläche lag eine kleine schwarze Schachtel.

„Ich dachte, das hier würdest du heute Abend brauchen, Captain."

Mit gerunzelter Stirn klappte Devlin das Kästchen auf. Er schaute hinein und spürte, wie sein Gesicht sich zu einem breiten Grinsen verzog. „Herzlichen Glückwunsch, Horatio, du bist jetzt mein erster Offizier."

„Ich dachte mir, dass es dir gefällt", erwiderte Horatio.

Grace erinnerte sich an Devlins Rat. *Schau geradeaus nach vorne, zum Horizont.*

Sie stand neben ihm, die Hände auf die Reling gestützt, welche die Brücke umgab, auf der Devlin, der Kapitän, sich befand. Seine Hände lagen locker auf dem Steuerrad des Schiffes. Er hatte den Männern Befehle zugerufen, und sie hatte gewartet und ihm zugesehen. Seit sie aus der Kutsche gestiegen waren, hatten sie keine Zeit gehabt, auch nur miteinander zu reden.

Alles war so schnell gegangen – seine Männer hatten bereits die Koffer an Bord gebracht, die Taue waren vom Ankerplatz gelöst worden, und die Männer zogen die Segel hoch und machten alles bereit, um in See zu stechen. Sie wusste, dass sich ein Vermögen an Edelsteinen und Münzen in dem Dutzend mit Eisenbändern versehenen Truhen befand, die sie aufs Schiff gebracht hatten. Auch Tonnen voller Schießpulver waren verladen worden, für den Fall, dass man sie verfolgte – obwohl der Gedanke, auf die britische Flotte zu feuern, ihr Angst machte.

War sie sich wirklich sicher, dass sie bereit war, als Flüchtige das Land zu verlassen, in dem sie geboren und aufgewachsen war?

Ihre Finger umklammerten die Reling, während sie sich umdrehte und ihren Blick über das Dock wandern ließ, von dem sie soeben abgelegt hatten. Es bestand aus einer Reihe nebeneinanderliegender Stege und Anleger, voller Kisten, Taue und Säcke, umgeben von Schiffen aus der ganzen Welt. Sie wirbelte herum, um wieder nach vorn über das im Mondschein schimmernde Wasser zu schauen, das sich rings um das Schiff kräuselte. Was, wenn sie aufgehalten wurden? Sie würde festgenommen werden, weil sie einem Gefangenen bei der Flucht geholfen hatte. Devlin konnte zum Tode verurteilt werden!

„Keine Sorge, Grace. Wir sind schon bald in Sicherheit." Devlin hielt eine Hand am Steuer und schlang seinen starken, muskulösen Arm um ihre Taille. Nur zu gerne ließ sie sich von ihm liebkosen und lehnte sich eng an ihn.

Dann fuhren sie aus dem Hafen heraus und steuerten die offenen Gewässer an, auf denen der Wind die Segel blähen würde. Selbst jetzt schon spürte sie die Brise, die ihr das Haar aus dem Gesicht blies, mit ihrem Rock spielte und den Saum des Umhangs hochwehte, den sie übergeworfen hatte, um sich zu wärmen. Das Wasser war ruhig, aber sie hielt sich krampfhaft fest, sah pflichtbewusst in die Richtung, in die sie sich bewegten, und wartete ängstlich auf irgendwelche Anzeichen von Seekrankheit.

„Sollte ich nicht lieber nach unten gehen?", krächzte sie. Warum konnte sie nicht so sein wie in ihrem Traum, mutig und furchtlos?

Augenblicklich wandte Devlin ihr seine Aufmerksamkeit

zu, während seine Mannschaft sich flink um sie herum bewegte – an Deck, an den Tauen, in den Takelagen. „Es ist nicht gut, sich in einem geschlossenen Raum aufzuhalten, Grace, du musst etwas sehen." Mit seiner Hand, die auf ihrer Taille lag, drehte er sie herum, und sie ließ sich von ihm führen, voller Überraschung, als er seine Hand hob, um die ihre zum Steuerrad zu führen.

Unter ihren Fingern fühlte das Steuer sich glatt an, und das Holz war noch warm von seinen Händen. „Bist du sicher, dass ich es versuchen soll?", wollte sie von ihm wissen.

„Du hast mich gerade aus Londons berüchtigtstem Gefängnis befreit, Süße. Du kannst alles, wenn du nur willst."

Das hatte er immer geglaubt – schon lange bevor sie es getan hatte. Heute Nacht hatte sie bewiesen, dass sie es konnte. Hatte es dem einzigen Menschen bewiesen, der immer noch daran zweifelte – sich selbst.

Mutig packte sie das Steuerrad, spürte, wie es sich gegen sie auflehnte, wie es sich drehen wollte, und hätte es beinahe losgelassen. Devlins Hände lagen über ihren, verliehen ihrem Griff Stärke, und er sorgte dafür, dass das Steuer in ihren Händen blieb, dass sie die Kontrolle bewahrte. Das war es, was sie wollte. Dass Devlin sie lehrte, ihr half und sie lernen und ihren eigenen Weg finden ließ.

Es würde auch Dinge geben, die sie ihm beibringen konnte.

Aber wie würde ihre gemeinsame Zukunft aussehen?

Devlin nahm seine Hände weg, und Grace schnappte nach Luft. „Das hier hat mir vorhin ein Bote deines Schwagers, des Earl of Trent, überbracht."

Aus dem Augenwinkel sah sie, dass er einen zusammengefalteten, versiegelten Brief hervorgezogen hatte. Er riss ihn auf. „Lenke du das Schiff, während ich ihn lese, Süße."

Offensichtlich hatte er Vertrauen zu ihr, obwohl er eine Hand am Steuer behielt. Grace schaute nach vorn, während der Hafen, die anderen Schiffe und London langsam hinter ihnen verschwanden. Vor ihnen erstreckten sich die Themse und der dunkle Himmel. Die funkelnden Sterne würden ihnen den Weg weisen. Ein tiefes, kehliges Lachen glitt über sie hinweg. Devlins zweite Hand kehrte zurück, und er hielt das Steuer.

„Worum ging es?"

„Um eine Begnadigung, Liebste. Die Ehemänner deiner Schwestern haben mir eine ausdrückliche Begnadigung durch den König persönlich besorgt." Er hauchte einen Kuss auf ihren Scheitel. „Ich bin sicher, sie haben es für dich getan, Grace. Vielen Dank."

Fast hätte sie das Steuer verrissen. „Warte! Diese Halunken! Du wärest ohnehin aus dem Gefängnis entlassen worden. Kein Wunder, dass die Flucht so einfach war. Die haben mir nicht nur die Baupläne besorgt – sie hatten wahrscheinlich schon längst für deine Entlassung bezahlt! Ich habe dich überhaupt nicht befreit! Sie haben mir ein Abenteuer gestattet, aber sie haben dafür gesorgt, dass mir nichts geschehen konnte!"

„Dann lass uns jetzt ein kleines Risiko eingehen." Mit seiner linken Hand hob Devlin ihren Umhang, während er ihr mit der rechten beim Steuern half. „Ich bin vor Verlangen nach dir fast verrückt geworden. Jede Nacht – zur Hölle, jede einzelne Minute des Tages – war eine Qual."

„Wir können hier keinen Sex haben! In meinem Traum war es möglich, aber …" Konnte sie es wagen? Seine Männer waren alle beschäftigt, und sie waren noch nicht draußen auf dem offenen Meer. Grace rieb sich rückwärts an seinem Körper, keuchte auf, als ihr Hintern durch die verschiedenen Lagen von Kleidung, die sie beide trugen, den deutlichen Vorsprung seiner Erektion liebkoste. Er war unglaublich hart, wie eine Eisenstange. Durch die lange Zeit des Wartens musste sein Begehren noch heftiger geworden sein.

Ebenso heftig wie ihres. Sie hatte sich nicht einmal selbst berührt, hatte der Versuchung widerstanden, sich Erleichterung zu verschaffen, indem sie an sich herumspielte und dabei von Devlin träumte.

„Ich trage Hosen …"

„Die sind dicht davor, an den Nähten aufzuplatzen." Er hatte ihren Umhang hochgezogen und drückte nun mit seinem Körper den Stoff gegen sie, um ihn auf diese Weise oben zu halten. An den Seiten fiel der dicke schwarze Samt nach unten. Auf seine arbeitenden Männer musste es so wirken, als würde er einfach nur dicht hinter ihr stehen, um gemeinsam mit ihr zu steuern.

Das Streicheln seiner Finger an der Naht entlang, die über ihren Schritt führte, erregte sie und brachte ihre Perle zum Pulsieren. Das Garn war bis zum Äußersten gespannt, da sie ihren Körper möglichst verführerisch zur Schau hatte stellen wollen. Es kostete ihn einige Mühe, und seine Berührungen brachten sie zum Seufzen, aber er riss ein Loch in ihre Hose.

Himmel.

Mit den Fingern vergrößerte er das Loch und drückte die Naht gegen die empfindliche Spitze ihrer Klitoris. Sie rieb sich daran, versuchte aber, es möglichst unauffällig zu tun. Es war eine Qual, unschuldig auszusehen, während er seine Finger in sie hineinschob.

„Oh ja", ächzte er. „Mich daran zu erinnern, war in der Zelle eine Tortur."

Ihr war bewusst, dass ihr ein Stöhnen nach dem anderen entschlüpfte. Verloren sich die Laute in der Luft über dem Fluss oder verstärkten sie sich dort? „Hast du bedauert, dass du dich hast gefangen nehmen lassen?"

„Nicht einen Moment. Ich musste es tun, um mit meiner kriminellen Vergangenheit abzuschließen, denn wenn ich das nicht getan hätte, wäre ich jetzt nicht hier."

Hier? „Meinst du, du willst mich hier lieben?" Hitze presste sich zwischen ihre Schenkel; die breite Spitze seines Schwanzes schob sich in das aufgerissene Loch und bereitete den Weg für den wunderschönen, harten Schaft, der folgte. Dieses Mal hatte er keinen Schutz übergezogen.

Langsam schob sie ihre Hüften nach hinten und wieder nach vorn und hoffte dabei, dass ihre Bewegungen nicht zu sehen waren, sie nahm ihn in sich auf, zog mit ihren inneren Muskeln an ihm und versuchte, seinen Schwanz fest zu umklammern.

Devlin begrub sein Gesicht an ihrem Hals, um sein Stöhnen zu dämpfen. Doch dann erschien seine Hand vor ihren Augen, und zwischen seinen Fingern hielt er ein kleines, samtbezogenes Kästchen. „Für dich", stieß er hervor.

Er glitt in sie hinein, sein Schwanz füllte sie aus, und beinahe hätte sie die Schachtel aufs Schiffsdeck fallen lassen. Der Boden unter ihren Füßen bewegte sich nun mit dem Wasser, wurde von den Wellen gehoben und zur Seite geneigt, doch sie kümmerte sich nur um das Kästchen. Devlins Schwanz in ihrem Körper sorgte dafür, dass sie sicher auf dem schwankenden Deck stand. Ihre Nippel wurden hart, drängten sich gegen das dünne Hemd, und Devlin ließ seine Hand unter der Vorderseite des Umhangs nach oben gleiten und zwickte in ihre linke, geschwollene Brustspitze.

Grace klappte den Deckel der Schachtel auf.

Darin lag ein Stern, der ihr im sanften Mondschein zuzwinkerte.

Es war kein Stern. Sie fing das Funkeln zwischen Daumen und Zeigefinger ein. Es war der riesigste Diamantring, den sie je gesehen hatte – ein herzförmiger Diamant mit einem kostbaren Schliff. Und im schwachen Licht schien er in einem ganz zarten Rosé zu leuchten.

Devlin liebkoste ihren Hals direkt unterhalb ihres Ohrs, und eine heiße Flamme durchfuhr sie.

„Ich liebe dich, Grace", murmelte er. „Ich glaube, ich liebe dich seit dem ersten Moment, als ich dich im Ballsaal meines Vaters gesehen habe. Damals hast du mich erobert, seitdem habe ich nichts anderes getan, als an dich gedacht."

„Du liebst mich."

„Habe ich das Recht, dir das zu sagen, Grace?"

„Himmel, Devlin. Das hast du zu jeder Zeit." Spürte er tatsächlich nicht, wie sehr er dieses Recht besaß, da er sie doch schon nach ihrer ersten Begegnung gerettet hatte?

Er bewegte sich nun so unglaublich langsam in ihr, dass sie wimmerte. Sie wollte, dass er tief in sie hineinstieß, und sie wollte sich wild zuckend gegen ihn pressen – seine Zurückhaltung war eine quälende Wonne.

„Warum warst du dort, in jener Nacht, auf dem Anwesen deines Halbbruders? Hattest du keine Sorge, abgewiesen zu werden?" Sie war kaum noch in der Lage, einen klaren Gedanken zu fassen, als er sich bis zur Eichel zurückzog und sie dann langsam wieder ausfüllte, wobei er seinen Körper perfekt unter Kontrolle hatte.

„Du willst doch jetzt nicht wirklich darüber reden?"

„Ich will wissen, warum … warum wir einander begegnet sind."

Sein Lachen war leise, heiser und rau. Er hielt inne, und sein Schwanz steckte so tief in ihr, wie es nur ging. „Ich war wegen meiner Halbgeschwister dort. Ich wollte mit meinem Vater über Lord Wesleys ungezügeltes Verhalten reden – er verlor eine Menge Geld beim Spiel. Und Lady Prudence flirtete wieder mit gefährlichen Männern, Männern, die sogar noch schlimmer waren als der, den ich im Duell erschossen hatte. Ich schien sie beide zu einem üblen Lebenswandel zu treiben."

Grace klammerte sich ans Steuerrad und biss sich auf die Unterlippe, um nicht aufzuschreien, als er wieder begann, in sie hineinzupumpen. „B...Beide hatten das Gefühl, in deinem Schatten zu stehen ... w...wegen der Gefühle deines Vaters." Sie wunderte sich, dass es ihr überhaupt gelang zu sprechen. Seine Hand umfasste nun ihre Brust, und sein schwarzer Lederhandschuh sah vor dem weißen Leinen ihres Hemds höchst erotisch aus. Ihr Nippel schwoll noch stärker an, drängte sich gegen seine Handfläche. Er drückte und massierte.

„Ich weiß jetzt, wie leicht es passieren kann, dass man vollkommen von dir besessen ist, Devlin", murmelte sie. Sie keuchte, als seine Stöße rascher wurden, und errötete, weil ihre Schreie so laut waren.

„Willst du mich heiraten, Grace? Willst du meine Frau sein und mit mir dem Abenteuer entgegensegeln?"

„Es ist *mein* Schiff, Devlin", neckte sie ihn.

„Heirate mich, meine grünäugige Sirene." Und er stieß so tief in sie hinein, dass es tiefer nicht mehr ging.

„Ja!" Sie musste es einfach herausschreien. Devlin steckte ihr den Ring auf den Finger, und sie sah, wie er dort blitzte, als hätte er einen Stern vom Himmel gepflückt und ihn ihr geschenkt.

Sie rieb sich an ihm, ließ ihre feuchte Spalte an seinem kräftigen Schaft auf- und abgleiten, reizte ihre Klitoris durch den Druck der Naht ihrer Hose. „Ja! Ja!" Sie konnte jetzt schreien und so tun, als wäre es wegen seines Antrags.

„Ich liebe dich, und ich bin schon fast so weit, aber ich will, dass du zuerst kommst. Ich kann es nicht mehr zurückhalten, Süße ..."

Um sie herum wogte und kräuselte sich das Wasser, und

über ihr funkelten die Sterne. Es war wunderschön. Es war ihre Zukunft. Die Hände auf dem Steuerrad, lehnte Grace sich zurück und spürte, wie der Orgasmus sie durchfuhr wie ein Funkenschwarm aus glitzernden Sternen, wie eine heiße, samtweiche Nacht, wie ein warmer Tropenregen. Ihr Körper ergab sich, und sie keuchte seinen Namen.

Zuckend, verloren in ihrer Lust, spürte sie eine plötzliche Stille. Als hätte jeder auf dem Schiff sie gehört und würde wissen, was gerade geschah. Grace genoss diesen kostbaren Augenblick.

Ein Hitzeschauer lief durch ihren ganzen Körper. Dann fühlte sie, wie Devlin sich hinter ihr aufbäumte und gegen sie presste. Er bewegte sich heftig, als wollte er seinen Körper und seine Seele in sie ergießen.

Nach Atem ringend, küsste Devlin sie auf den Scheitel. Er zog sich zurück, und Grace spürte, wie sein Schwanz aus ihr herausglitt. In ihrem Inneren fühlte sie die Hitze seines Samens, während ihr Umhang herunterfiel und sie wieder bedeckte. „Ich liebe dich so sehr, Grace." Er deutete auf das Wasser vor ihnen. „Wir wollen uns gemeinsam auf unsere Abenteuer freuen, Liebste. Auf unsere Zukunft. Ich verspreche dir, Grace, ich werde dir keine Gelegenheit geben, jemals wieder eine anständige junge Dame zu sein."

Sie lachte. „Du bist mein Pirat und mein Straßenräuber. Und jetzt weiß ich, dass es noch eine weitere aufregende Wunschvorstellung gibt, die man wahr zu machen versuchen kann. Einen Ehemann zu finden, der gleichzeitig Geliebter und Freund ist. Das ist die wunderbarste Vorstellung von allen."

Devlins Hand legte sich auf dem Steuerrad über ihre, während der Wind in die Segel griff und sie vor dem Nachthimmel blähte. Das Schiff preschte vorwärts und flog über den Wellen dahin.

Grace lachte entzückt, als Devlin ihren Hals liebkoste. Sie wandte sich um, und ihre Lippen trafen sich zu einem leidenschaftlichen Kuss, doch sie mussten sich schon bald wieder voneinander lösen, um das Schiff zu steuern.

Und gemeinsam segelten sie ihrer Zukunft entgegen.

EPILOG

August 1821

„Wir haben uns heute hier versammelt, um diesen Mann und diese Frau im heiligen Bund der Ehe zu vereinen …"

Die Stimme des Vikars dröhnte durch die stille Dorfkirche. Das Licht der Augustsonne fiel durch das bunte Glas der Fensterscheiben. Der Sommer in Maidensby war heiß und trocken gewesen.

Grace wischte sich mit einem leinenen Taschentuch über die Augen und seufzte leise, als Devlin ihr durch ihr Musselinkleid sanft den Schenkel drückte.

„Deine Mutter Olivia gibt eine wunderschöne, errötende Braut ab", bemerkte er, und seine dunkelblauen Augen funkelten. „Die einzige Frau, die ich jemals an ihrem Hochzeitstag noch schöner fand, warst du."

„Das lag daran, dass wir auf einer exotischen Insel geheiratet haben und beide nur äußerst notdürftig bekleidet waren. Unsere Hochzeit war durch und durch skandalös."

„Aber äußerst passend für eine wagemutige Frau, die ihren Bräutigam aus dem Newgate-Gefängnis befreit hat", neckte er sie. Sanft strich er über ihren gerundeten Bauch – sie hoffte inständig, dass die drei Monate, die es noch dauern würde, bis ihr Kind zur Welt kam, rasch vergingen. Sie kam sich schon jetzt unförmig vor und wusste doch, dass sie noch eine lange Wartezeit vor sich hatte.

„Ich finde, mein Vater sieht in seinem Frack sehr schneidig aus. Bisher habe ich ihn noch nie in der Kleidung eines modebewussten Gentlemans gesehen."

Allerdings war Rodesson nicht vollständig wie ein englischer Gentleman gekleidet. Anstelle einer seriösen Krawatte hatte er sich ein leuchtend rotes Tuch um den Hals gebunden.

Devlin trug seine weiße Krawatte, eine weiße Weste, eine schwarze Frackjacke und die passenden Hosen mit stilvoller Würde. Er sah herrlich exotisch aus, da seine gebräunte Haut einen auffälligen Kontrast zum leuchtenden Weiß seiner Kleidung bildete. Vielleicht wirkte er auf sie in förmlicher Kleidung besonders verführerisch, weil sie wusste, dass er eindeutig kein kultivierter Gentleman war.

Als wollte er diese Tatsache beweisen, ließ Devlin seine Hand durch ihre Röcke an ihrem Schenkel hinaufgleiten.

Aber sie befanden sich in der Kirche, und sie musste sich zusammennehmen, um nicht vor Lust zu stöhnen.

Dieser Halunke! Sie hier und jetzt, während der Hochzeit ihrer Mutter zu erregen!

Seine Hand stahl sich hinunter zu ihrem Po, wo er sie liebkosen konnte, ohne dass jemand es sah.

Sie warf ihm einen feurigen Blick der Missbilligung zu, aber er reagierte darauf mit seinem verruchtesten Lächeln – einem Lächeln, mit dem er sie inzwischen häufig bedachte.

Also rieb sie lüstern ihr Hinterteil an seiner großen Hand. Was konnte sie letztendlich anderes tun, als seine Berührungen zu genießen?

Liebevoll betrachtete sie ihre Schwestern, die von ihren Kindern umringt waren. Venetia hielt ihre vor Kurzem geborene Tochter Isabella auf dem Schoß, wo das Kind in einer Unmenge weißer Spitzen zu ertrinken schien. Ihr Sohn, Richard, inzwischen ein kräftiges, eigenwilliges Kleinkind von achtzehn Monaten, hatte sich in den Kopf gesetzt, sich zu seinen Großeltern vor dem Altar zu gesellen. Schließlich gab Marcus nach und trug ihn dorthin.

Olivia wandte sich um und lächelte ihrem Enkelsohn zu, die haselnussbraunen Augen glänzend vor Tränen. Es war so wunderschön, ihre Mutter Freudentränen vergießen zu sehen. Olivias silberblondes Haar war zu einem eleganten Knoten geschlungen, und einige weiche Strähnen fielen ihr ins Gesicht. Sie sah wunderschön in ihrem Kleid aus, einer Wolke aus perlenbestickter weißer Seide, welches ihre schlanke Figur unterstrich, und dessen Schleppe hinter ihr über die Stufen des Altars floss.

Auch die weitere Verwandtschaft war anwesend. Dashs Schwester Anne und ihr Ehemann Lord Moredon waren mit ihrem winzigen Baby gekommen, das erst vier Monate alt war. Marcus' Schwester Minerva war mit ihrem Mann Stephen angereist, der mit dem gemeinsamen dreijährigen Sohn alle Hände voll zu tun hatte. Minerva erwartete ihr zweites Kind und benutzte ihren Fächer, um sich Kühlung zu verschaffen.

Grace lächelte ihr voll innigem Verständnis zu, und Minerva erwiderte das Lächeln.

Vor dem Altar räusperte sich Rodesson und sah dabei reumütig und verletzlich aus – ein Ausdruck, den Grace nie zuvor auf dem Gesicht ihres Vaters gesehen hatte. Wenigstens nicht, bevor er zur Vernunft gekommen war und seine echten Gefühle für ihre Mutter entdeckt hatte.

Liebe. Er hatte sie immer geliebt.

Olivia wandte sich genau in dem Moment, in dem er die entscheidenden Worte sagte, wieder ihrem Ehemann zu. „Ich will." Und bei diesen zwei kleinen Worten zitterte die Stimme ihres Vaters.

Olivias Hand schob sich in seine.

Erneut musste Grace sich die Tränen abtupfen. Wie ärgerlich, sie war so in ihre Gedanken versunken gewesen, dass sie das Eheversprechen verpasst hatte.

Die gesamte Familie schnappte gleichzeitig nach Luft, als ihr Vater ihre Mutter vom Boden hochhob. Lachend schlang Olivia den Arm um den Nacken ihres Ehemannes. Nach einem raschen Augenzwinkern in Richtung des Vikars beugte

Rodesson sich zu einem hingebungsvollen Kuss über den Mund seiner Frau. Einem Kuss, in dem das Versprechen lag, dass er haargenau dieselbe Leidenschaft für sie empfand wie vor fünfundzwanzig Jahren, als sie gemeinsam durchgebrannt waren.

Grace wurde es warm ums Herz, und sie spürte einen leichten Tritt in ihrem Bauch. Ihr Sohn oder ihre Tochter war offenbar derselben Meinung.

Die Countess of Warren würde sich jedoch zweifellos dieser Meinung nicht anschließen. Mit Sicherheit hielt sie immer noch an ihrem Stolz fest, und ihr Zorn verschloss ihr Herz, damit sich keine Wärme hineinstehlen konnte.

Doch Grace wusste, es gab keinen Weg, wie sie ihrer Großmutter helfen konnte, keine Möglichkeit, ihren Großeltern klarzumachen, dass die einzigen Menschen, denen sie wehtaten, sie selber waren.

Ihre Tochter in den Armen, sprang Venetia auf. „Wir müssen nach draußen. Der Brautstrauß wird gleich geworfen."

„Aber es gibt niemanden, der ihn fangen könnte. Wir sind alle verheiratet." Maryanne lachte. „Nun, da ist Isabella, aber vielleicht sollte sie noch ein wenig warten."

Grace beobachtete, wie alle drei Männer das Baby Isabella anschauten, das angesichts der allgemeinen Aufmerksamkeit lachte und die kleinen Fäuste durch die Luft schwenkte. Dann sahen Marcus, Dashiel und Devlin einander an und wirkten plötzlich ängstlich. Grace unterdrückte ein Lachen und spürte ebenfalls einen leisen Schauer. Wenn man bedachte, auf welch ungewöhnliche und anstößige Weise Rodessons Töchter ihre jeweilige Liebe gefunden hatten, stellte sich die Frage, was das Schicksal für die kleine Bella bereithielt. Und was, wenn das Kind, das Grace in sich trug, ein Mädchen war? Würde Grace bereit sein, die Wahl ihrer Tochter zu unterstützen, falls sie beschloss, einen Straßenräuber zu heiraten und mit ihm um die Welt zu segeln?

Sie würde es tun müssen. Sie konnte von ihrer Tochter nicht mehr verlangen, als dass sie ihrem Herzen folgte. Und von sich selbst konnte sie nicht weniger verlangen, als ihr Kind für seinen Mut zu bewundern …

Die Türen öffneten sich, Rodesson und seine Braut, ihre überglückliche Mutter, traten hinaus in den Sonnenschein. Beide strahlten so sehr, dass Grace das Herz in der Brust zerspringen wollte.

Devlin beugte sich vor und strich mit dem Zeigefinger am Ausschnitt ihres Kleides entlang. „Es ist ein wunderschöner Tag", stellte er verführerisch fest, und sein heißer Atem folgte der Spur seiner Fingerspitze. „Und ich habe hier in der Nähe einen Obstgarten entdeckt."

Augenblicklich stieg Hitze in ihr auf, und sie war bereit für ihn – was umso empörender war, als sie sich in der Kirche befand. Aber sie drohte ihm mit dem Finger, der in einem weißen Leinenhandschuh steckte. „Und was ist mit dem Frühstück?"

„Wir können uns ein paar Minuten verspäten."

„Hm." Sie klopfte sich mit der Fingerspitze gegen die Lippen. „Wir sind jetzt seit über einem Jahr zusammen. Ich kenne dich gut genug, um zu wissen, dass du eher planst, dich ein paar Stunden zu verspäten."

„Wir haben uns noch nie ausgiebig in England auf dem Land geliebt. Es gibt da so einige Dinge, die ich gern mit dir machen würde. Unter anderem spielen dabei reife Pflaumen eine Rolle, aber darüber sollte ich in der Kirche lieber schweigen."

Sein höchst verschmitztes Lächeln strahlte heller als die rubinroten Bleiglasfenster.

„Ich fürchte, meine Schwestern bemerken es, wenn ich

beim Brautstraußwurf nicht da bin", gab Grace zu bedenken.

„Bei all dem Getümmel, wenn jede kratzend und beißend versucht, ihn zu erhaschen? Das bezweifle ich. Aber mir scheint, meine Überredungskünste haben dich noch nicht ganz überzeugt. Was, wenn ich dich hier berühre …?" Seine Hand glitt an ihrem Hals hinauf und strich dann hinunter zu ihrer Schulter. Seine Fingerspitzen liebkosten ihren Arm und machten einen Abstecher zur Seite, um an der Rundung ihrer Brust entlangzuwandern.

„Nicht in der Kirche!"

„Dann komm mit mir nach draußen. Denn wenn du das nicht tust, werde ich jede Stelle an dir, die ich berühre, auch küssen, und ich werde mich nach unten vorarbeiten, bis zu …"

„Das Problem mit Piraten ist, dass sie keinen Funken Anstand im Leib haben", beschwerte sich Grace.

Devlins volltönendes Lachen rollte durch die Kirche und hallte von der gewölbten Decke wider. „Komm, Liebste."

Sie senkte ihren Blick in seinen und dachte an die unterschiedlichen Bedeutungen, die seine Aufforderung haben konnte.

„Komm mit mir", bat er.

Und das tat sie.

Schweißgebadet brach Grace auf Devlins Brust zusammen, während sie tief und zittrig Atem holte. Die Arme hinter dem Kopf verschränkt, trug Devlin den selbstgefälligen Ausdruck eines Mannes auf dem Gesicht, der soeben eine Frau dreimal zum Höhepunkt gebracht hatte, bevor er selbst sich seiner Lust ergab.

Ihre Röcke bauschten sich um ihn, und sie fächelte sich Luft zu. Über ihnen wiegten Zweige voller junger Äpfel in der sanften Brise.

„Das war herrlich", gab sie zu, obwohl er viel zu zufrieden mit sich selbst wirkte.

„Die Schwangerschaft scheint dich empfindsamer zu machen, falls das möglich ist. Du kommst jetzt wirklich schnell."

Das stimmte. Sie kam zum Höhepunkt, indem sie einfach nur seinen herrlichen Schwanz ritt und ihre inneren Muskeln um ihn presste, ohne ihre Klitoris auch nur zu berühren.

„Wir müssen jetzt wirklich zum Hochzeitsfrühstück." Ihre Worte kamen keuchend, und sie war sicher, dass ihr Gesicht knallrot vor Anstrengung und Lust war.

Devlin hob die Hände, um seine Finger mit ihren zu verflechten. „Dann sollten wir uns besser auf den Weg machen, Süße."

Sie richtete sich auf, aber er ließ ihre Hände nicht los. Die Stirn fragend gerunzelt, schaute sie zu ihm hinunter.

„Ich liebe dich, Grace."

Selbst noch nach einem gemeinsamen Jahr hatten diese Worte die Macht, sie alles andere vergessen zu lassen. Spöttische Erwiderungen kamen ihr in den Sinn – *du liebst es einfach nur, Sex zu haben, wo immer es geht.* Doch die Bewunderung in seinen dunkelblauen Augen war so deutlich, dass sie es nicht über sich brachte, den Augenblick durch eine Neckerei zu verderben.

„Ich liebe dich auch. Und jetzt müssen wir wirklich zum Frühstück."

Dieses Mal erlaubte er ihr, ihre Hände wegzuziehen, und sie mühte sich aufzustehen. Ihr dicker Bauch machte ihre Bewegungen schwerfällig, daher sprang er rasch auf, um ihr zu helfen. Ihrer beider Hände lagen auf Grace' Unterleib, und er zog sie zu einem langen, heißen Kuss an sich.

„Dies ist ein Befehl, Captain Sharpe", ermahnte sie ihn.

„Ich würde vielleicht wagen, der britischen Marine die Stirn zu bieten, aber niemals dir." Lachend nahm er ihre

Hand, und sie eilten zurück zu dem kleinen Haus, in dem Grace aufgewachsen war.

Es war ein bescheidenes Haus – ein kleines Gebäude aus Stein, mit Efeu an den Wänden und wilden Rosen rundherum –, doch in Grace weckte es immer noch ein starkes Heimatgefühl.

Sie war zu Tränen gerührt, doch es war ein gutes Gefühl, und als Devlin sie über die Türschwelle führte, erinnerte sie sich daran, wie sie und ihre Schwestern als kleine Mädchen hier die Sommer erlebt hatten. Jetzt war Devlin ihre Heimat, und dieser Gedanke schenkte ihr innere Ruhe und ein Gefühl von Zugehörigkeit, die sie in diesem Haus nie zuvor erlebt hatte.

Während sie noch über diese Erkenntnis nachsann, trat sie mit Devlin in den Salon, wo die Braut und der Bräutigam ihre Hochzeitsgäste bewirteten.

„Wo seid ihr zwei gewesen?"

Diese misstrauische Frage kam von Venetia, doch als Grace sich ihrer Schwester zuwandte, bemerkte sie, dass eine der kastanienbraunen Locken sich gelöst hatte und auf Venetias Schulter hinunterhing, während in den Haaren ihrer Schwester grüne Grashalme steckten.

„Und wo bist du gewesen?", erwiderte sie in ebenso neckendem Ton und starrte die Beweisstücke demonstrativ an.

Venetia zupfte sich die Halme aus den Haaren, tastete nach der losen Locke und errötete. „Oh, wir haben einen Spaziergang gemacht, und dann gab es einen heftigen Windstoß ...", begann sie.

„Das glauben wir nicht eine Sekunde!" Maryanne löste sich von Dashs Arm und kam dazu.

„Hm." Grace deutete auf die kleinen Blätter, die sich in der Spitze verfangen hatten, mit der Maryannes Ausschnitt verziert war.

„Oh, was für ein Ärger!", rief Maryanne. „Aber du hast auch Blätter in den Haaren, Grace."

Venetia versuchte, ihre Locke wieder hochzustecken. „Nun, wir sind alle drei mit verwegenen Männern verheiratet."

„Da wir gerade von ihnen reden, wo sind sie eigentlich?", erkundigte sich Grace.

Maryanne wedelte mit der Hand. „Sie sind mit den Kindern zum Büfett gegangen?"

Grace schaute hinüber zu dem langen Tisch, dessen weißes Tischtuch unter den zahlreichen Speisen kaum zu sehen war. Ein Dienstmädchen, das ein Tablett voller Champagnerflöten vor sich hertrug, trat soeben zu den Ehemännern der drei Schwestern. Jeder der Männer nahm ein Glas, und sie grinsten einander an.

Mit Isabella auf dem Arm, hob Marcus sein Glas, während sich der kleine Richard an sein Bein schmiegte.

„Auf Rodessons Töchter!", rief Dash, der in einer Hand sein hohes Glas balancierte und mit der anderen seinen Sohn Charles festhielt, der an seine Schulter gelehnt schlief.

„Genau", stimmte Devlin zu. Die drei Gläser stießen mit einem melodischen Klang gegeneinander. „Auf unsere wunderschönen, bemerkenswerten, unbezahlbaren Frauen."

„Und auf uns, die drei glücklichsten Männer Englands."

Darauf folgte viel Gelächter, und Grace bemerkte, wie ihr Vater den Raum durchquerte und zu seinen drei Schwiegersöhnen trat. „Ihr habt mich vergessen", schalt er sie. „Denn ich bin zweifellos der glücklichste Mann in ganz England."

Devlin fing Grace' Blick auf und blinzelte ihr spitzbübisch zu. Lachend erwiderte sie sein Zwinkern.

„Wir sollten vielleicht auch einen Toast ausbringen." Venetia winkte dem Dienstmädchen mit dem Tablett, und die Frau eilte herbei.

Grace musste mit einer Tasse Tee anstoßen, denn sie durfte wegen ihrer Schwangerschaft keinen Champagner trinken. Ein zweites Dienstmädchen brachte ihr das heiße Getränk, und sie hob die Porzellantasse vom Unterteller. „Sollen wir auch auf uns anstoßen, Rodessons Töchter?"

„Auf das Abenteuer!", rief Maryanne aus.

„Und auf Ehemänner." Venetia verzog das Gesicht zu einem breiten Lächeln. „Die sich als viel nützlicher erwiesen haben, als wir jemals erwartet hätten."

Umgeben von dem ganz besonderen Strahlen einer Braut, gesellte Olivia sich zu ihnen, und alle drei Mädchen umarmten nacheinander ihre Mutter. Dann nahm auch Olivia ein Glas von einem Tablett, das soeben vorbeigetragen wurde.

„Ich will noch einen Toast ausbringen", kündigte Grace mit lauter Stimme an.

Die anderen warteten gespannt.

„Auf die Liebe", rief sie. „Denn die Liebe ist die wichtigste Fähigkeit, das kostbarste Gefühl und das wunderbarste Geschenk von allen."

Sieben Stimmen – die von Devlin, Dash, Maryanne, Marcus, Venetia, ihrer Mutter und ihrem Vater – erhoben sich gleichzeitig mit den Gläsern, die in die Luft gereckt wurden. „Auf die Liebe!"

– ENDE –

Sharon Page
Samtschwarz

Jung und unschuldig ist Maryanne Hamilton, als sie in Mrs. Master's Salon unfreiwillig Zeugin einer tabulosen Orgie wird. Schockiert flüchtet sie in ein Nebenzimmer – und stößt dort auf den Herrn der Sünde persönlich …

Band-Nr. 35028
8,95 € (D)
ISBN-13: 978-3-89941-680-0
432 Seiten

Sharon Page
Blutrot – die Farbe der Lust

Träume voller Wolllust erfüllen die Nächte der Vampirjägerin Althea Yates. Träume, in denen sie von zwei Männern gleichzeitig geliebt wird. Träume, die plötzlich wahr zu werden scheinen …

Band-Nr. 35022
8,95 € (D)
ISBN: 978-3-89941-548-3
416 Seiten

Victoria Janssen
Die Herzogin, ihre Zofe, der Stallbursche und ihr Liebhaber
Band-Nr. 35032
9,50 € (D)
ISBN: 978-3-89941-745-6
416 Seiten

Julie Gordon
Die Rose von Byzanz
Band-Nr. 35031
9,50 € (D)
ISBN: 978-3-89941-728-9
304 Seiten

Megan Hart
Callboys –
Die Schönen der Nacht
Band-Nr. 35030
9,50 € (D)
ISBN: 978-3-89941-716-6
480 Seiten

Megan Hart
Hot Summer
Band-Nr. 35025
8,95 € (D)
ISBN: 978-3-89941-634-3
464 Seiten